KB268314

이토록 서툴고 눈부신,
우리들의 첫걸음

안동고등학교

목차

| **Part 1. 소설**

학생들의 창의적인 세계관을 엿보다

지도교사 김기태

학생들에게 소설이란 무엇인지 시란 무엇인지에 대해 물어보면 대부분 수능을 위해 배웠던 국어 내용부터 떠올립니다. 시에서는 주제가 무엇인지 어떤 표현법이 사용되었는지를 먼저 찾고 소설에서는 인물의 갈등과 해결 방식, 작가의 경향이나 시대상이 어떻게 반영되었는지를 따집니다. 작품을 감상하기보다 분석하는 데에 익숙해진 모습입니다. 수능이라는 큰 시험을 대비하기 위해 필요한 태도이기는 하지만 그 과정에서 작품을 순수하게 즐기는 경험은 점점 사라져 왔습니다. 여유롭게 읽을 시간이 부족하다 보니 자연스럽게 작품을 직접 만들어 보는 일은 시간 낭비처럼 여겨지기도 했습니다.

이러한 안타까움에서 한 가지 질문이 시작되었습니다. 분석의 대상이 아니라 나 자신의 작품을 써 볼 수는 없을까. 그리고 나만의 세계관을 작품으로 만들어 볼 수는 없을까. 이 책을 쓰기 위해 모인 학생들은 바로 그 질문에 응답한 학생들이었습니다. 평소 자신의 작품을 만들어 가는 일에 관심이 있었고 완성도가 높지 않더라도 자신의 작품을 소중히 여기며 작품 속 세계를 끝까지 책임지려 했던 학생들이었습니다.

원고가 완성되기까지 학생들은 늦은 시간까지 학교에 남아 글을 쓰고 문장을 고치며 이야기를 다듬었습니다. 그렇게 모인 글들은 단순한 과제가 아니라 각자가 구축한 하나의 세계가 되었습니다. 한 명의 창작자가 자신의 생각과 감정을 언어로 조직해 만들어 낸 결과물이라 말해도 부족하지 않습니다. 서툰 부분이 보일 수는 있지만 그것은 미완이 아니라 성장의 흔적이며 앞으로도 글쓰기를 계속해 나갈 수 있는 힘입니다.

이 책에 이름을 올린 학생들은 이미 글을 쓰는 사람입니다. 남의 작품을 해석하는 자리에 머무르지 않고 스스로 이야기를 만들고 자신의 언어로 세상을 바라보았다는 점에서 이들은 분명 작가의 첫걸음을 내디뎠습니다. 앞으로 어떤 길을 선택하든 이 경험은 쉽게 사라지지 않을 것입니다. 글을 써 본 사람만이 가질 수 있는 시선과 고민은 이후의 삶 속에서도 계속 이어질 것입니다.

작가를 꿈꾸어 온 학생들은 이 한 권을 통해 그 꿈을 말이 아닌 결과로 증명해 보였습니다. 이 책이 그들의 출발점으로 오래 기억되기를 바랍니다. 앞으로도 계속 자신의 이야기를 써 내려가기를 그리고 언젠가 다시 이 책을 펼쳤을 때 지금의 자신을 떠올리며 조용히 미소 지을 수 있기를 진심으로 응원합니다.

쓰지 않으면 알 수 없었던 것들

동아리 회장 황지민

안녕하세요. 스토리움 동아리 회장, 안동고등학교 1학년 황지민입니다. 이 책은 저희 동아리 부원들과 함께 만든 특별한 작품으로, 부원들이 평소 상상하고 마음에 담아 뒀던 이야기들을 세상에 선보이기 위해 만들었습니다. 흔히들 작가의 이야기에는 그 사람의 일부가 담겨 있다고 합니다. 의식하든, 의식하지 않든 자신의 흔적을 진하게 남긴다는 거지요. 그런 의미에서 이 책은 저희를 담은 기록이라고 할 수 있습니다. 고등학교 생활 1년 동안 있었던 행복, 절망, 고뇌, 성찰 등 많은 부분이 녹아 있습니다. 단순히 흥미 위주의 이야기들이 아니라, 글에 담겨 있는 자아를 찾아가고 싶었습니다.

이 책을 쓰면서 많은 것을 배웠습니다. 글을 제대로 쓰는 방법, 서로 간의 비평을 통해 더 멀리 나아가는 방법 등, 모두 인생을 살아가는 데에 있어서 귀중한 자원들이 될 것입니다. 하지만 얻은 것은 그것뿐만 있지 않았습니다.

저희들은 대부분 글을 자유롭게 썼습니다. 그 덕분에 글 속에 묻어 나오는, 글을 쓰지 않았더라면 몰랐을 자신을 찾아낼 수 있었습니다. 아직은 불완전하고 미성숙하며 부조리한 역경 앞에서 속절없이 무너지는 자신을요. 그러나 그러한 역경 속에서 연대와 사랑을 통해 다시 일어서는 자신도 발견할 수 있었습니다. 그런 부분들 덕분에 이 책이 저희에게 더욱 의미 있었습니다. 책을 펼쳐 든 여러분도 그런 것들을 느끼실 수 있으면 좋겠습니다.

이 책을 완성하기까지 생각보다 많은 노력과 고민이 들어갔습니다. 치열한 내신을 준비하면서도 그 과정을 견뎌 준 동아리 부원들이 없었더라면 가능하지 못했을 일입니다. 그리고 그 답답한 학생들을 지켜봐 주고 야간까지 지도해 주셨던 선생님에게도 감사합니다. 모두의 작고 큰 노력 하나하나가 모여서 하나의 큰 물살을 만들 수 있었습니다. 아직 미숙하고 엉망이지만 그런 부분까지 저희라고 생각하면서 글을 냅니다. 마음껏 웃으시고 슬퍼하시고 즐기시면 좋겠습니다.

Part 1.
소설

1. 인생 종료 사진관

배형준

2025년의 겨울은 유난히 춥다. 가로등은 딱딱하게 굳어 있고, 어린 냉기에 잠긴 창문틀에는 희뿌연 얼룩이 번져 있다. 이 글 또한 그러한 풍경 위에서 쓰였다. 차갑고도 다루기 어려운, 비극적인 이야기를 다룬다. 그 냉기에 온몸에 오한이 서릴 정도로. 하지만 그 고난은 단순한 아픔과 힘겨움으로만 끝나지는 않는다. 주인공은 그 속에서도 희망을 찾아낸다. 몸서리칠 정도로 매서운 겨울바람 속에서, 한 줄기 따뜻한 온기를 향해 나아간다. 길을 찾아 헤맬지라도, 눈 자국 위에 자신의 발자취를 남긴다. 그리고 그 끝에서, 결국 해답은 이전의 발자국에 있었음을 깨닫는다. 사실 몇 명의 독자들이 이 책을 읽고, 또 어떤 생각을 하게 될지는 잘 모르겠다. 하지만 필자는 이 글을 읽고 있는 독자 모두가 각자의 추운 겨울을 날 온기를 품게 되기를 바란다. 차갑게 언 서리를 녹이고, 따스한 불빛을 볼 수 있을 정도로. 부디 이 글이 얼어붙은 마음을 녹일 작은 장작불 하나가 되기 바라며 서문을 마무리한다.

"하나… 둘… 다섯… 여섯, 아니 일곱인가?"

언젠가 친구가 알려 준, 적적함을 달래는 놀이이다. 텅 빈 사무실 안에 앉아 전선 위 제비들의 수를 세어 본다. 검은 놈이 한 마리, 두 마리, 세 마리… 여섯 마리. 저건 제비인가? 까마귀에 더 가까운 것 같기도. 아무튼 저놈까지 합하면 일곱 마리. 문득 적막이 사무치듯 밀려온다.

'혼자서 뭐 하는 거람.'

승욱은 애처로움을 달래듯 품에서 핸드폰을 꺼내 게임을 켰다. 어느 때와 같이 번뜩이는 효과음이 그를 반겨 주었고, 정신없이 손가락이 춤추는 화면 위에선 푸르고 붉은 불빛이 새어 나왔다. 그 섬광에 어두운 방 안이 시시각각 다른 색으로 밝아졌다가 꺼지기를 반복했다. 그 쉼 없는 모습이 마치 콘서트의 조명 같기도 했다. 그것은 그가 기억하는 한 가장 어린 시절부터 해 오던 일이었다. 아마도 여덟, 아홉 살 무렵부터였을 것이다. 동공을 움직이거나 호흡을 가다듬는 것처럼, 그에게 이 행위는 지극히 자연스럽고 일상적인 것이었다. 배터리는 17퍼센트에 불과했지만, 그는 홀린 듯 삐걱거리는 의자 위에 앉아 수십 분을 게임에 열중했다.

'에이 씨… 죽었네.'

반짝이는 화면도 잠시, 게임 패배 화면이 떠오르자 승욱이 핸드폰을 자신의 품속으로 밀어 넣고 어깨를 돌렸다. 우두둑, 마른 소리가 났다. 고개를 들어 자명종을 확인하니 어느덧 시간은 6시 정각이다. 잠깐 한다는 것이 그새 이렇게 시간을 잡아먹을 줄은 꿈에도 몰랐다. 역시 게임은 무섭다.

자리에서 일어나 찌뿌둥한 몸을 달래기 위해 빗자루를 집었다. 오랜 착석 탓에 머리가 지끈 아려 왔지만, 그럼에도 밀린 업무를 해치우기 위해서는 이제는 움직여야만 했다.

"흐읍!" 하는 기합 소리와 함께 힘겹게 발을 움직여 들썩이는 나무판자 위로 걸음을 옮겼다. 발밑으로는 도색이 벗겨진 잿빛 판자의 감촉이 맴돌았고, 반짝이는 이마에는 땀이 송골송골 맺혔다.

승욱은 겨우 중심을 잡은 채 까치발로 발을 세우곤 사무실을 둘러보았다. 잔뜩 너저분해진 사무실의 모습에, 어디서부터 청소해야 할지 벌써부터 막막함이 몰려왔다. 일단 미루고 싶은 마음이 굴뚝같았지만 시간이 너무 늦었다. 더 이상 미룰 순 없다. 하는 수 없이 문 쪽으로 걸음을 옮겼다.

똑똑똑!

"저기요… 계실까요? 간판을 보고 찾아왔는데요."

문 앞에 이르자, 밖에서 나긋나긋하면서도 왠지 다그치는 듯한 목소리가 귓바퀴를 휘감으며 귓속으로 흘러 들어왔다. 문을 열어 위아래를 훑어보자 커튼을 잘라 만든 것 같은, 보랏빛 치마 차림의 한 할머니가 혼자 서 있었다. 뽀글뽀글한 흰머리에 사람 좋은 인상이다. 나이는 60~70대 정도이려나.

"아, 간판 보고 오셨다구요. 네, 일단 저기 앉으시죠."

승욱이 허리를 숙이며 말했다.

"아이구, 참 친절한 청년이네. 그렇게 예의 차리지 않아도 괜찮아요. 이제 곧 갈 사람에게…. 편하게 하세요, 편하게."

그녀의 말이 끝나자마자 승욱이 고개를 흔들며 대답하였다.

"아뇨, 저보다 한참 어르신에게 그럴 순 없죠. 누추하지만 일단 저기 앉으시죠."

"아유, 정 그렇다면야…. 고맙네, 젊은 청년."

그녀가 승욱의 손을 잡고 사무실 중앙의 소파에 착석했다. 그 반대편에는 승욱이 앉으며 그녀와 얼굴을 마주 보았다. 숨 막힐 듯한 정적이 흘렀고, 이마에 맺힌 땀은 차갑게 젖어 왔다. 결국 승욱이 먼저 입을 열었다.

"혹시 무슨… 이, 이, 일, ㄹ, 로 방문하신 건지 여쭤봐도 되겠습니까?"

승욱의 목소리가 차가운 공기에 맞춰 떨리며 이내 여러 번 말을 더듬었다. 얼굴에 피어난 당황한 기색을 감출 수 없었다. 이곳에 취직한 지도 어언 3개월이었지만, 정말 손님이 찾아올 것이라는 생각 따위는 하지 않았던 것이 그 이유였다.

"뭐, 대개 사람들이 방문하는 그런 이유로 찾아왔네. 표정을 보아하니 이미 짐작하고 있는 듯하구만."

그녀는 버석 마른 폐에서 허허거리는 웃음을 흘렸다.

"저기, 진지하게 생각해 보시고 내일 다시 오시는 게… 정말 권장드리지 않습니다. '인생 종료 사진관'의 직원으로서나 한 개인으로서나."

"정말 괜찮네. 순수한 내 선택일 뿐이네. 이젠 편안하게 그곳으로 떠나고 싶어. 더 이상 구차하게 연명하고 싶지도 않고."

승욱을 지그시 바라보는 그녀의 눈에는 결연한 의지가 담겨 있었다. 의견을 굽힐 생각 따위는 이미 흩날려 바스러져 버린 지 오래인 듯했다. 눈썹에는 차가운 결기가 서려 있었고, 그 저변에는 정체 모를 서늘함이 도사리고 있었다. 적어도 이 사무실 안에서 그녀를 멈추기란 하늘의 별 따기와도 같아 보였다.

"이곳이 사이비나 사기가 아니라는 것은 내 소문을 들어서 익히 알고 왔다네. 이젠 정말 안식에 들고 싶어. 내 이렇게 부탁함세…."

그녀가 승욱의 손을 덥썩 잡아 들었다. 차가운 냉기가 손에 아려 왔다. 무슨 연고로 이 할머니는 이곳까지 온 것일까. 어떤 사연이 있는 걸까. 서릿발처럼 차가운 손을 통해, 착잡하고도 복잡한 마음이 뜨거운 혈관을 타고 전해져 왔다.

"후…. 그럼 내일까지 계약서를 작성해 놓겠습니다. 그리고 꼭 내일 사연을 얘기해 주셔야 합니다. 만약 타당하지 않은 이유라면 저희로서도 도움을 드릴 수 없습니다."

"그럼, 당연하지!! 내 이름은 박금숙이네. 고맙네, 젊은이. 그럼 내일 봅세."

그녀가 자신의 옷과 깔맞춤이라도 한 듯한 보라색 가방을 메고는, 소파에서 일어났다. 승욱은 서둘러 그녀의 옆에 달라붙어 그녀를 부축했다.

"할머니, 연세도 있으신데 가방은 저에게 맡기시지요. 집이 어디신가요? 제가 바래다드리겠습니다."

"괜찮네, 자네도 자네 할 일이 있을 텐데 자리를 비울 수는 없지 않겠는가?"

금숙이 태연한 듯 승욱의 손에 들린 가방을 빼앗아 문을 향해 걷기 시작했다. 비록 느린 걸음이었지만, 그녀는 정박자로 한 땀 한 땀 마치 실을 꿰매듯이 정갈하게 앞으로 나아갔다.

승욱은 그 모습에 안절부절못하며 사무실의 책상 뒤쪽을 둘러보았다. 낡은 서류 뭉치들이 서랍 위에 쌓여 있었고, 정체 모를 사탕들이 널브러져 있었다. 어디서 왔는지 모를, 정체 모를 사탕이었다.

"에이 씨, 지팡이를 어디다 뒀더라. 할머니! 잠시만 기다려 주세… 요?"

승욱이 다시 뒤를 돌아 문 쪽으로 시선을 옮겼을 때는, 금숙은 이미 자취를 감춘 지 오래였다. 그녀의 이름이 새겨진 장밋빛 명함만을 책상 위에 올려놓은 채로.

2장

승욱이 두꺼운 패딩 점퍼를 여미고 화강암으로 된 잿빛 계단을 차례대로 내려왔다. 숨을 내쉬자 차가운 하늘빛 김이 흩어져 나왔다. 가을을 수놓던 붉은 잎들은 벌써 시들어 버린 지 오래인 듯하다.

떨려 오는 손을 부여잡으며 건물 앞 주위의 풍경을 한눈에 바라보았다. 흰색 옷으로 갈아입은 소나무들과 냉기에 굳어 딱딱한 가로등, 먼발치에 서 있는 여성과 그녀의 아들이 보였다. 사무실 근처의 상가에 사는 가족이었다. 까르르 웃으며 걸어가는 모습이 꽤나 단란해 보인다. '오늘이 무슨 기념일인가?' 하는 의문이 문득 머릿속을 스친다.

살짝 눈을 흘긴 뒤 이내 제 갈 길을 갔다. 차갑고도 무심한 숨결이 나른히 눈앞으로 퍼져 나갔고, 딱딱하게 언 도로만이 발치에 밟혔다. 날이 풀리기에는 아직도 꽤 시간이 필요할 듯하다.

승욱은 길을 걸으며, 방금 전 찾아온 할머니도 저런 가족이 있을까 생각해 봤다. 쉽지 않은 문제이다. 가족이 있다고 꼭 행복한 것은 아니지만 없다고 꼭 불행한 것도 아니다. 그렇지만 힘들다고 꼭 포기하고 싶은 것도, 편하다고 꼭 연명하고 싶은 것은 아니다. 할머니는 과연 어느 쪽일까. 어떤 사연을 가지고 이곳에 찾아왔을까.

꾹꾹 눌러 왔던 공상의 샘이, 승욱의 호수를 가득 채우며 범람했다. 너무 많은 생각에 정신이 혼미해질 지경이었다. 문득 생각의 선로가 하나로 연결되며, 가족이 있다가 없어졌을 수 있겠다고도 생각했다.

"여기까진 너무 갔나?"

승욱이 머쓱한 듯 피식 입꼬리를 올린 채 공상을 끝마쳤다. 이윽고 머릿속에서 바깥으로 시선을 옮기자, 그의 집 문이 눈에 들어왔다. 어느덧 집에 도착해 있었다.

"벌써 집인가."

승욱이 발밑의 먼지를 털어 내며 덜컥 회색 철문을 열었다. 위쪽엔 먼지가 살짝 쌓였고 좌우는 사람 한 명이 딱 들어갈 넓이다. 안쪽으로 들어서면 그의 집 안 풍경이 훤히 드러난다. 'ㄱ' 자 모양의 흰색 싱크대와 은은한 연갈색의 굽 높은 테이블. 아직 공사를 끝마치지 않은 듯 끝 면만이 살짝 낡아 있다.

"후우⋯."

승욱이 나른한 숨을 내뱉고는, 의자를 끌어 털썩 자리에 주저앉았다. 눈앞에는 어제 먹다 남긴 빵이 보였다. 윤기 나는 갈색 몸체에, 윗면엔 한 입 크게 베어 문 잇자국이 나 있다. 보기에도, 먹기에도 꽤나 탐스러운 자국이다. 아마도 어제의 승욱이 먹다 남겼을 터이다.

승욱은 자국 나 있는 빵을 한입에 삼킨 뒤 의자에서 내려와 화장실로 향했다. 은청색의 타일과 흰색 세면대가 그를 맞이해 주자, 그가 익숙한 듯 치약을 짜내고는 이를 닦기 시작했다. 칫솔이 왔다 갔다 하며 위아래로 이를 닦았고, 이내 물을 머금고는 볼을 위아래로 왔다 갔다 하며 헹구기 시작했다.

"푸화아악!" 양칫물을 뱉어 내자 세면대 안으로 거칠게 쏟아졌다. 승욱은 그 광경이 만족스러운 듯 흐뭇하게 바라보고는 이내 안방으로 향했다. 불을 끄고, 이불을 편 다음, 그 속으로 기어들어 갔다. 길다면 길고 짧다면 짧은 하루가 마침내 끝이 났다. 눈을 감으면 금세 꿈나라로 가 버릴 것만 같다.

눈꺼풀을 내린 뒤 바깥에서 안쪽으로 시선을 돌렸다. 그러자 검은색 천장이 시선을 가득 채우며 승욱의 작은 세상을 덮어 주고 있었다. 이젠 더 이상 깨어 있을 기력이 없었다. 잠에 들 시간이다.

.

.

.

.

.

눈앞이 흐릿해지며 잠에 들기 바로 직전까지 오니, 갑자기 머리 위의 창문에서 칼날 같은 바람이 쏟아지기 시작했다. 두 눈이 번쩍 뜨인다. 그만 창문을 잠그는 것을 깜빡했다. 이런 실수를 하다니. 나 자신이 원망스럽다.

승욱은 마지못해 문을 잠그려 일어섰다. 그러자 승욱의 눈앞으로 도심의 풍경이 환히 보였다. 수만 갈래로 쪼개진 달빛과 그에 맞춰 춤추듯 형형색색으로 일그러지는 도시. 마치 금 노란빛 물감을 밤에 섞은 듯 휘몰아치게도 아름다운 광경이었다. 그러고 보니 그날도 그랬을 터였다. 승욱이 처음 이 기묘한 일자리에 몸을 담은 바로 그날, 문득 수선화색 구름이 피어올랐던 그날이 떠올랐다.

3장

검붉은 황혼이 도시에 내려앉은 날이었다. 건물들 사이로는 저물녘들의 시선이 곳곳을 밝히며 도시를 주황색으로 채워 나갔고, 철새들은 사람들의 시선은 신경도 쓰지 않은 채 거리의 하늘을 메워 나갔다.

그 아름다운 정경 속에서 승욱은 새하얀 전단지를 손에 쥔 채, 그저 멍하니 그것을 바라보고만 있었다.

그는 얼마 전에 직장을 잃어버렸다. 그가 일하던 곳은 집 주변 단지의 작은 꽃 가게였는데, 주로 외국의 희귀한 꽃이나 한국의 비싼 꽃들을 도맡아 키우는 마니아층이 있는 가게였다. 그는 거기서 무려 2년을 근무했다.

나름대로 월급도 쏠쏠했기에 승욱은 계속해서 직장을 다니고 싶었으나, 어느 순간 해고 통보가 날아왔다. 갑작스럽고 또 당황스러웠다. '가게가 기울어 가는 가운데 이 이상으로 직원을 늘리고 싶지 않다.'가 그 이유였었나? 아무튼 새로 바뀐 사장의 악독한 변덕으로, 승욱은 한순간에 길가의 돌멩이 신세를 면하지 못하게 되었다.

"엿이나 먹으라지, 그 새로운 사장 놈."

면전에다 대고 이렇게 말해 주고 싶은 마음이 굴뚝같았으나, 안타깝게도 빈털터리인 승욱에겐 욕지거리를 할 여유 따윈 없었다. 당장의 감정보다는 먹고살 일거리를 찾는 것이 무엇보다 먼저였으니 말이다.

그렇게 승욱은 새로운 직장을 찾자는 일념하에 멀고도 긴 여행을 시작했다. 처음은 간단한 편의점 알바부터, 잘나간다는 국밥집 알바, 새로 개업한 고깃집 알바까지. 여러 직장을 돌아다녔다. 하지만 대학 간판 하나 달고 있지 않은 고졸을 오래 취업시켜 주는 곳은 그리 많지 않았다. 겨우 취직한 곳도 금방 해고되기 일쑤였고, 좀 오래간다 싶었어도 결국엔 해고 통보가 날아왔다. 결국 승욱의 통장 잔고는 나날이 줄어들어 가며, 그 바닥을 보일 날만을 기다리고 있었다.

이런 힘든 상황 속에서, 승욱의 눈앞에 나타난 것이 이 '인생 종료 사진관'에 관련된 전단지였다. 단기 알바, 장기 알바 등 모두 허용한다는 조건에, 한 달 월급이 450이나 되는 고수익 알바. 심지어 가장 놀라웠던 것은, 450이나 되는 월급에 반비례하는, 단순 노동직인 편의점 알바급의 쉬운 노동 강도였다.

- 주 업무: 사진관 정리 및 청소, 손님 응대 등(단순 노동직)

승욱이 처음 이와 관련된 전단지를 확인했을 때는 당연히 사기라고 생각했었다. 상식적으로 말이 되지 않는 월급에, 업무 강도까지. 일반인이라면 응당 할 법한 당연한 생각이었고, 승욱은 그 전단지를 방 깊숙한 곳에 쑤셔 넣은 채 그대로 방치했다.

그렇게 전단지는 승욱의 무관심 속에서 하루, 이틀 썩어 나갔고, 마침내 한 달이 흘렀다.

길다면 길고 짧다 해도 길었던 그 한 달 동안, 승욱의 피는 더욱 메말라 갔다. 이젠 더 이상 주변의 단기나, 장기 일자리 또한 쉽게 보이지 않았다. 컵라면으로 채운 배는 굶주려 왔고, 밤을 샌 눈은 더욱 처져만 갔다.

결국 승욱은 최후의 보루로 남겨 둔 이 '인생 종료 사진관'의 전단지에 다시 눈길을 주게 되었다. 순간 장기 팔이와 같은 범죄와 연루되지는 않은 건지 의심했지만, 이대로 가다간 승욱의 뱃가죽이 먼저 들러붙을 것 같았기에 어쩔 수 없이 입사 신청서를 넣고 만 것이다.

"안녕하세요. 모집 공고를 보고 지원한 20살 이승욱이라고 합니다. 고깃집 알바, 꽃집 알바, 편의점 알바 등 여러 아르바이트 경력을 다수 보유했으며… 신체 건강 ㅎ… ㅏ… ㄴ…."

"아, 이게 아닌가. 다시, 다시."

"안… 녕하세요. 모집 공고를 보고 지원한 20살 이승욱이라고 합니다. 다수 경력 보유 중이고. 직장을 위해 온몸을 불사지를 각오를 하고 왔습니다."

"후…. 이렇게 하는 게 나으려나? 그래, 이게 그나마 괜찮네."

승욱이 입사 지원 신청서 작성을 끝마치고, 손가락으로 전송 버튼을 눌렀다. 노트북의 화면이 일순간 노란색으로 작게 빛나며 '전송되는 중'을 알렸고, 흰색 몸체에 달린 은색 마크에선 광채가 뿜어져 나왔다. 도전의 기대감보다는 마지막 기회라는 절박함이 더욱 컸기에, 그의 입에선 나른한 한숨만이 애타게 흘러나왔다.

"전송이 완료되었습니다."

잠깐의 정적 끝에, 이윽고 전송이 완료되었다는 알림이 노트북의 화면 위로 나타났다. 승욱은 연신 몸을 옴짝달싹 못 하며, 의자를 중앙에 놓고는 안절부절못하며 결과를 기다렸다. 시선은 노트북에 꽂힌 채로, 간간이 스쳐 지나가는 배너 창들을 확인하며 터져 나갈 듯한 심장을 간신히 부여 잡았다.

"하… 이거라도 합격해야 할 텐데."

승욱이 연신 새로 고침을 눌러 대며 끊임없이 로딩되는 창을 바라보았 다. 노트북에서는, 흰색 원이 끊임없이 자신의 꼬리를 물며 돌아가고 있 었고, 그에 맞춰 마치 고깃집 불판이 교체되듯, 쉴 틈 없이 새로운 창으로 교체되고 또 교체되기만을 반복하였다.

그 광경에 두통이 아려 왔다. 만약 이것마저 떨어진다면 앞으로의 아 침은 지하철역에서 맞이할지도 모른다는 생각이 먼저 머릿속을 강타했 다. 불안감에 다리가 떨려 왔고, 고된 알바로 상처투성이가 된 손이 아려 왔다. 제발, 그것만은 안 된다. 부유하게 살진 않더라도 사람답게 살고 싶 다. 얼룩진 회색빛 방 안, 가장 간절했던 바람을 담고 손을 한데 모아 기도 하기 시작했다.

"제발…."
"제발…."
"제발…."

승욱은 질끈 감은 눈을 뜰 듯 말 듯 연신 찡그려 댔다. 눈앞의 화면이 여러 겹으로 포개지며 떨림을 반복하였고, 눈을 떴을 때는 합격 통 보가 날아와 있기를 간신히 바랐다.

그것은 단순한 기대감에서만 나오는 행동은 아니었다. 마치 복권 번호 표를 뽑듯, 불구덩이임을 알고도 뛰어드는, 그러한 흥분감에서부터 흘러 나오는 행동이었다. 축축이 젖은 등에선, 아찔한 긴장감이 척수를 타고 온몸으로 흘러내렸다.

띠링!

그 순간, 마침내 청명한 알림 소리가 방 안에 울려 퍼졌다. 이것이 불행의 신호탄인지, 아니면 마지막 밧줄이 될지는 아직 정해지지 않았기에, 승욱은 덜덜 떨리는 손을 간신히 마우스에 가져다 대었다.

"나도 모르겠다… 제발!"

그가 마침내 버튼을 눌렀다.

"귀하의 열정에 매우 감복하였으며, 출근 시간은 월, 수, 금, 오전 10시부터 오후 8시입니다. 주 업무는 주로 사진관의 청소와 기본적인 고객 응대이며, 자세한 내용이 고지된 매뉴얼은 추후 개인적인 연락을 통해 전달해 드릴 예정입니다."

.

.

.

.

.

.

.

.

"그럼, 합격을 축하드립니다."

<h1 style="text-align:center">4장</h1>

승욱이 메시지를 보고 첫 출근을 한 날, 그는 사전에 고지받은 내용대로 아침 10시 사진관에 도착했다. 하얀색 흰 페인트로 덧칠되어 있는 작은 사진관은, 그의 집으로부터 그리 멀지 않은 위치에 있었기에, 그는 정신을 차리자마자 씻고, 이를 닦은 뒤 집 정면 방향으로부터 세 블록 건너에 있는 이곳을 향해 부리나케 달려왔다. 우여곡절 끝의 그의 첫 출근길이었다.

"엄마, 저기 저 인형 탈 쓴 아저씨 봐 봐. 폭신폭신할 것 같아. 만져 보고 싶어."

"쓰읍, 모르는 사람한테 그런 말 함부로 하는 거 아니야."

약속된 장소에 도착한 그가 가장 처음 본 것은, 아이러니하게도 입사 지원을 받은 사장도, 고즈넉한 풍경의 사진관도 아닌 거대한 갈색 곰 인형 탈이었다. 높이는 2m에, 복슬복슬한 솜털로 만든 것 같은 외관이 눈에 띄었다. 만져 보진 않았지만, 저 질감으로 미루어 볼 때 틀림없이 비싼 재질일 터였다. 아마도 20~30만 원 정도일까.

"여기…!"

뭐라 말할 틈도 없이, 머리가 큰 곰 인형 탈이 뒤뚱뒤뚱 걸어오더니 손에 든 새하얀 전단지를 내밀었다.

승욱이 우물쭈물하며 받기를 망설이자, 곰 인형 탈은 알겠다는 듯 갈색 털로 뒤덮인 거대한 손을 내리고선, 다시 다른 이에게 걸어가 전단지를 내미는 것을 반복하였다. 아마도 이것이 그의 주 업무인 듯 보였다.

"불쌍한 놈…."

승욱이 안쓰럽다는 듯이 혀를 끌끌 찼다. 자신도 수년간의 알바로 단련된 몸이었기에, 그가 어떤 사정을 가지고 있든, 그 상황이 편치 않을 것이라는 막연한 짐작이 들었다.

어쩌면 자기처럼 하루 벌어 하루 먹고사는 사람일지도. 승욱은 애처로운 눈빛을 흘리곤, 이내 계단을 타고 올라가 2층에 있는 사진관의 문을 열었다.

그가 문을 열고 들어가자, 고풍스러운 사무실 내부가 모습을 드러냈다. 하지만 사람의 기척은 어디에도 느껴지지 않았다. 마치 오래된 폐가를 방문한 듯, 죽어 버린 냄새만이 방 안에 가득 피어오를 뿐이었다.

"어… 잘못 찾아왔나? 분명 사장님이 계셔야 하는데."

승욱은 당황한 기색을 감추지 못한 채, 다시 한번 핸드폰을 꺼내 주소지를 확인했다. 백색 지도가 눈앞에 펼쳐지며 빨간색 표식이 그의 머리 위에 표시됐다. 적혀 있는 글자는 '서울특별시 중구 필름로 27, 2층'. 한 치의 오차도 없이 자신의 현재 주소와 정확하게 일치했다.

"뭐야… 분명 이곳이 맞는데…."

집 앞 도로에서부터 한 걸음, 두 걸음, 세 걸음. 이후 앞의 도보를 향해 쭉 직진. 그가 오늘 아침 출근하며 되새겼던, 이곳까지 오는 가장 빠른 지름길이었다. 다시 한번 되짚어 봐도 선명히 기억났다. 분명 잘못 찾아온 것은 아닌 듯하다.

손으로 턱을 괴고, 잠시 고민에 빠졌다. 머릿속에선 불안한 생각들이 몰려오기 시작했다. 혹시 정말 길을 잘못 찾아왔던 걸까. 그게 아니라면 이 공고는 처음부터 거짓말이었고, 범죄와 연루된 일종의 사기극일지도. 복잡하다.

승욱이 머리를 싸매고는 눈앞에 보이는 작은 소파에 걸터앉았다. 두 소파가 정면으로 서로를 마주 보고 있었고, 그 중앙에는 동그란 탁자 하나가 끼어 있었다.

황갈빛의 방석에 앉아, 눈에 가장 먼저 치이는 창가 쪽 갈색빛의 탁자를 향해 시선을 던졌다. 이리저리 서류가 쌓여 있는 탁자의 위에는, 의문의 정체 모를 과자들과 사탕들이 널브러져 있었다. 손으로 하나를 집어 보니 간질간질한 봉지의 질감이 손으로 느껴진다. 이것의 정체는 무엇일까. 어쨌든 사탕이 있다는 건 사람이 있다는 얘기일 수도. 살짝 안심이 된다.

덜커덩.

갑자기 문이 열리더니, 아까 전의 곰 인형 탈을 쓴 사람이 사무실 안으로 터벅터벅 걸어 들어왔다.

"엇, 여기서 근무하시는 분 맞죠? 혹시 사장님이 언제 오는지 알고 있으신가요? 지금 당장 찾아야 해서…."

승욱이 잠시 멈칫하더니, 이내 그를 또 다른 직원으로 생각하고 다급하게 질문들을 쏟아 내기 시작했다. 비록 초면이었지만, 혹여나 사기라도 당한 것이 아닐까 하는 불안감이 그를 엄습해 왔기에, 그는 다급한 목소리로 인형 탈 안의 사람에게 빠르게 말을 뱉어 냈다.

"사장님…? 그분은 왜 찾으시는데요?"

"아, 제가 여기 새로 뽑히게 된 알바인데… 사장님을 뵙고 업무 배정을 받아야 해서요. 실례가 안 된다면 사장님 전화번호나 언제 오시는지라도 알려 주시면 안 될까요? 부탁드립니다."

승욱이 반쯤 울먹거리는 목소리로 말을 내뱉었다.

"아… 뭐 별거 없습니다, 그냥 제때제때 청소하고 정말 가끔 오는 손님들에게 거기 테이블 위에 놓인 계약서를 보여 주면, 그게 기본적인 하루 업무의 끝입니다.”

“예? 갑자기 그게 무슨….”

“그러니까 그 계약서만 보여 주시면 됩니다. 나머지는 기본적인 청소 정도라서, 별로 어렵지 않죠?”

“아뇨, 저는 사장님을 만나 뵈러 온 겁니다. 그쪽 같은 말단 직원 말고요.”

“… 내가 사장인데?”

그가 머리에 쓴 곰 인형 탈을 벗고 머리를 털며 승욱을 쳐다보았다. 그러자 동양인이라기엔 각진 볼과 턱이 그의 흑색 머리칼과 함께 드러났다. 짙은 소나무 같은 동공이 불빛을 담아 은은하게 빛났고, 어깨를 이루는 곡선은 강단 있게 끊어지며 그의 팔과 수직을 이루었다. 마치 외국의 유명 영화배우를 실제로 보는 것만 같은 느낌이었다.

“그러니까… 그쪽이 정말로 사장?”

승욱이 그 신비로운 모습에 넋을 잃은 듯 얼이 나간 채로 가만히 서서 그를 응시했다. 그러자 그의 고동색의 동공 또한 그의 눈에 맞닿으며, 마치 마주 보고 있는 거울처럼, 서로의 형상을 끊임없이 비추었다. 마치 영화 속의 한 장면 같았다.

“어, 내가 사장. 이름은 남일욱. 그리고 직장 내에서 반말은 하지 마라. 나이 차가 얼마나 나는데, 싸가지 없는 놈이….”

일욱이 냉랭한 얼굴로 눈을 가느스름하게 뜨며 손에 들려 있던 인형 탈을 테이블 위로 털썩 내려놓았다.

“알아들었으면 지금 당장 바닥 쓸기부터 시작해. 저기 갈색 책상 보이지? 저기서부터 현관문 앞까지 빗자루로 쭉 쓸면 된다. 구석구석 먼지 한 톨까지도 안 보이게 말이야.”

“네, 넵! 알겠습니다.”

승욱은 당황한 기색도 잠시 옆에 있던 빗자루를 들곤 마른 낙엽 빛의 바닥을 서둘러 쓸기 시작했다. 수없이 많은 알바를 거쳐 왔던 그였기에, 이 상황을 정확히 인지하기도 전에 몸은 이미 준비된 지 오래였다.

청소를 끝마치고, 쓴 빗자루를 깔끔하게 정리한 뒤, 의자를 끌어 자리에 앉았다.

"오, 빠른데. 혹시 여기 오기 이전에 이런 업계에 종사한 적 있나?"

"아… 넵. 사진관은 처음이지만 여러 아르바이트 경력이 있습니다. 꽃집 알바, 고깃집 알바, 국밥집 알바 편의점 알바 등등…. 근데 입사 지원서에 제가 분명 작성해 냈을 텐데, 혹시 확인하지 못하셨습니까?"

일욱이 머쓱한 듯 마른기침을 연신 뱉었다.

"크흠, 최근 좀 바빠서 말이야. 그럴 시간이 없었어. 그리고 미안한 말이지만 사실 모집 공고에는 올라오지 않은 추가 업무가 따로 있네. 만약 수행하지 못한다면 정식 취업은 어려울 것 같은데…."

"예? 분명 간단한 잡무와 청소만 시키신다고…."

승욱이 당황스러운 듯 얼굴에 물음표를 띄운 채 다급하게 되물었다.

"상황이 조금 변했어. 최근에 꽤 바빴고, 그사이에 원래 있던 친구도 나가 버렸거든. 그래서 미안하지만, 모집 공고에는 없던 일이 하나 더 생겨 버렸거든. 원래는 잡일만 시킬 생각이었지만, 복귀 후에는 내 일을 좀 도와줘야 할 것 같아."

"혹시 무슨 업무를 말씀하시는 건지… 만약 제가 할 수 있는 것이라면 성심성의껏 돕겠습니다."

"지금부터 알려 주지."

일욱이 자신의 주머니에서 구식 사진기를 꺼내더니, 책상 위에 넌지시 올려놓았다. 목에 걸기 편하라는 듯이 끄트머리에는 흰색 끈이 매달려 있었다. 그 옆으로는 작은 공벌레 한 마리가 몸을 만 채 웅크리고 있었다.

"이건… 사진기네요? 하긴 사진관이니 당연한 건가. 그런데 이건 갑자기 왜… 뭐 저도 사진이라도 찍으라는 겁니까?"

승욱이 순수하게 의문에 찬 표정으로 말했다.

"지금부터 해 줄 이야기들을 믿지 못할 수도 있지만, 앞으로 이 사진관에서 일하고 싶다면 알아야 할 게 있다네. 먼저 이 인생 종료 사진관이라는 이름은, 다른 은유적인 뜻이 있는 것이 아니라, 정말로 한 사람의 생애를 끝마쳐 준다는 뜻이야."

"네…?"

"눈앞에 보이는 사진기 있지? 그것으로 생물체를 찍으면 흔적도 없이 사라진다네. 고통 없이. 그 사진기를 이용하여 안식을 원하는 이들에게 죽음을 선물해 주는 것이 이 사진관의 목표야."

일욱의 충격적인 고백에, 승욱이 앉은 채 그대로 넋을 놓아 버렸다. 머릿속에선 아무 생각도 들지 않았다. 수많은 생각의 선로가 한데 꼬여 매듭이 되어 버린 것처럼. 공상의 구름이 머릿속을 꽉 채워 정신의 담을 깨부숴 버렸다.

"… 거짓말하지 마십쇼. 저 이런 몰래카메라 같은 거 별로 안 좋아합니다."

"못 믿겠다면 보여 주지."

그 순간, 일욱이 손에 있던 사진기를 들고 책상 위의 공벌레를 향해 촬영점을 조준했다.

"잠깐 지금 이게 무슨…."

찰칵, 빛바랜 굉음과 함께 셔터음이 울리더니 순식간에 책상 위의 공벌레가 흔적도 없이 사라졌다. 마치 처음부터 없었던 것처럼 새하얗게 그을린 자국만 남긴 채로.

그을린 자국에선, 잿빛 향초 가루 냄새가 스멀스멀 공기를 타고 흘러 올라왔다.

"이젠 조금 믿기나…?"

"…"

"그럼… 정말로 진짜란 말입니까? 이 사진관에서는 살인을 하고 있는 겁니까?"

승욱이 떨리는 목소리로 말했다.

"워, 워, 진정해, 진정. 그냥 원하는 이들에게 선물을 주는 것뿐이야. 고통 속에서 살아가는 것을 좋아하는 사람은 아무도 없지. 누구나 고통을 두려워해. 죽음을 두려워하고. 우린 그저 원하는 이들에게 편안한 안식을 선물해 주는 것뿐이야. 흔히들 말하는 존엄사를 예시로 든다면 이해가 편할지 모르겠네."

일욱이 흥분한 승욱의 어깨를 잡은 뒤 다시 의자에 앉히며 말했다.

"아니요, 이건 미친 짓입니다. 사람을 없애다니. 아무리 자발적 행위라도 사실상 살인 방조 행위지 않습니까. 전 이런 행위에 동참할 수 없습니다."

승욱이 일욱의 손을 뿌리치고, 자리에서 일어나 문을 향해 성큼성큼 걸어갔다. 발에는 결연한 의지가 담겨 있었다.

그 모습에, 아마 이대로 둔다면 그대로 집으로 가 다신 돌아오지 않으리라고, 일욱은 생각했다. 하지만 그럴 순 없었다. 당장 이곳을 책임져 줄 사람이 절실히 필요했다. 조금 무례한 방법을 써서라도 말이다.

"잠깐, 생활고가 꽤 시급한 상황 아닌가?"

그 말에 승욱의 발걸음이 우뚝 자리에서 멈췄다.

"그건 어떻게 아셨습니까?"

"척 보면 알지."

일욱이 잠시 침묵한 뒤 결심한 듯 입을 움직였다.

“이 직업에 대해 별로 좋게 생각하지 않는 것은 알겠지만, 이 사진관은 누군가에겐 꼭 필요한 곳이야. 그것이 집 앞의 할머니가 됐든, 거리의 이름 모를 낭인이 됐든. 돈도 추가로 얹어 줄 테니 부디 한 번만 판단을 재고해 주면 안 되겠나?”

그가 간청하듯 승욱의 옷자락을 잡고 늘어졌다. 우뚝 멈춰 선 승욱은, 향하던 발걸음을 멈추고 잠시 생각에 빠졌다. 인정하긴 싫었지만, 일욱의 말이 맞았다. 현재 통장 잔고는 5,160원. 편의점에서 제대로 된 끼니도 사 먹지 못할 돈이었다. 게다가 새로운 일자리를 구하려 한다 해도 그것 또한 문제였다. 무슨 알바든 지금부터 구하기 시작한다면 최소 일주일, 많게는 2주일이 걸릴 것이다. 그것마저도 단기 알바일 터. 상상만 해도 눈앞이 깜깜해진다. 떨려 오는 다리는 덤이다.

“하아….”

잠깐의 정적 끝에 그가 나른한 한숨을 내쉬었다. 정말 꺼림칙한 일이었지만, 이젠 선택의 여지가 없었다. 이대로 가면 길바닥행은 예정된 순서이다.

“그럼… 딱 세 달만 근무하겠습니다. 이 이후로는 깔끔하게 손 놓겠습니다.”

승욱이 마지못해 토할 듯이 말을 뱉어 냈다. 목소리에는 숨기지 못한 강한 떨림이 묻어 나왔다. 필히 강한 거부감에서 흘러나온 행동이었겠지만, 입 밖으로 뱉어 낸 수순에서 이미 돌이킬 수 없었다.

“잘 생각했어, 고맙네.”

“대신 사장님이 안 계신 첫 한 달 동안은 무조건 추가 성과금 지급받겠습니다.”

“그래그래, 업무 보고서만 꾸준히 적어 놔. 혹시 손님이 찾아온다면 꼭 말해 주고. 뭐, 당분간 그럴 일은 없겠지만.”

살포시 열린 창문 틈새로 아직 가시지 않은 새벽 공기가 밖으로 새어 나갔다. 창문에 낀 여린 성에들은 이미 녹아 없어져 버린 지 오래였고, 따뜻한 바람은 사무실을 가득 채운 채 나부껴 왔다. 이 선택이 앞으로 무슨 결과를 초래할지 지금은 전혀 알 수 없었지만, 그저 최악이 되지만 않기를.

승욱은 눈을 감고, 마치 독실한 기독교 신자처럼 하늘에다 애타게 빌기 시작했다. 수선화 구름이 하늘 가득 피어오른, 그런 날이었다.

<h1 style="text-align:center">5장</h1>

"화이팅!"

간단한 쪽지 하나를 남긴 채 출장을 간 일욱을 뒤로하고 승욱은 그가 떠난 3개월의 공백을 착실히 채워 나갔다.

승욱은 언제나 아침 9시쯤 도착하여 출근 보고서를 작성하고, 책상과 소파의 먼지를 닦아 내었으며, 틈틈이 빗자루와 쓰레받기를 하나씩 손에 쥐고는 바닥을 쓸어 담았다.

일 주, 이 주, 삼 주, 시간이 흐르며 점차 하나의 루틴으로 굳어진 이 생활 습관은, 항상 테이블에 앉아 믹스커피 한 잔을 마시는 것으로 마무리되었다. 반복은 어느새 습관이 되었고, 이제는 청소가 빠진 하루를 상상하는 것조차 어색해졌다. 하지만 승욱의 변화는 단순히 여기서 그치지 않았다.

승욱은 부유해졌다. 원래 삼각김밥 하나도 조심스럽게 사 먹었던 과거는, 새로 벌어들인 지폐 속에 깔려 완전히 그 자취를 감춰 버렸다. 이제 그는, 새로운 신발을 사고, 새로운 옷을 입었으며, 행색 또한 전보다 말끔해졌다. 이제는 소매가 짧아져 손목이 툭 튀어나와 보이는 하얀색 셔츠 따위는 과감하게 버려도 될 정도였다.

그렇게 한 달이 지났고, 또한 두 달이 지났고, 세 달이 지났다. 아무 걱정 없이 보내던 지난날들과는 달리, 유수처럼 흘러간 시간의 끝에 남은 것은 할머니의 의뢰와 일욱의 복귀일 뿐이었다. 그는 평소처럼 빗자루를 손에 쥐고 바닥을 쓸고 있었지만 저도 모르게 한숨이 새어 나왔다. 평소라면 그저 무심히 지나쳤을 하루의 시작이었지만, 오늘만큼은 달랐다.

오늘은 일욱이 돌아오는 날이었다. 그리고 그와 동시에 첫 고객인 금숙이 이 사진관의 고객으로서 찾아오는 날이기도 했다. 아직 닥쳐오지 않은 미래에 벌써부터 떨 필요는 없었지만, 안타깝게도 발은 계속해서 움찔거렸고, 동공은 지속적으로 흔들려 왔다. 사람 마음이라는 것이 참 얄팍하다.

"여어! 나 없는 동안 잘 지냈나?"

벌컥 문이 열리더니 일욱이 문을 열고 들어왔다. 단정한 코트 차림에, 굽 높은 검은색 구두를 신고 있다. 전신에는 연한 단풍잎의 기운이 맴돈다. 셜록 홈스가 환생한다면 이런 느낌일까.

"아뇨…. 애석하게도 잘 지내지 못했습니다. 문제가 좀 생겨서…."

승욱이 불안한 표정을 지으며 뒷머리를 긁적였다. 지난 한 달 동안 메신저로 보고서를 올려 왔기에, 어색함은 없었지만 어색함 따위는 지금의 문제가 아니었다.

"왜? 뭔데, 아침부터 그래. 불안하게시리. 혹시 뭐 손님이라도 찾아왔어?"

일욱이 손에 든 짐을 내려놓고는 입고 온 코트를 옷걸이에 걸며 능청스레 농담을 건넸다.

"…."

"뭐야? 왜 조용해? 진짜 온 거 아니지?"

"아뇨, 진짜 왔었습니다. 업무 보고서에도 적어 놨는데…. 아직 확인하지 못하신 모양이네요."

"어… 정말? 진짜로?"

"…."

승욱이 다시 한번 침묵으로 응수하자 그가 머리를 싸매고는 바닥에 털썩 주저앉았다.

"사장님… 거긴 아직 청소를 덜 끝마쳐서 흙먼지가 남아 있을 텐데요."

"하… 지금 그게 중요한 게 아니잖냐."

일욱이 머리를 털어 대며 잠시 표정을 찡그리더니 이내 몸을 쭉 펴며 바닥에서 일어났다.

"그래, 차라리 잘됐다. 너도 이제 정식 사원으로서 경험해 봐야지. 인생 종료 사진관의 진짜 업무를 말이야."

"진짜 업무라면… 입사 첫날에 말씀하셨던 그런 것들을 하는 일 말인가요?"

승욱이 마른침을 꼴깍 삼키고, 손은 뒷짐을 진 채, 발가락을 꼼지락거렸다. 이런 일이 있을 거라 첫날부터 생각해 왔지만 이렇게 빠를 줄은 꿈에도 몰랐다. 아직 마음의 준비가 끝나지 않았다. 등에서 흘러내리는 식은땀과 함께 몸에 스치는 바람이 불길하게 떨려 왔다.

"그래, 미안한 말이지만 너도 사진관의 직원으로서 일해 줘야 할 시간이 온 것 같다. 오늘 몇 시쯤 온다고 하셨어?"

승욱이 주섬주섬 카메라의 필름을 닦으며 말을 이어 나갔다.

"아… 정확한 시간대는 말씀해 주시지 않고 그냥 오늘 온다고만 얘기해 주셨습니다."

승욱이 천장의 은빛 자명종을 향해 시선을 옮겨 시간을 확인했다. 11시 15분. 출근 시간으로부터 1시간 15분밖에 지나지 않은, 꽤나 이른 시간이다. 일욱의 말에 따르면 초침이 15분쯤 느리다고 했으니 실제로는 11시인 셈이다. 어쩌면 오후에 올지도 모르니 아직 시간이 꽤 넉넉하다.

"아직 얼마 되지 않았으니 지금은 안 오시지 않을까요. 아마 오후에 오실 것 같긴 합니다."

"그래… 그러…ㅁ…."

똑똑똑.

우직한 나무 문 틈 사이로 익숙한 노크 소리가 들려왔다. 어젯밤 근무 중 들었던, 익숙한 소리이다. 문 앞으로 성큼성큼 걸어가 문고리를 돌리고, 문을 열었다. 어김없이 보랏빛 옷차림의 할머니가 서 있었다.

"또 만나네, 젊은 청년. 오늘은 결착을 지으려고. 이리 찾아왔네."

"아… 진짜 오셨군요."

"물론이지."

"…."

"공기가 찬데 일단 안으로 들어오시지요."

승욱이 손을 들어 사무실 안쪽을 가리키고는 금숙을 살포시 밀어 넣었다. 착잡함이 가득한 얼굴에는, 수심이 짙게 배어 있었다. 어젯밤부터 그의 머릿속을 가득 채운 고민들이 마침내 폭발한 듯 보였다. 일욱 또한 격정스러운 눈빛으로 그를 쳐다보았다.

"아이고, 반갑습니다. 성함이 박금숙…?"

"네, 맞습니다. 이곳의 사장님이신 것 같은데… 혹시 성함이?"

"아, 이거 실례했네요. 저는 남일욱입니다. 직책상으로는 이 사진관의 사장이죠."

일욱이 빛바랜 명함을 들이밀며 내보이고는, 금숙을 자리에 앉혔다. 그 맞은편에 승욱이 거대한 어깨를 들이밀며 자리에 착석하였다.

"직원을 통해서 어제 있던 일에 관해서는 대강 전해 들었습니다. 하신 결정에 대해서 후회는 없으십니까? 지금이라도 그만두고자 하신다면 언제든지 이 사무실의 문을 열고 밖으로 나가셔도 됩니다."

"의견을 굽힐 생각은 없습니다. 사연을 꼭 말해야 된다고 하셨죠? 제가 왜 이 선택을 하게 됐는지에 관해 이야기를 드리면 되는 건가요?"

"네, 맞습니다. 더도 말고 덜도 말고 그저 왜 이런 결단을 내리시고 싶은지에 대해서만 설명해 주시면 됩니다. 그 이외의 사항은 더 이상 묻지 않겠습니다. 거짓말을 할 시엔 즉시 의뢰를 거절할 수도 있으니 그것 또한 고려해 주시길 바랍니다."

일욱이 다리를 쩍 벌리고 그 위에 자신의 팔꿈치를 올린 뒤 손가락을 한데 모아 깍지를 꼈다. 표정은 진지했고, 깍지를 낀 팔은 평소의 나긋나긋한 모습을 금방 잊게 해 줄 만큼 촘촘하게 이어져 있었다. 사뭇 진지한 광경이, 꽤나 진중함 있게 다가왔다.

"그럼… 이제 말하면 될까요?"

"네, 부디 시작해 주시죠."

"3년 전 평소와 같이 구름 한 점 없는 하늘을 향해 얼굴을 높게 치든 날이었습니다."

금숙이 말을 시작했다.

"저희 가족은 저와 저의 딸과 사위, 손자 손녀로 이루어진, 작은 가족이었습니다. 핵가족은 아니니 뭐 요즘 시대로 따지자면 대가족이라고도 할 수 있겠네요."

금숙이 씁쓸한 미소를 지었다.

"원래라면 저는 50년간 함께했던 남편과 사별한 뒤 홀로 떨어져 살 예정이었습니다. 다만 남편이 없는 저를, 가족들은 도저히 혼자 두지 못했죠. 그 아이들은 혼자가 된 저에게 먼저 다가와 손을 내밀어 주었습니다. 참 자상한 아이들이었습니다. 단란한 가정이었죠."

오래 묵힌 이야기를 뱉어 내는 녹슨 그녀의 얼굴에는, 슴슴한 미소 꽃이 피어났다. 그녀는 의식하지 못했지만 그저 이 이야기를 떠올리는 것만으로도 입이 귀에 걸리는 듯 행복해 보였다.

어느 나른한 오후, 햇살의 정기를 받아 사그라드는 할미꽃을 바라볼 때처럼, 아늑하고도 포근한 감동이 공기를 타고 전해져 왔다.

"여느 다른 이들과 같이 웃고, 즐기고, 먹으며 살았습니다. 걱정 따위는 구름 한 점 없이 갠 하늘처럼 보이지 않을 것만 같았죠. 하지만 어느 날 기다렸다는 듯이 비극이 시작되었습니다."

"…."

말을 입 밖에서 꺼내기 어려운 듯 그녀가 입을 틀어막고는 미약하게 흐느끼기 시작했다. 녹슬고 연약한 살이 축 처져 있고, 다 헝클어진 머리카락이 한쪽으로 기울었다. 일욱은 말없이 티슈 한 장을 뽑아 그녀의 손에 살포시 쥐어 주었다.

"단순한 사고였습니다. 평소와 같이 딸은 떠나가는 사위를 향해 손을 흔들었고, 손자와 손녀들은 등교를 준비하며 차려진 아침을 먹었습니다. 누구도 그날 그런 참사가 일어날 거라곤 생각지도 못했을 겁니다."

"그날… 사위는 사고를 당했습니다. 음주 운전을 한 트럭이 차선을 벗어나 역주행으로 사위의 차를 정면으로 들이받아 버린 것이 그 원인이었죠."

갓 태어난 눈물이 금숙의 뺨을 타고 뜨겁게 흘러내렸다. 잔잔한 열기가 콧잔등에 스쳤고, 그 온기가 굴곡 있는 피부에 고스란히 전해져 왔다. 사무실의 공기조차도 그 모습에 감복한 듯, 스쳐 오는 햇빛을 통해 그 모습을 드러내며 잔잔하게 가라앉았다.

"사고는 순식간에 일어났습니다. 저희가 전화를 받고 달려갔을 때 가장 먼저 본 것은, 바닥을 가득 메운 핏빛 자국이었고, 붉게 물든 침대에서 사지가 결박된 채 간신히 숨만 붙어 있는 사위의 모습을 보았습니다. 충격적인 광경이었고, 그 모습에 딸은 연신 바닥을 쳐 대며 흐느껴 울기 시작했습니다. 이 못난 늙은이가 할 수 있는 거라고는 그저 뒤에서 이 참상을 바라보는 것뿐이었죠.”

트라우마로 남은 기억을 다시 떠올리는 듯, 금숙의 손이 덜덜 떨려 오기 시작했다.

“그 후로부터는 더욱 끔찍한 일만이 저희 가족에게 닥쳐왔습니다. 다시 거동할 확률은 0에 수렴했지만, 저희 가족은 도저히 사위를, 남편을, 아버지를 포기할 수 없었습니다. 순식간에 집안이 풍비박산이 났고, 몰려오는 병원비에 간신히 생명줄만을 부여잡았습니다. 마침내 통장 잔고 또한 바닥을 보이며 돈이 완전히 바닥나자 저희는 질곡의 늪에서 빠져나올 수 없게 되었습니다.”

그녀가 힘겹게 이야기를 끝마치며 승욱과 일욱을 지그시 바라보았다. 색 바랜 흰색의 동공이 눈에 들어온다. 마치 마지막 숨을 내뱉은 것처럼, 텅 비어 버린 백색이다.

“저는… 이제 삶에 미련이 없습니다. 다 낡아 버린 몸도, 마음도 더 이상 이어 가지 않아도 괜찮습니다. 하지만 제 자식들의 앞길만큼은 부디 편하기를 바랍니다. 만약 제가 죽게 된다면, 받게 될 사망 보험금이 꽤 됩니다. 아마도 2억 정도. 이 돈이라면 사위의 병원비와 저희 가족이 살아갈 비용만큼은 어떻게든 지불할 수 있을 겁니다.”

“그러니… 부탁드립니다. 이 늙은이가 두 손 모아 빌겠습니다. 제발 저를 안식에 들게 해 주십시오. 죽기 전의 마지막 소원입니다.”

금숙의 말이 나지막이 퍼지며 마치 쏟아지는 비처럼 사무실의 공기를 나른하게 젖혔다. 승욱은 이미 완전히 무너진 채 팔을 눈 앞으로 끌어 올리고는 눈물로 옷을 적시는 중이었다. 일욱은 차분한 표정으로 묵묵히 귀를 기울였다. 그러고는 묵직한 발을 들어 구두 굽을 반복적으로 두들겼다. 아주 규칙적이고도 일정한 박자로.

“그럼 정말로 결단을 내리시겠습니까?”

“네… 이 늙은 몸, 가족들에게 조금이나마 보탬이 되고 싶습니다.”

"좋습니다, 여기."

일욱이 글자가 빼곡히 적힌 계약서를 금숙의 앞으로 들이밀었다.

"서두르고 싶은 마음은 알겠지만 저희로서는 바로 고객님의 요구에 응해 드릴 순 없습니다. 일단 여기 사인하시고… 모든 준비를 끝마쳐놓을 테니 3일 후에 다시 방문해 주십쇼. 그때는 저희가 정당한 절차를 밟고 바로 진행해 드리겠습니다."

"여기다 서명하면 되는 거죠?"

"네, 그쪽 공란에다가 서명과 주소도 같이 적어 주시면 됩니다."

금숙이 주머니에서 남색 볼펜을 꺼내 휘갈기듯이 서명을 끝마쳤다. 펜 촉은 어딘가 모르게 날카로웠는데, 아마도 수제 제작업체나 꽤나 비싼 브랜드의 제품인 것처럼 보였다. 옆면에는 '박순애'라고 큼지막하게 글자가 적혀 있었다.

"그럼, 3일 후에 오겠습니다. 물론 그럴 일은 없을 테지만 3일 후가 마지막 만남이길 바라요."

"네, 그럼 안녕히 가십쇼. 3일 후 지금 이 시간대에 오시면 됩니다."

일욱이 정중하게 고개를 숙였고, 승욱 또한 따라서 고개를 숙였다. 이번엔 그녀를 부축해 주려고 일어서지 않았다. 그녀가 누구보다도 강한 사람이라는 것을 지난번의 만남과 오늘을 통해 이미 충분히 알았기에.

"예. 그럼, 저도 안녕히."

그녀가 고개를 살짝 숙이고는 문을 열고 밖으로 나갔다. 가벼운 발걸음이, 제법 귀티가 났다. 언젠가 이름도 기억 안 나는 영국 영화에서 본 귀부인의 모습과 겹쳐 보일 정도로.

금숙이 떠나자, 다시 텅 빈 적막이 방을 가득 메웠다.

"이젠… 어떻게 해야 하죠? 그냥 이대로 지켜봐야만 하나요? 할머니께 닥친 현실이 너무 잔인해요."

승욱이 떨리는 목소리를 간신히 참아 내며 말했다.

"고객의 개인 선택이다. 존중해 드려야지. 우리가 왈가왈부할 권리는 없어."

일욱의 말에 승욱의 표정이 썩어 문드러졌다.

"으… 예? 정말로 이렇게 아무것도 하지 않는 겁니까?"

"아니, 장난이야. 물론 방금처럼 그냥 넘겨버릴 수도 있지만, 개인의 권리일 뿐만 아니라 사람의 목숨이기도 하잖아. 그럼 최소한 진상 조사는 좀 해 봐야지."

"자, 이거 받아."

일욱이 무언가 검은 물체를 승욱에게 던졌다. 위쪽은 까맣고, 둥근 은색 고리가 주렁주렁 걸려 있었다.

"이게… 뭐예요?"

"차 키다. 고객의 말만으론 상황 판단이 어렵잖냐. 우리도 가서 상황을 좀 알아봐야지. 자, 가서 시동 걸어 놔. 집 주소는 알고 있으니, 한번 가 보자고."

"ㄴ… 넵!"

승욱이 일욱의 의외의 대답에 놀라며 서둘러 달려가 갓길의 도로 옆에 주차되어 있는 차의 문을 열고 시동을 걸었다. 부르릉 하는 소리가 울리며 거리를 먼지로 가득 채웠고, 은색 바퀴가 아침의 햇살을 받아 더욱더 밝게 빛났다. 일욱은 익숙한 듯, 운전자석을 열고 운전대를 잡았다.

"자, 출발한다. 꽉 잡아…!"

6장

　일욱이 요란한 소리의 경적음을 내며 차를 출발시켰다. 불어오는 바람에 검은색 머리칼이 빗발쳤고, 물 흐르듯 이어지는 풍경에 차의 속도감이 온몸으로 느껴져 왔다. 고개를 틀어 옆을 보니 일욱의 복장은 어느새 곰 인형 탈로 바뀌어 있었다. 아마도 제 딴에는 위장 잠입이랍시고 입은 것이 틀림없다.

　"이렇게 무단으로 집 주소를 알아내도 되는 거예요? 분명 범죄일 텐데, 참 능력도 좋으십니다."

　"칭찬은 고맙지만, 이전에도 말했듯이 이 일은 허투루 운영되는 게 아니야. 자세한 조사를 기반으로 하지. 범법이면 좀 어떤가?"

　듣고 보니 맞는 말이었다. 딱히 반박할 말이 없다.

　"그나저나 원래 어떤 사정이 있든 고객의 선택에는 관여하지 않는다고 하지 않으셨습니까? 왜 갑자기 마음이 바뀌신 겁니까?"

　"그냥 좀 보여 주고 싶어서. 너같이 허무하게 살아가는 사람에게 인생이 어떤 것인지를 말이야."

　"예? 죽길 원하는 사람에게서 인생이 무엇인지를요…?"

　일욱이 콧방귀를 뀌며 피식 웃었다. 영문을 모르겠다는 듯이 재차 말을 반복하는 모습이, 그에게는 꽤나 귀엽게 보였다.

　"너 꿈이 뭐냐?"

"뭐, 딱히 없습니다. 굳이 따지자면 돈 많이 버는 직업을 가지는 것 정도? 근데 그건 갑자기 왜 물으시는지….."

"그럼 어떻게 살고 싶은지는? 장래를 책임질 계획은 있나?"

"그것도 딱히. 뭐, 지금까지도 알바만 전전긍긍하며 살아온 터라, 그냥 흘러가는 대로 살고 싶습니다. 되도록이면 삼시 세끼는 다 챙겨 먹을 수 있으면 좋겠네요."

"… 그러냐? 그럼 앞으로 벌어질 일을 마음속에 꼭 담아 둬라. 인생을 살아가면서 꼭 큰 도움이 될 테니까."

일욱이 어디선가 구해 온 선글라스를 끼고는, 이내 페달을 밟고 더욱 빨리 주행하기 시작했다. 운전대를 잡은 지 오래된 사람치고는, 믿을 수 없을 만큼 여유 있는 태도였다. 길을 척척 알고 있는 것을 보니, 이미 내비게이션에 목적지를 세팅해 뒀을지도. 아무튼 수준급의 운전 실력이다.

끼이익.

30여 분간의 폭주 끝에, 일욱이 주변의 갓길에 차를 세우고는 승욱을 하차시켰다. 필름 거리 32로. 계약서에 적힌 주소와 거의 근접한 골목길이었다.

차에서 내린 승욱은 잘 보이지 않는 듯 한쪽 눈을 찡그린 채 주위를 둘러보았다. 다닥다닥 틈 없이 붙어 있는 형형색색의 지붕들과 그것을 둘러싼 낡은 담벼락들이 보였다. 애처롭게 매달려 있는 계단은, 당장이라도 떨어져 바닥으로 추락할 것만 같았다.

"뭡니까, 이건?"

집 주위를 둘러보고 있는 승욱의 손에서 무언가 이질감이 느껴졌다. 까슬까슬하고도 가벼운 촉감이 피부를 간질인다. 손을 들어 확인해 보니 아까 전 조수석에 박혀 있던 낡은 종이 뭉치이다. 잔뜩 구겨진 채 간신히 그 형태를 유지하고 있다.

"저기 쓰레기장 보이지? 쓰레기장 앞의 하얀 지붕의 집이 금숙의 집이다. 쓰레기 버리는 척하고 한번 쓱 보고 와 봐."

"제가요…?"

"그럼 네가 가야지, 내가 하리?"

"이런 거는 직접 하셔도 괜찮은데…"

승욱이 투덜거리며 손에 있던 종이 뭉치를 다시 한번 구긴 뒤 쓰레기장 앞으로 터벅터벅 걸음을 옮겼다. 종이, 플라스틱, 일반. 그중 종이 칸에 쓰레기를 던져 놓고는 뒤쪽으로 슬쩍 시선을 돌렸다.

"엄마, 근데 아빠는 언제 돌아와? 90일을 세면 돌아온다면서…. 벌써 40까지 셌는데…. 혹시 아빠 어디 아픈 거야? 아픈 거면 우리가 찾아가서 호 해 주면 안 돼? 나 아빠 얼굴이 보고 싶어…."

"… 아빠 출장이 영 길어지네. 적어도 100일 셀 때까진 오실 거야."

"거짓말하지 마, 엄마. 저번엔 50 셀 때까진 오신다고 말했잖아. 이번엔 90이었고…. 왜 계속해서 말이 바뀌어? 엄마는 거짓말쟁이!"

"쓰읍… 엄마한테 그런 말 누가 함부로 하래? 아빠가 출장 간 건 정말이야. 많이 그리운 건 알겠지만 조금만 더 참아 보자. 곧 돌아온다는 건 엄마가 보증할게. 자, 여기 진실 도장."

"… 정말이지? 아빠 곧 돌아오는 거지?"

"그럼, 물론이지. 눈 깜짝할 새에 돌아오셔서 우리 현우랑 민지 업고 평소처럼 목말 태워 주실 거야. 그러니 여기 진실 도장 찍을까?"

"응…."

퍼석 삭아 버린 흰 지붕 아래로 두 모자가 서로의 검지를 맞대고 난 뒤

다시 떼었다. 도장을 찍는 아이의 얼굴에는 실망감이 가득했고, 아이의 볼을 어루만지는 엄마의 표정은 애처로울 듯 위태로우면서도 또 한없이 다정했다. 버썩 말라 버린 피부와 손의 살가죽 아래로, 새하얀 뼈의 형상만이 앙상하게 드러났다.

“…”

승욱은 조용히 그 광경을 지켜보며 눈앞이 흐려졌다. 손으로 눈가를 훔치자, 보석처럼 반짝이는 눈물 조각들이 맺혔다. 바람 한 점 없는 그 정적 속에서, 마음 한쪽이 서늘하게 일렁였다.

세상은 왜 정답게 살아가는 이들에게만 거친 시련을 내리는 걸까. 나룻배 하나 지고 웃으며 사는 이에게는 폭풍우를 선물하고, 한철의 노랫가락으로 생계를 잇는 이에게는 목소리를 앗아 가며, 이미 가족을 잃은 자에게는 또다시 가족을 빼앗으려 드는 걸까.

이 잔혹한 세상이, 빌어먹게도, 너무도 밉다. 그들을 둘러싼 빈민촌이, 이 도시가, 한없이 차갑고 날카롭게 날 서 있는 듯 느껴진다. 만약 그들의 할머니마저도 사라진다면 이들은 어떻게 되는 것일까. 과연 2억이 그 빈자리를 채워 줄 수 있을까? 꿈 없는 암울한 미래가 벌써부터 머릿속에서 그려졌다.

“사정은 이제 좀 알겠나…?”

일욱이 파들파들 떨리는 승욱의 어깨를 잡으며 말했다. 그의 큰 손이 왜인지 듬직하고도 따뜻하게 다가왔다.

“이건… 너무하잖아요. 왜 이런 사람들에게만 이런 끔찍한 일이… 만약 할머니까지 잃는다면 저 가족은… 정말 어떻게 되는 거죠? 돈이 있더라도 과연 저 사람들이 행복할까요?”

“글쎄다. 그건 이제부터 직접 알아봐야지.”

일욱이 다른 쪽 손에 든 곰돌이 탈을 뒤집어쓰고는 그들의 집으로 뚜 벅뚜벅 걸어가기 시작했다.

"잠시만요. 갑자기 거기는 왜… 가는!"

승욱의 말이 끝나기도 전에 일욱은 대문을 향해 성큼성큼 걸어가더니 녹색 철문을 두들겼다. 아까 전의 여성이 문밖을 향해 몸을 들이밀어 그 와 대면하자, 잠깐 말을 주고받더니 이내 일욱이 집 안으로 걸음을 옮기 기 시작했다. 몸은 대문으로 들어간 채 팔만 밖으로 빼내어 이리 오라는 손짓을 한 채로.

"저 양반, 미치겠네. 뭔 생각인 거야."

승욱이 잠깐 고민하다 마지못해 일욱의 뒤를 따라 녹색 대문을 넘어 집의 안으로 들어왔다.

"자원봉사 하러 오신 분들이시죠? 지금 집에 뭐가 없어서 뭘 해 드리 지는 못하겠지만 부디 편하게 있다 가 주세요."

어떻게 구워삶았는지, 문 안의 여성은 일욱과 승욱을 이곳에 봉사하러 찾아온 자원봉사자로 알고 있었다. 어이없다는 표정으로 일욱을 쳐다보 자, 일욱은 두 손으로 브이를 한 채 응수했다. 참 알 수 없는 양반이다.

"어… 곰돌이다."

"곰돌이라고?"

"어, 진짜 곰돌이라니까? 이리 나와 봐."

집의 깊숙한 곳에서부터 두 아이들이 곰 인형 탈을 쓴 일욱을 보더니 우당탕 뛰어나와 신기한 듯이 그를 쳐다보기 시작했다.

"반갑다, 얘들아. 곰돌이 아저씨야. 오늘 같이 즐겁게 놀려고 이렇게 너 희들을 찾아왔단다."

"진짜요? 진짜 곰이에요?"

"그럼… 나는 진짜 곰이란다. 곰답게 힘도 아주 세지. 목말 태워 줄까?"

"네, 태워 주세요!! 저 진짜 목말 타고 싶었는데… 아빠도 요즘 출장 가셔서….”

“저도요! 저도 태워 주세요!”

두 아이들이 일욱의 말에 다급히 방방 뛰며 크고 푹신한 곰 인형의 팔에 안겨 왔다. 일욱이 그 둘을 머리 위에 올리고는 이리저리 움직여 대며 목말을 태우자 아이들은 즐거운 듯 팔놀림에 맞춰 연신 까르륵 웃음소리를 내질렀다. 싸늘하게 메말라 버린 무색의 집에, 다시 노란빛의 활기가 불어넣어지는 순간이었다.

“아이고, 죄송합니다. 아이들이 아직 철이 좀 없어요. 현우야, 민지야, 봉사자분들 이제 그만 힘들게 하고 방으로 들어가자.”

“싫어, 곰돌이랑 더 놀래.”

“맞아, 나도 벌써 들어가기 싫어.”

“어머, 애들이 정말…. 너희들 아빠 없다고 이렇게 말 안 들으면 돼, 안 돼?”

그녀가 연신 아이들을 꾸짖으며 떨리는 손짓으로 방이 있는 방향을 가리켰다. 잘은 모르겠지만 아무래도 방으로 들어가라는 그들만의 표시인 듯했다.

“아이고… 어머님, 저희는 괜찮습니다. 이런 일 하려고 봉사 나온걸요. 저도 마침 심심하던 참이었습니다. 사실 제가 아이들을 놀아 주는 게 아니라 아이들이 저를 놀아 주고 있는 걸지도요.”

“맞아! 엄만 아무것도 모르잖아.”

“아이고, 이 녀석들이… 정말 괜찮으시겠어요?”

일욱이 말없이 엄지를 올리자, 그녀가 마지못해 한숨을 쉬며 아이들에게 알겠다는 듯 손짓했다. 그 손짓에 아이들이 더욱더 일욱의 몸에 달라붙어 왔고, 일욱은 그들을 잡고 이리저리 돌려 대며 즐겁게 놀아 주었다.

“그럼, 거기 계신 분은… 차라도 한잔하시는 게….”

“아, 괜찮습니다. 오기 전에 뭘 잔뜩 마시고 와서요.”

“아뇨, 그래도 남의 집에 오셨는데, 빈손으로 맞이하기는 뭐해서요. 제가 금방 차 한 잔 내올 테니 조금만 기다려 주세요.”

“아, 예. 그럼 감사히 마시겠습니다.”

그녀가 주방으로 냅다 달려가더니 이윽고 주전자와 찻잔을 들고 모습을 드러내었다. 끝이 살짝 뭉툭한 주전자는, 푸른 수선화 모양의 그림이 새겨져 있었고, 옆에는 ‘박순애’라고 큼지막하게 글자가 적혀 있었다. 아까 전의 금숙의 펜에서 보았던 것과 같은 이름이다. 누구의 이름일까.

그녀는 익숙한 듯 주전자에 담긴 차를 따르고는 갈색빛 마룻바닥에 하나, 둘 세팅하였다. 하나는 일욱의 것, 하나는 승욱의 것인 듯하다.

“여기 캐모마일 차입니다. 심신을 달래 주고, 마음을 편하게 해 주죠. 남편이 출근하기 전에 매일 마시던 건데 이렇게 손님 대접에 쓰일 줄은 몰랐네요. 사람 일이란 게 참 모르는가 봅니다.”

“아… 감사합니다. 잘 마실게요.”

승욱이 차를 홀짝 들이켜자, 무언가 따뜻한 기운이 온몸의 혈관을 향해 퍼져 나갔다. 고된 생활이 익숙한 그에게는 조금 낯선, 포근하고도 그리운 감각이었다. 생전 있어 본 적 없는 엄마의 품 같기도…. 따뜻하다. 희미하게 아롱거리는 불빛 아래 들어 누워 있는 것만 같다.

“와… 이 차 이름이 뭐라고요?”

“캐모마일이요.”

그녀가 후후 웃으며 대답하였다. 마치 그럴 줄 알았다는 듯 입가에는 여린 미소가 번져 나갔다.

“그러고 보면 차 이름은 물어보시는데, 제 이름은 안 물어보시네요? 서운해라.”

“아… 이거 좀 정신이 없다 보니… 죄송합니다. ”

“장난이에요. 그리 진지하게 받진 마세요. 제 이름은 박순애예요. 그쪽은?”

순애가 고개를 까딱 들어 승욱의 쪽을 가리켰다.

"아, 저는 이승욱입니다. 저기 저 곰 인형 탈 쓰신 분의 부하 직원이죠. 봉사 활동을 하는 겸 이리저리 돌아다니다가 이쪽까지 발을 들이게 되었네요."

어색한 자기소개가 끝나자, 또다시 잔잔한 정적이 깔리며 둘을 옥죄어 왔다. 승욱은 말없이 차를 마시기만을 반복하였고, 순애는 일욱과 아이들을 지켜보며 팔은 어깨 뒤로 붙인 채 애써 시선을 돌렸다.

"그런데, 그 주전자 이름도 순애던데… 따로 주문 제작을 하신 건가요?"

승욱이 마침내 정적을 깨며 말했다.

"아… 네, 예전에 저희 어머니가 저에게 직접 만들어 주신 거랍니다."

순애가 쓸쓸한 미소를 지으며 말을 이어 나갔다.

"사실 저는 꽤나 덤벙거리는 성격이에요. 지금도 툭하면 주전자나 가구들을 한 번씩 깨부숴 먹고는 하죠. 물론 어릴 때에 비할 바는 아니겠지만요. 어릴 때는 손에 잡히는 것들은 모두 부숴 버렸답니다. 주전자는 기본이었고, 작게는 볼펜이나 도자기, 크게는 친할아버지의 액자도 깨부순 적이 있었죠. 그때마다 저희 어머님은 물건을 소중히 간직하라는 의미에서 제 이름이 적힌 물건들을 만들어 주셨습니다."

"처음에는 작은 볼펜, 이후엔 귀걸이, 어느새 주전자까지…. 방 안이 제 이름으로 적힌 물건으로 가득 찼을 때는 더 이상 물건을 함부로 부수지 않게 되더라구요, 마치 물건들이 '조금만 더 신중해져도 괜찮아.'라고 조용히 속삭여 주는 것만 같았어요. 저를 생각하던 어머니의 마음이 조금은 와닿았던 걸까요? 후후."

순애가 반쯤 눈을 감은 채 한쪽 손을 번쩍 들어 하늘을 가렸다. 구름이 잔뜩 갠 하늘에는, 어느새 아침의 뜨거운 태양은 사라지고, 수장당하고 있는 저녁의 노을만이 자리를 메우고 있었다. 그 모습이 꽤나 정답게, 아름답게, 아늑하게 느껴졌다.

"사실, 오늘 정말 우울했습니다. 눈치채셨는지는 모르겠지만 이 아이들의 아버지는 사실 병원에 있어요. 교통사고로 현재 입원해 있습니다. 언제 깨어날지도 미지수인 채로요. 아이들은 보채 오고, 하나뿐인 어머니는 점점 거동도 힘들어하십니다. 오늘은 자리를 비우셨지만 말이죠.”

그 말에 승욱이 뜨끔했다.

“아… 뭐라 말씀드려야 할지….”

“그냥… 요즘 부정적인 생각들이 머릿속을 꽉 채웠는데, 단순히 자원봉사자분들이 오신 것만으로도 꽤 숨통이 트이네요. 단순히 휴식이 부족했던 거려나….”

순애가 잔잔한 말투로 마치 실타래를 풀어내듯, 천천히 이야기를 이어나갔다. 노을이 비춘 그녀의 얼굴에는, 부드럽게 흘러내리는 검은 머릿결과 함께 여유로운 웃음꽃이 피어났다.

다시 보니 꽤나 고운 얼굴이다. 누군가의 엄마라기엔 말끔한 피부 톤과 오밀조밀한 이목구비가 특히 더 눈에 들어온다. 만약 금숙이 회춘했다면 이런 모습일까.

“아침의 태양도 밤이 되기 전 노을빛 속에 몸을 맡기고 잠시 쉬어 가잖아요. 그것처럼 저희도 일상의 소소한 행복에서 의미를 찾고 살아가야 했던 것 같습니다. 누구든지 달리기만 한다면 쉽게 지쳐 버리기 마련이니까요.”

“좋은 말입니다. 울림이 꽤나 깊네요.”

승욱의 머릿속에서 즉흥적으로 튀어나온 최고의 감탄사였다. 그것은 복잡함이 가득한 승욱의 머릿속이 이제 정리되었음을 알리는 신호탄이기도 했다.

금숙은 자신을 불사르고 가족들에게 돈을 남기고 떠나려 했지만 그들에게 필요한 것은 돈이 아니다. 그저 약간의 휴식과 안식처가 될 가족이 필요할 뿐이었다. 왜 이제야 깨달았을까. 이 너무나도 당연한 사실을.

저물어 가는 황혼 속, 희미한 주황색의 빛이 마루를 타고 들어와 하얀

색 지붕을 분홍빛으로 물들였다. 불어오는 바람은 어느새 나른한 온풍으로 바뀌어 있었다. 일욱과 아이들만이, 그 정다운 광경 속에서 뛰어놀며 밤을 맞이할 준비를 하는 듯 보였다.

7장

핸드폰 화면이 조용히 밝아지며, 방 안이 은은한 푸른빛으로 물들었다. 날카로운 빛이 승욱의 얼굴을 스치며, 그림자를 길게 늘어놓자 승욱이 마지못해 폰을 들어 알람을 확인했다.

"… 뭐야?"

"010-××××-××× 박순애"

몇 시간 전, 아니 날짜로 따지자면 어제. 아무튼 그때 서로의 번호를 교환하고 각자 집으로 돌아갔었다. 원래 목적은 금숙 사건에 대한 자세한 진상을 알아보고, 그녀를 설득해서 막는 것이었지만 어쩐지 그녀가 보이지 않았기에, 일욱과의 상의 끝에 다음 날 다시 찾아오기로 했다. 분명 그랬는데, 어쩐지 순애에게 전화가 와 있었다. 무언가 급한 일이 생겼나? 손가락을 움직여 수락 버튼을 누르고 전화를 받았다.

"여보세요? 승욱 씨 맞죠?"

"네, 이 새벽녘에 무슨 일이에요?"

"그게 너무 급해서… 당장 승욱 씨 말고 생각나는 사람이…."

순애의 목소리가 마치 마른 실을 당기듯 가늘게 떨려 왔다. 당장 말을 이어 나가기 힘든 듯 통화기 너머로는 달뜬 신음이 자꾸만 들려왔다. 아마도 어딘가로 뛰어가는 중인 듯했다.

"잠깐만. 천천히 말해 봐요, 천천히. 무슨 일인데요? 일단 진정을 좀 하고….”

“제 남편이, 지금, 지금, 위독하답니다. 목숨이 끊어지기 직전이래요.”

“네…?”

“그런데 제가 지금… 너무 급한데… 택시가 잘 안 잡혀서요. 혹시 거리 쪽 사거리에서 차 태워 주실 수 있나요?”

“아, 저도 타고 다닐 것이 없는데….”

“제발… 뭐라도요. 하다못해 킥보드라도 괜찮습니다.”

순애의 목소리가 절박함을 담은 채 통화기 너머로 울려 퍼지자, 승욱은 다급히 집의 살림을 뒤지며 무언가 탈 것을 찾아 나섰다. 옷장을 뒤지고, 안 쓰는 잡동사니를 모아 둔 방을 헤집었다. 하지만 아무것도 보이지 않았다.

“젠장… 뭐가 없나?”

그 순간 승욱의 눈에 창고 방 구석 모서리에 박혀 있는 자전거가 들어왔다.

“저기… 자전거여도 괜찮아요?”

“네… 뭐든 걷는 거보다만 빠르다면요.”

승욱은 순식간에 두꺼운 패딩 점퍼를 뒤집어쓰고는 팔도 제대로 넣지 못한 채 자전거를 타고 길을 나섰다. 오랜만의 주행이었지만, 몸이 저절로 기억하는 듯 본능적으로 가장 빠른 길을 통해 달리기 시작했다. 능숙하게 페달을 밟으며 상가까지 가니, 다급한 순애의 얼굴이 눈에 들어왔다.

“여기예요, 여기!”

“빨리 타십쇼. 시간 없다면서요.”

승욱이 서둘러 순애를 뒷좌석에 태우고는 냅다 달리기 시작했다. 새벽 시간이기 때문이었는지, 아니면 그들의 간절함 때문인지는 미지수였지만, 신기하게도 도심 속에서 그 흔한 차 하나를 찾아볼 수 없었다. 그 탓에 승욱은 손잡이를 돌리곤, 차도로 노선을 틀어, 전력으로 달리기 시작했다.

운전대를 잡은 손은 거칠게 떨려 왔고, 땀은 얼굴을 가득 메워 흑색 머리칼이 이마에 다닥다닥 달라붙어 왔다. 하지만 그럼에도 페달질을 멈추지 않았다.

그저 달리고 또 달렸다. 그렇게 얼마나 달렸을까. 시선의 끝자락에 병원 하나가 들어왔다.

"저기… 저거 맞죠? ××병원."

"네, 본관 3층의 심장내과 305호 병실이요."

승욱이 능숙하지만 살짝 어색한 티가 배어 있게 자전거를 밀어 넣어 주차하고는, 순애의 손을 잡고 3층을 향해 전력으로 달렸다. 숨이 턱까지 차오르고, 인중 위로 맺힌 땀방울이 시야를 가렸다. 막 일어나자마자 달려왔기에, 곧 정신이 끊어질 것만 같았으나 아직은 아니었다. 지금 쓰러질 순 없다.

"305."

"305."

"305."

다급히 걸음을 옮기는 승욱은 305호 병실만을 외쳐 대었다. 입을 다무는 순간, 다리의 힘도 함께 끊어질 것 같았기에 기울어 가는 발을 간신히 부여잡으며 전속력으로 비상계단을 타고 올라갔다. '쿵' 하는 소리가 연달아 들리며 비상계단을 메아리로 가득 채웠고, 승욱의 손에 간신히 붙들려 가는 순애 또한 간신히 숨을 부여잡았다.

"여기… 맞죠?"

"네, 305호… 맞아요."

승욱이 비상문의 문을 열고, 의료 병동 밖으로 달려 나가 금빛 명찰의 305호 문을 열었다. 새하얀 병동의 모습이 눈에 들어오자, 드디어 도착했다는 생각이 머릿속을 가득 메웠다. 후들후들 떨려 오는 다리는, 더 이상 힘이 남아 있지 않아 털썩 주저앉았고, 터져 버릴 것만 같은 폐만이 간신히 숨을 이어 나갔다. 그래도 도착했다. 후회는 없다.

"어…?"

뭔가 이상했다. 새하얀 병동에는 사람의 그림자 하나 보이지 않았고 길게 늘어진 커튼만이, 텅 빈 펄럭임과 함께 모습을 드러내었다.

"비켜 주세요! 위급 환자 지나갑니다!!"

세찬 바람이 뒤를 스치며 빠르게 나아갔다. 고개를 들어 유심히 보니, 하얀 가운의 의료진들과 병상을 옮기는 파란색 소독 복장의 간호사가 보였다. 설마….

"승욱 씨, 저거…."

"아무래도… 남편분인 것 같습니다."

승욱과 순애는 서로 말없이 눈빛을 교환했다. 그들의 불안하고 혼란스러운 시선은 빠르게 복도를 가로지르는 의료진과 병상에 묶인 순애의 남편을 따랐다.

"따라가요!"

승욱이 힘겹게 외치며 순애의 손을 잡고 다시 달리기 시작했다. 비록 다리가 후들거렸지만, 솟구치는 아드레날린이 그를 앞으로 밀어붙였다.

그들이 도착한 곳은 응급 수술실 앞이었다. '수술 중'임을 알리는 붉은 등이 위압적으로 켜져 있었다. 순애는 문 앞에 털썩 주저앉았다.

"순애 씨."

승욱은 순애의 어깨에 손을 얹었지만, 무슨 말을 해야 할지 알 수 없었다.

순애는 떨리는 목소리로 중얼거렸다.

"며칠 전에 의사 선생님이 말씀하셨어요. 이제 정말… 얼마 안 남았을지도 모른다고…. 예상했던 일인데도… 막상 닥치니까 아무것도… 아무것도… 할 수가…."

그녀가 얼굴을 두 손으로 감싸고 흐느끼기 시작했다.

"괜찮을 겁니다."

승욱이 단호한 목소리로 순애의 손을 잡고 안심시켰다. 낮은 중저음의 목소리에는, 어딘가 단호함이 묻어나 있다.

"아뇨, 정말 잘못되기라도 한다면 저는….."

승욱이 순애의 턱을 잡고, 고개를 들어, 눈높이로 시선을 맞췄다. 순애의 눈에선 폭포 같은 눈물이 쏟아져 나왔고, 볼은 파르르르 자꾸만 떨렸다.

"절 믿어 주세요. 분명 틀림없이 멀쩡할 겁니다."

"어떻게 그런 불확실한 말을 그렇게 초연히 할 수가 있어요…?"

"그냥… 감입니다. 그런데 오늘은 왜인지 맞을 것 같은 예감이 드네요."

순애의 흔들리는 동공이 점차 멎어 가며 원래의 모습으로 돌아왔다.

호흡 또한 정상 궤도를 되찾았다. 땀에 젖어 이마에 덕지덕지 붙은 머리카락이 그녀의 호흡에 따라 옆치락뒤치락 반복하였다. 어느새 떨려 오는 손도 가만히 멈춘 채 식어 버린 지 오래였다.

"순애야!!"

들려오는 목소리에 뒤를 돌아보니 금숙이 일욱과 함께 새하얀 복도를 건너 질주해 오기 시작했다. 다급히 뛰어오는 모습에는, 이때껏 찾아보지 못했던 흐트러짐과 간절함이 드러났다.

그 순간, 수술이 끝났음을 알리는 녹색 등이 켜지고, 순애와 승욱, 그리고 일욱은 지친 의사로부터 "고비는 넘겼지만, 완전히 깨어나기까지는 시간이 걸릴 겁니다."라는 말을 들었다. 순애는 안도의 눈물을 흘리며 남편 이정수가 있는 병실로 들어섰다.

승욱과 일욱도 조용히 병실 문을 열고 들어섰다. 3년 동안 핏빛 침대에 사지가 결박된 채 누워 있던 이정수의 모습은 여전히 창백했지만, 그의 가슴에 부착된 모니터는 일정한 박동을 규칙적으로 보여 주고 있었다.

순애는 남편의 손을 잡고 흐느꼈다.

"여보, 당신을 포기하지 않았어요. 그리고 나도, 아이들도… 당신을 포기하지 않을 거예요. 이제 우리 함께 다시 일어설 힘을 줘요, 제발…."

그녀의 눈물 한 방울이 이정수의 손등 위로 떨어졌다. 그때, 순애가 잡고 있던 이정수의 손가락이 움찔 움직였다.

순애는 숨을 멈췄다.

"여보…?"

그리고 아주 천천히, 이정수의 눈꺼풀이 미세하게 떨리더니, 마침내 힘겹게 두 눈을 떴다.

창백하고 힘없는 눈이었지만, 그 눈빛은 순애를 향하고 있었다.

"여보….:"

이정수의 목소리는 3년간의 침묵 끝에 나온 소리였기에, 너무나도 작고 갈라져 있었다. 하지만 그 음절 하나하나는 순애의 가슴에 천둥처럼 울려 퍼졌다.

"정수 씨! 당신 정말 깨어났어요?"

순애는 기적 같은 현실에 말을 잇지 못하고 울음을 터뜨렸다.

승욱과 일욱은 이 놀라운 광경을 조용히 지켜보았다. 일욱은 승욱에게 눈짓을 보냈다. 이것이 금숙이 진정으로 원했던 결말임을 알리는 신호였다.

일욱은 주머니에서 명함을 꺼내 금숙에게 건넸다.

"이제 죽을 생각은 못 하시겠네요."

금숙이 눈물로 화답하였고, 일욱은 이번에도 티슈 한 장을 건네주었다. 그러고선, 고갤 낮춰 승욱을 바라보았다.

"승욱아, 이것이 너의 임무다. 안식을 원하는 이들에게 편안한 죽음을 선물하는 것도 우리의 일이지만, 때로는 살아갈 이유를 되찾은 이들에게 새로운 시작을 기록해 주는 것 또한 우리의 역할이지."

승욱은 카메라를 들었다. 그의 시선은 병상 위의 이정수와 그의 손을 잡고 눈물을 흘리는 순애, 그리고 이 소식을 들으면 달려올 현우와 민지를 상상했다. 이정수가 깨어난 순간, 금숙이 원했던 모든 것이 이루어졌다.

승욱은 떨림 없이 셔터를 눌렀다.

찰칵!

어둠 속에서 빛이 터져 나오듯, 이정수의 미약한 미소와 순애의 희망 가득한 눈물이 한 장의 사진에 영원히 새겨졌다. 그것은 고통과 절망이 아닌, 가족의 소중함을 깨달은 이들의 재생을 담은 사진이었다.

2. 히어로

최지웅

「히어로」는 청소년들의 혼란과 갈등에 대한 양상과 대처를 다룬 작품이다. 그 난잡한 관계와 얽혀 있는 감정의 칡덩굴을 왕국을 배경으로 하여 나타내었다. 여러분들이 이걸 보고서 여운을 느끼며, 희망이 없던 콘크리트에서 피어난 꽃들을 생각했으면 좋겠다. 그래서 쥐구멍 볕 들 날 없어도, 한 줌의 빛이라도 포기하지 말고 잡아 보기를 바란다. 그럼 첫걸음을 떼는 것과 함께 개화할 꽃들을 보러 가 보겠다.

세상이 붉은색으로 물들 때, 사람들은 흔히 곤란과 혼란에 빠지곤 한다.

하지만, 여기의 6명은 그 붉은색을 바로잡기 위해 손을 모으곤 한다.

세상을 다시 푸른 하늘로 돌려놓기 위해서 다시금 손을 뻗는다.

이를 알기 위해 4개월 전으로 돌아간다.

이 세상은 평화로웠다. 사람들은 각자의 놀이를 즐기고 있다.

홀로그램으로 사람들끼리 소통하고, 서로가 편리한 수단을 즐기고 있다.

길거리에서는 실시간으로 뉴스가 흘러나오고 있다.

"시민 여러분 안녕하신가요? 저희는 리솔루션 왕국입니다. 저희는….."

국왕은 절대적인 평화국가 건설을 목표로 내걸면서 왕국이 평화로운 '척'을 하고 있다.

"저희는 자국민들의 절대적 평화와 군인들을 위한 정책을 만들고 있습죠, 하하."

국민들도 그를 찬양하며, 국왕의 인성에 대해 모두가 찬사를 내비치던 그때,

"으악, 도움 지원 바람."

"부품 파괴 완료, 이상 없나?"

바깥의 상황은 너무나도 개판이었다.

사람들이 인식하지 못하는 '벽'의 뒤편에서는 누군가가 괴물들과 싸우고 있다.

"괴물 공습 끝, 처리 완료."

"돌아가자."

국왕이 공개하지 않은 사람들이 있다.

그 사람들은 바로 '어반돈 부대', 괴물에 맞서 왕국의 성벽을 지키는 조직이다.

이 부대는 청소년이 주축이며, 개월마다 한 기를 만들고, 기존의 기수는 괴물들의 본거지로의 정찰을 통해 버려지는 악독한 시스템이다.

이것을 정부는 비밀리에 숨기며, 당사자들의 부모와 친척 등에게는 비밀 유지 계약서를 쓰게 하거나 기억 제거제를 먹여 더욱더 비밀을 강화한다.

그 후, 선별 작업(탱크 실력)을 통해 탈락하는 사람은 집으로 돌아가고, 합격한 사람은 군복을 입는다.

군복을 입고 난 후에는 탱크를 운전하고 연습하여, 조종감을 익히고 직접 여러 테스트를 거친 뒤에야 실전에 투입하게 된다.

하지만, 상관들은 자기네들 일이 아니라고 해서, 나 몰라라 하고 있는 중인 것이다.

그런데, 다들 쉬쉬하는 분위기에 혼자서 인권을 주장하는 이가 있었으니, 바로 록시였다.

"대장님, 이건 너무하잖아요! 아무리 그래도 그렇지, 이건… 인권 침해잖아요!"

"너도 알다시피 어쩔 수 없는 거란…"

"네? 이게 어쩔 수 없는 거라고요?? 참… 한 번만 애들의 의견도…."

"아니, 허용할 수 없다."

"하아…."

록시는 정말로 열심히 어반돈 부대를 위해 최선을 다한다.

Chapter 1: 첫 연결과 협동

록시는 그래서 통화를 해 보기로 한다. 이번에 새로 들어온 4,020기 신입생들에게 말이다.

"커넥트!"

"아아, 여보세요."

"들리나? 여기는 정부 소속 멤버, 록시라고 해."

"하아, 정부 기관께서 우리에게 무슨 일이실까?"

돌아오는 말은 비수로 돌아왔다.

비록 내가 어른이고 정부이기에 칼날이 나에게 향할 수는 있지만 그걸 감안하더라도 너무 큰 비수가 아닌가 싶다.

"그게 아니라… 저는…."

"그게 아니고서야 뭐겠습니까? 말이나 해 보십시오."

"나는, 너희들과 협동하기 위해서 왔어, 지금도 숨어서 연결하고 있고."

"하아… 일단 알겠습니다. 오래 통화는 힘드니 끊겠습니다."

"잠깐마…."

뚜---------

나는 여기의 리더인 '시저'라고 한다.

오늘은 여기에 있는 3명과 함께 어반돈 부대를 이끌어야 한다.

우선 나는 18살로, 남자이지만, 어느 순간부터 여기로 끌려왔다.

"시저~ 여기 와서 놀아~"

"아니, 괜찮아, 놀고 있어."

"칫, 그럼 심판이라도 해 줘~!"

"알겠어, 할게."

일단 첫 번째로는 목청이 큰 로즈어이다.

나와 같은 나이이며 여자아이이다. 나를 '대장'이라고 부른다.

애는 심사 때 못하는 애 중 한 명이었지만, 그나마 탱크를 조금이라도
다룰 줄 안다는 점 때문에 뽑힌 것이다.

로즈어는 항상 주위를 밝게 한다. 하지만, 은근 허당끼가 있다.

"우왓! 배구공 아프잖아!"

"잘 받아야지! 이런 식으로 받으면 돼."

"우와… 올러, 너 왜 이렇게 똑똑해?"

"이 정도는 뭐, 식은 죽 먹기지."

두 번째는 여기에 있는 올러인데,

17세로 어린 나이이고 여자애이지만,

IQ가 120 정도로 측정되며, 프리 패스를 받고,

탱크를 다루는 실력도 나날이 늘어 가며, 정말로 뛰어난 통찰력을 갖
고 있다.

올러는 나를 리더라고 부르고 있다.

"배트롤이 간다앗!!"

"으악, 뭐 하는 거야!"

"왜? 그저 배구공으로 로즈어를 맞춘 것뿐이야. 배구도 내가 낸 아이디 어잖아. ㅋㅋ"

"아, 너 웃기는 애네?"

"이익… 사과해라!!"

세 번째는 배트롤로, 17세 남자애이다.

얘는 형편없는 실력인데도, 타고난 말발과 분위기로 뽑힌 것 같다.

하지만, 벌써부터 말이 많은 건 참 뛰어난 재주이다.

근데, 나를 자꾸 사령관이라고 부르며 웃는다.

일단, 이렇게 4명이서 놀고 있었는데,

갑자기, 누가 다가온다.

외형을 보니 어린아이인 것 같아, 내가 말한다.

"애야, 여기는 일반 사람이 다니는 곳이…."

"저도 알거든요!! 저도 어반돈이라고요!"

모두 다 충격이었고, 나조차도 충격을 받았다.

이런 아이조차도 전쟁에 내보낸단 말인가?

나는 울분을 삼키고 어린아이와 계속 이야기를 나눈다.

"미안, 반가워. 나는 여기의 리더 시저라고 해. 18살 남자야."

"흥… 나는 15살 여자이고… 어… 에러라고… 해…."

"에러…?"

"응, 해커 전형으로 들어왔어…!"

"그리고… 왜 늦게 들어왔어?"

"응? 추가 전형이 있다고 해서 그냥 들어왔어!"

해커 전형이 있는지도 몰랐다.

그러나, 해커라면 우리의 조원도, 싸움도 늘 것으로 생각했다.

"환영해, 여기가 우리의 본거지야. 숙소는 괜찮지만, 낡았어."

"난 배트롤! 이리 와서 배구도 같이 하자!"

"그래! 아, 참고로 난 로즈어라고 해. 잘 부탁해!"

"… 난 올러라고 해, 해커라고 했나? 잘 부탁해."

"마지막으로, 리더 시저야, 다시 한번 잘 부탁해."

모두의 성원을 받으며, 에러는 우리의 여정에 동참하게 된다.

이 여정은 그 흔하다면 흔하고 뻔하다면 뻔한 그 '평화'를 위해 싸우는 여정이다.

이렇게 우리 5명은 구성되고, 다들 배구를 즐긴다.

웃음소리가 넓게 퍼진다.

늦은 저녁, 배구를 정리하고 다들 누워서 쉬고 있는데, 연락이 왔다.

"커넥트!"

"아아, 여보세요."

"들리나? 여기는 정부 소속 멤버, 록시라고 해."

드디어 나왔다. 이 사건의 원흉! 보나 마나 또 위선과 조롱의 말이겠지.

"하아, 정부 기관께서 우리에게 무슨 일이실까?"

"그게 아니라… 나는…."

"그게 아니고서야 뭐겠습니까? 말이나 해 보십시오."

"나는, 너희들과 협동하기 위해서 왔어, 지금도 숨어서 연결하고 있고."

어이가 없었다. 정부 소속에다가 숨어서 연락하고 있다고?

게다가 우리들이 저녁을 먹을 이 시간대에 굳이 전화를 해서?

우리를 또 비웃으려는 계획이겠지.

"하아, 일단 알겠습니다. 오래 통화는 힘드니, 끊겠습니다."

"잠깐마…."

그녀의 마지막 말이 들리기도 전에 끊어 버렸다.

"대장, 무슨 일이야?"

"아, 그냥 정부 소속 애들이 비웃으러 온 것 같아."

"아아, 리더도 힘들겠네. 저런 전화를 받아 내고."

"역시 사령관이야!"

"이 자식…."

모두가 웃고, 나도 조금이나마 웃을 수 있는 조용한 밤이었다.

Chapter 2: 소통의 시작

우리는 열심히 탱크 연습을 하고 있다.

그 기분 나쁜 전화가 온 지 하루가 지났다.

우리는 허수아비에 괴물의 이미지를 프린트해 붙인 뒤 쏴 보고 있다.

"이얏! 대장 어때?"

"명중 실패야."

"아아…그래, 힘내 봐야지!!"

"다음, 올러."

"… 발포!"

"명중이야. 다음으로는 배트롤!"

"사령관님, 나를 지켜봐 줘!"

"지켜봤는데, 명중하지 않았어. 조용히 해."

"크흡… 푸하하! 대장에게 사령관이래! 하하!"

"음… 그럼 에러에게로 가자."

에러는 새소리에 반응하지 않고 자고 있다.

"어이, 일어나야지. 밥 먹어라."

"흐엣! 아… 리더님이구나… 알았어!"

에러는 귀여운 만큼이나 무언가 응어리가 있어 보였다, 적응의 차이인가?

"잘 먹겠습니다!!!"

"대장, 내가 만든 요리 어때?"

"음… 네가 요리사 좀 해라."

"우와!!!"

우리는 서로가 만든 음식을 먹여 주며 누가 더 맛있는 요리를 만들었는지를 평가한다.

"리더, 난 어때?"

"음… 못하는데?"

"그래그래, 당신이 끓인 생선이 최악이거든요~"

"푸흡… 사령관, 요리가 보라색이야!"

에러는 옆에서 히죽히죽 웃고 있었다.

그렇게 해서 최종 결과는 만장일치였다.

결과는 대장인 내가 발표한다.

"먼저, 첫 번째 요리사 선정 결과는… 로즈어!"

"우와, 기뻐요. 다들 감사합니다~"

"다음은 워스트인데… 만장일치로 나…?"

다들 웃음을 참느라 바빴고, 배트롤은 책상을 갑자기 닦았다.

그 행동에 묘한 기분이 든 나도 많이 웃었다.

그렇게 슬슬 분위기가 무르익어 갈 때쯤, 그 전화기가 떨리고,

다시금 그 기분 나쁜 전화가 왔다.

"여보세… 요?"

"어이… 또 왜지?"

"지난번에는 미안했어… 고개 숙일게….."

아니, 이런 말도 할 줄 알았던가.
위선이라고 생각이 들면서도 내심 놀랐다.
하지만, 또 거짓말이라고 생각이 들어서 말했다.

"일단, 당신네들이 저지른 죄는 알고 있겠죠?"
"응, 알고 있어. 정말로 면목이 없어."
"… 정말로 숨어서 통화하고 있는 거 확실하죠?"
"응, 정말이야."

에러에게 위치를 재차 물어보니 정말로 집에서 숨어서 통화를 하는 것이 맞다고 한다.
"알겠습니다. 저희에게 무슨 이유로 전화하셨죠?"
"일단, 너희들의 이름부터 알고 싶어."
"그건 왜요?"
"그래도 이름을 모르면 안 되잖아. 이름이 곧 사람의 본질이니깐."
"… 전 시저라고 합니다. 이 팀의 리더입니다."
"다시 말할게, 난 현재 정부 소속이지만, 너희를 몰래 도우러 온 록시라고 해!"

나와 록시의 대화를 들은 팀원들도 하나하나 자기소개를 하기 시작했다.

"저는 배트롤입니다. 이 어반돈의 페이스 메이커를 맡고 있죠."
"저는 로즈어라고 해요. 팀 중에서는 요리사라고 불린답니다!"

"저는 올러구요. 그냥 브레인 담당이라고 생각하시면 됩니당."
"저는 에러라고 하고요…. 어… 잘 부탁드려요! 해커 전형이에요!"

"재차 미안하고, 나는 스피커 역할을 맡았어. 잘 부탁한다!"

항상 지금 같은 훈훈하고도 평화로운 상황은 깨지기 마련이다.
지금도 그렇다.
"위잉~ 괴물의 공습이 포착되었습니다."
"아, 다들 무기 챙기고 탱크에 탑승해. 로즈어?"
"어? 대장, 왜?"
"넌 에러를 엄호해 주는 역할을 해 줘! 이제 출발이다."
"어어, 알겠어. 출동!"

록시는 적들의 위치를 파악하고, 적들의 정보를 제공하는 스피커 역할
을 해 준다.
괴물들은 대부분 외피가 단단하여, 총으로 쏴도 죽지 않고,
크기는 허리까지 오는 소형에서부터 우리 키의 4배인 초대형 괴물까
지 있다.
"괴물의 머릿수는 40마리야. 가능하겠어?"
"가능하죠. 애들아, 출동하고, 에러는 여기서 해킹하면 돼."
"아… 알겠어! 혼자서도 할 수 있거등…."

우리는 탱크를 움직인다. 탱크는 그 크기의 포부와는 달리 조용히 움
직인다.
물론 안에 있는 사람, 즉, 운전자들은 아니겠지만.
'덜컹덜컹'

"… 발포!"

배트롤은 탱크의 포를 위로 올려 박격포의 역할을 한다.

하지만, 각도 계산을 잘못해 버린 미사일은 비실비실 날아가 엉뚱한 곳에 떨어진다.

그때, 우리들의 에이스가 나온다.

"리더, 내가 갈게."

올러는 믿음직한 와이어 어태커로, 줄을 사용하여 적들에게 직접적인 공격을 날린다.

그래, 머리가 똑똑해서 저런 포지셔닝을 맡은 것이다.

"지잉, 쾅!"

와이어를 이용한 거리 좁히기와 현란한 움직임, 그리고 포대의 발사는 한데 응집하는 괴물들을 쓸어 버리는 계기가 된다.

그 후, 내가 미니 대포로 연사를 하자, 괴물들의 처리가 완료된다.

"우와… 너희들은 도대체 정체가 뭐야?"

"저희는 어반돈입니다."

조금의 소란이 끝난 후, 우리는 정비도 할 겸 우리의 기지로 돌아갔다.

"대장, 근데… 왠지 오늘따라 이상하지 않아?"

"로즈어, 그게 무슨 말이야?"

"아니, 그냥… 괴물의 지능이 더 올라간 것만 같은 느낌이었어."

"맞아, 리더. 심지어 내 와이어를 튕겨 내는 애들도 있었다니까?"

"대장, 에러에게도 괴물이 붙었었어. 내가 막아 주긴 했지만….'

그렇게 되면, 이대로는 위험하다.

첫 번째는 지능의 상승이고,

두 번째로, 에러에게도 공격이 들어왔다는 것은 괴물이 후방 침투도 배웠다는 말이다.

"확실히 위험하긴 하네. 괴물에서의 방도도 준비해야겠어."

"그럼, 사령관. 내 박격포가 안 맞은 것도 설마…?"

"그건 아니고."

"나쁘다!"

배트롤의 장난이 아니었으면 우리는 분위기가 침체될 뻔했다.

늦은 밤, 에러는 나에게로 온다.

"리더님…."

"왜 그러니? 오늘 많이 무서웠어?"

"아니요, 제가 막상 들어가니 팀원들에게 짐만 되는 것 같아서요."

"그래, 네가 오늘 한 것은 생각해 보면 별다른 활약을 한 건 아니었지."

"…."

"하지만, 너의 행동에서 난 가능성을 봤어. 시도를 했으면 또 다른 기회가 있어."

"…!"

"그래, 다음에도 또 하면 되고, 다음에도 또 하면 되는 거야!"

"감사해요…. 헤헤."

이런 아이들이 무슨 죄가 있다고 전장으로 투입되는 것일까.

천진하게 웃는 모습을 보니, 내 입에서도 흐뭇한 웃음이 났다.

"이제는 늦었으니, 좀 들어가서 쉬어라."

"그럼, 리더님은 뭐 하려고?"

"난 별을 바라보는 것을 좋아해. 이러면 명상도 되고, 냉정해질 수 있거든."

"아하… 그렇구나…. 난 들어갈게!"

평소대로 돌아온 에러를 보고, 별을 보고 나서야 나는 잠에 들었다.

하지만, 아침에 깬 것이 아닌 새벽에 깬 이유는 어떠한 이유 때문이다.

바로, 적의 군집의 이동이 레이더에 관측되었기 때문이다.

군집은 총 4개로, 우리를 향해 오고 있었다.

그리고 괴물의 총개체 수는….

"헤엑, 대장! 400마리…? 기록된 수치가 정확하긴 한 거야?"

"아무리 사령관이라고 해도 400마리는 좀 힘들지 않을까?"

"뭐, 일단 붙어 봐야 하지 않겠어? 일단, 무장을 쓰자."

우리는 산 쪽에 무장을 하고 있다.

곧 멀리서부터 괴물이 오는 소리와 검은 악보와 같은 검은 무리들이 우리를 향해 오는 것이 실감 났다.

팀원들은 내심 긴장한 듯, 숨소리가 빨라지는 것이 들린다.

난 말한다.

"애들아, 숨소리 죽이고 있어야 돼."

팀원들은 고개를 끄덕이며 포지션을 잡는다.

전체적인 개요는 이러하다.

먼저, 괴물들은 우리나라를 침범하기 위해서, 이 다리를 거쳐 갈 수밖에 없다.

그 점을 노려, 나는 괴물들이 이 다리를 건너는 도중에 다리를 끊어 낼 것이다.

그다음, 아직 다리를 건너지 않은 괴물들은 배트롤이 박격포로,

다리를 건넌 일부 괴물들은 나와 올러, 로즈어가 처리하는 방식이다.

에러는 그동안 록시와 함께 괴물의 상태나 위치를 정확하게 전달하고, 외피 상태를 알리는 역할을 맡는다.

"그럼… 지금이야, 끊어!!"

나의 지령과 함께 다리가 끊어지면서, 순식간에 50마리가 물살에 휩쓸린다.

나머지 중 30마리는 다리를 건너지 못하였고, 20마리는 다 건넌 상태.

"하하하, 30마리는 이 배트롤 님에게 맡기셔, 박격포 발포!"

박격포가 쏟아진다. 30마리는 당황과 혼란이 섞여, 서로 허둥지둥한다.

결국 다리 건너편에는 배트롤의 포격으로 인해 10마리만 남은 상태, 하지만, 지능이 생겨, 피하기를 잘 하게 된다.

한편, 나와 로즈어, 올러는 각자의 자리를 지키며 다리를 미리 건너온 20마리를 쉽게 물리친다.

로즈어는 시즈탱크로서, 광역 피해를 멀리서 쏘는 역할을 하는데, 이 것이 주요 세력이 되었다.

"2명, 잘 해냈다. 이제 올러는 배트롤에게 가서 상황을 공유하고, 우리 는 에러를 찾으러 가자!"

"응!!"

배트롤은 이전처럼 잘 맞추지 못하고 흔들리고 있었다.

"으으! 얘네들, 이제야 좀 머리를 쓰는 건가?"

"좀 더 오른쪽."

순간, 누군가의 귓속말에 오른쪽으로, 무의식적으로 쏴 버렸다.

다음 순간, "펑!" 하는 소리와 함께, 다리 건너편의 10마리는 모두 터져 버렸다.

"아, 와 줬구나. 올러!"

"뭐… 널 거정해서 온 건 아냐."

"정말…?"

"사실, 에임 걱정이긴 했어."

"그래서, 사령관 쪽은 어떻게 됐어?"

"뭐, 20마리는 다 잡았는데, 에러의 여부를 검사하러 갔어. 아무 이상 없겠지?"

"쿠쾅!"

우리는 에러를 위해 싸움을 진행했다. 포위를 당한 채로.

시간을 뒤로 돌려 천천히 상황을 정리하자.

10분 전, 우리는 20마리를 다 잡고 난 후, 에러의 상황을 확인하러 갔다.

하지만, 에러 쪽에도 적들이 오는 것이 보였다.

'뭐지, 적은 다 처리하지 않았나?'

생각하기 전에 몸이 먼저 움직였다.

나는 빠르게 붙어 에러에게 해를 가하는 상황을 막았다.

"휴, 다행이야. 무슨 일이야, 에러?"

"얘들아, 다리를 끊었을 때, 살아남은 괴물들이 습격을 했어. 근데…."

"근데, 뭐요?"

"응, 소리를 들은 두 군집이 오고 있어!"

"잠만, 아직 그 준비는!"

이미 늦었다. 두 군집 중 한 군집이 이미 와 버렸다.

에러는 빠르게 해킹을 하며 속도를 늦춰 보았지만, 이미 벌어진 상황이다.

"그럼, 얘들아, 동쪽에 산이 있어. 그쪽에서 싸우는 건 어때?"

"스피커, 확인하였습니다. 그럼, 동쪽으로 이동한다."

"네, 대장님!!!"

우리가 도착하는 시간에 맞게, 괴물들이 산으로 온다.

로즈어는 시즈탱크, 나는 벙커로서 디펜스를 시작하게 된다.

말 그대로 '대규모 전투'가 시작되려는 참이었다.

"자, 로즈어, 에러?"

"응!"

"모두들 필사를 다해, 쏘는 거다! 그럼… 막자!"

"응, 막자!!"

"퉝!"

무수한 소리가 오고 가며, 주변에는 핏자국이 드러난다.

그것을 보는 것보다는 벙커로서 체력을 지키고, 막아 내는 것이 목표이다.

"야, 한 마리 이동한다. 그쪽으로!"

"대장, 이미 확인하고 죽여 났어."

"잘했어…. 45도, 적 다수 발견!"

"하아… 스피커 씨, 몇 마리나…."

"앞으로는 62마리 남았어! 다들 집중해, 곧 있으면 걔네 둘도 온대!"

"후우… 힘들어!"

우리는 고전을 이어 갔다. 안개가 낀 날씨와 괴물의 수량.

하지만, 주목할 점은 따로 있었는데, '외피'였다.

외피가 단단해졌다는 것이다. 그것도 전보다 더.

거기다가 괴물의 지능이 가미되니, 이리 피하고 저리도 피하고,

운전자 입장에서는 정말로 조종이 힘든 배열을 가지고 있다.

게다가, 전선이 점점 앞으로 다가오니 두려움도 급습한다.

괴물의 앞으로 오는 소리와 우리들의 뒤로 가는 소리가 겹치며, 눈을 감은 그때,

"눈을 떠, 이 멍청이들아!"

"안개 속의 해결사들이 간다."

그 둘의 모습은 안개 속에서도 빛을 발하는, 마치 구세주의 모습이었다.

"와 줬구나!"

"하아… 드디어 왔네. 그럼… 전원 출격!!"

"옛, 썰!!"

우리는 양각을 활용하여, 총 100마리를 모두 잡아내는 데 성공한다.

"공습 끝!"

팀원들은 이 말에 하나둘 쓰러지기 시작했다.

록시도 우리에 대한 극찬을 아끼지 않는다.

"얘들아… 너무 수고했다. 하루에 군집을 두 개나 제거하다니….”

우리는 기지로 돌아온다. 하루가 너무 길고 모두 기진맥진한다.

나는 팀원들의 사기 충전과 분위기 환기를 위해서 마구 칭찬해 준다.

"일단, 우리에게 대비할 시간을 주도록 속도를 늦춰 준 에러에게 모두 박수."

팀원들은 누워 있다가 모두들 앉아서 에러에게 박수를 쳐 주었다.

"에러야, 고마워!"

"헤헤, 나도… 다들 너무나도 고마워! 앞으로도 잘하는 내가 될게!"

나머지도 말한다.

"그리고, 이번에는 내 옆에서 시즈탱크 역할을 한 로즈어, 수고했어."

"아잇, 대장 뭘~ 나는 보조만 한 것뿐이야."

"또한, 우리에게 빛을 제공해 준 우리 올러와 배트롤에게도 고마워."

"뭐, 사령관이 위험하면 우리가 길을 제공해 줘야지."

"그리고… 스피커 님?"

"어… 어?"

"당신에게도 고마워요."

"나는 왜?"

"그야, 저희에게 맨날 정보를 제공해 주시고, 이번엔 장소 추천까지 해 주셨잖아요."

"그래, 나도 나에게 고맙다."

정부 소속이자, 우리들의 눈초리를 받던 록시.

초반에는 팀으로도 안 느껴지고 막말을 하긴 했으나…

뭐, 이제는 명확한 우리 팀이다. 이걸 의심할 여지가 있겠는가?

그렇게 생각하던 참인데, 다들 묘한 분위기를 풍긴다.

스윽스윽 다들 눈치를 주고받더니 다 같이 말한다.

"리더!! 수고 많았어!!"

다들 나에게 안긴다. 그렇게 일단은 분위기가 잠시 화목해진다.

이제는 완전히 노는 것은 아니지만,

애들은 괴물이 안 오는 시간을 이용해 조금의 여유 시간을 가질 수 있었다.

"꺄하하! 대장, 간지러워!"

"으악, 리더! 물 튀기잖아."

"맞아, 리더님. 다이빙을 하면 어떡해!"

나도 이런 장난 정도는 치고 싶다고 생각하는 찰나에,

배트롤이 에러와 함께 낑낑거리며 무언가를 들고 오고 있었다.

"얘들아, 에러가 뭘 들고 올 거야. 그걸 하자."

"네트랑⋯ 에러가 가져온 건 공이네?"

"같이⋯ 비치 발리볼 할⋯ 할 사람?"

"저요, 저요!"

우리는 방금 전까지 수영장 풀에 있던 몸을 이끌고

일명, '유사 비치발리볼'을 하러 갔다.

뭐, 공이 떠오르는 건 원래 싫어했지만,

"나도 참가할게!"라고 희망차게 말해 버렸다.

"진짜로? 대장이?"

"리더가 그러니 의외긴 하네, 크흠."

"역시 사령관, 직접 내가 보여 줘야 하는구나."

"리더님이? 심판은 내가 할게!"

내가 서브를 날린다. 호기롭게 날아간 서브 볼은 네트를 맞고 힘없이 떨어진다.

"푸흡… 푸하하! 역시 사령관, 공은 많이 안 만져 봤구나!"

"이게 진짜! 다시 줘! 성공할 때까지 한다."

그렇게 한 번 더 했을 때, 공은 날아올라, 배트롤의 가드를 뚫었다. 나머지 두 명이 놀란다.

"조금 하는데? 그럼 대규모 전투 때처럼 팀 짜서 해 볼까?"

그렇게 나와 로즈어, 배트롤과 올러가 맞붙었다.

심판, 에러의 휘슬이 울리고 배트롤의 강한 서브를 내가 받는다.

"로즈어, 때려!"

"그렇게는 못 두지!"

올러는 블로킹을 하려고 뛰었지만, 그걸 예측한 로즈어였다.

"약하게 톡!"

순식간에 얼어붙은 세 명과 좋아하는 소녀, 굴러가는 공만이 남아 있었다.

"… 잘했네, 로즈어."

"하하! 고마워, 대장! 나 잘하지?"

확실히 로즈어는 탱크를 다루는 거 빼고는 다 잘하는 긍정형 학생이다.

그렇게 로즈어의 캐리로 경기는 13:4로 우리가 이겼다.

“올러, 왜 이리 못 막아~ ㅋㅋㅋ”

“아, 참. 네가 리시브 잘 하든지.”

“경기 끝이야! 수고 많았어, 다들…!”

에러는 우리가 경기하는 몰래 화채를 준비했다.

이 화채가 앞으로 우리에게 무슨 의미로 다가올지 모르겠다.

하지만, 화채가 맛있다는 건 누구도 부정하지 못하는 사실이다.

“후아, 맛있게 잘 먹었다~ 고마워, 에러~”

“아니야, 로즈어 선배.”

오랜만에 팀원들 간의 프리 토킹이 계속된다.

“야야, 그래서, 대장이랑 내가 낙심하고 있었는데, 올러가 딱 보였다니깐.”

“우린 너희가 산에 있어서 무슨 일인가 하고 바로 달려갔지. 네가 조금만 에임이 좋았더라면!”

“아아, 귀는 왜 당겨! 치이….”

나는 고개를 끄덕거리며 다시 한번 팀원들을 칭찬하고, 연습장으로 간다.

그러고 보니, 에러는 어디에 있는 걸까 하고 창고로 가 보았더니

“에엣? 리더님…?”

“이건… 네가 만든 EMP야?”

“응… 언젠가 도움이 될까 해서….”

“오늘 너무 많이 열중하지는 말고, 열심히 해~”

“응, 항상 고마워! 헤헤….”

저번에 봤던 모습과는 너무나도 다른, 자신감이 넘치는 목소리였다.

그걸 뒤로하고 다시 연습장으로 갔더니, 로즈어가 있었다.

"앗, 대장. 오늘도 연습 중이었어! 헤헤…."

"너도 안 힘드냐?"

"응! 나중에 이런 노력들의 결실로 살아가는 거니깐… 일단 실력을 늘려야 자랑스러워하지!"

"정말 좋은 마음가짐이네, 그럼 이제 나랑 연습할래?"

"어…! 너무 좋지!"

우리는 연습을 시작한다.

온갖 것들을 뛰어넘는 장애물 훈련부터 시작해서, 멀리 있는 적을 단발로 맞추는 연습까지.

우리는 많은 연습을 하면서 서로 피드백도 해 주고, 서로의 실력 향상에 즐거워한다.

"그래도, 네 덕분에 활력도 많이 얻어 간다. 고맙다, 로즈어."

그런 한마디에, 눈물을 흘릴 정도로 고마워하는 로즈어였다.

"응… 대장님, 고마워!!"

이제 남은 것은 그 듀오, 올러와 배트롤이었다.

그 둘은 서로 외형적으로는 사납긴 하지만,

구세주 사건 때부터 매일매일 친해져서는 현재는 베개 싸움까지 할 정도로 친해졌다.

맞다. 지금도 그 둘은 바보같이 베개 싸움을 하고 있다.

"들어와라, 이번에야말로 이겨 주마!"

"뭐, 들어와! 나도 지지는 않을 거거든…. 어? 리더?"

"잘 놀고 있네, 방해하진 않을게."

문 뒤에서 해명의 소리가 들리기는 했지만, 나는 문을 닫고 살짝 웃었다.

'뭐, 다들 잘 놀고 있네, 하지만….

리더(나)는 어떻게 스트레스를 풀지?'

뭐, 다들 각가지의 스트레스를 풀 수 있는 방법이 있을 것이다.

하지만, 나는 조금 색다르게 명상이라는 방법을 이용한다.

눈을 감고, 자연물을 이용해서 스트레스를 푸는 방법이다.

근데, 최근에는 잘 하지 않고 있다. 왜냐하면 눈을 감은 적이 최근에 있지 않은가.

그런 연유로 또다시 그 괴물들을 떠올리기 싫어서 그렇다.

이런 여가 시간은 매일 오는 것이 아니기에, 밤에는 다 같이 바비큐 파티를 하기로 한다.

베개 싸움을 하다가 지쳤는지 잠들었던 두 사람이 먼저 나왔다.

"하아암… 리더, 바비큐 하는 거야?"

"오, 맛있겠네!"

"대장, 팔이 굵어요!"

이어, 연습을 하던 로즈어가 땀을 흘리며 나온다,

하지만 나오지 않은 한 명이 있다.

"에러야!"

우리는 빠르게 창고로 달려간다. 에러는 아픈지 쓰러져 있었다.

"올러, 에러를 침대로 옮겨 줘."

"알겠어, 리더. 너희도 도와줘!"

"응! 하나, 둘, 셋!"

에러는 그렇게 침상으로 옮겨졌다. 아무래도 경험과 시간이 이렇게 몸을 버려 놓았나 보다.

"콜록! 으으으… 엄마아…."

그녀의 푸념 같은 잠꼬대를 들은 우리는 급숙연해졌다.

"… 많이 아픈가 봐."

"그러게, 지금도 여전히 힘든가 보네."

우리도 우리를 돌아보는 시간을 가졌다. 지금까지의 끌려온 과정과 힘든 시기들을 돌아보면 탄식이 안 나올 수가 없었다.

아무튼 그녀에게 냉찜질을 해 주고, 우리는 거기서 나왔다.

곧 일어난 에러는 우리에게 다가온다. 바비큐 파티를 하고 있던 우리로는 반가운 소식이었다.

"이… 이게 다 뭐야…?"

"바비큐야, 먹어도 돼."

"우와! 잘 먹을게, 리더님!"

잘 먹는 그녀를 보니, 동심으로 돌아간 듯한 기분이 들었다.

하지만, 그 시각, 큰일이 두 가지 발생한다.

하나는 괴물들의 움직임이 빨라졌다는 것이고, 하나는….

"아악!! 우리가 왜 이렇게 살아야 하는데!!"

배트롤의 함성이었다.

Chapter 5: 갈등의 시작

베트롤은 어렸을 때부터 말을 잘하는 애로서, 인정을 받았었다.

그리고 항상 친구들과 어울리며 놀았었지.

하지만, 지금은? 주위에 친구들이 있는 게 아니었다. 괴물이 있었다.

"쏴야 돼! 이쪽이야!"

"응, 확인했어."

"록시, 적의 숫자는요?"

"40마리야, 능선에서 막자!"

서로의 상태를 확인하는 숨 막히는 공방전에서 그는 활력소를 잃어버렸다. 이제는 숨이 막히는 것 같았다.

'언제쯤 끝날까…'

그러다, 에러가 잠꼬대를 하는 그 순간, 일이 터져 버렸다.

나는 생전 처음 들어 보는 배트롤의 절규에 놀랐다.

하지만 마음을 다잡고 그를 말리러 간다.

"야, 배트롤, 진정해…!"

"야, 사령관, 진정하게 생겼어? 어?!"

"그래, 그렇긴 한데 일단 감정에 휘둘리지 말라고!"

"하, 감정… 그래, 나도 감정에 안 휘둘리고 싶지. 근데, 지금 상황이 어때? 이게 진정하게 생겼어?"

"…."

"봐 봐, 주위에는 어느새 친구가 아닌 괴물들밖에 없고, 우리는 어느새 끌려와서 이 개같은 제도 아래, 유기돼서 싸워야 하는 건데 내가 진정하게 생겼어? 말해 보라고!!"

할 말이 없었다. 솔직히 우리는 버려진 것도 맞고, 이 제도 아래에 있어서 싸워야 하는 것도 맞다. 하지만….

"이렇게 안 싸우면, 우리도 그 국가와 다를 바가 없잖아."

"하아? 그렇게 나온다, 이거지?"

"쿵!"

배트롤은 날 벽에 밀친다.

"착각하지 마. 리더라고 뭘 다 할 수 있는 것도 아니잖아."

그리고는 아무 말도 없이 기지로 터벅터벅 걸어가는 그의 등에서는 빛이 사라지고 그 자리를 어둠이 대체한 듯한 그런 기운이 들었다. 까마귀도 마침 울었다.

"대장, 괜찮아?"

"괜찮을 줄 알았더니만, 배트롤 쟤는 왜 그러냐… 아까도 나랑 베개 싸움은 잘도 했으면서."

"아냐, 이것도 내가 책임져야 해, 그리고 쟤의 잘못이 있겠어? 그것도 아니지."

모두가 침묵하자, 내가 다시 말한다.

"쟤는 그냥… 괴물들과 사는 세상이 괴로운 거야."

"… 아아….”

그렇게 나와 배트롤의 싸움은 흐지부지 끝나면서 사이가 멀어지고 말았다.

전투 중에도, 나와 배트롤은 아무 말이 없다.

그저 간단한 교신만을 주고받으며, 묵묵히 각자의 할 일을 할 뿐이다.

나머지 팀원들도 전투에 몰입하긴 했지만, 분위기를 환기하려는 노력을 보였다.

하지만, 멀어진 사이는 가까워지기 힘들다. 기지에 돌아와서도 우리는 말 한마디 없다.

자석의 같은 극처럼 가까워질 수는 없고 멀어지기만 한다.

"배트롤….”

"대장, 정말 합의할 생각은 없는… 거야?”

"아직은….”

이렇게, 어정쩡한 분위기 속에서 싸움을 이어 가다 보니, 팀원들의 사기 저하와 더불어, 팀원들의 스트레스도 점점 커져 간다.

하나,

"로즈어, 시즈 탱크 때는 조심 좀 해 줘.”

둘, 셋,

"올러, 너도 와이어 조심 좀 해 달라구!”

"뭐? 널 지키려고 와이어를 설치한 거잖아!"

넷, 다섯, 여섯,

"그리고 에러, 너도 마찬가지야. 뒤에서 할 거면 엄폐물을 끼고 하라고
했잖아…!"
"죄송해요…. 저도 모르게 집중이 풀려서 그만…."
"애한테 왜 그래! 하지 마!"

일곱, 여덟, 아홉, 열…
서로에 대한 존중과 엄지척은 온데간데없고, 서로에 대한 비난이 난무
하며, 고요하고 평온했던 하루는 이제 언성이 높아진 불안정에 다다른다.
발소리는 없고, 모두가 전투에 대한 피드백이나 칭찬을 하지 않으며,
밥만 먹고서는 헤어지는 독립체가 되어 버린 것이다.
정말, 이대로는 안 된다. 다섯 명이 다시 모이도록 해야 하는데….

이제는 다들 서로를 헐뜯기 시작한다.
마치 서로 물어뜯는 야생의 호랑이들처럼 말이다. 안개가 낀 듯한 거
리감과 적막이 찾아온 우리 기지의 놀이터는 우리의 암흑기가 될 것이라
는 걸 암시하는 듯했다.

어느 날, 전투 중 록시가 말한다.
"동쪽 개체 발견, 각도는 220 쪽."
"네…."
"…."
록시는 어딘가 미심쩍은지, 전투가 끝나고서는 물어본다.

"너희들, 이상해…."

"어… 어디가요?"

"혹시 너희들 싸웠어? 아까부터 서로 말도 없고, 힘도 빠지게끔…."

"…."

"맞나 보네, 하이고…."

그 순간, 다섯 명은 사태가 지금까지 온 것을 후회하며,
속에서 알 수 없는 허망함과 해탈을 느낀다.

"방금, 기지 쪽으로 비밀리에 선물을 보냈어. 한번 봐 봐."

"네, 수령할게요."

잠시 후 저녁, 우리는 고요해진다. 각자도생이기 때문도 있지만,
언성을 더 이상 높이지 않기로 일단은 합의를 봤기 때문이다.
그리고, 드론이 끙끙 택배를 열심히 옮겨 왔다.

"이건… 수송자 록시…."

그것을 뜯어 보자, 안에서는 여러 가지의 보드게임과 함께,
하나의 편지가 눈에 띄었다.

우리 부대 조원들에게.

이런 편지를 쓰는 것은 굉장히 오랜만이네, 하하.
아무튼, 최근에 다들 힘들고 고생이 많은 것은 있지만,
싸움으로 인한 스트레스가 많아진 것 같아.
그래, 싸우는 것은 자연스러운 거야.
서로에 대한 생각이 일치를 할 수는 없으니깐….

하지만, 나는 그것을 해결하는 과정에서 배울 것이 있다고 생각해.

화해를 하며, 우정을 다시금 떠올리고 추억을 상기시키는 거지.

그리고, 친구를 대하는 나의 태도을 고칠 수가 있다는 점이겠지.

다들, 생각을 공유해 봐.

록시 드림.

편지를 본 우리들은 하나같이 후회스러움을 멈추지 못했다.

우리가 왜 이렇게 됐고, 왜 이토록 싸운 것인가 하는 후회가 밀려왔다.

다들 주저하고 있는 마당에, 배트롤이 말하길,

"다들, 일단 모여야 할 것 같네."

우린 기지의 식탁에 둘러앉았다. 여기서도 배트롤이 먼저 이야기를 꺼낸다.

"일단, 내가 이 사태의 시작점으로서 미안해.

다 사라지고 괴물이 내 친구가 됐다는 감정에 휩싸여서…"

분명, 주위에 다섯 명만 남은 것에 힘들었을 것이다.

그래서 절망감도 많이 쌓여 있을 것이고.

이어, 사과의 물결이 흘러갔다. 로스어가 말했나.

"나도 미안해. 요즘 스트레스도 쌓이고, 그래서 화만 냈나 봐…. 특히, 올러에게도 미안해…. 히히."

로즈어는 항상 웃는 모습을 하고 활력소 역할을 한다.

그렇기에, 스트레스도 아마 제일 많겠지.

어쩌면 제일 심할 수도 있고….

다음은 올러의 차례였다. 말하길,

"… 그래, 상황이 긴장 상태인지라 나도 눈에 뵈는 것 없이 너무 비난만 했던 것 같네. 모두에게 미안해. 이제는 모두가 말을 해 줬으면 좋겠어. 나도 열심히 노력할 테니."

팀의 브레인이자, 전투에 몰입하던 올러도 저번의 와이어처럼 꼬였을 수도 있겠다.

끝내, 에러도 말하길,

"그래요. 모두들… 저도 미안해요…. 그래도, 다들 모여서 얘기할 수 있어서 다행이네요! 저도 폐가 되지 않게 열심히 노력하겠습니다!"

에러도 큰 소리로 외쳤다. 분명 너도….

이 와중에, 나도 큰 소리로 외치지 않으면 안 됐다.

이어, 4명의 시선이 내 시야에 맞닿을 때 말한다.

"… 어반돈 부대의 리더로서 말할게. 이번 사태에 대해 너무나도 미안하다. 이제는 혼자 있기보다는 모두의 생각을 들어 주는 사람이 될게."

"대장!! 흐어엉…."

로즈어의 안는 장면을 시작으로 우리는 웃음꽃이 핀다.

시들 뻔한 콘크리트 속의 꽃이 다시 개화하는 시기이자,

작은 눈덩이들이 모여 단단한 돌이 되는 과정.

이 과정을 눈 감고 감상하던 이는 흐뭇해하며 말했다.

"폭죽 준비해야겠네, 신호 오프!"

Chapter 6: 지는 희망의 꽃들

안녕? 내 이름은 로즈어야.

그래, 보다시피 우리 팀에서 활력소를 맡고 있지.

응? 왜 활력소냐고? 나는 항상 웃는 얼굴을 하고 있어.

즉, 희망이 베이스가 된다는 뜻이지.

하지만, 웃는 얼굴에 침 안 뱉는다더니, 아닌가 봐.

학교에서도 웃어 보았지만, 웃는 얼굴로 넘어간다고 욕을 듣고….

심지어는 눈치가 더럽게 없다고 욕을 먹기도 했지.

그래서, 집으로 다시 돌아왔을 때는 아무도 없는 내 방에서 울었어. 여기는 조용하거든.

그리고선 다시 가면을 장착해. 아무도 모르게 썩어 버린 가면을 버리고 다시 가면을 새로 쓰지….

그렇게, 매일, 365일간 가면을 버렸어. 아무도 내 목소리를 듣지 않더라.

그러면, 내년도 내후년도 이런다는 생각에, 종이 치는 신년에도 난 울었어.

그래, 이렇게 끌려와서도 웃으려고 노력했지.

이번 사람들은 좋았어. 다들 같은 처지라서 빠르게 친구가 됐거든.

하지만, 그 안에서도 갈등은 생기기 마련이지, 어제는 대장이랑 배트롤이랑 싸웠어.

그게… 마치 내 어릴 적 부모님의 부부 싸움을 보는 것 같아서 기분이 안 좋았어.

결국 어제도 눈물 젖은 밤을 보냈지, 이래도 되는 걸까?

또, 어려움에 극복이 아닌 울음을 선택하는 내가 다시 일어설 수 있을까?

어제, 화해를 한 후, 하루가 더 지났다. 이제는 모두와 말을 텄다.

"어이, 짐 좀 들어 줘. 폭죽놀이 짐이 왔어. 다들 와 봐."

"뭐야, 사령관, 이런 재정이 있던 거야? 좀 서운한걸?"

"무슨 소리를! 아무튼 록시가 보냈어. '어제 대공세는 갑작스러울 텐데 수고했어…?'"

"와, 대장! 그래도 록시 아줌마가 우리를 생각하기는 하나 보네."

"그러게, 이걸 보내 주다니. 리더, 나에게 줘 봐."

올러에게 넘기니, 올러는 폭죽을 날리며 터지는 걸 구경한다.

아직은 낮이기 때문에, 얼마 안 보였지만, 우리는 그 빛을 보며 웃는다.

한 명은 왜 안 웃고 있는 것일까, 로즈어.

아무튼, 폭죽놀이 세트와 같이 온 맛있는 간식을 들여다보며, 우리는 안심의 탄식을 내뱉었다.

밤이 되고 나서, 순찰을 나갔던 에러와 배트롤이 돌아왔다.

"어때, 괴물의 낌새는 보여?"

"아니, 그냥 평소랑 다를 바가 없어. 맞지, 꼬맹아?"

"으익, 이거 놔! 놓으란 말이다!"

둘은 또 같이 가서 조금의 장난과 돌아왔나 보다.

하지만, 올러와 로즈어는 어디에 간 건지 돌아오지 않고 있다.

나는 바로 걔네들이 평소에 가는 훈련장을 떠올리고는, 그쪽으로 가 본다.

거기에는 쪼그려 앉아 눈물을 흘리는 로즈어와 그녀의 머리를 쓰다듬 는 올러가 있었다.

"이건, 어떻게 된 일이야?"

나의 질문에 둘 다 놀랐는지 나를 바라본다.

"보다시피 훈련장 뒤편으로 가 봤는데, 울고 있는 로즈어가 있었어."

"흐흑… 대장…."

난 잠시 애들을 한방으로 불러들인 뒤, 올러와 같이 상황 설명을 들었다.

"그게… 흐으으…."

"천천히, 심호흡하고, 진정한 후 말해 줘."

"나, 항상 웃으려고 노력해 왔어. 그걸 위해서 항상 긍정적이었어."

"응… 그랬지. 항상 우릴 위해서 활력소가 되어 주었어."

"응, 대장. 그런데, 지금… 너무 힘들어서… 웃지를 못하겠어."

로저어의 말을 듣고서는 마음이 찡해진다.

항상 웃음으로 승화하기에는 현실이 버겁다.

옛말에 "웃는 얼굴에 욕 못 한다."라는 말이 있다.

이런 말은 거짓말이라는 것을 뼈저리게 느낀다.

하지만, 그 욕을 직접 들은 당사자의 마음은 어떠할까.

"… 로즈어, 너는… 많은 욕을 들어 왔구나."

"… 알고 있구나, 맞아."

"그래서, 항상 속은 까맣게 타들어 갔겠지. 항상 리더를 위해서도 헌신 했으니깐."

"응, 올러… 맞아. 하지만, 지금 내 모습을 봐."

"…"

"난 악마가 맞아. 어릴 때도 들어 왔던, '사악한 웃음 악마'라고! 인간의 형상을 하고 있는 이런 악마를 누가 좋아하겠어? 하하하!"

그녀는 분명 웃고 있지만 웃고 있지 않았다.

그것은 그녀 안의 꽃이 시드는 과정이 진행 중이고,

그녀의 궁지가 곧 완전히 무너진다는 의미이다.

이대로는 안 된다. 무언가 대책이 필요했다.

생각을 여러 번 한 후에, 나는 행동으로 옮겼다.

"로즈어, 이리 와 봐."

"어… 어?"

나는 로즈어를 단숨에 안아 주었다. 그녀는 어쩔 줄을 모른다.

"로즈어, 넌 이 말이 듣고 싶었을 거야."

"무슨… 말을… ?"

"넌 악마가 아니야."

"흐으…."

"넌 그냥 항상 웃는 가면을 쓰고 뒤에서는 울었던,

그냥 행복을 바라던 한 천진무구한 소녀일 뿐이야."

"흐윽… 흐아앙! 대장!"

"그러니 이제는 억지로 웃지 마. 넌 충분히 잘하고 있으니깐."

"흐윽… 고마워…. 흐으…."

사람들은 항상 하는 표정과 그에 맞는 행동이 있다.

하지만, 또 사람들은 그 행동거지와 다른 가면이 있다.

항상 그 가면을 지키고, 항상 또 두려워한다.

로즈어는 자신의 '웃음'이라는 가면을 버리기도 두렵고, 아마 자신의 악마 같은 모습이라고 계속해서 자책했을지도 모른다.

다만, 그 가면을 내려놓을 때도 있어야 한다. 우리 모두가 서커스에 있는 광대가 아닌 이상, 한 번씩은 어디에 의지하는 것이 맞을지도 모르겠다.

이후, 로즈어를 진정시킨 뒤, 우리는 그녀를 재우고 나왔다.

늘, 꿈에서는 무표정인 그녀였지만, 오늘따라 평온해 보이는 잠자리였다.

올러는 그녀를 보며 이렇게 말했다. "전쟁의 잔재 속에 피어난 새로운 개나리가 만개했다."라고.

Chapter 7: 최종 결전 1

그렇게, 우리는 다시 원래대로 돌아왔다.

다들 긴장하기는 했지만, 늘 가슴 안에 있는 설렘을 쓸어 담았다.

"얘들아, 준비됐니?"

"예스!"

"그럼, 이제 우리가 반격하는 거다. 출진이다!!!"

"가즈아!!!"

우리는 탱크를 재정비하고 출발한다.

이번 작전의 개요는 괴물이 더 크기 전에 출진하여, 세력을 처단하고, 록시 아줌마가 말한 '아케톤'이라는 초대형 괴물을 잡는 것이다.

솔직히, 우리가 평소에는 괴물의 공세라고, 맨날 당하기만 했지만, 괴물도 자신의 거처로 쳐들어오는 우리를 보며 '괴물들'이라고 생각했을 것이다.

"얘들아, 이번 작전 다들 알고 있지?"

"네, 당연하죠."

"네, 저번의 폭죽놀이는 잘 받았습니다."

"리더, 그래도 챙겨 주는 건 섬세하네?"

"뭘요."

"아무튼, 우리는 지금 괴물을 상대하는 것이 아닌 '아케톤'을 상대하는 거야."

"근데, 사령관도 모른다고 해서 그런데, '아케톤'이 뭐야?"

'아케톤'은 괴물 중에서도 최고의 능력치를 가지고 있다.
우리가 지금, '듣고 있는 바'로의 그 괴물의 신상은 이러하다.

팀원의 물음에 나는 사전에 파악했던 놈의 정보를 떠올렸다. 아케톤은 괴물 중에서도 단연 최악의 스펙을 가진 놈이었다. 무려 30m에 달하는 압도적인 거구에, 등 뒤에는 사거리 5km짜리 거대 포를 달고 다니는 움직이는 요새였다. 그뿐만이 아니었다. 온몸에 뚫린 큼지막한 소총구 안에는 또 다른 무기가 내장되어 있을 것이 분명했다. 그나마 유일한 희망은 놈의 주포가 한 번 불을 뿜으면 재충전까지 꼬박 24시간이 걸린다는 점 하나뿐이었다.

그때, 통신기 너머로 록시 아줌마의 목소리가 들려왔다.

"그렇기 때문에, 국가가 너희들에게 그런 작전을 맡긴 거야. 내가 못 도와줘서 미안해."

"아닙니다. 록시 님은 저희에게 도움만 줬는데요, 뭐."

"그때, 대장이 막 엄청 무서운 소리를 하면서 겁줬잖아."

"그때는…! 편견에만 휘둘려서 그만…"

"뭐, 힘 빠지는 소리는 그만두고, 일단 괴물의 위치부터 보내 줄게."

나는 위치를 듣자마자 살짝 놀랐다. 그리고,

“… 그쪽입니까? 그쪽이라면 제가 아주 잘 압니다. 바로 가시죠.”

“왜 알고 있는 거야?”

“그건… 과거 친구랑 갔었어요. 하하.”

“하나도 안 웃기거든, 사령관님.”

나는 어떻게든 얼버무리며 당장의 대답을 철회했다.

그리고 얼마 지나지 않아, 좌표로 불러 준 곳부터 500m, 괴물들의 형체가 보이기 시작한다. 그때!

“모두… 피해!!”

에러가 외친 한마디에 모두가 점프를 해서 자리를 피한다.

“무슨 일이ㅇ…!”

“펑!”

공중에서 무언가가 터진다. 아마 이건….

“얘들아! 응답 부탁해.”

“네, 전원 생존입니다. 무슨 일이…?”

“이게 포야, 이미 우리 지역에는 몇 군데 날아왔어.”

“네? 그럼….”

“응, 포는 한꺼번에 많이 날아가는 형식이야.”

그 얘기를 듣고 충격을 받지 않을 수 없었다. 이렇게 위력이 센데, 여러 군데라니….

하지만, 록시 아줌마는 어떻게 평정심이 있는지 모르겠다.

“대장! 또 내려온다!!”

나는 그 소리에 또 탱크를 슬라이딩해서 회피한다.

확실해, 저 개체는… ‘아케톤’이다.

아주 많은 개체의 형태도 보인다. 우리가 맨날 잡았던 괴물이다.

하지만, 저 미친 괴물과 함께하는 괴물도 지능이 수십 배는 올랐을 것이다.

"얘들아, 평소처럼 하지 마. 다들 출진이다!"

"아, 리더님!"

"왜."

"여기 EMP예요. 적재적소에 사용해 주세요."

"고마워, 잘 쓸게."

"그럼… 적 개체 100마리 확인, 부가 가능 해킹!"

우리는 바로 달려든다. 합을 맞춘 적은 많지만, 이렇게까지 맞은 적은 없었다.

하지만 적군 하나하나의 개체도 이제는 상대하기 어렵다.

적들은 바로 회피하기 시작하며, 우리의 명중률이 내려가게 만든다.

또한, 두 개체가 한 번에 덮치며, 공격을 회피하는 방법도 선보였다.

"으윽! 올러, 괜찮아?"

"응, 내가 더 지능이 높을 거니까!"

이때, 뒤에 있던 배트롤이 나타난다.

"하하, 아무리 민첩해도 내 범위의 미사일은 못 막을 거다!"

배트롤도 칼을 갈았는지, 이전에는 없던 기술을 선보인다.

이전에는 박격포 방식만 있었다면, 지금은 유도 미사일을 장착해, 범위를 수정하고서는 그 미사일이 적중할 시, 반경 5m 이내의 개체가 터지게 만들었다.

"우와! 배트롤 이 자식… 잘하는데?"

"그래, 난 언젠가는 사령관 널 뛰어넘을 거야."

그 말에 에러가 웃는 소리가 나지막이 들렸다.

하지만, 적들은 계속 다가온다. 로즈어가 위기에 빠진다.

로즈어의 탱크는 고정 포격 모드 탱크로 모드를 활성화하면, 탱크를 정지시킨다.

그다음에, 먼 사거리를 조준하는 것인데, 너무 빨리 와서 가까이 와 버린다.

올러도 위험하다고 말하는 그 순간, 갑자기, 로즈어는 시즈모드를 풀고서는 점프 슛을 한다.

그녀도 하나 만들었는지 이름은 점프 샷이라고 지었다고 한다.

"뭐야, 너도 하나 만들었어?"

"대장! 성공시켰어, 끝내주지!"

"대단하다. 탱크로 쓰다듬어 줄게."

"마음만이라도 고마워."

그렇다면 올러는?

그녀는 그냥 전장을 쓸고 다닌다. 전날에 체스를 많이 한 탓일까.

그녀는 집중력이 올라간 상태로 적들을 쓸어버린다. 그녀의 집중력이 곧 전투력이다.

"올러, 와이어 줄게. 여기!"

"추가 보급 고마워!"

"넌 진짜 잘하긴 하네."

일단, 상황은 대충 정리가 된다. 이때, 나를 향해 사방팔방으로 괴물이 날아든다.

"대장, 조심해!"

"리더!"

이럴 줄 알고 나도 기술을 하나 배워 뒀다.

바로 '플래깅'이었다. 로즈어가 지어 준 것인데, 땅에 깃발을 꽂듯이, 탱크를 점프시켜, 그 반동으로 상대의 공격을 피하고, 그 진동으로 상대의 개체를 뒤집히게 하는 기술이다.

"우와, 대장!"

"…!"

"이제서야, 사령관다운 모습을 보이네."

나는 팀원들에게 웃어 보이며 말했다.

"얘들아, 새로 배운 기술로 적들을… 어떻게 한다?"

"죽인다!"

"달려들자, 우리는 유기견들이다!"

"으아아!!!!"

우리는 상대를 향해 죽일 듯이 기운을 내뿜고,

우리의 안광이 빛나기 시작했다.

그리고 내 안에 있는 모든 것을 여기서 다 보여 줘야겠다고….

그렇게 우리는 괴물들을 하나씩 하나씩 잡아 간다.

마치 내 안에 있던 모든 스트레스를 털어 내듯이 모든 개체를 털어 보인다. 마치….

내 분노와 스트레스가 괴물에 오버랩된다.

그래서 그런지 더 광기로 가득 찼다. 정말로 자유를 느끼는 것 같았기 때문이다.

하지만, 그런 시간은 얼마 안 간다. 왜냐하면….

"구어어!!"

'아케톤'의 움직임이 시작되었기 때문이다.

Chapter 8: 최종 결전 2

우리는 괴물을 다 잡았다. 그래, '괴물들만'이다.

아직 특수한 괴물이랑 '아케톤'이 그 자리를 차지하고 있다.

"이런, 그 괴물이 포효했단 말인가? 리더, 에러 좀 불러 줘."

"에러, 진형을 앞으로 당긴다…. 에러?"

그리고, 우리는 어느 순간 에러의 목소리가 들리지 않았음을 간과했다.

"에러…. 에러야?"

"…."

"하아, 아니겠지!"

하지만, 세상은 그리 호락호락하지 않았다. 뒤를 돌아보니 기습 피격을 당한 에러의 탱크가 가만히 있다.

로즈어는 눈물을 흘린다.

"에러야…. 에러야!!! 대답해 줘!!"

우리는 정말로 미안함을 느낀다. 평소라면 다들 여유 있게 생존 상황을 말했을 텐데….

적들에 의해 통신이 끊긴 상황에서, 팀원들의 목소리를 듣지 못했다.

"에러, 미안하다."

그렇게 한 생명은 점점 그 빛을 잃어 간다.

언제인지 모를 인생의 끝 시점에, 에러는 유작만 남기고서 우리에게 등을 돌렸다.

아무튼 우리는 우리가 가야 할 길을 걸어야 한다.

인생에서의 '길'이 생존이면 생존이고, 퇴치면 퇴치이다.

그 길을 따라 걸어서 우리는 또, 괴물 앞에 당도한다.

이번의 적들은 조금은 특수한 괴물들이다. 뭐, 이때까지 했던 것만 해도 충분히 특별하긴 하다.

하지만, 이번의 괴물들은 다 대형 괴물에다가 진형을 갖추고 있다. 아마 그 '아케톤' 때문이겠지.

"록시도 연결이 안 돼? 걱정되게… 하아."

"대장? 조금 이상해…. 통신이 가… 자… 기….”

그래, 이것은 분명 통신 방해 괴물이겠지. 하지만 우리는 능숙한 프로이다.

특수 괴물들은 그 이름에 맞게 종류도 다양하다.

외피가 단단한 녀석부터, 대포를 이용하는 녀석, 전투 능력 괴물, 통신 방해부터 전기 차단까지 가능한 신호 차단 괴물 등이 있다.

또한, 그들은 그냥 이름만 있는 것이 아닌 대형 괴물들이기 때문에, 잡는 데에도 큰 시간이 소요된다.

"배트롤, 준비해 줘. 온갖 힘을 여기에 집어넣어야지."

"그래, 박격포 발사다! 우하하!"

우리들의 거침없는 향연이 시작된다. 어렵지만 고급스러운 기술들을 사용해 적들을 제쳐 나간다.

외피가 단단한 괴물은 무시하고 일단 신호 차단 괴물들부터 노린다. 소통이 가장 중요하기 때문이다.

하지만, 제한된 통신과 신호는 우리에게 불협화음을 낳았다.

"여기로 가야 하는데… 어디로 가나?"

"대장은 왜 저기로 가는 거야? 이러니 도움을 줄 수가…!"

거침없이 나아가던 우리의 기세는 잠시 멈췄지만, 곧 나아가는 방향이 똑같은 걸 알고, 칼날을 간다.

우선, 협동은 안 되니, 개인의 기량을 최대한 이용해서 집중 포격을 한다.

신호 차단 괴물들은 우리의 후방 침투 공격에 속수무책으로 당하고, 우리는 23분 만에 우리의 통신을 찾을 수 있게 되었다.

"얘들아!"

"대장!"

"응, 오랜만이야. 하하."

"아유 참, 리더. 다시 명령을 내려 줘."

"그럼 이제 남은 걸 잡자. 일단 배트롤, 너는 뒤에서 상황 보고랑 포격을 맡아."

"알겠어!"

우리는 이제 전형을 잡아 가며 나름대로의 소통을 한다.

다들 마음속에는 죽었든 안 죽었든 간에, 우정 어린 상황이 남아 있기에 더 열정적인 것 같다.

"그럼, 다들 다시 진격하라!"

하지만, 운이 너무나도 없었던 걸까. 다시 '아케톤'이 움직이기 시작한다.

'아케톤'도 전투에 참여하며 수세는 기울어진다.

"으윽, 잠깐! 다들 피해!"

우리의 탱크에 소총 세례를 퍼부으며, 그 개체는 위협적으로 등장한다.

우리는 조금은 뒤로 갈 수밖에 없었고, 결국 유인 작전을 이용하기로 한다.

바로, 공격 능력 괴물들을 우리 진형으로 오게 하는 것이다.

'아케톤'은 위험하지만, 이동 속도가 느리니, 우리의 진형에 도착을 못할 것이고,

반대로 저 둘은 빠르기 때문에, 우리가 유인을 해야만 저 괴물에 대해 대적할 수 있다.

"그럼, 로즈어, 너가 그 둘을 유인해 줘. 그러면 이 능선에서 집중 전투를 시작할게."

"확인이요!!"

로즈어는 빠르게 이동한다. 곧 그 둘이 온다.

최대한 조용히 매복했다가 달려든다.

"다들… 지금이야!"

작전은 성공적으로 끝나며, 정말로 한 방 먹였다.

서로의 장점을 살린 끝에, 우리는 드디어 그 둘을 해치워 냈다.

"예스! 드디어!!!"

이제는 우리 앞의 벽이 다 무너진다. 그럼 무엇이 남았나. 딱 하나 남았다.

"'아케톤'!!!! 이 녀석들!!!"

그래, 맞다. 하나뿐이다. '아케톤'….

이 녀석은 직접 만나 보니, 정말 크다. 한눈에 남을 수 없는 공포라는 것이 확실했다.

"긴장해야 되겠네."

"언제는 안 한 적이 있었나, 사령관?"

그래, 우리는 일단 이 녀석의 '약점'을 먼저 파악해야 했다.

겉보기에는 괴물들은 그냥 '더럽고 괴기한 생명체'로서 인식된다.

하지만, 사람도 다 하나씩 개인마다의 약점이 있듯, 괴물도 종류에 따라 다르다.

그래서, 우리는 그 점을 이용해, 일단 탐색전을 진행하기로 한다.

괴물은 정말 긴 팔과 여러 개의 총구, 그리고 커다란 포가 있다.

그 광경에 짓눌리거나 현혹되기 전에 나는 다시 마음을 다잡았다. 그리고 록시의 명령이 드디어 들리기 시작했다. 그녀는 몰래 왕국을 탈출했나 보다.

"록시! 안 다쳤어요?"

"안 다쳤을 리가 있냐? 일단 필요한 물품만 들고 피난 나왔어…. 일단, 걔는 약점이 '흉부'야. 이 점을 유의하도록 해, 으앗!"

"스피커 님? 하아, 끊겼네."

"리더, 이제 약점도 알았으니, 슬슬 가 볼까?"

그래, 우리는 마지막 악장을 준비한다. 여전히 탱크의 공격으로는 미약하지만, 그래도 흉부 부분을 쏴 재끼니, 조금의 아픔은 느끼나 보다.

그래, 이제부터 위험한 공격들이 시작된다. 탱크도 빠르지만, 압도적으로 큰 팔은 정말 빨랐다.

"모두 피해!"

"어휴! 로즈어, 고마워!"

"배트롤! 조심하라구!"

"하하, 알았어. 그럼 다시 간다!"

계속해서, 우리는 이 괴물의 외피를 벗겨 내기 시작한다.

흉부는 공격을 많이 받아, 벌써 뜨거워지고, 빨개진다.

그러다 괴물이 이제는 반격을 시작한다. 광폭화를 진행한 것이다.

이제는 귀찮았는지, 소총을 쏘기 시작하며, 우리들의 포메이션을 방해하기 시작한다.

“으윽, 당했어….”

“배트롤!!”

배트롤이 소총에 맞은 모양이다. 우리는 그를 걱정하지만, 날카로운 공격을 피하기 바쁘다.

그사이, 배트롤의 탱크는 점점 뜨거워지고 있었다. 반대로, 배트롤의 몸은 더 차가워지고 있었다.

배트롤은 탱크에서 탈출하고, 바로 총으로 쏜다. 하지만, 탱크에서 내린 대가는….

“쿵!”

그래, 이 넓디넓은 땅에서의 두 번째 꽃이 시든다.

숙연해질 틈도 없이, 우리는 마음속의 자리가 늘어 가는 것을 느낀다.

하지만, 그렇다고 집중이 깨지면 안 된다. 소총 세례가 계속되기 때문이다.

“저 녀석, 이제 소총이 과열됐어.”

“그럼 놈이 패턴을 바꿀 거야, 조심하자.”

‘아케톤’의 다른 공격 패턴이 시작되었다. 그 괴물은 소총 부분을 버리고, 대포를 쏘기 시작한다. 괴물이든 우리든 이 싸움을 대하는 태도는 ‘정신없이 쏴 대는 것’이었다.

“로즈어, 엄호 부탁해! 그리고 올러는 주의를 끌어 줘!”

“응, 대장!”

“응, 리더.”

둘은 출격해서, 그 괴물의 시선 처리를 돕는다. 그 괴물은 올러라는 한 개체에 눈이 멀었고, 나는 그 괴물에게 유효타를 남긴다.

하지만, 나는 발각당하고, 결국 후퇴한다.

"크윽, 너무 위험해!"

"대장, 내가 엄호를 할게!"

"로즈어, 위험해!!"

"난 드디어 웃을 수 있어. 대장, 고마웠어. 히히."

"로즈어…."

우리가 퇴각하는 동안 또, 하나의 꽃이 꺾였다. 하지만, 그녀의 마지막 순간의 웃음은 역설적으로 되게 밝은 빛을 띠었다.

우리는 이제 허전하지만서도 꽉 채워진 이 공간의 괴물의 마지막 패턴을 본다. 괴물의 중추 파트가 파괴된 지금이야말로, 끝낼 기회이다.

그러나, 그 괴물도 수단이 있었다. 바로 포였다.

괴물은 일사불란하게 포를 준비한다. 우리는 계획을 세워 보지만, 머리가 잘 안 돌아간다.

"으으… 다 죽는 건가…."

"리더, 내 눈을 봐."

"응? 너의 눈? 빛나고 있네."

"응, 리더. 포가 다 되었어. 그리고 나는 갈 거야. 잘 있어."

"그게, 무슨… 아아!"

그녀는 와이어를 타고 가 버렸다.

그녀가 말한 의미는 이것이었다. 나에게 피해가 가지 않게, 포를 쏘는 그 타이밍에 포구에 자신의 몸을 희생하며, 그 괴물과 같이 소멸하는 것이다.

그렇게, 포는 발사되고, 와이어는 결국 닿아서, 올러는 자신을 희생하게 된다.

"안 돼!! 아아…!"

그런고로, 마지막 꽃도 끝내 생을 마감하고 만다.

Chapter 9: SOLVER

어반돈 부대는 이렇게 끝이 나는 것일까?

나는 괴물의 소멸에 기뻐하는 것도 잠시, 폭발과 함께 팀원들의 모습도 떠올렸다.

다 같이 처음 만나서 배구를 했을 때, 에러가 나에게 와서 상담을 했을 때, 수영장으로 다이빙을 했을 때, 로즈어의 울음을 보았을 때….

5명의 꽃은 어느새, 태양이 사라진 시대에서 계속 지고 있었다.

비가 온다. 나는 그 탱크를 계속 타고 있다. 내릴 틈도 없이 눈앞에 보이는 그 광경이 믿기지 않았다.

24시간 전, 우리는 이야기를 하고 있었다. 5명이었다.

근데, 지금을 봐라. 주위에 남아 있는 사람이나 친구가 없다.

로즈어의 기분을 약간은 이해하면서도 머릿속에는 꺾여 버린 꽃들이 생각나는 것이 마치 나에게 오는 돌덩이 같았다.

부담감이 내려오지 않는다. 책임감도 마찬가지로 그렇다. 사람이 죽는다는 것이 원래 이렇게 괴롭고 힘들고 좌절스러운 광경이던가.

괴물을 잡고 나온 흔적이, 평화가 아닌 고작 갈 곳 없는 사내 하나와 꽃 4개라면 그 누가 전쟁이라고 믿겠는가.

난 결국 울고 만다.

"미안해…. 애들아… 미안해…. 지켜 주지를 못했어…. 흐윽… 흐아앙….”

난 당장이라도 그들을 따라 뛰어가고 싶다. 그 순간,

"크아아!!"

"아아….”

난 당장이라도 잡고 싶은 마음이 있었지만. 곧 잡히고 싶다는 마음도 들었다.

정말이지, 그들이 보여 준 우정의 크기가 너무나도 컸기에, 나는 어떤 방법을 사용해서라도 그들을 한시라도 빨리 보러 가고 싶었다.

"날 죽여 줘….”

난 눈을 감았다.

눈을 떴을 때는 하얀 빛이 보였다.

하지만, 팀원들은 보이지 않는다. 나는 산 것이다.

"안… 죽었어…?"

"어이, 리더. 아니, 시저.”

"이 목소리는 설마?"

그러고 보니, 꺾이지 않은 꽃이 하나 있었으니, 바로 록시였다.

"록시 누나!!! 흐윽… 흐아앙….”

"그래그래…. 많이도… 훌쩍… 힘들겠다….”

나는 첫눈에 봤을 때부터 록시인 것을 알 수 있었고, 꽃이 하나 더 있는 것을 보고 안심했다.

보니, 그녀는 망해 가고 부서진 왕국을 나와, 우리를 만나기 위해서 계속 걸어왔다고 한다.

그렇기에, 마지막 장면이 될 뻔했던 순간에서도 나를 구원해 준 것이다.

"저, 이때까지 모든 스트레스를… 견뎌 왔어요. 누구한테든 기대고 싶었어요."

"수고했어…. 기특하구나…. 나도 유감이야."

나는 다듬어진 꽃을 돌 위에 놔둔다. 반파된 돌 위에 4개의 꽃을 놔둔 뒤, 리더답게 절을 한다.

"얘들아, 좋은 곳으로 가길 바랄게."

"잘했어."

"근데요, 질문이 있어요."

"말하렴, 무슨 질문이 하고 싶니?"

"돌아갈 나라가 없는데, 저희는 어디로 가야 하죠?"

"하나 있어…. 호프 제국이야. 여기서 멀지 않아."

"이 어반돈을 받아 줄까요? 저희는 유기견이에요."

"너희는 유기견이 아냐. 그냥 계속해서 싸웠던 모험가였지. 우리를 안 받아 줄 이유가 없을 거라고 생각해."

"우으…."

나는 30분 정도 진정하고 말한다.

"약한 모습을 보였네요. 죄송합니다."

"아냐, 암튼 가는 걸로 하자!"

"네."

"손 잡아."

"당연히."

이제는 나의 구세주, 나의 빛이 되어 준 사람의 손을 잡고 우리는 함께 호프 제국으로 걸어간다.

히어로는 본래 영웅이라는 뜻으로, 우리는 그 영웅들을 동경하며 살아간다고 한다.

하지만, 이런 영웅도, 본래는 사람인지라 우리랑 별반 다를 것이 없다.

사람이어서, 어디에 기대고도 싶고, 화풀이도 하고 싶고, 일탈도 그냥 하고 싶은 것이다.

하지만, 이런 것들 중에서도 진짜 영웅이라고 하는 것은 힘이 센 사람들이 아니다.

진짜 영웅은 끝없는 절망 속에서도 끝없이 일어나고, 반파된 인생 속에서도 그 사이로 희망이라는 빛을 찾아, 그 손을 잡는 사람이다.

나는 영웅의 의미를 되새기며, 그 5명을 모두 존중한다.

살아있는 록시부터, 먼저 죽은 에러까지.

나아가, 335년 동안 먼저 죽은 앞선 기수들의 사람들까지도 끝없는 절망 속에서 침잠되고, 어둠에 침식되어 웃음을 잃어도 결국에는 극복하는 사람들이다.

가끔씩, 눈을 감으면 먼저 간 사람들이 나와 부담을 주거나, 나를 반겨 주지만, 나는 눈물을 참고 오늘도 나를 반겨 주었던 마을 사람들을 위해 열심히 일한다.

이제는 거의 다 끝났나. 괴물도, 적도 없는 이 사회 속에서 위험이란 없으니 이런 '부대'라는 것은 사라지겠지.

하지만, 우리는 여러 전투와 전쟁을 번갈아 가며 문제들을 풀어 나갔고, 사회의 평화를 위해 노력한 사람으로 기록될 것이다. 록시 누나도 그렇다.

우리는 그런 사람들을 해결사, 'SOLVER'라고 한다.

그리고 이는 시저부터 록시까지 이름 앞 글자를 딴 것이다.

3. VIENTO(바람)

김경환

희망의 가능성에 대해 논하고자 하며 써 내려간 이 작품은 아이러니하게도 '상점'이라는 키워드에서 영감을 받았다. 바람을 사고파는 상점이 있다면 어떤 세상일까. 터무니없이 던진 그 질문에는, 판도라의 항아리를 들여다볼 수 있게 하는, 어떤 이중적인 선택을 강요하는 상황에 놓인 주인공이 있다. 깊은 심연을 들여다본다면 살아 돌아올 수 있을 것인가. 혹은 모른 채 살아가는 것이 맞는 것인가. 이에, 과연 자신의 희망이란 어떤 존재인지 깨닫기 위해 발버둥 치는 주인공이 있다. 그리고 그 답은 곧, 합리적이기 짝이 없는 결말로 이어진다. 그리고 깨닫는다. 당연하고 바꿀 수 없는 현실에서 만족하는 길을 찾지 못한다면, 당자의 모든 것이 부정당한다. 설령 그것이 불가피했을지라도, 제 뜻이 아니었을지라도.

우리는 많은 희망을 가지고 살아간다. 맛있는 음식을 먹는다거나, 좋은 옷을 입는다거나 하는 작은 것부터, 의사가 된다거나, 부자가 되어 다른 이들을 돕는다거나 하는 먼 미래의 그것까지. 이 이야기의 주인공도 희망을 가지고 있다. 소박하며 원대한 희망을 가지고 있다. 감히 저울질하지 않은 순수한 희망을 가지고 있다. 필자는 작가로서 그 꿈이, 그 바람이, 독자에게 닿기를 바란다. 나의 바람의 의미를, 조금이나마 이 작품을 통해 알게 되었으면 한다.

1. 혜린(Hyerin)

개개인의 바람을 보여 주는 '바람'의 상점 비엔토. 비엔토의 사장인 혜린은 소망이 인간을 타락시키는 과정을 잘 알고 있었다. 반대로 한번 뛰어들면 빠져나올 수 없는 늪의 위험성을 사람들은 몰랐다.

사용자의 꿈을 신체를 휘감는 바람으로 보여 주는 거대 기계 장치 카이쿠. 카이쿠가 뿜어내는 바람은, 가장 깊은 소망이나 사소한 바람, 혹은 개인적인 만족을 이루는 꿈으로 사용자를 인도했다. 사람들이 그 마법 같은 바람으로 삶의 원동력을 얻게 돕는 가게가, '희망의 상점'이 바로 비엔토였다.

하지만 대전쟁이 발발하고 군부대와 가깝던 비엔토에는 패잔병들이 줄을 섰다. 군인들은 카이쿠의 바람에 중독되어 현실로 되돌아가지 못했고, 그들은 몇 번이고 두 손을 비비며 카이쿠를 가동해 주기를 빌었다.

방위 산업체 '정지'에서도 비엔토 이용에 관해 계약서를 내밀어 왔다. 충분한 돈을 줄 테니 그늘의 기계를 양도하라는 내용이있다. 잎신 운영자였던 혜린의 할아버지는 그 제안을 거절했지만, 그가 세상을 떠나자 이들은 가게로 다시 찾아와 어렸던 혜린을 협박했다. 찾아오는 군인 손님을 모두 끊어 그녀를 굶어 죽게 만든다는, 그런 유치한 협박이었다.

하지만 3년 전의 혜린은 어렸고, 겁을 먹었다. 목소리를 억지로 쥐어짜며 그들과 협상하는 것이 최선이었다. 그 결과, 군인들의 자유로운 기계 사용이라는 조건으로, 간신히 소유권은 지켜 낼 수 있었다.

그러나 그 노력이 무색하게 비엔토는 몰락의 길을 걸었다. 전 재산을 비엔토에 바친 군인들은 빚까지 져 가며 현실을 부정했고, 더 이상 돈을 빌리지도 갚지도 못해 자살하는 이들이 생겨났다.

혜린에게 찾아온 불이익이라면, 사채업자들이 그들을 쫓기 위해 비엔토에 주 3번 이상 들른다는 점 정도. 정신 분열자들을 벌하기 위해 고문 기구로 카이쿠를 사용한다는 정도. 할아버지가 운영하던 꿈의 비엔토가, 희망 없는 이들의 마약 신세를 면하지 못하고 있다는 정도.

그러나 그런 지금의 상점에도 간간이 찾아오는 어린 전쟁고아들이 있었다. 혜린이 이런 생활을 그나마 버틸 수 있었던 건, 이들을 보면 중독자들의 얼굴이 잊히기 때문이었다. 아이들은 이곳에서 정말 말 그대로 ‘희망’만을 가져갔다. 형제들을 만날 수 있는가, 사람처럼 살 수 있는가. 한번 카이쿠를 사용한 아이들은 비엔토 근처에서 다신 볼 수 없었다. 그리고 그 사실이, 작게나마 그녀의 죄책감을 덜어 주었다.

하지만 그들을 보는 것만으로 이 생활을 버텨 낼 수 없었다. 끝나지 않는 전쟁에 병사들은 끊임없이 비엔토를 찾았다. 그들의 가슴에 든 멍을 볼 때마다 혜린의 무언가가 사라졌다. 그리고 그녀는 더 이상 비엔토의 입구를 지킬 자신이 없었다.

그래서 떠날 준비를 했다. 혜린은 카이쿠와 함께 사람 없는 한적한 시골로 잠적할 셈이었다. 정지의 깡패들도 찾지 못할 은신처로. 돈은 충분했다. 피비린내 나는 돈이라도 돈이다. 짐을 싸고 트럭 운전사를 찾아 고용했다. 비밀 유지 각서도 써 가며, 머리를 깎고, 가진 옷을 모두 버리고 크고 두꺼운 옷들을 샀다. 다른 이들이 알아보지 못하게 하기 위함이었다.

그렇게 떠날 채비를 모두 마치고 원래 비엔토가 있던 7영을 벗어나기 시작했다. 뒷자리에는 그녀의 짐이 조그맣게 자리를 차지했고, 화물칸에 누더기들로 덮인 카이쿠는 가죽끈으로 단단히 고정되어 있었다. 조수석에 앉은 혜린은 창에 머리를 기댔고, 자연스레 사이드 미러에 눈이 갔다.

멀어져 가는 군부대와 건물들을 바라보자 체념 비슷한 감정이 먹먹하게 올라왔다. 설렘보다는 불안감이 마음을 옥죄는 여정이 될 것 같아, 그녀의 입에선 한숨이 나왔다. 표정을 읽었는지 운전사가 자신의 수통을 건넸다. 술이었다.

"… 아저씨나 하지 그래."

그가 말없이 다시 콘솔에 술을 넣으려던 순간, 혜린은 손에서 수통을 빼앗아 들어있던 술을 모두 들이켰다.

"….''

빈 통을 건네고, 그는 그것을 창문 밖으로 던졌다.

"미안."

"버릴 거였어."

서먹한 분위기가 꽤 마음에 들었다. 어쩌면 취기 때문일지도. 술은 거부할 수 없는 잠을 불러왔다. 혜린은 피하지 않았고, 피할 수 없었다.

***

"… 다 왔다. 돈은 받지 않겠다."

숙취 때문에 정신을 차리지 못하는 그녀를 운전사는 재빨리 짐을 내리고 하차시켰다. 손에 음료수를 하나 쥐여 준 채로.

혜린은 눈을 반쯤 감은 채로 주위를 둘러보았다. 높은 건물 하나 없는 산들이 저 멀리서 그녀를 둘러싸고, 낡은 주택들이 먼발치에 옹기종기 모여 있었다. 발견된 지 몇백 년은 족히 지났을 법한 마을이었다. 다시 도로 쪽을 보니 트럭은 사라진 지 오래였다. 어디서 나왔는지 모를 수레 위에 카이쿠가 짐을 올린 채로 덩그러니 남아 있었다.

왼쪽 손목을 눈앞까지 올려 할아버지의 시계를 확인했다. 시침이 6시를 가리키고 있었다.

수레를 잡자 혜린의 직감이 방향을 알렸다. 숲속의 버려진 집을 찾으라고. 발이 저절로 움직이기 시작했다. 꼭, 저 산으로 가야 한다고 말하는 것처럼. 수레를 두 손으로 꽉 잡았다. 눈에 힘이 들어가 각오 비슷한 느낌이 스쳤다.

그렇게 혜린은 걸었다. 걷고, 또 걷고, 지칠 때까지 걸었다. 주택들이 보이지 않고 비포장도로에서 길이 사라질 때까지 온종일 걸었다. 어느샌가 숲으로 들어왔고, 어느샌가 해가 저물었다. 주위엔 높디높은 나무들밖에 보이지 않았고, 그 간격이 좁아 카이쿠를 옮기기가 버거웠다.

다리가 후들거렸고, 손잡이를 꽉 잡았던 손에는 물집이 잡혀 있었다. 곧 한 걸음 내딛지도 못하는 상황이 되었다. 가져온 짐에는 빵 한 조각도 들어 있지 않았다. 카이쿠는 꿈쩍도 하지 않는 돌덩이 역할로 바뀌었고, 얼굴은 보이지도 않는 식물들을 헤집고 있었다.

정신이 혼미했다. 기온이 급속도로 내려가 입김이 눈에 보였다. 가진 옷을 모두 껴입어도 추위는 얼룩처럼 스몄다. 숲을 통과하며 생긴 상처들도 얼어 쓰라렸다. 이 상태로면 객사할 것이 뻔했지만 몸은 움직이지 않았다.

"젠장… 안 되는데…."

이내 혜린은 주저앉았다. 두꺼운 옷으로 감춘 몸뚱아리가 버티지 못했다.

'이렇게 끝이야.'

그와 동시에 스친 생각이 팔다리를 마비시켰다. 그 무미건조한 허무함이, 그녀의 눈을 죽였다. 그녀는 서늘하게 젖은 땅을 응시했다.

'마지막인 것 같네.'

때마침, 적잖이 피로하기도 했다. 쉴 수 있다는 유혹의 소리가 귓가에 맴돌았다. 차라리 잘된 것 같았다. 끝을 직접 정하는 것도 괜찮은 결말이라는 생각이었다. 그리고, 그 마침표를 찍기 위해, 천천히 입을 열었다.

‘끝이야.’

“…”

어떤 감정이 북받쳐 입을 막았다. 혜린은 눈을 감고 말의 의미를 곱씹으며, 다시 글자를 뱉었다.

‘… 끝이야.’

“…”

하지만 그조차도 용납하지 않는 듯했다. 무엇이 무엇을 막고 있는지, 그녀는 화가 났다.

‘편해지고 싶다.

왜, 아무도 뭐라고 안 할 거잖아.
누구도 신경 같은 거 안 쓸 거잖아.

오히려 잘했다고 욕을 한다면 하지.
전부 그렇게 생각할 거라고.

할아버지도…’

.

.

“아니… 아니지, 바보야.”

그가 이것을 원할 리가 없었다. 혜린은 있는 힘을 쥐어 짜내 수레를 잡아 몸을 일으켜 세우고, 세게 머리를 흔들어 잡생각을 털어 냈다. 자신이 그따위 것을 생각해 낼 기운이 있는 게 부끄러웠다.

그녀는 마음을 다잡고, 깊게 심호흡했다. 심장이 살아 있다고 날뛰고 있었다. 혜린은 기회가 끝나지 않았다는 것을 깨달았다. 주머니에서 음료수를 꺼내 한 모금을 마시자 정신이 맑아지는 듯했다.

살이 벗겨진 손으로 손잡이를 잡고, 힘껏 밀었다. 금방이라도 쓰러질 것 같았지만, 이를 악물고 전진했다. 한 걸음, 두 걸음, 카이쿠를 올린 수레가 움직였다. 희망이 보였다. 목적지는 보이지 않았지만, 성공해 낼 거라는 믿음이 있었다. 다시 앞으로, 수레를 세게 밀었다. 바퀴가 덜컹거리는 소리는 혜린의 팔에 힘을 실어 주었다. 세 걸음, 네 걸음, 내디딜 때마다 가슴이 쿵쾅대는 게 느껴졌다. 다섯, 여섯, 일곱. 땀이 빗줄기처럼 쏟아졌다. 여덟, 아홉, 열, 열하나… 미친 사람처럼 밀고, 또 밀었다. 무언가 나타날 때까지.

하지만 아무것도 보이지 않는 것은 마찬가지였다. 이내, 열네 번째 다짐에서 발이 미끄러졌다.

쿵.

혜린은 머리부터 넘어졌다. 팔과 다리에는 경련이 일어났고, 식은땀이 등을 적셨다. 뜨거웠던 몸이 차갑게 식으며 감각이 사라졌다. 그제야 그녀는 힘을 뺐다. 축 늘어져선, 누군가 발견했을 때 흐느적거리며 들것에 실려 나갈 모양새가 되었다. 눈은 점점 감겨 오고, 희미하게 들리던 바람 소리도 사라지고 없었다.

“…”

‘꼴사납게, 거지 같네.’

결국 마지막 한 마디도 허락하지 않는 건가. 혜린은 생각했다. 그리고 들이마신 숨은 그 생각을 멎게 했다. 곧, 살을 에는 바람과 함께 암흑이 그녀를 덮쳤다.

.

.

.

“… 찾았다. ■■■.”

***

머리가 이제 그만 일어나라고 떼를 쓴다. 더럽게 아프네, 알았어. 수차례 머리를 흔들고 겨우 눈을 뜨자 낯선 공간이 펼쳐졌다. 담요를 휙 날리고 벌떡 일어나 주변을 살폈다. 집… 아니, 집이 아니었다. 뚫린 벽 뒤에 숲이 보였다. 낡아 빠진 천장이 위를 막고 있었다. 나무들을 가리는 텅 빈 진열대, 수십 년 전의 큼지막한 종이 달력, 계산대(처럼 보이는 선반) 위에 놓인 우스꽝스러운 손님맞이 인형. 깨어난 장소는 숲속 허름한 가게 안이었다. 기억에는 없는 장소다. 하지만 분명 정신을 잃었는데, 믿을 수 없었다. 저승이라면… 막 흰색으로 뒤덮인 그런 공간 아닌가?

오른손으로 꽉 쥐었던 수레의 손잡이는 낡은 곰 인형으로 바뀌어 있었다. 아니, 곰 인형? 진짜 저승이라도 왔나…. 인형을 이리저리 돌려 보다, 오른손의 물집 자리에 감긴 붕대가 눈에 띄었다. 발견하자마자 아프기 시작한 걸 보니… 아무래도 저승은 아닌 것 같았다. 붕대는 누군가가 헐거워지지도 않게, 아프지도 않게 감으려 시간을 들인 티가 났다. 이 외에도 온몸에 난 상처들이 완벽하게 응급 처치가 되어 있었다. 덕분에 이렇게 일어날 수도 있었겠지.

"죽 냄새."

진열대의 안쪽 선반에 죽이 담긴 그릇이 숟가락과 함께 놓여 있었다. 어제 점심 이후로 아무것도 먹지 못했던 것이 떠올랐나. 그릇을 진열대 위에 놓고 한 숟갈 맛을 보니, 죽을 걱정은 안 해도 될 것 같았다. 옆에 의자가 있었지만, 눈에 뵈는 것이 없어 선 채로 죽 한 그릇을 싹싹 비웠다.

"후우."

그릇을 손에서 놓고, 깨어났던 간이침대 위에 다시 풀썩 앉았다. 삐그덕거리는 걸 보니, 간밤에 제 역할을 충실하게 수행한 것 같았다. 상처의 통증들은 거의 사라지고 없었다.

그러나 피로와는 별개였다. 갑자기 일어나서, 앉지도 않고 그릇을 다 비운 것이 기적이라고 믿길 정도로 몸에 힘이 쭉 빠졌다. 다시 자리에 누울 수밖에 없었다.

'… 거울.'

침대에 누워 담요를 덮고 다시 낡은 천장을 보니, 침대의 머리맡을 비추는 정사각형 모양의 작은 거울이 있었다. 거울은 내 얼굴을 그 안에 꽉 채우고 있었다. 잎에 긁힌 뺨의 상처에 붙은 밴드가 퍽 귀여웠다. 못생긴 얼굴은 그만 보자.

눈을 감고 생각해 봤다. 지금 도대체 뭘 해야 할까. 날 구해 준 사람을 기다리는 거? 나 혼자 살라고 여기 내버려두고 갔을 수도 있잖아. 그냥 이대로 자는 거? 숲속의 짐승이 습격해 올지도 몰랐다. 나머지 대책들을 쭉 생각해 봤다. 혼자 숲으로 다시 들어가기, 물부터 찾기 등등…. 뭐가 뭔지 모르겠다는 느낌이 들자 머리가 다시 약하게 지끈거렸다. 무언가 불안했다. 분명 잊은 게 있었는데….

"아."

카이쿠. 카이쿠를 찾아야 한다. 제기랄, 입 밖으로 욕지거리가 튄다. 그런 비극을 멈추기 위해 피한 건데, 자신을 구한 사람이 그 사용법을 알아내기라도 한다면… 상상도 하기 싫었다. 가게 밖으로 나와 주변을 샅샅이 뒤졌다. 없다. 대문짝만한 고철 덩어리가 온데간데없이 사라져 있었다. 아닐 거야. 다시 가게로 들어와 안쪽 진열대와 수납장까지 샅샅이 뒤졌지만, 있을 리가 없었다. 침대의 머리맡에는 가져온 짐이 제대로 있었지만, 그게 중요한 게 아니었다. 어쩌면, 숲속 깊은 곳으로 가면, 수레가 있을 거야. 그래, 쓰러진 곳으로 돌아가면, 거기에, 분명히 있을 거야. 있을 거야. 아니, 있어야만 해. 있어야만….

2. 하범(Habum)

'이제 슬슬 돌아갈까.'

남자는 장바구니에 한가득 넣은 식재료들을 훑어보았다.

'… 부족한가? 뭐가….'

포장지를 뒤적거리다 문득 음식을 요리하고 담을 식기들이 없다는 걸 알아차린 남자는 냄비 진열대로 향했다. 이리저리 상점 안을 돌아다니는 남자는 사람들이 자신을 지켜보는 시선을 느끼지 못했다. 그 까닭은 성인 남성이 한 달은 먹을 양의 식재료를 거뜬히 들고 구매하는 것도, 몇 세기 전에나 유행했을 법한 동양풍의 전통 의상을 입은 것도 아니었다. 그것은,

"이봐…! 저거 그거 맞지? 그, 그 만드는 재료? 호문… 뭐더라?"

"호문쿨루스. 맞는 것 같네. 어릴 때 부모님께 들었지. 아직도 저런 걸 믿는 사람이 있다니."

"소름이 돋는군. 저 싯거리 때문에 밀의 사체를 사다니."

상점에는 원하는 것을 '창고'에서 가져올 수 있는 무인 창구가 있었다. 창고에는 사람들이 팔 물건을 자유롭게 보관해 놓을 수 있었는데, 순금, 다이아몬드 같은 보물부터 머리카락, 전자 기기, 손톱 등 없는 게 없었다. 그리고 남자는, 창고에서 말의 장기, 배설물, 그리고 각종 허브들을 구매해 포대 자루에 넣고 있었다. 테빈 학파에서 미신으로 전해지는 인조인간 의 재료였다. 남자는 들리는 말에 아랑곳하지 않고 계산대로 향했다.

“계산… 이거면 되나?”

남자의 손에 들린 금화 다섯 닢을 보고 점원은 고개를 미친 듯이 흔들며 말했다.

“되고요, 되고말구요! 하나, 둘, 셋… 열다섯, 열여섯. 거, 거의 딱 맞게 준비하셨네요. 금화 네 닢에 은화 여덟 닢, 동화 열두 닢입니다. 잔돈 필요하신가요…?”

그는 금화 다섯 닢을 점원 앞에 툭 놓고 상점 문을 열며 말했다.

“아니, 그럼.”

딸랑, 문이 닫히며 종소리가 울렸다. 거리로 나온 남자는 구매한 물품들을 훑어봤다. 이걸로 여섯 주. 아니, 그 아이가 적게 먹는다면 두 달은 버틸 수 있었다. 몇 시간쯤 뒤에나 깰 것이었기 때문에, 지금 돌아가면 시간이 넉넉히 남았다.

“택시!”

말이 끝나기 무섭게 남자의 앞에 어디서 나타났는지 모를 구형 택시가 경적을 울렸다. 남자는 물건들을 모두 트렁크에 싣고 택시의 뒷자리에 앉았다. 운전석에는 세련된 정장을 입은 노신사가 운전대를 잡고 있었다.

“2영, 동북 출입구.”

“목적지가 설정되었습니다. ‘2영 동북 출입구’.”

노신사의 입에서 노이즈가 낀 밝은 여성의 음성이 흘러나왔다. 정확하게는, 택시 안의 스피커에서 누군가의 목소리가 재생되었다.

‘아직도 적응이 안 되는군.’

꼿꼿하게 앉아 운전석을 채우고 있는 홀로그램 시스템은 은퇴한 노인을 대신하고 있었다. 홀로그램의 주인공인 남자의 집사가 떠나기 전 선물한 자동차였다. 기본적인 자율 주행 시스템이 탑재되어 있었고, 남자가 어딘가를 말하는 별칭까지 정확하게 읽어 냈다. 군데군데 녹이 슨 고물 택시에 대체 어떻게 군사 훈련 장비를 장착했는지는 수 년이 지나도 알

방법이 없었다. 홀로그램을 빤히 바라보고 있으면 유머 감각이 넘쳤던 그가 돌아올 것만 같았다.

'떠나야 할 이유가 있었을까. 목소리도 홀로그램과 맞지 않게 둔 채로.'

이윽고 차체가 덜컹거리며 출발할 준비가 되었다.

"출발하겠습니다. 현재 위치, 2영 5706, 분류명 '정지 제2 대창고'."

***

"목적지, '2영 동북 출입구'에 도착하였습니다."

택시는 출입구가 보이는 자리의 무성한 수풀에서 멈췄다. 남자가 트렁크에서 짐을 모두 내리자 임무를 완수한 택시는 온 길로 방향을 틀어 남자의 집으로 돌아갔다. 출입구는 왕복 16차선의 정거장이었는데, 두 차선마다 경비원이 지나가는 차들을 확인하고 있었다.

그는 양쪽 어깨에 자루들을 둘러메곤 눈에 띄지 않게 도로 바로 옆에 있는 숲속으로 진입했다. 입구와 멀어지는 서북쪽으로 계속 걸으며, 자신이 나무에 남긴 표식을 따라갔다. 그렇게 40분을 걸었을까. 그 사람을 옮겨 뒀던 기지와 나무가 없는 공터가 보였다. 남자는 허브가 든 자루를 내려놓고 허름한 가게 모양새를 한 기지 입구로 들어갔다.

"… 하아."

사라져 있었다. 죽 그릇은 또 깨끗하게 비운 채로. 그는 이마를 싶고 ㅗ 여자가 도망갈 가능성을 계산해 보았다. 물론 멀리 가진 못했을 것이다. 상처투성이가 되어 있었으니 만약 힘을 쓴다면 숲속에서 다시 그런 꼴로 발견할 수 있었다.

생각을 끝낸 남자는 자루를 모두 내려놓고 몸을 풀기 시작했다. 이렇게 부르기도 뭐하지만 30년 만의 술래잡기였다. 범위는 이 숲 전체. 그는 이내 소매를 걷고 나무들 사이를 향해 뛰기 시작했다. 몇 미터 간격으로 끝도 없이 늘어서 있는 거목들 사이를 순식간에 주파했다. 고개를 휙휙 돌리며 흔적을 찾고, 수색이 끝난 방향의 끝에는 조약돌로 표시를 한다. 비효율적이지만 확실한 방법이었다. 왔던 방향인 동남쪽에는 없었다. 더 아래로 내려가도, 남쪽 끝까지 내려가도 그녀는 보이지 않았다.

그렇게 그는 뛰고, 또 뛰고, 또 뛰었다. 그리고 돌을 모아 표시하는 것을 수십 차례 반복했다. 그 행동을 한 시간쯤 더 했을까. 나무 그루터기에 지쳐 쓰러져 있는 그녀가 보였다. 붕대가 헐거워진 것을 한눈에 알아볼 수 있었다.

가까이 다가가자, 아직 깨어 있던 그녀가 남자를 발견했다.

"누, 누구야 너…."

그는 무의식적으로 한숨을 푹 내쉬었다.

"설명은 돌아가서 하지."

그는 부축을 시도했다. 하지만 그녀는 다리에 쓸 힘이 남아 있지 않은 것 같았다. 자세를 바꿔 팔을 어깨에 걸친 다음 오금을 잡고 그녀를 업었다. 그의 생각보다 무게가 나갔다. 그러곤 손목시계로 시간을 확인한 뒤 기지로 돌아가기 시작했다. 해가 지고 있었기 때문에 서두르는 그였다. 하지만 그녀는 협조할 생각이 없는 듯했다.

"아저씨 누구냐고…!"

그녀는 천천히 들어 올린 주먹으로 그의 어깨를 내리쳤다.

"윽!"

'무슨 힘이 아직도….'

그는 순간 팔에 힘이 빠져 그녀를 놓쳤다. 그녀는 그대로 낙엽에 내동댕이쳐졌고, 그는 기절시키기 위해 뒷목을 가격하려 했다. 하지만 초점 없이 이미 기절한 상태였다.

"뭐 이런…."

그는 어깨를 신경질적으로 주무르고 다시 그녀를 업었다. 기분 탓인지

몸무게가 배가 된 느낌이었다. 기댄 위치를 조절하고 습관적으로 시계를 다시 확인했다.

7시.

아슬아슬하게 해는 저물지 않을 것이다.

***

혜린은 익숙한 천장을 보며 다시 깨어났다. 같은 침대 위 같은 장소였지만 이번엔 사람이 있었다. 낯선 남자가 버너를 켜고 요리하는 모습이 가장 먼저 눈에 들어왔다. 한 번 본 듯한 형체에 그녀는 얼굴을 보기 위해 눈을 부릅떴지만 모자가 방해하고 있었다. 팔로 상체를 지지해 일어나려고 하는 그때,

철컹.

'철컹?'

양 손목과 발목에 수갑이 채워져 있었다. 수갑은 침대의 모서리에 단단히 고정되어 있었고, 연결된 사슬이 짧아 거의 움직일 수 없었다. 이상하게도 힘을 줄수록 팔다리가 점점 당겨지는 느낌이 들었다. 그녀가 아등바등 침대와 씨름하고 있을 때, 남자가 그 모습을 발견했다. 동시에 혜린도 그와 눈이 마주쳤다.

"당신 누구야? 이거 안 풀어?"

혜린이 먼저 그를 향해 소리쳤다.

"이야기할 마음이 생긴다면 풀어 주지. 어깨가 아직도 얼얼해서 말이야."

이상하게도, 그녀의 의지와는 상관없이 입에서 멋대로 바보 같은 말들이 튀어나왔다.

"아저씨, 좀 멍청한 거 아냐? 미성년자 여자애가 성인 남성이랑 싸워서 이길 거라고 생각하는 사람이 어디 있어?"

그는 냄비로 시선을 돌리고는 덤덤히 대꾸했다.

"그런 것치고는 안주머니에 전기 충격기가 들어 있더군."

혜린은 반사적으로 자신의 상태를 살폈다. 그러고 보니 깨어났을 때부터 지난밤 겹겹이 껴입었던 겉옷이 사라져 있었다. 손목시계는 남아 있었지만.

"내 옷, 카이… 기계는? 내 짐꾸러미 다 어디에 숨겼어?"

"숨기지 않았다. 이 아래 지하 시설로 옮겨 놓았지."

그는 완성된 죽을 한 숟갈 떠 맛을 봤다. 동시에 소금 통을 잡아 뚜껑을 열려 했지만, 그녀를 한번 흘깃 보고 통을 다시 내려놓았다. 버너를 끄고 그릇에 죽을 가득 담아 간이침대 옆의 작은 책상 위에 올려 두었다. 남자의 모든 말과 행동은 물 흐르듯 매끄럽게 이어졌지만, 혜린은 아직 이해가 되지 않았다.

"지하? 이 가게 밑에? 내 기계가 이 아래에 있다고? 알아듣게 말해, 아저씨. 지금…!"

"다 먹으면, 대답해 주지."

그는 단호하게 말했다. 목소리에 실린 무게와 힘에 그녀는 움찔했다. 남자는 말없이 오른손의 수갑을 풀어 주고 숟가락을 건넸다. 계속 의심하는 눈초리로 바라보자, 그는 한숨을 쉬더니 말했다.

"조용히 먹는다면 설명하겠다. 뭐든지. 질문은 그다음에."

혜린은 선택지들을 떠올렸다. 하지만 별다른 방법이 없었다. 어쩔 수 없이 숟가락을 쥐고 죽을 한 입 먹었다.

'… 싱거워.'

그가 내려놓았던 소금 통에 눈길이 가는 그녀였다. 낮에 먹었던 것보다 여덟 배는 싱거웠다.

"소금이나 간장은 주지 않겠다. 넌 지금 환자야."

남자는 귀신같이 혜린의 마음을 읽고 말했다. 상대가 안 되는 수 싸움에, 잠자코 먹기밖엔 할 수 없었다. 그는 색이 바랜 나무 의자를 가져와 침대 옆에 앉았다. 그녀는 첫입을 삼키고 물었다.

"그래서, 어떻게 된 건지 빨리…!"

"성질 급하기는, 천천히 먹으면서 하지."

기분 탓인지, 혜린은 그가 안도하는 것처럼 느껴졌다.

"그래, 내 이야기는… 어디서부터 이야기할까…."

남자는 모자를 벗어 빈 진열대 위에 올렸다. 긴 이야기가 될 것이라는 의미였다.

＊＊＊

내 이름은 하범, '정지'의 연구개발부 2과 팀장이다. 전쟁 발생 이전, 카이쿠의 사용에 대한 계약을 명령받아 7영으로 갔었지. 정기적으로 파견팀을 보내고, 계약 체결 유무를 확인하는 것이 내 임무였어.

처리가 늦어져 원인을 알아내기 위해 직접 손님으로 변장해 가게에 방문했을 때, 네 할아버지와 우연히 친해지게 됐다. 기계에 대한 정보를 얻을 수 있었지.

그분 눈에는 내가 열정적인 과학자로 비쳤었는지, 몇 마디 말을 나누자 카이쿠에 대한 정보를 자세하게 알려 주셨다. 나 또한 그분의 진심에 매료되어 보고하는 것도 잊은 채로 매일같이 그 가게에 찾아갔고.

대략 다섯 주 동안 관찰한 카이쿠는… 정말 놀라운 기계였어. 대상에게 적절한 꿈을 보이기 위해 셀 수 없이 많은 정밀한 변수 조작을 실수 하나 없이 정확하게 해내시는 그분을 보면, 경외감이 들곤 했다. 그것이 품은 무궁무진한 가능성에 감탄이 절로 나왔지.

'도대체 어떤 인간이 이걸 만들었단 말인가.' 자연스럽게 카이쿠를 만든 과학자가 누구인지 궁금해지기 시작했다. 그래서 조사를 시작했지. 당연히 너희 할아버지께 제일 먼저 여쭤봤지만, 모른다는 말만 계속하셨다. 중세, 근대, 현대의 모든 과학자들을 도서관에서 찾아봐도, 네 할아버지의 얼굴은 나오지 않았어. 기계의 외관 사진 한 장도.

그래도 나는 계속 찾았다. 나를 압도한 금속 덩어리가 뭔지 알아야 했거든. 관련 서적과 인터넷 접근조차 어려운 정보 사이트들을 모조리 수집하며 읽었지. 그리고 놀랍게도, 우리 회사에서 카이쿠를 연구한 기록이 남아 있더군. 하지만 그 내용은… 끔찍했어.

반(反)정지를 외치던 '얼굴 없는 천재 과학자', 테빈이 세상을 떠나기 전 만든 발명품이 카이쿠라는 것. 당시 과학 기술로는 이를 구현할 수 없었다는 것. 그리고… 회사의 목적은 병사들의 사기 진작이 아닌, '인격을 통제할 수 있는 군인'의 양산이라는 것도 알게 되었지.

사실을 접하고, 꽤나 충격이었다. 임무 설명에 그런 내용은 없었거든. 지금까지 내가 보낸 직원들도 네 할아버지를 협박했을 것이 뻔했고… 이후 임무 포기 의사를 본사에 전달했다. 이 부분도… 많이 힘들었다.

보고받은 메시지를 확인한 윗선이 나를 가족들과 떨어트렸지. 2영의 집에 날 가두고, 부서의 모든 서류 처리를 내게 맡겼다. 난 그때 사실상 아내와 아이를 잃었다. 경비병이 내 일거수일투족을 감시해, 접촉할 방법이 없었어. 정말 지옥 같았지. 주고받던 연락이 점점 뜸해지고… 뭐, 그렇게 살다, 그분의 소식을 들었지.

***

하범은 잠시 숨을 고르더니, 작게 한숨을 푹 내쉬었다.

"12년 만에, 우선… 유감을 표한다."

그는 머리를 숙여 혜린에게 예를 갖췄다. 꿈에도 몰랐던 이야기에, 그녀는 입을 여는 법도 잊은 것 같았다. 그는 계속 설명했다.

"납골당에 방문하고, 경비병을 따돌려 가게로 다시 찾아가 너를 봤다. 이미 본사 놈들이 너를 들들 볶고 있을 때였다. 네 눈빛은… 뭐랄까. 이미 죽은 사람 같았어. 빛도, 색깔도 없는 그런 눈. 그런 눈을 보니, '도망치겠다' 직감했지. 그래서 이곳으로 돌아와 기지를 짓기 시작했다. 여기. 물론 네게 돈이야 있겠지만, 이런 한적한 곳을 찾을 것 같았거든. 정지 놈들이 너를 추격할 게 뻔하니까. 그래서 주택과 이곳 사이에 지하 통로를 파고, 입구 역할인 이 가게를 짓고, 이 아래를 지하 기지로 만들었다. 생각보다 오래 걸리지 않았지. 다 완성한 다음엔, 그냥 기다렸다. 언젠가 찾아오겠지 생각하며. 그렇게 기다리다… 숲에 수레와 함께 쓰러져 있는 너를 발견했다."

그는 잠시 말을 멈추고 숨을 깊게 내쉬었다. 혜린은 여전히 굳어 있었다.

"…."

"말이 많았군. 질문 있나?"

그녀는 낮은 목소리로 물었다.

"… 그 망할 새끼들 보낸 게 당신이라고?"

그 말에, 하범은 뒤늦게 깨달을 수 있었다. 혜린과 그녀의 할아버지에게 자신이 사과를 먼저 해야 했다는 것을. 그들이 누구의 부주의로 겪지 않아도 될 일들을 겪었는지를.

일순의 침묵 뒤에, 대답이 당겨지듯이 그의 입에서 나왔다.

"… 미안하다."

"…."

하범은 그릇을 치웠다. 두 사람 모두, 입에 뭘 집어넣을 상태가 아닌 것 같았다.

"… 하아."

혜린은 침대로 쓰러지듯 누웠다. 그 심정을 이해할 수조차 없었기에, 그도 말을 아꼈다. 대신 남은 죽을 모두 버려 설거지를 하고, 흙으로 더러워진 그녀의 옷도 깨끗이 빤 다음 가게 밖에 내걸었다. 대화는 없었다. 하범은 그녀를 곁눈질하고는, 더 이상 소통이 어렵다고 판단했다. 자리를 피해 주기 위해 발걸음을 가게 뒤편으로 옮기며 그는 짧게 인사했다.

"잘 자라."

"지하가 있다구요?"

그 질문에, 그는 가게 안쪽으로 향했다. 혜린은 사슬을 잡아당기며 바둥거리고 있었다.

"제기랄, 이것 좀 풀어 봐요. 카이쿠 좀 확인하게."

그는 곧바로 수갑을 풀었고, 그녀는 신경질적으로 왼쪽 손목을 털고 밖으로 뛰쳐나왔다. 순간 도망치려는 낌새가 보였지만, 어두워진 숲속을 둘러보고는 생각을 접는 듯했다.

"이쪽이다."

그는 곧 가게 뒤편의 잡초 밑 손잡이를 잡아당겨 출입구를 열었다. 출입구는 카이쿠를 눕혀 들여보낼 수 있을 정도로 넓었다. 그 밑으로 나타난 통로는 경사가 완만한 내리막으로, 두세 층 높이를 내려가니 새하얀 문이 나왔다.

문을 열고 들어간 기지는 비상식적으로 넓었는데, 예전 비엔토가 여덟 점포는 들어설 수 있을 것 같았다. 백색 철판으로 덮인 기지에는 주방, 냉장고, 운동 기구, 화장실 등 식생에 필요한 것들이 있었고, 저 멀리 구석에 상류층의 장식품처럼 보관된 카이쿠가 있었다.

"네가 여기에서 생활할 수 있도록 설계했다. 쓸모가 있을지는 모르겠지만."

듣는 둥 마는 둥, 혜린의 시선은 카이쿠에 고정되어 있었다. 외관상 문제가 없는지 확인하는 것 같았다. 그는 말없이 그녀를 지켜봤다. 혜린은 더 가까이 가서 기계를 확인하고, 침대, 주방, 화장실의 순으로 기지를 둘러보았다. 왠지 눈에 생기가 도는 듯했다. 그녀는 입구 쪽으로 돌아와 말을 걸었다.

"할아버지랑 친했다고 했죠?"

"그래."

혜린은 잠시 뜸을 들이더니 묘한 표정으로 물었다.

"… 할아버지는 알고 계셨어요?"

"…."

하범이 지금까지 한 번도 생각하지 않았던 질문이었다. 정확히는, 생각할 필요가 없었던 질문이었다.

'아니, 그분은 분명 나를 어디 연구원 정도로 생각하셨겠지.'

하지만 의심의 여지는 남아 있었다.

'… 정보를 준 것이 그것과는 별개라면? 만약 알고 있었다면, 보고할 것을 알면서도 왜? 아니지, 애초에….'

어느 쪽이든, 그가 생각하지 않았던 것들이 순식간에 그의 머릿속을 가득 채웠다. 마찬가지로, 질문했던 그녀도 생각에 잠긴 듯 조용했다. 둘은 잠시 소리를 죽였고, 어느새 눈을 감고 집중하고 있는 하범에게 혜린이 먼저 입을 열었다.

"… 됐어요, 지금 알아 봤자 뭐 한다고."

"…."

"… 이걸 진짜 아저씨가 지었다고요?"

그녀가 기지를 다시 돌아보며 말했다. 한층 밝아진 목소리에 그는 천천히 고개를 끄덕였다. 남남이 옆의 벽을 뚫어져라 쳐다보다, 결심한 듯 혜린이 말했다.

"저… 생각해 보니까, 도움만 받은 거네요. 구해 주고 재워 준 것도 모르고… 고마워요."

그녀는 목례하듯 고개를 살짝 숙였다. 진심으로 감사를 표하는 것이 느껴졌다.

"아니다. 감사한 쪽은 나지."

그는 안도하며 대답했다. 혜린은 아주 희미하게 웃었고, 하범은 머리를 긁적였다. 이런 화해에 익숙하지는 않았던 두 사람이었기에, 그가 먼저 물었다.

"… 여기에서 살 건가?"

그녀는 의외라는 표정을 지었다가, 이해했다는 투로 대답했다.

"네, 아무래도… 당장 갈 곳이 없긴 하니까요. 여기서 지내도 될까요?"

"말하지 않았나, 네가 생활할 공간이라고."

하범이 곧바로 대답했다.

"그럼, 먹을 것이 떨어지거나 할 때…."

"알아요, 저걸로 하면 되죠?"

혜린은 입구 반대편 벽의 'Call' 버튼을 가리켰다. 그는 고개를 끄덕였다. 다시 어색한 정적이 흐르고, 그녀가 일종의 인사를 했다.

"집에 가 봐야 하는 거 아니에요?"

"어차피 아무도 없어."

혜린은 고민했다. 과연 이 아저씨는 내게 숨기는 것이 있을까.

"그래도 갈 거잖아요."

"그래."

하지만 금방 쓸데없는 고민이라는 걸 자각했다.

"… 잘 거니까 가요."

그녀는 종종걸음으로 침대로 가 풀썩 엎어지고선 이불을 뒤집어썼다.

"… 허."

하범은 입구 옆쪽의 지하 통로로 발길을 돌렸다. 순간 혜린이 그를 불러 세웠다.

"잠깐만요."

그는 할 수 있는 최대한 천천히 뒤를 돌아보았다. 그녀의 입에서 무슨 말이 튀어나올지 몰랐기 때문이다. 하범은 조심스럽게 물었다.

"무슨 일이지?"

그녀는 천장만 물끄러미 쳐다봤다. 할 말을 생각 중인 것 같았다. 하지만 그리 오래가지는 않았고, 오른쪽으로 돌아누우며 말했다.

"… 아니, 아니에요. 그냥… 불 끄고 가 줘요."

바로 옆을 돌아보고 스위치를 발견하자 피식 웃음이 나왔다. 불을 끄고, 나지막이 인사했다.

"잘 자라."

"아저씨도요."

통로로 들어서며, 보이지는 않았지만 혜린이 침대에서 다시 내려오는 게 느껴졌다.

3. 변화와 적응(Adaptation)

다음 날, 그리고 다음 날. 그리고… 일주일이 지났다. 뭘 생각할 틈도 없이 기지에 적응할 수밖에 없었다. 왜냐고 묻는다면, 기지 내외의 관리를 전부 내가 도맡아 할 일이 산더미였기 때문이라고 답하겠다.

첫 번째로, 빨래, 요리, 설거지, 청소 등을 매일 하지 않으면 하범이 이곳에서 계속 살기는 어렵다고 했다. 물론 아무리 일을 못한다고 해도 고작 한 명분의 빨랫감과 음식이었지만, 청소는 이야기가 달랐다. 닦아도 닦아도 쉽게 깨끗해지지 않는 바닥이 이렇게 넓을 줄은 몰랐다.

두 번째로, 기지 안에 자가발전 기구가 있었는데, 무시했다가 3일 차 저녁에 기지가 정전이 되는 일이 일어났다. 비상 시스템은 남아 있어 하범에게 전화를 걸었더니, 자전거형 발전기를 돌려야 기지에 전력이 공급된다고 했다.

"… 거짓말 아니죠?"

"정말이다. 믿기 싫으면 안 믿어도 된다."

그렇게 하루 전력을 매일 채우면서 쓰기를 반복하자 저장할 수 있는 여유분이 15% 정도 생겼다. 하지만 시간이 턱없이 부족해서 다른 걸 하기에는 무리가 있었다. 하루에 사용하는 전력량은 저장고의 2% 남짓에, 발전을 하루 거른다면 온종일 페달만 밟아야 그만큼을 회복할 수 있었기 때문이다.

세 번째, 카이쿠가 작동을 하지 않았다. 그가 할아버지께 받은 지식 중 카이쿠의 연료도 있었는지 허브들을 자루째로 사 왔지만, 후면의 투입구에 허브를 갈아 넣고 버튼을 눌러도 작동하지 않았다. 지금까지 이런 일은 한 번도 없었기에 나는 하범에게 사실을 알렸지만, 알겠다고만 대답하고 말이 없었다. 투입구에 그대로 남은 허브를 보고는 고개를 살짝 끄덕인 걸로 보아, 그는 뭔가 알고 있는 것 같았다.

마지막으로(일기를 쓰는 지금도), 일자리를 찾아야 했다. 말하자면,

"무슨 일이지?"

"딱히 잘못된 건 없는데요. 내가 뭘 해야 할지를 모르겠어요. 남는 시간을 어떻게 보낼지, 이렇게 기생충처럼 살아도 되는지….."

"뭐라도."

"네?"

"지금 많이 혼란스럽다는 것 정도는 알고 있다. 도망쳐 나와서 하는 게 고작 내 도움을 받는 거냐고 생각하고 있겠지. 하지만 넌 기생충이 아니야. 내….."

"잠깐만, 말 좀 하게 해 줘요. 지금 상황이…!"

"들어. 망설이지 말고 뭐든지 해라. 소리를 지르든, 하루 전체를 사색의 시간으로 쓰든…. 그편이 훨씬 나을 거다. 걱정은 잠시 접어 두고, 너는 뭐든지 하는 것에만 집중해."

어제저녁에 그와 했던 통화 내용이었다. 하범은 단호하게 딱 잘라 말했고, 반박도 못 하게 끊어 버렸기 때문에 더 묻지도 못했다. 나 같았으면 일자리라도 찾아 보라고 했을 것이다. 최소한 밥값은 벌 수 있도록. 그런데 그는 은혜 갚는 것도 거절하고 하고 싶은 걸 하라고 한다. 말이 안 된다. 그러니까 뭐라도 해야 했다. 적어도 돈은 벌고 싶은데, 외출이 안 되니 이 안에서 없는 재주를 만들어서라도 보답을 해야 한다.

그래서… 책장을 훑어봤다. 침대 옆 책장에는 딱 봐도 재미없는 사전들과 소설이 꽉 채워져 있었다. 그래도 유심히 찾아보니, 나중에 돈벌이가 될 만한 요리 관련 책들이 있어서 한 권을 꺼내 읽기 시작했다. 정말로 그냥 쉬는 것보다는 훨씬 나았다(적성에 맞는지는 몰라도, 꽤 재밌게 느껴지기도 했다). 마음이 편하기도 했고.

결론은 "열심히 살자."다. 하범도 살고 싶으면 머무르라고 말하긴 했지만, 그가 얼마나 부자든 계속 말했듯이 내가 그 돈을 쓰는 게 불편하다. 그러니까 책이라도 열심히 읽어서 일이라도… 다 됐고 열심히 살면 된다. 열심히. 앞으로 열심히 산다.

이제는 생활에 조금 여유가 생긴 것 같다. 자유 시간을 온전히 가질 수 있다는 뜻이다. 원래도 시간은 남았지만.

우선, 하범이 ESS라고 바로잡아 준 에너지 창고가 거의 가득 찼다. 처음 일주일 동안은 망할 발전기가 다리를 괴롭혔지만, 하다 보니 체력이 길러졌고 재미도 붙었다. 이젠 매일 한두 시간이면 정해 둔 할당량을 채울 수 있게 됐다. 하지만 힘든 건 매한가지다.

그리고 하범이 식재료들을 더 많이, 더 다양하게 사 오기 시작했다. 그래서 '이걸로 몇 주일 더 오래 버티라는 건가?' 생각했지만, 음식은 여전히 일주일에 한 번 그가 냉장고에 채우고 있었다. 어딘가에 설치된 카메라로 이곳을 감시하고 있을 그였기 때문에 납득이 갔다. 연습할 재료가 많아졌으니 잘된 일이다.

그리고 하범이 지난주에 처음으로 내 정보를 자세하게 물어봤다. 출생, 몸무게, 신장, 시력 따위의(사실상 신체검사와 다를 바가 없었다) 것들이었다. 외부의 병원에도 데려가 다시 신체검사도 하고 질병 유무도 알 수 있었다. 몰랐는데, 꽃가루 알레르기가 있었다. 조금 슬픈 사실일지도 몰랐다. 7영에는 꽃이 없었으니 바늘도 처음 맞아 봤다. 많이 아플 줄 알았는데, 의외로 따끔하고 말았다. 의사 선생님도 친절해서 기분이 좋았기도 했고. 그렇게 신체검사를 하고, 결과는 보여 줄 줄 알았는데 하범은 검사지를 자신이 받아 보여 주지 않았다(알레르기도 하범이 알려 준 거긴 하다).

카이쿠에는 먼지가 쌓이고 있다. 혼자서 온갖 방법을 모두 시도해 봤지만 기계에는 시동이 걸리지 않았다. 투입구에는 어느샌가 허브가 끝까지 차올랐고, 결국 수리는 실패했다. 뭐, 잘된 것일지도 몰랐다. 저 고철 덩어리를 다시 작동시켜서 좋을 게 없기도 하고, 그도 따로 언급하지 않아서 기지에 전시하는 걸로 무언의 합의가 되어 있었다. 아무 말도 없이.

통로에 대해서도 남겨 놔야겠다. 하범이 기지를 오가는 저 지하 통로 입구에는 도어락이 있었다. 손잡이 쪽의 빈 평면을 쓸어내리면 키패드가 생기는 신기한 구조였다. 한… 8일 전인가, 궁금해서 비밀번호를 맞춰 봤는데, 실패하면 그의 집으로 신호가 가는 것 같았다. 전화를 걸지도 않았는데 벽에서 뭔 짓을 하는 거냐는 목소리가 들려왔으니.

하범이 다음 달에는 데스크탑 컴퓨터를 기지에 설치해 준다고 했다. 솔직히 필요 없긴 하지만 기대가 조금 된다. 컴퓨터로 할 수 있는 게 뭐가 있나 곰곰이 생각해 보면… 요리 레시피도 알 수 있고, 더 깔끔한 청소 방법도 알 수 있고, 더 힘이 적게 드는 발전기… 발전기라니, 내가 생각해도 어이가 없었다. 컴퓨터 하나로 가능할 리가 없었다. 재료도 필요하고… 기지에서 생활한 지도 한 달이 다 되어 간다. 얼마 지나지도 않았지만 몇 주 전과는 확실히 달라지기도 했다. '뭐라도 하고' 있으니, 하고 싶은 거라든지, 해야 하는 건 찾으면 그만이다. 하범한테 빚도 갚아야 하고….

컴퓨터에 인터넷 연결이 되지 않았다. 당연한 이야기였다. 영의 경계는 통신 가능 지역이 아니었으니.

12월 29일 월요일

조금 많은 일들이 있었던 것 같다. 원체 기록을 게으르게 했으니 당연한 건가, 아무튼.

하범이 나 혼자 외출하는 걸 허락해 줬다. 식량이랑 생필품만 전달하던 깐깐한 양반이 왜 허락해 주나 싶었지만, 별로 중요치 않은 내용인 듯하다. 여기서 '외출'은 기지 입구 주변 산책을 포함해서, 2영 시내까지 걸어갔다 돌아오는 것을 뜻했다. 활동 범위는 넓다면 넓고 좁다면 좁았지만 충분히 의미가 있었다. 까맣게 잊고 있었던 카이쿠의 구조를 알아볼 계획이 있었기 때문이다.

카이쿠는 기지 구석에서 내 외면을 받으면서 먼지가 쌓이고 있었다. 알아차린 건 지난주 목요일인데, 나도 왜 두 달 동안이나 방치해 뒀는지 모를 정도로 유리창에 얼룩이 누렇게 져 있었다. 돌아보면 저 기계 때문에 여기까지 온 건데, 이제야 할 일을 찾은 듯싶다. 하범이 할아버지한테 카이쿠 조작법을 배웠다고 했는데, 물어보면 될 것 같다.

크리스마스는 정말 평범하게도 아무 일도 없었는데, 나도 그도 밖에 나갈 일이 없었어서 잊어버렸다. 눈이 조금 왔는데, 별로 낭만이 넘치지는 않았다.

그리고 기지 입구 앞에 화분 몇 개를 놔두었다. 앞서 말한 외출을 나가 하범한테 부탁한 돈으로 화분과 꽃 종자 몇 봉지를 샀다. 꽃을 키운다고 하니 그도 흔쾌히 허락했다. 알레르기도 있는데 갑자기 웬 꽃이냐면, 망할 바보 컴퓨터 내장 파일에 들어 있던 게 꽃말집이었다. 조악한 사진 딱 한 장씩과 꽃에 대한 간략한 설명, 꽃말의 텍스트만 있었는데 그 종류가 몇백 가지를 넘었다. 보다 보니 꽃들 설명 읽는 것도 재미있었다. 그래서 두 시간 동안 정독을 하고 시중에 팔 만한 것들을 추린 게 지금 구매한 씨 앗들이다. 수선화, 할미꽃, 과꽃. 총 세 개를 심어 뒀는데, 키우는 방법은 상점 아주머니가 대충 알려 주신 방법으로 될 것 같았다. 물을 주고 기다 린다 정도(진심이다).

기지 안에도 조금의 변화가 생겼는데, 창백한 흰색으로 계속 빛나던 전등에 색과 밝기를 조절하는 기능이 생겼다. 역시 하범이 설명해 주었는 데, 원래 있던 기능인지 새로 만든 기능인지는 알려 주지 않았다. 덕분에 시간에 따라 조명 색을 변하게 설정할 수 있었고, 실내에서 좀 더 편하게 지낼 수 있었다(이제 자동으로 끌 수도 있어서 스위치에 붙여 둔 실도 뗐 다). 책을 읽을 때도 눈이 편했다. 웬일로 돈을 쓴 게 느껴졌다. 카이쿠 위 에 쌓인 먼지도 정겹게 느껴지는 것 같았다.

하범과도 조금 친해진 것 같았는데, 저번에는 집으로 저녁 초대를 했 다. 거절할 이유도 없어서 같이 통로를 통해 걸어갔는데, 더럽게 멀리 있 었다. 엄청나게 넓은 하수도처럼 생긴 통로를 한 50분은 걸어 그의 집 지 하실에 도착했는데, 1층으로 와서 집을 둘러보자 생각보다 더 부자였다는 걸 알게 됐다. 물론 기지도 충분히 넓었지만, 하범의 집은 기지 네 개를 충 층이 쌓은 것 같았다.

혼자 살기엔 너무 넓다는 걸 문득 깨달았는데, 역시나 1층에서만 사는 것 같았다. 몰래 위층으로 올라가 봤는데 2층과 3층엔 먼지가 수북했다. 가구도 별로 없었다. 그러고 집을 좀 구경하다… 저녁으로 카레를 먹었는 데, 기지에서 해 먹는 맛과는 차원이 다르게 맛있었다. 하범은 뭔가 말하 려고 한 것 같았는데 기분 나쁘게 쳐다보다가 관둔 듯했다. 그렇게 기지 로 다시 걸어왔었는데… 친해진 건가. 아직 잘 모르겠다. 잘 지내서 나쁠

건 없지만, 뭐.

그리고, 취직을 할 수도 있을 것 같았다. 종자를 사러 나갔을 때 구인 광고를 봤는데, 할 만해 보였다. 단순 택배 배달 광고도 있었고, 몇몇 음식점들 일손이 부족해 보였다. 하범에게 말했더니, 생각해 보겠다곤 했다. 솔직히 이렇게 사는 건 염치가 없어도 너무 없다. 아저씨 월급으로 버티기도 버거울 것이고…. 아닌가? 하범 직책이 기억이 안 난다. 지금까지 그의 연봉을 몰랐다. 집을 봐서는 손에 꼽는 부자일 것 같지만, 진짜 백만장자 갑부인가? 아니다. 그래도 내가 번 돈으로 살아야 마음이 편하다. 그러면… 곧 일자리를 구해야겠다. 집안일에도 여유가 생겼으니 말이다. 그래, 빠르게 찾아봐야겠다.

1월 3일 토요일 *임시

기지 위에 누군가 돌아다닌다. 소리가 사람 발소리 같다.

3-1. 방문객(Visitor)

혜린은 입구를 열고 머리로 버티면서 기지 밖을 정찰했다. 여전히 무성한 잔디만 보였지만, 바스락거리는 발소리가 들렸다. 그녀는 조심스럽게 몸을 밖으로 꺼내 가게 앞쪽으로 돌아서 접근했다. 교묘하게, 발소리의 주인도 그에 맞춰 반대편으로 소리가 멀어졌다. 잽싸게 진열대 안쪽으로 들어온 혜린은 일주일 전 하범이 씻어 놓고 놔둔 프라이팬을 집어 들었다. 발소리는 돌고, 돌고, 돌아 이내 멈췄다. 순간, 앳된 목소리가 아무도 없는 진열대 앞에서 들려왔다.

"누구 있어요?"

아래쪽에서 나는 소리였다. 그녀는 몸을 쭉 기대어 바깥 잔디를 내려다보았다. 9살쯤 되어 보이는 남자아이가 서 있었다. 아이가 혜린을 발견하곤 말했다.

"가게 사장님 맞죠? 과자 사고 싶은데…."

아이는 텅 빈 진열대를 둘러보며 실망하는 것 같았다. 그녀는 상황을 이해하고 안도했다.

'정지에서 쫓아온 줄 알았네.'

우선 좋게 이야기해야 했지만, 혼자 여기까지 찾아온 아이를 전혀 이해할 수 없었다. '어떻게'라는 의문이 앞섰다.

"음… 일단 나는 가게 사장님이 아니고, 여긴 가게도 아니고, 그보다 여기 어떻게 왔니…?"

당황스러움을 애써 감추며 최대한 유쾌하게 물었다.

"걸어서요."

역효과가 날 줄은 모르고.

"그러니까…"

한 손으로 머리를 싸매고 할 말을 찾아보았다. 상식적으로 이해가 되지 않았다. 아이의 몸이면 몇 시간을 걸어도 여기까지 올 수 없었다.

"여기를… 어떻게 찾았니?"

"걸어서요."

"그냥 걸어서 여기를 왔다고?"

아이가 고개를 끄덕였다. 표정을 보니, 모든 걸 놀이처럼 느끼고 있는 것 같았다. 자신은 과자 없는 과자 가게에 찾아온 손님이고, 혜린이 사장인 역할놀이. 어찌 되었든, 그녀는 장단을 맞춰 주고 아이를 돌려보낼 생각으로 다시 최대한 밝게 말했다.

"그런데 여기는 뭐 하러 왔어? 과자 사려고?"

"네, 근데 과자가 없네요."

"음… 과자를 못 만들어서 그래. 어제 다 팔렸거든."

"그럼 나랑 놀아 주면 안 돼요?"

난감한 질문이었다. 놀아 달라니, 생판 모르는 사람한테. 어제 발을 삐끗해 퉁퉁 부어 있었기도 해서, 혜린은 어쩔 수 없이 최대한 상냥하게 거절했다.

"많이 힘들어서 그건 힘들 것 같아. 집이 어디니? 택시를 부를 순 있어."

아이는 시무룩한 표정으로 고개를 푹 숙였다. 실망한 듯한 눈치였지만, 그녀는 내심 안도하며 가게의 벽에 기댔다. 조금 있으면 하늘이 어두워질 거라고도 생각이 들었다. 하지만,

"심심한데…"

한없이 애처로워 보이는 그렁그렁한 눈이, 그 목소리가 모든 것을 녹였다. 혜린의 마음도.

"저기… 그러면 끝말잇기 할까?"

반사적으로 튀어나온 말이 끝나기가 무섭게 아이가 활짝 웃으며 소리치듯이 말했다.

"끝말잇기 저 완전 잘해요! 해요, 해요!"

자신이 한 말에 적잖이 놀랐지만 아이의 뜻밖의 반응에 그녀도 덩달아 입꼬리가 살짝 올라갔다.

"그럼, 나 먼저 할게. 나. 무."

박자 맞춰 음절을 끊자 아이도 곧잘 따라 했다.

"무. 한!"

"한. 국."

"국. 수!"

.

.

"앗! 누나, 틀렸어요. 이겼다!"

"왜? 차. 표. 뭐가 문제야?"

아이는 방방 뛰며 좋아했다. 끝말잇기 한 판 이기고 올림픽을 우승한 것처럼 기뻐하며 말했다. 불경 읊듯 대구하던 그녀도 어느새 어린아이처럼 활기를 띠었다.

"끊어서 말이 되는 거면 안 돼요! 차, 표, 둘 다 따로 쓸 수 있잖아요. 반칙!"

혜린은 실감 나게 분한 척 연기를 했다.

"그런 게 어딨어? 으, 다시 해!"

다시 하자는 말까지는 생각하지 않았는데, 자연스레 승부욕이 발목을 잡았다. 말을 고치려고 황급히 부정했지만, 두 번째 판을 아이가 시작하고 난 뒤였다.

"좋아요!!"

***

"잘 가…!"

"안녕히 계세요!"

아이의 모습이 나무들 사이로 사라졌다. 해가 뉘엿뉘엿 눕고 있었다. 혜린은 아이가 보이지 않을 때까지 손을 흔들며 기다렸다가 기지로 다시 내려갔다.

"무슨 일이야, 사람이 다 찾아오고…?"

그녀는 발전기 앞으로 가 전력량을 확인했다.

'91.2%'

"하아, 내일 더 달려야겠네."

냉장고에서 생수를 꺼내 뚜껑을 따고, 마신 후 그대로 침대에 누웠다. 목, 눈, 어깨, 종아리가 뻐근했다. 혜린은 손을 부들부들 떨며 침대 머리맡 쪽 벽에 있는 패드를 눌렀다. 틱, 하고 불이 꺼졌다. 동시에, 고요가 찾아왔다.

'어쩌다 이렇게 살게 됐을까.'

스스로 한 생각임에도 혜린은 자신의 무의식에 찔끔 놀랐다. 이 무슨 건방진 말인가.

"…"

혜린은 아무것도 보이지 않는 천장을 두 눈을 뜨고 응시했다. 방금 전의 그것은 회한일까? 침대에서 벌떡 일어나 모니터 앞으로 다가갔다. 생각해 보았는데, 그럴 수는 없었다. 분명 아이를 놀아 주고 몸이 피곤해서 나온 헛소리일 것이다.

　생명의 은인에게 목숨을 보호받고선 의식주에 투정까지 하며, 전 국민의 8할보다 나은 생활에 한탄 따위를 할 이유가 없었다. 그렇다면 만족일까? 순간 구역감이 기분 나쁜 타액처럼 머리 위에서 흘러내렸다. 분수도 모르는 한심한 생각에, 장기를 입 밖으로 게워 내고 싶었다. 언제부터 철이 들었다는 자각을 하게 된 것인지. 혜린은 책상 밑의 전원 단추를 눌렀고, 몇 초의 우웅거리는 기계음과 함께 컴퓨터가 켜졌다. 손이 반사적으로 움직였다.

　- 이렇게까지 행복하게 살아도 되는 걸까. 내가 고향의 중독자들을 나 몰라라 내팽개치고 꾸역꾸역 2영까지 와서 너무 양심 없는 거 아닌가. 이렇게 살아 봤자 아무것도 변하지 않아. 아저씨의 돈만 축내는 짐승 새끼나 될 거라고. 아니, 지금도 그렇잖아. 뻔뻔하게 의미 없이 시간만 버리면서 이렇게…. -

　자판기를 부술 듯이, 떨리는 손으로 감정을 토해 냈다. 그 쾌감이 손끝에 저릿했다. 무서울 정도였다. 이것에 중독된다면, 하범이 만약 알게 된다면, 나를 보는 시선은 어떻게 될까. 하지만 이내 그녀는 눈앞에 보이는 도망자의 말을 모두 삭제했다. 말 그대로, 일시적일 뿐이었다. 의자에서 일어나 침대에 걸터앉았다.

　"흐윽… 하…."
　두 손으로 눈을 감싸고, 몸을 기괴하게 말아 흐느끼기 시작했다. 몇 분 동안 숨을 참고 작게 터트리기를 반복했다. 꾹꾹 외면해 왔던 죄의식이, 혜린의 댐을 부쉈다. 산산조각 난 벽이 기지 바닥을 굴러다녔다.
　"하아, 하아."
　결국 이렇게 될 거였다는 생각에, 호흡은 얕고 빨라졌다. 눈에서도 어느샌가 눈물이 흘러내리기 시작했다.

'등신같이…'

그 꼴사나운 상황을 자각하곤 손을 내렸다. 주먹을 꽉 쥐어도 울음은 멈출 생각이 없었다.

툭.

손등에 큼지막하게 남은 쓸린 흉터가 혐오스러웠다. 시간이 지나도, 흉터는 사라지지 않는다. 칼로 도려낸대도, 손목을 잘라 낸대도, 망치로 내려친대도 지워지지 않을 것이다.

툭.

지워져서는, 잊어서는 안 됐다. 가게 앞에서 서성이던 그 아이들, 생기 없이 죽어 가는 눈을 가진 군인들, 엄마, 아빠, 할아버지….

툭.

무엇을 하라는 건지, 찾아내지 못한 자신이 미웠다. 이제….

툭.

'지금 많이 혼란스럽다는 것, 안다. 망설이지 말고 뭐든지 해라….'
머릿속에 하범의 목소리가 울렸다.

'망설이지 말고 뭐든지 해라….'
생각해 보면, 애초에 그의 말이 정답이었다.

'망설이지 말고….'
아직도 뭐가 뭔지 모르고 있다면,

"뭐든지…."
제일 쉬운 거라도 해야 했는데.

부스럭거리며 일어나, 통로의 유리창 앞에 섰다.

창 너머의 희미한 붉은색 조명에 그림자의 형체가 비쳤다.

답지 않게 고운 목이 빛을 받아 두드러졌다.

혜린은 거울을 보듯 자신의 목을 어루만졌다.

"…."

그리고 점점 강하게, 쓰다듬기 시작했다.

선 한 줄 한 줄을 찾아내, 놓치지 않도록 모두 잡아 쥐었다.

"콜록, 크으…."

갖잖은 몸부림은 원치 않았다. 걸핏하면 울어 버리는 갓난아기와는 달랐으니까.

자신의 단죄에 확신이 들수록 그녀의 얼굴도 붉게 상기되었다.

하지만 그와는 반대로, 심장은 점점 느리게 뛰었다.

아득하고, 편안했다.

그렇게 믿고 싶었다.

고향에 온 것만 같은 공기가 폐로 들어왔다.

어쩌면, 벗어난 적이 없었을지도.

"켁… 켁…!"

두 손 모아 기도하는 건 처음이 아니었으니 더 확실하게 해낼 수 있었다.

눈을 감았다 뜨면, 소원이 이뤄질 것 같았다. 이번에는.

눈꺼풀을 내리고, 마음속으로 열을 셌다.

그 어느 때보다 간절히 바라며.

4. 의식과 기억(Memory)

눈앞이 하얗다. 눈밭이 되어 버린 기지 밖을 보는 것 같다.

이곳은 '진짜' 저승 같다. 정말 아무것도 없다.

어디선가 웅웅거리는 진동음이 아주 작게 들려온다.

저 멀리, 백발의 노인이 걸어가고 있다.

구부정한 허리, 실밥이 튀어나온 게 한눈에 보이는 베레모, 촌스러운 격자무늬 코트….

할아버지다.

나는 한 치의 망설임도 없이 그 뒷모습을 쫓아간다.

신발을 신지 않았다는 걸 자각하자마자 익숙한 무늬의 운동화가 발에 신겨진다.

신경 쓸 틈도 없이 계속 달려가지만, 거리는 좁혀지지 않는다.

발을 구르고 또 굴러도, 점점 멀어지기만 한다.

한참을 달리고서야 멈춘다. 숨이 헐떡이고, 속이 뒤집어질 것 같다.

갈증을 느끼고, 바로 옆 발치에서 물이 담긴 컵을 발견한다.

어째서인지 나는 그걸 발로 찬다.

할아버지 손은 못 잡고, 손잡이는 잡을 수 있다는 걸까.

나는 빈 허공에 대고 더 해 보라고 소리친다.
주먹을 휘두르고, 땅을 구르며 발악을 한다.
놀랍게도, 대답 대신 어린아이가 등장한다.
그 뒤에는 또다시 멀어지는 할아버지가 보인다.
나는 아이를 제쳐 두고 그를 잡으려 한다.

하지만 아이가 내 옷자락을 손끝에 걸치자 나는 넘어진다.
그새 할아버지는 다시 사라지고, 나는 일어나 뭐 하는 거냐고 아이를
다그친다.

아이는 울음을 터트리고, 그 부모의 형상까지 나타난다.
두 사람은 아이를 안아 달래기 시작한다.
금방 우는 소리가 멎고 가족이 웃는다.
세 사람은 웃으며 마당에서 현관문으로 향한다.

문이 닫히고, 지붕 너머에는 잿빛 공장이 있다.
나는 이곳이 7영이라는 것을 알아차린다.
나는 골목에서 빠져나와 큰길로 간다.
저기, 익숙한 철조망이 보인다.

차 한 대 없는 도로를 가로질러 한달음에 달려간다.
좁은 길로 들어서, 북적북적하던 시장을 가로지르고, 부품들을 샀던
철물점에서 오른쪽으로 꺾는다.

눈에 익은 허름한 건물이 있고, 그 안에는 누군가 앉아 있다.
테이블 위에 올려진 가족사진을 보고 있다.
문을 열고 들어가자 가게 주인이었던 노신사가 일어나 나를 반겨 준다.
특유의 처진 눈꼬리는 여전하다.

그는 나를 등받이 없는 나무 의자에 앉히고 따뜻한 코코아를 내온다.
나는 누런 종이컵을 받아 들고, 한 모금을 마신다.
어떤 일로 왔는가, 무엇이 필요해서 왔는가, 주인이 질문할 필요는 없었다.
항상 손님 쪽이 먼저 사연을 털어놓기 마련이다.

하지만 나는 손깍지를 끼고 가만히 들을 준비를 한다.
귀를 열고 기다리겠다는 우리만의 신호인 셈이다.
조금 옆에 앉은 노인은, 내게 어떤 이야기를 먼저 해 주기 시작한다.

자신이 애지중지 키운 딸을 어떤 놈이 사랑하게 된 이야기.
인정하지 않았지만, 생각보다 좋은 놈이라는 걸 알게 된 이야기.
그놈과 마주 앉아 서로의 다짐을 확인했던 이야기.
그렇게 가족이 두 명에서 세 명이 된 이야기.

그리고, 세 명에서 네 명이 된 이야기.
한 명이 모두의 보살핌을 받던 이야기.
행복하고, 행복했고, 행복했었던,
웃고 떠들며 지냈던 이야기.

이야기를 들려주는 그의 표정이 밝다.

결말을 아는 이야기임에도 나는 애써 따라 미소를 짓는다.
그는 멈추지 않고, 계속한다.

그러던 중 전쟁이 일어났다는 이야기.
망설임 없이 국경으로 떠났던, 세상에서 가장 명예로운 군인과 의무병
의 이야기.
가슴을 졸이며, 밤을 지새우며 기도하고 또 기도했던 이야기.

하지만 결국,
그리고 다시,
가족이 두 명이 된 이야기.
모두를… 잃었던 이야기.

그 비극을 다 들었을 때, 나는 울고 있다. 할아버지에게 기대어.
그는 나를 토닥이며 내 눈가를 닦아 준다.
내 잘못이 아니라고,
지금까지
혼자 남게 해서 미안하다고,
더 안아 주지 못해서 미안하다고.

난 할아버지를 꽉 안고, 할아버지도 나를 꽉 안는다.
코트에서 나는 짙은 커피 향이 미치도록 사무친다.
아직 이르다며 코코아를 타 주던,
문을 닫을 때면 목말을 태워 주던,
실없는 내 질문에 지친 기색 하나 없이 답해 주던,
항상 웃고 있던 할아버지에게 나는 말한다.

이곳에서 그냥, 있으면 안 되냐고 묻는다.

아무런 쓸모도 없는 이야기라도 계속하며 있으면 안 되냐고,

묻는다.

그리고 할아버지는 여느 때처럼, 나와 눈을 맞추고 대답해 준다.

***

"발자국은 지워질 수 있지만, 발걸음은…."

"발걸음은 지워지지 않는다. 또 그 말이죠? 할아버지, 저 그거 몇 번째 듣는 중이게요?"

그는 허허 웃으며 능청스럽게 답했다.

"우리 혜린이가, 벌써 세상의 이치를 알게 됐구나. 그렇지?"

"아뇨. 뭐, 딱히 알게 된 건 아니고요…."

그는 계속 소리 내어 웃으며 함께 골목을 걸었다. 언제부턴가 자신의 등에 업히기를 거부하는 손녀가 섭섭하기도 했지만, 이해할 수 있었다.

"그리고, 그런 말 알아 봤자 어디다 써요? 친구 같은 거 만들 생각도 없는데."

"친구? 이 늙은이랑 친구잖니, 아니냐?"

"할아버지랑 어떻게 친구를 해요, 가족인데…."

"어떻게 하기는, 우리 이쁜 손녀하고 할배가 얼마나 친한 베스트 프렌드인데."

그가 장난스럽게 올린 엄지에, 혜린은 피식 웃었다. 그는 정겨운 말투로 선수를 쳤다.

"봐라, 친구 할 수 있지?"

"그래도 쓸데없는 건 사실이잖아요, 몰라도 사는 데 문제 하나도 없고."

그녀는 투덜거리며 골목길에 굴러다니는 작은 돌을 힘껏 찼다. 퍼석퍼

석 쉽게 부서지는 조각들은 군데군데 금이 간 낡은 담장에서 떨어져 나오곤 했다. 그는 미소를 살짝 거두고 대답했다.

"사는 데 문제가 없기는? 마음의 양식을 쌓아야 이롭게 살 수 있는 거란다. 그렇지 못한 사람들은 마음이 너무 약해 저 벽돌처럼 부서져 버리고 말아."

"에이, 있어 보이는 말 좀 모른다고 부서지기까지 해요? 세상이 너무 빡빡하네~"

혜린은 익살스럽게 두 팔을 머리 위로 쭉 뻗어 기지개를 켰다. 해가 저 높은 건물에 반쯤 잠겨 주위가 어두워지고 있었다. 길은 아직 밝았지만 가로등에 불이 들어왔고, 여름에서 가을로 향하는 바람은 10월까지 불고 있었다. 때에 맞지 않는 따뜻한 날씨였다.

.

.

"혜린아, 우리 아가."

그는 조심스럽게 말을 꺼냈다.

"그들은 앞으로도 계속 우리를… 괴롭힐 거다. 내가 죽어도 계속."

그녀는 웃음기를 거두었고,

"나는 우리 손녀가 세상을 굳세게 살아가기를 바란단다. 이 늙은이의 욕심이자… 바람이지."

그의 시선은 끝을 알 수 없는 어딘가에 고정되어 있었다.

"하지만 만약 정말 힘들 때가 온다면 말이다, 아가야."

그는 발걸음을 멈췄다. 그녀도 뒤따라 그 자리에 멈춰 섰다. 그는 생각에 잠긴 듯, 할 말을 찾는 듯 입을 달싹였다.

"…"

그는 고개를 돌려 혜린을 지그시 바라보았다. 할아버지의 그 표정을 그녀는 아직도 읽어 낼 수 없었다.

"만약 그런 때가 온다면… 어떻게든 살아 내겠다고 약속해 주겠니?"

그는 웃고 있었다. 가슴이 미어지게 슬픈 얼굴로, 이런 부탁을 해서 미안하다는 것처럼.

혜린은 웃지 않았다. 어쩌면 그 지루한 말을 듣는 것도 이번이 마지막일 것 같았다.

그리고, 할아버지를 마주 봤다. 그 모습을 눈에 담기 위해서였다.

.

.

정확히는 이기심 때문이었다.

"할아버지 얼굴, 목소리, 입던 옷… 기억이 흐릿해질 때마다 여기로 왔어요. 사라지면 안 되는 거니까."

"…"

"계속 이야기하고, 장난도 치고, 그냥… 할아버지를 더 보고 싶었어요. 어떻게든 되겠지 싶어서."

계속한다면, 그의 얼굴을 볼 자신이 없었다.

"여기 올 때마다… 다시 돌아갈 때가 되면, 할아버지가 사라지는 게 너무 싫어서… 어디에도 없는 게 싫어서, 그걸 잊으려고 제가…"

"혜린아, 이제 그만…"

그럼에도 해야 했다.

"이 망할 곳에서 하루하루 버티면서… 얼마나 많은 꿈을 꾸고, 또 버리고, 쓰러졌다가, 다시 일어나고…"

어디로든 가야 했다.

"끝도 없이 쓰러지면서…! 참고, 참고, 참아서, 넝마가 될 때까지."

더 편하게 부술 수 있게….

"제가 얼마나…."

.

.

그 순간 그는, 첫 비행을 두려워하는 아이를 안아 주었다.

시간에 가라앉아 앙상해진 그 두 어깨를, 팔로 꽉 감쌌다.

어설픔의 떨림이 점점 잦아들도록.

"무서웠겠구나, 얘야."

"네…."

"하지만… 이미 알고 있잖니. 네 입으로도 그렇게 말했단다."

그리고, 조용히 타일렀다. 언제나 그랬듯 나긋한 목소리였다.

"전에, 이 늙은이 욕심이 뭐라고 했지?"

"굳세게 살라고요…."

그는 쓴웃음을 지었다. 텁텁하게도.

"결국 아무리 단단한 사람이어도 우선… 살아 내야만 해."

소매로 눈을 비볐지만, 할아버지의 셔츠는 여전히 흐릿했다.

"평생을 쏟아도 네게 전해지지 않겠지만, 해 줄 말이 하나 남았단다."

여전히 흐릿했다.

"할아버지."

"기억하려무나, 혜린아."

"아니, 싫어요. 저는…!"

“들어야 한다.”

지금까지 본 적 없던 단호한 표정이었다.

“왜…! 도대체 왜 이래야 하는 거냐고….”

“묻고 싶은 게 많겠지만, 시간이 없구나.”

마치 지우개로 지워지는 선처럼, 그는 서서히 흐려지고 있었다.

꽉 껴안고, 얼굴을 파묻고, 온기를 느꼈다.

할아버지의 입을 막고 싶었다. 그 마지막 말을 듣기 싫어서.

그 상태로 영원히 있고만 싶었다.

“어떻게 해도 도착하지 못할 것 같은 순간이 있단다. 길을 잃었다고 생각되는 그런 순간.”

하지만 이내, 그는 인사를 건넸다.

“그런 순간이 만약 찾아오게 된다면, 넌 결코 길을 잃은 것이 아니라 이끈 거라고,

운명도, 두려움도 아닌, 네 선택이 만든 길 위에 있다고.”

멈출 수는 없었다.

“그 선택이 사라질 일은 없다고.”

되돌릴 수도 없었다.

“믿어 의심치 않을 때까지 믿어 주렴.”

이젠, 대답해야겠지.

되뇌었다.

“기다려 줄 거예요…?”

“물론, 우리 아가.”

“언제까지?”

할아버지는, 마침내 활짝 웃었다.

책상에 올려 둔 사진처럼.

.

.

“■■■.”

5. 지안(Jian)

처음이자 마지막인 줄 알았지만, 아이는 그 빈약한 몸을 이끌고 이틀에 한 번꼴로 기지에 찾아오기 시작했다.

"과자 없어요?"

"오늘도 없어요?"

"사장님, 근데 이름이 뭐예요?"

"여기 혼자서 과자 팔아요?"

이틀에 한 번, 말 그대로를 2주 동안 지키며 가게로 걸어왔다. 새 출발에서 만난 두 번째 친구가 찾아오는 시간대는 오후 4시 언저리. 혜린은 기지 안에서 없는 척도 해 보았지만, 귀를 열고 할 짓이 못 되었다. 결국 이름도 묻고, 이런저런 수다를 떨며 친해지게 되었다.

아이의 이름은 지안이었고, 9살에, 2영에서 처음 봤었던 주택들 중 하나에 살고 있다고 했다. 마을에 과자를 파는 상점이 없어 여기까지 왔다고 했고, 혜린은 대충 믿어 주었다. 가벼운 친구로 지내기에 무리가 없었기 때문이었다. 말 그대로 좋은 아이였다.

"누나, 여기서 살아요?"

"어, 여기서 살지. 왜?"

"음… 아무도 없으면 외롭지 않아요?"

가끔 나이에 비해 예리한 질문을 던지기도 했다.

"별로 외롭지 않지. 네가 이틀마다 와 주잖아."

"이틀? 이틀이 뭐예요?"

"2일이라는 뜻."

착한 아이처럼 대꾸하고 재롱을 부렸다.

"저 왔어요! 이거, 이거 봐요. 오다가 나무 사이에서 핀 꽃인데, 엄청 예쁘지 않아요?"

"응, 엄청 예쁘네. 이 꽃 이름이 뭔지 아니?"

"뭔데요?"

"히아신스."

이상하게도 가족 이야기는 묻거나 말하지 않았다. 그 나이에 궁금한 게 산더미일 것인데, 어째선지 딱 골라 이야기를 피해 가는 것 같았다. 알수 없는 호감이 점점 쌓이자, 혜린이 개방적으로 그에게 음식이나 장난감을 선물하는 날도 있었다.

"짠, 이 인형 어때?"

"우와, 곰 인형이네요!"

"귀엽지? 선물이야, 가져."

"이건… 고마워요, 누나."

"아니야. 괜찮아. 사실 하범한테 사정사정해서 얻은 거긴 한데…."

매일 그렇게, 소소한 이야기들을 하고, 또 했다. 지안은 태양 같은 아이였다. 태양처럼 밝게 빛나서 주위 사람들도 딩달아 미소 짓게 되는. 말 한마디 한 마디에 배려가 스며 있었고, 유머 감각도 가져 그녀를 웃는 표정을 그만두지 못하게 만들었다. 가끔씩 특이한 장난꾸러기 얼굴(나를 놀리거나 멋쩍게 웃을 때 한쪽 입꼬리만 올라가는 버릇이 있었다)을 하고 장난을 치기도 했지만, '사랑스러운', 말 그대로 사랑스러운 아이라고 생각할 수밖에 없었다. 그렇게 점점 오는 횟수가 늘었고, 이틀 간격은 매일이되어 있었다. 온종일 하던 잡생각도 말끔히 사라졌다. 지안 덕분이었다.

.

.

.

"저 다리 아파서 더 못 걷겠어요. 재워 주실 수 있어요?"

예고도 없이 날아온 말은 그녀가 반응할 시간을 주지 않았다.

"… 어?"

"저, 사실 집이 없어요. 여기서 혜린이랑 같이 살면 안 돼요?"

지안은 거절할 수 없는 눈빛을 보냈다. 혜린, 그 호칭은 무엇일까. 마음이 약해지는 저 눈은 또 무엇일까. 그녀는 당황했다.

'아니야, 하범의 허락을….'

연민이란 감정에 취약한 혜린으로서는 어쩔 수가 없었다. 빗물이 흐르는 소리가 더욱 선명하게 들렸고, 집주인에게 연락하는 것도 잊고 정신을 차렸을 때는….

"… 아니, 뭐…."

"이건 뭐예요? 우와! 누나, 저 버튼은 또 뭐예요? 눌러 봐도 돼요?"

"안 돼…! 아니, 누를 거였으니까… 저쪽에서 기다리고 있어."

그녀는 일주일 동안 한 번도 누르지 않았던 전화 버튼을 눌렀다. 자신이 생각해도 어이가 없었다. 모르는 사람을 말도 없이 들이는 경우 없는 행동이었다. 연결음이 두세 번 울리고, 하범이 통신을 받았다.

"무슨 일이지? 식량이 다 떨어졌나? 두 달 치 재료…."

"남자아이 한 명을 데려왔어요."

잠시 침묵이 흘렀다. 스피커에서 희미한 잡음이 치직거렸다.

"혹시, 그 곰 인형도…."

"맞아요. 그… 작은 침대도 하나만… 가능할까요?"

기기 너머에서 한숨이 들려왔다. 하범의 목소리는 피곤 때문인지 평소보다 현저하게 어두웠다.

"… 알았다."

"네… 네? 알았다구요?"

의외의 허락에 혜린은 당황했다. 그는 듣는 사람도 기운 빠지는 목소리로 말했다.

"수납장에 자가 있으니, 치수를 재고 메신저로 전달해라."

"네!"

그녀가 지켜봐 온 바로는, 하범은 기지를 준비한 것 빼고는 이렇게 쉽게 돈을 쓸 사람이 아니었다. 하지만 그것과는 반대로, 하범은 조금이나마 예상했던 일이 벌어진 듯 한숨으로 통신을 끊었다. 그녀는 아직 그의 관용에 얼떨떨한 상태였다. 기대었던 벽에서 떨어져 가벼운 한숨을 내쉬었다.

'같이 산다라…. 하범이 이것 이상으로 도와주지는 않겠지.'

혜린은 기지의 구성원이 한 명 늘었다는 것을 객관적으로 생각해 보았다. 사용하는 전력량 같은 현실적인 문제들도 대처할 시간이 필요했다. 우선적으로, 지안의 부탁을 너무 빨리 수락한 것도 문제가 되었다.

'아니… 그 눈을 어떻게 무시하냐고.'

"누나! 이 기계는 뭐예요? 이거 눌러 봐도 돼요?"

"안 돼!"

.

.

하범은 세 시간도 채 안 되어 기지에 도착했다. 혜린의 것과 같은 크기의 침대를 가지고.

"저 꼬맹이로군, 요새 카메라에 잡히던 녀석이."

그가 침대를 기지 안으로 들이며 말했다. 겁을 집어먹은 지안은 혜린의 뒤에 바짝 붙어 서서 질문했다.

"아저씨가 그 아저씨세요…?"

흡, 하범은 침대를 그녀의 침대 맞은편으로 옮겼다. 혜린의 것과는 지지대의 색이 달랐다.

"후우… 여기 주인이다. 앞으로 자주는 못 볼 테니, 깨끗하게 지내라."

그는 다시 통로에서 지안이 입을 옷이 담긴 가방을 가져와 그녀 앞에 툭 내려놓았다. 그러고선 나중에 보자며 통로로 잽싸게 사라졌다. 지안은 떨떠름한 표정으로 그가 사라진 통로를 바라보았다. 혜린이 먼저 옷 가방을 열어 보았다. 안에는 셔츠, 운동복, 속옷, 양말, 안경 등이 꽉꽉 담겨 있었다.

"말은 저렇게 딱딱해도 좋은 아저씨야. 내 목숨을 구해 줬다고."

"진짜요?"

"그럼, 신세를 얼마나 많이 졌는데. 자, 씻고 이걸로 갈아입을까?"

하범이 도착하는 세 시간 동안 둘도 나름의 규칙을 정했다. 무턱대고 허락했다지만(또 그걸 받아 줬다지만), 기지에 사는 이상 지안도 밥값을 해야 했다.

'첫 번째. 누나 말을 먼저 듣고, 아저씨 말을 그보다 먼저 듣기.'

'아저씨? 아저씨는 누군데요?'

'있어, 여기 만든 사람. 아저씨 말을 들어야 여기 살 수 있어. 그리고 두 번째. 하루 30분씩 저 방에서 자전거 타기.'

'자전거를 여기 안에서요? 가능해요?'

'그럼, 가능하지. 꼭 매일 타야 해. 마지막으로 세 번째. 번갈아 가면서 설거지하기.'

'설거지는 할 줄 알아요! 그 정도면 평생 살 수 있죠, 헤헤.'

이런 식으로라도 효력은 충분했다. 아까 전을 떠올리고 머릿속으로 일들을 정리하다 보니, 지안이 금세 다 씻어 잠옷으로 갈아입고 있었다. 이후 가방에 담긴 나머지 옷들도 전부 옷장에 정리하고, 잘 시간이 되어 둘은 침대에 누웠다. 불을 끄기 전에 혜린은 지안에게 물었다.

"지안, 지금 자는 거 맞지?"

"그럼요! 바로 잘 거예요."

그 태연한 대답에 집에서 잠에 드는 것 같은 느낌이 들었다. 칙칙했던 기지도 한층 밝아진 것 같았다.

"그래, 잘 자렴."

"누나도요!"

틱, 전등이 꺼졌다. 들뜬 부스럭거림은 몇 분 지나지 않아 사라졌고, 이를 확인한 그녀도 잠에 들었다.

***

1월 28일 수요일

지안이 기지에 들어온 지 한 주가 지났다. 남자아이라서 그런가? 사흘 만에 발전기 구동에 완벽하게 적응하고도 에너지가 넘친다. 나랑 같이 노는 걸 엄청나게 좋아하는데, 그럼 할 일을 미루는가? 그것도 아니다. 식사 후에 제일 먼저 하는 게 설거지인 데다 청소를 '끔찍하게 좋아'했다. 원래라면 청소 같은 건 하루 한 번 간단하게 바닥만 쓱쓱 닦아서 끝냈는데, 시키지도 않은 주방과 수납장 청소를 말끔하게 마무리하곤 달려와서 하는 말이,

"청소 다 했어요! 오늘은 뭐 하고 놀아요?"

피곤해 죽을 것 같다. 셋째 날까지는 주구장창 카이쿠만 구경하다, 그것도 질렸는지 이제는 날 괴롭힌다. 남은 시간도 평소 같았으면 레시피북을 읽거나, 화분에 물을 주거나, 요리 연습을 했는데 지안의 활동력 때문에 이제는 매일이 공포의 술래잡기다. 이것도 하범에게 하소연했더니 말없이 찾아와서 체스 세트를 건네주곤 휙 가 버렸다. 그거 아니라고….

그나마 다행이었던 점은 요리할 때 지안이 말 잘 듣는 강아지가 된다

는 것? 하지만 하루 종일 요리만 할 수도 없고, 지안에게 요리를 가르쳐야 하나? 아니지, 요리를 하루 종일 하는 것도 나쁘지 않은 것 같다.

더 좋은 점은, 기지가 한층 더 밝아졌다. 혼자 있을 때는 아무리 청소해도 칙칙한 무언가가 지워지지 않았는데, 귀가 채워지니 드디어 사람 사는 게 체감이 됐다. 지안이 활발한 성격인 것도 한몫했다.

그리고 하범이 지안을 데리고 신체검사를 하러 병원을 다녀왔는데, 뭔가… 괜히 그의 표정이 심각해 보였다. 발전실로 끌고 가서 캐물었지만 입 밖으로 꺼내지 않았다. 그렇게 찜찜하게 있었는데, 하범이 집으로 돌아간 후에 지안이 말하기를, 그가 돌아오는 길에 어떤 군인들이 무슨 종이를 내밀며 말을 건 뒤로 계속 그랬다고 했다.

"뭐라 했더라…? 자기는 군인이 싫다고 하셨나? 그랬던 것 같아요. 절 기분 나쁘게 흘겨봤어요."

아무래도 정지 소속 용병들인 것 같았다. 그가 싫어할 만했다. 지안이 봤다는 그 시선은 그도 느꼈을 것이고…. 그런데 내 검사 결과는 안 알려 줬으면서 지안의 검사 결과는 검사지째로 건네줬다. 이게 맞나? 아무튼, 지안은 오른쪽 눈의 시력이 0.2라서 안경을 껴야 했다. 정도가 심한 영양 부족도 있었고, 치열도 높이가 뒤죽박죽이라 교정이 필요하다고 했다. 하범이 어디서 뭘 하다 왔길래 이러냐고 물었지만, 지안은 멋쩍게 웃어넘겼다. 확실히 기지에서 회복을 시켜야 한다. 아! 그리고 하범이 작은 종잇조각을 건네줬는데, 음식점 전화번호가 적혀 있었다.

"일손이 부족하다더군. 다음 주에 외출하지."

난 미성년자인데, 보호자의 동의 같은 게 필요하다고 들었다. 하범이 보호자? 가족이어야 하는 거 아닌가? 뭔가 방법이 있겠지. 그러면 출근은 걸어서 하고, 퇴근 시간이 문제인가? 발전기를 저녁에 돌려야 하나? 지안 점심은 어떻게 하지? 중대한 문제가 몇 개 있는 것 같다. 일단 첫인사 연습부터 해야 하나?

거울 보고 씨익 웃으면서 혼자 인사해 봤는데, 다신 하지 말아야겠다. 지안과 눈이 마주치자마자 한쪽 입꼬리를 행복하게 올리는 게 보였다. 젠장….

뭐 깨지는 소리가 들렸는데, 확인해야겠다.

2월 2일 월요일

면접 결과는 합격이었다. 하범의 차를 타고 음식점으로 가서 이야기를 나눴는데, 사장님이 당장 내일부터 출근하라고 하셨다. 미성년자 노동 어쩌구 계약서는 어디서 나왔는지 하범이 모두 준비해 놓고 있었다. 만세! 그래서 기지 옷장에서 옷들을 뒤져서 제일 깔끔한 베이지색 셔츠와 검은 바지를 준비해 놨다. 첫 출근에 밉보일 수는 없지. 하범이 조금 한심하다는 눈빛으로 보긴 했는데, 미리 준비하는 게 뭐가 어때서?

지안의 점심은 도시락으로 해결하기로 했다. 아침에 지안의 점심까지 요리해 두고 출근하는 게 일반적인 것 같았다. 많이 심심할 것 같다고 떼를 썼지만 우리에겐 책장이 있었다. 지안 혼자 기지에 두는 것이 마음에 걸리긴 해도 어쩔 수 없었다. 하범 집은… 맞다. 하범 집이 있었지. 나는 조용히 여기서 계속 사는 게 좋지만 지안은 그의 집에서 지내는 게 더 좋을 수도 있다. 기발한데? 한번 물어보기로 하자. 그럼 지안 문제는 끝.

급여를 받는다면 어떻게 할 것인가에 대해서 하범과 이야기를 해 보았다. 나는 그에게 급여를 모두 맡기려고 했는데….

"네가 피땀 흘려 번 돈을 나한테 준다는 것 자체가 말이 안 된다. 생각을…."

"나도 아저씨가 피땀 흘려 번 돈 밥값으로 쓰잖아요. 당연히 줘야죠."

"넌 미성년자다, 꼬맹아. 그리고 나는 네 할아버지께 빚을 졌어. 마땅히 해야 하는 걸 할 뿐이야."

정색하면서 거절했다. 어차피 그 돈으로 먹을 것밖에 더 사는 게 뭐가 있다고. 자존심만 세기는.

아, 그리고 지안이 하루에 발전기를 40분만 돌려도 전력량이 5%가 채워지기 시작했다. 처음 봤을 때는 믿기 힘들었는데, 근육이 붙은 건지 힘든 기색 하나 없이 페달을 돌리는 걸 보고 충격이었다. 심지어 기특한 소리까지 더했다.

"이제 누나 발전기 안 돌리고 쉬어도 돼요! 짱이죠!"

정말… 천사가 틀림없다. 어쩜 이리 예쁜 짓만 골라서 하는지… 는 아니고. 아, 저녁 먹을 시간이 다 되었다. 오늘은 지안이 합격한 기념으로 특별히 자기가 요리를 해 준다고 했는데, 확인해 봐야겠다. 무슨 냄새지?

2월 3일 화요일

출근 첫날은 그럭저럭 보낸 것 같다. 열댓 개 정도 되는 테이블의 번호를 외우는 걸 빼면 일 자체는 쉬웠다. 손님이 오면 자리로 안내하고, 테이블 세팅을 하고 음식이 나오면 서빙한다. 식사가 끝나면 그릇들을 정리하고 자리를 닦는다. 표정은 항상 밝게. 전혀 어렵지 않았다. 그나마 사람이 많이 몰리는 점심시간에 조금 실수를 하긴 했는데(음식 서빙을 개판으로 하긴 했는데), 큰 사고 없이 버텨 냈다.

중간에 정신없이 서빙과 정리를 반복하다 진상 손님 두 명이 왔는데, 한 명은 아는 사람이랑 같이 점심 식사를 하려고 여기를 찾아온 꼬맹이였고, 다른 한 명은 그 부탁을 받아 주기까지 한 아저씨였다. 분명 지안은 순수한 마음으로 찾아왔겠지만, 사람이 그렇게 붐빌 줄은 몰랐던 것 같다. 하범과 지안을 구석 자리에 치워 놓고 일을 할 수밖에 없어 나도 마음이 불편했다. 그의 표정을 보니 미안한 기색이 5%쯤은 있어 보였다. 그런 대성통곡은 바라지도 않았는데 말이지. 그렇게 둘은 얌전한 강아지처럼 조용히 식사를 하고 다시 기지로 돌아갔다.

일을 마치고 기지로 돌아오자마자 지안이 오늘 저녁을 자기가 차리겠다고 떼를 썼다. 어제의 '석탄 프라이'를 만회하려 하는 것 같아서 허락을 해 줬는데, 소리를 들어 보니 지금 당장 가서 말려야 할 것 같다. 냄새도 뭔가 퀴퀴한… 이상한 냄새가 난다. 폭발은 안 하겠지.

한 달이 지나 꽃들도 많이 컸다. 줄기가 땅 위로 보였고, 과꽃은 연분홍색 꽃봉오리가 벌써 생겼다. 그래서 오늘 물을 주려고 기지 위로 올라가서 화분을 확인했는데, 과꽃의 잎이 거의 다 떨어져 있었다. 관리를 못 했나, 물을 적게 줬는지도 생각해 봤지만 아무리 봐도 지안이 물을 바구니로 들이부은 것 같았다. 과꽃 줄기가 얼마나 튼튼한데 이게 어떻게 했나 싶어서 지안에게 꿀밤을 한 대 쥐어박았다. 열심히 키운 건데…. 다행히 수선화랑 할미꽃은 아직 살아 있었다. 어째 오늘은 지안이 사고뭉치였다. 퇴근한 다음 씻고 산책까지 갔다 왔는데 아직도 요리 중이다. 잠깐, 그럼 저녁도 설마….

6. 놀이공원(Amusement Park)

오늘 퇴근하고 기지로 돌아오니, 지안이 놀이공원에 가고 싶다고 했다.

"누나, 저… 이번 주 토요일에 놀이공원 한번 가 보고 싶은데…."

그래서 왜인지 이유를 물었더니, 놀이공원을 한 번도 가 본 적이 없어서라고 했다. 생각해 보면, 나도 놀이공원 가 본 적 없는데, 잘됐다 싶어서 나는 흔쾌히 동의했다. 그리고 하범에게도 물어봤다. 그의 허락 없이는 사실상 어디론가 외출하면 가출이 되는 식이었는데, 의외로 쉽게 허락을 해 줬다. 물론 그도 같이 간다는 조건하에. 그래서 토요일에 갈 건지 일요일에 갈 건지, 돈은 얼마나 쓸 것인지를 지안과 열심히 토론했다. 아까 전엔 정말 들떠서 한 시간 동안 떠들어 댔는데, 갑자기 피곤해져서 일기를 쓰고 있다. 지안은 아직도 나를 부르고 있다. 에너지 총량이 나이에 따라 다른가 싶어 생각해 보니, 나보다 말이 없는 하범을 떠올려 바로 납득이 갔다.

그리고 처비의 가게에서 일을 한 지 한 달이 지났는데, 그저께 받은 첫 월급이 무려 400만 원이었다. 확인하자마자 바로 급여가 너무 높다고 말했는데, 그 액수가 맞다며 오히려 나를 나무랐다.

"일을 그렇게 열정적으로 하는데 그럼 여기서 더 어떻게 깎아, 그냥 받아~"

나는 끝까지 돌려주려고 했지만, 처비가 월 매출을 보여 주자 조금 이해가 돼서 그냥 편하게 받기로 했다. 장사가 잘되긴 했었나….

남은 꽃들도 정성으로 키우고 있다. 또 진작에 알았어야 했는데, 수선화와 할미꽃은 꽃이 피는 데 6개월 이상 걸린다고 한다. 이것도 수선화만 해당하고, 할미꽃은 몇 년이 걸리기도 한단다. 기다리는 건 어렵지 않겠지만, 사실 과꽃 사건 때문에 지안을 꽃 근처에 못 가게 막고 있었다. 분명 물을 너무 많이 주면 안 된다고 말한 것 같은데, 이상하게 몇 번이고 양동이에 물을 담아 화분에 붓고 있었다. 자기 딴에는 빨리 자라라고 그랬다는데, 내가 설명을 잘못했나? 아무튼 머리가 아프다. 이러다 물 부족 선인장도 만들어 내겠다.

놀이공원이라… 다시 생각해 보니 한 번은 가 본 기억이 난다. 부모님과 함께 기구를 탔던 것 같은데 잘은 모르겠다. 가 보면 기억이 날까?

***

혜린은 평소보다 30분 더 일찍 눈을 떴다. 오늘은 도시락 세 명분을 준비해야 했다. 두 명의 아침까지 더해서. 그녀는 망설임 없이 샤워실로 향했고, 몸을 최대한 빠르게 씻은 뒤 신속하게 냉장고에서 재료들을 꺼내 요리를 시작했다. 우선 간단한 아침 식사부터 햄, 양상추, 계란이 들어간 샌드위치로 처리했다. 햄 굽는 냄새에 지안이 잠에서 깨 부스럭거리며 침대에서 일어났다.

"지안, 먼저 먹고 있어. 나는 도시락 싸야 하니까."

"넴… 후아아암."

그는 비틀거리며 식탁까지 걸어와 풀썩 앉았다. 금방 완성된 샌드위치를 바로 앞에 밀어 주니 한껏 우물거리며 맛있게 먹었다. 혜린은 나머지

도시락을 준비하기 시작했다. 조금 특별하게 김밥을 목표로 잡았는데, 손기술이 필요해 지금까지 하던 요리와 비교가 안 되게 어려웠다. 김밥을 마는 건 그녀의 생각보다 쉬웠는데, 문제는 김밥을 자르는 데에 있었다. 칼로 무슨 짓을 해도 김이 잘리지 않고 재료만 밖으로 튀어나왔다. 김밥을 잡고 몇 분 동안 씨름해도 깔끔하게 잘릴 기미가 안 보였다. 그래서 혜린은 결국 자르지 않은 김밥을 도시락 통에 담았다. 그리고 그녀도 식탁에 앉아 샌드위치를 먹기 시작했다.

'알아서 먹으면 되지, 뭐.'

"그렇지?"

"… 네?"

둘은 그렇게 식사를 마치고 외출 준비를 하기 시작했다. 혜린은 그나마 깔끔한 짙은 색 청바지와 줄무늬 티셔츠를 입었고, 지안은 흰 바지와 흰 티셔츠 위에 파란색 니트를 입어 ×머프를 연상시켰다. 그녀는 어제 하범이 두고 간 가방에 도시락을 넣고, 컴퓨터를 켜 그에게 메시지를 썼다.

– 우린 준비 다 됐어요. 설마 자고 있는 거 아니죠? –

전송 버튼을 누르고, 10초도 안 되어서 통로의 문이 열렸다. 하지만 그 안에 사람은 없었다. 둘은 그 장면을 멀뚱히 바라보다 혜린이 다시 메시지를 보냈다.

– 걸어가라고요? 장난해요? –

이번에는 반응이 없었는데, 그녀가 예상한 것이 맞다는 듯 메신저는 깜빡거리기만 하고 상대의 답을 보여 주지 않았다. 예상치 못한 상황에 혜린은 한숨을 푹 내쉬었다. 그가 답장이 없다면 정말 그래야 했다. 결국 하는 수 없이 그녀는 지안을 데리고 통로에 들어섰다. 텅 빈 길이 전보다 더 길고 커 보였다.

"아무래도 걸어가야 할 것 같은데…?"

"네에??"

예상한 반응에 혜린은 괜히 미안한 마음이 들었다. 길 가장자리에 서서 다시 한번 머리를 굴려 봤다.

'계속 기다려야 하나? 진짜 걸어서 찾아가야 하나? 연락은 왜 안 받아서….'

하지만 생각이 무색하게 멀리서 불빛이 보였다. 특유의 위잉거리는 소리를 내며 하범의 택시가 가까워지고 있었다. 곧, 둘 앞에 멈춰 선 차는 뒷좌석 문을 벌컥 열었다. 그녀와 지안은 어정쩡하게 시트에 앉았고, 운전석에는 하범이 무표정으로 멍하니 있었다. 지안이 낑낑거리며 문을 닫자 하범은 액셀을 밟으며 통로 주행을 시작했다.

"아저씨, 저희 어디로 가요?"

지안이 들떠서 안전벨트도 매지 않고 물었다.

"남쪽에 있는 곳으로. 안전벨트 매."

그가 정면을 주시하며 말했다.

"남쪽이면… 니스트 파퍼? 진짜요?"

잽싸게 벨트를 맨 지안이 놀라 소리쳤다. 큰 소리에 하범의 미간이 살짝 찌푸려졌다. 그가 고개를 한 번 끄덕이자 듣고 있던 혜린이 질문했다.

"니스트… 파퍼? 거기가 어딘데요?"

옆자리의 꼬맹이가 대답을 가로챘다.

"국내 최대 규모 놀이공원! 누나 몰라요? 놀이기구가 마흔 개는 넘을걸요? 최고 인기 어트랙션 '라바폴' 덕분에 2년 만에 전국에서 제일가는 놀이공원으로 선정된 데다, 마스코트 '포리'가 얼마나…."

지안은 놀이공원에 대해 아는 것이 많았는지 그녀에게 열띤 설명을 시작했다. 목적지가 얼마나 대단하고, 위대한 곳인지 설명하는 모습이 마치 놀이공원을 만든 주인 같았다. 지안이 알려 주는 정보들은 끝이 날 생각이 없어 보였다. 적당히 맞장구를 치며 하범에게 눈짓을 슬쩍 보냈지만, 그도 귀찮은 듯 가만히 운전만 하고 있었다.

그렇게 지안의 설명이 끝날 때쯤엔 지상으로 나와 있었는데, 창문 너머에는 구름 한 점 없는 하늘이 풍경화를 그리고 있었다. 기지 근처의 논밭도 그 비중이 엄청나 마치 몇 세기 전의 세상을 보는 듯했다.

"우와아…!"

놀이공원에 가기엔 최고의 날씨였다. 여러모로.

.

.

.

"누나! 저 놀이공원 처음 와 봐요!"

"나도 거든? 같이… 지안! 뛰어다니다 길 잃어!"

"우리 저거 먼저 타요! 라바폴!"

"지안!"

지안은 뒤도 안 돌아보고 저 멀리 보이는 롤러코스터 쪽으로 무작정 뛰어가기 시작했다. 놀이공원의 우글거리는 인파에 휩쓸리면 자칫하다 서로를 잃어버릴 수 있었기 때문에, 하범과 혜린은 바로 뒤를 쫓았다. 아이스크림 매대를 지나고, 모르는 사람이 들고 있던 음료를 세 번 정도 쏟고, 식당가를 거쳐 롤러코스터 입구에서 줄을 서고 있는 지안을 붙잡을 수 있었다. 그 사이에 언제 샀는지 한 손에는 추로스를, 눈에는 선글라스까지 끼고 있었다.

"꼬맹이, 얌전히 즐긴다는 약속을 분명 한 것 같은데."

하범은 지안의 귀를 잡고 줄 밖으로 쭉 잡아당겼다.

"아아아아, 아파요, 아파요! 잘못했어요! 같이 다닐게요! 아악!"

지안은 머리부터 그의 손을 따라가며 삐걱거리는 우스꽝스러운 자세가 되었다. 그 모습이 마치 혼내는 아빠와 혼나는 아들 같아서 혜린은 저도 모르게 미소를 지었다. 그렇게 지안과 그는 다시 한번 단단히 약속을 했다. 근처 10m 이상 떨어지지 않기, 어디로 갈지는 셋이서 같이 정하기, 절대적으로 그의 말을 듣기. 지안은 처음부터 생각대로 되지 않아 조금 시무룩해 있었지만, 곧 다시 놀이 기구들을 보고 입을 떡 벌리며 감탄했다. 혜린도 마찬가지였다. 자이로드롭, 워터 슬라이드, 괴상하게 생겨 먹은 롤러코스터에 어느샌가 지안의 바로 옆에서 눈을 동그랗게 뜨고 구경하고 있었다.

"우와아…!"

"우와…!"

연신 '와'만 반복하며 감탄하는 둘을 이끌고 하범은 지안이 갔던 기구의 줄에 다시 섰다. 사람이 워낙 많아 30분을 기다려야 했지만, 그들은 오히려 들떠서는 보호자를 계속 귀찮게 했다. 줄을 선 상태로 지치지도 않고, 놀이공원에 와 봤냐느니, 제일 재미있을 것 같은 기구는 무엇이냐느니 두 남매 아닌 남매는 그를 계속 두들겼다. 결국 하범은 롤러코스터를 타기도 전에 안색이 창백해졌고, 둘은 정반대로 흥분이 최고조에 이르렀다. 드디어 그들 차례가 왔고, 제일 먼저 하범을 끌고 앞자리를 차지했다.

"하범, 무서운 거 못 타요?"

그의 굳은 표정을 보고 지안이 그를 놀리듯 말했다. 그는 무대응으로 대응했다.

"누나, 내기 하나 하죠?"

하범 왼쪽에 앉은 혜린에게 지안이 도전했다.

"무슨 내기?"

"1초 이상 눈을 감지 않고 버티는 거요! 전 하나노 안 무섭서든요!"

이걸 받아 줄 필요가 있을까, 곰곰이 생각하던 그녀는 아직 지안이 무섭다고 한 적이 한 번도 없었다는 걸 알아차렸다. 이번에 운이 좋다면 볼 수 있을지도 몰랐다.

"그래! 지는 사람이 30분 동안 먹을 것 대신 사 오기!"

"좋아요! 한 칸 떨어져 있긴 해도 똑바로 볼 거예요!"

지안의 마지막 말과 함께 롤러코스터가 움직이기 시작했다. 처음 구간에는 가벼운 내리막을 내려가다, 큰 낙하를 위해 덜컹거리며 위로 올라가기 시작했다. 높이가 높아지는 느낌은 혜린과 지안에게 부쩍 긴장감을 느끼게 했다. 20초쯤 상승이 멈추고, 같은 고도에서 죽 돌다, 절벽에서 떨어지는 것처럼 갑자기 확 강하하기 시작했다.

"으아아아아!!"

"꺄아악!!"

여기저기서 비명이 터져 나왔다. 혜린은 아랑곳하지 않고 눈을 희번덕 뜨며 앞을 바라보았다. 지안도 그럴 것 같았기 때문이었다. 바람 소리가 휙휙 귀를 스치고, 가끔 덜컹거리는 레일에 정신이 확 들었다. 360도 회전, 거꾸로 매달리기, 롤러코스터는 믿기지 않을 만큼 어지럽게 달렸다. 하지만 한눈에 들어오는 놀이공원의 경치는 가히 사진으로 남기면 평생 볼 것처럼 아름다웠다. 이 생각을 한 직후, 몇 초 만에 다시 머리가 아래쪽으로 향하게 되었다. 혜린은 허리의 안전바를 부술 듯 꽉 잡았고, 후에도 수직 낙하 두세 번 정도를 더 경험했다. 처음 겪어 보는 짜릿함에 그녀는 어지러움을 금방 적응하고, 용써서 잡은 안전바를 놓고 두 손을 활짝 들어 즐기기 시작했다. 그러나 롤러코스터는 이미 한 바퀴를 모두 돈 상태였고 더 타지 못해 내릴 수밖에 없었다. 혜린이 고조되어 말했다.

"엄청 재밌었다, 그치? 그렇죠?"

하범은 대답이 없었지만, 지안의 표정은 마치 천국을 보고 온 사람 같았다.

"역시 니스트야!! 하범, 한 번 더 타면 안 돼요?"

지안이 그의 팔을 잡고 졸랐다. 그는 곰곰이 생각하는 척하더니 작게 말했다.

"… 그래."

"예에!!! 빨리 가요, 줄 길어져요!"

그새 약속을 잊어버린 지안은 다시 줄 쪽으로 뛰어갔고, 그녀와 하범은 다시 그를 쫓았다. 이후, 그들은 3시간 만에 놀이 기구 8개를 타며 놀이공원을 누볐다. 기구를 하나 타고 나면, 혜린과 지안은 안내도만 바라보며 다음에 갈 곳을 탐색했다.

도착했을 때와는 다르게, 이걸 몇 번 반복하니 하범이 지안을 붙잡고 다니는 게 아니라 오히려 혜린과 지안이 그를 끌고 다니고 있었다. 겉으로는 귀찮아했지만 아무 말 없이 끌려다니며 그는 내심 편하다고 느꼈다. 그렇게 한 번도 보지 못한 길이 없게 됐을 때, 그녀의 손목시계가 1시를 가리키고 있었다.

"점심 먹을 시간이에요, 다들!"

셋은 벤치에 앉아 도시락 통을 하나씩 집었다. 지안은 뚜껑을 열고 보이는 자르지도 않은 김밥에 그나마 빠르게 수긍했다. 하지만 하범은 상당히 마음에 안 들었는지 눈을 찡그렸다.

"김밥 해 봤는데… 어때요?"

혜린이 둘을 뚫어지게 쳐다보자 그들은 먹을 수밖에 없었다. 지안이 첫 번째로 김밥을 한입 베어 물고 엄지를 척 들어 올렸다.

"엄청 맛있어요!"

"그치! 맛있지? 내가 일찍 일어나서…!"

"음식점에서 한 달 동안 일한다고 요리 실력이 좋아지는 건 아닌가 보군."

그가 한입 먹어 보고 일침을 날렸다. 순간, 벤지 주변의 분위기가 씨해졌다. 그녀는 천천히 그를 돌아보며 말했다.

"… 뭐라고 하셨어요?"

가히 공포스러운 말이 단조롭게 와닿자, 그제야 하범은 살기를 감지했다. 바로 앞에 앉은 소녀에게 목숨을 잃을 수도 있겠다는 생각이 그의 머리를 스쳤다.

"아, 아니, 맛있다는 뜻이었다."

그는 진땀을 흘리며 혜린을 칭찬하고 김밥을 크게 물었다. 그녀는 계속해서 옆얼굴을 노려보다가, 하범이 우물거리며 입꼬리를 살짝 올리자 만족한 듯 웃으며 밥을 먹기 시작했다.

오후에는 셋이서, 지안의 설명에 따르면 세계 최대 규모의 귀신의 집으로 선정된 광장에 있는 거대한 건물 안으로 입장했다. 주의 사항을 속사포처럼 안내하는 직원의 말을 간신히 알아듣고, 지안의 자신 있는 의견에 따라 거의 두 시간 정도가 걸리는 대형 방 탈출 체험을 선택했다. 직원의 안내를 받아 건물 중심으로 깊이 들어간 그들은 으스스한 분위기의 좁은 방 안에서 착용한 눈가리개를 벗었다. 혜린과 하범은 방 탈출을 한 번도 해 본 적이 없었기 때문에, 지안에게 상황 통제권을 넘기려 했다. 그러나,

"그… 저도 방 탈출은 처음인데요."

"뭐?"

"뭐라고?"

자신감 넘치는 말투로 두 시간이나 걸리는 옵션을 선택했지만, 경험이 아예 없던 그였다. 행동대장을 하범으로 해서 탈출하려고 해도 그 역시 방 탈출을 해 본 적이 없었다. 하지만 다른 방법도 없었고, 결국 빠르게 상황을 판단한 셋은 그의 지시를 따라 움직이기로 했다.

"꺄아아악!"

"모형이다, 귀나 입이나 주머니를 뒤져 봐."

"으아아! 아저씨! 여기 뭔가 지나갔어요!"

"거길 걸어가야 열쇠를 얻을 수 있다. 빨리 갔다 와."

"진짜 귀신!! 진짜 귀…!"

"수고하시는 직원분이다. 시끄러워."

의외로 하범은 마치 여러 번 방 탈출을 해 본 사람처럼 말했고, 진행이 꽤나 매끄럽게 되고 있었다. 귀신을 무서워하지 않는 것 때문일 수도 있었고, 익숙한 듯 명령을 내리는 모습 때문일 수도 있었다. 그렇게 첫 번째 열

쇠를 얻고, 두 번째, 세 번째, 마지막 네 번째 비밀번호까지 모두 알아냈다. 기적적으로, 그의 채찍질 덕분에 두 시간 반 만에 무사히 탈출에 성공했다.

"감사합니다~ 또 와 주세요~!"

건물 밖으로 나온 그들은 기진맥진한 상태로 광장 옆 벤치에 앉았다. 지안은 하범이 작정하고 굴렸기 때문인지 동심도 잃고 체력도 잃었다. 혜린은 정신없이 하범의 말을 듣다 보니 다리를 혹사시켜 힘을 줄 수 없었고, 하범도 큰 소리로 둘을 지휘하느라 목이 좀 쉰 것 같았다. 놀이공원을 뛰어다니던 체력이 이제야 바닥난 듯 셋은 그렇게 의자에 앉아 꼼짝하지 않고 휴식을 취했다.

"으아… 많이 피곤하네요, 이거."

지안이 힘 빠진 목소리로 말했다. 의자에 완전히 기대 목을 젖힌 자세였다.

"네가 비명을 꺅꺅 지르면서 호들갑을 떨지만 않았어도 더 편하게 끝냈을 거다."

하범이 기분 좋게 투덜거리며 말했다. 분명 지안에게 한 말이었지만 혜린은 묘하게 찔렸다.

"아니거든요? 아저씨가 나 다독여 줬으면 훨씬 빨리 끝났을걸요?"

지안이 발끈해서 자세를 고쳐 앉고 반박했다. 장난스럽게 한쪽 입꼬리를 씨익 올리고 있었다.

"다독여 준다고 해서 그 열쇠를 얻는 건 아니지."

"그것도 아닌데요? 착한 사람이 운도 좋다고 했어요."

"그건 누가 한 말이야, 지안?"

혜린의 질문에 그는 마치 유명한 학자가 고민할 때 잡을 듯한 자세로, 허벅지에 팔꿈치를 올려 턱을 괬다. 실눈을 뜨고 엄청난 수식을 암산하는 것처럼 집중하는 연기를 하다가, 벤치에서 펄쩍 뛰어올라 한껏 과장된 목소리로 말했다.

“바로 저, 세상에서 제일 착한 열세 살이!”

처음으로 하범이 소리 내어 웃었다.

“하하하! 그것 참 재밌는 농담이군.”

“농담 아니거든요!”

“아하하하!”

뒤이어 그녀도 그처럼 밝게 웃기 시작했고, 지안도 다시 벤치에 털썩 앉아 따라 웃었다. 나란히 한곳에 앉아서, 끊임없이 웃을 수 있었다. 실없는 농담에 터진 실소가 아니라, 지금 이 순간의 행복에서 나온 ‘진짜 웃음’이었다. 그래서 그들은 웃었다. 시원하고, 후련하게.

***

깜빡 잠이 들었었다. 8시 34분? 4시간 반을 벤치에서 잤다…? 어이가 없었다. 두 사람도 아직까지 자고 있다. 실컷 웃다가, 어쩌다 갑자기 피곤해진 건 기억이 나는데…. 해가 져서 가로등에 불이 들어와 있었다. 오는 데 두 시간 걸렸으니, 지금 출발해도 10시 이후에 도착할 게 뻔했다. 일단 하범을 깨웠다.

“하범! 일어나 봐요!”

“… 흡, 잠이 들었었나?”

“우리 4시간 동안 잤어요, 지금 해 다 졌는데!”

“4시간? 지금이 8시라고?”

“네!”

하범은 빠르게 주변을 둘러보더니, 지안을 흔들어 깨웠다.

“지안, 일어나라. 돌아갈 시간이야.”

“으음… 벌써요?”

“저녁 8시다. 빨리 일어나.”

지안도 해가 진 걸 보더니 눈이 휘둥그레졌다. 우리 셋은 가방을 확인하고, 먼저 늦은 저녁을 처리하기로 했다. 놀이공원 안 식당가에 있는 햄버거 가게에 들러 지안의 말대로 순순히 치킨버거를 시켜 먹었다. 김밥을 다 먹지 않았었기 때문에, 버거의 크기가 꽤 되는데도 우리는 5분 만에 전부 먹어 치울 수 있었다. 아직 비몽사몽인 상태에서 음식을 입에 욱여넣는 건, 생각보다 맛있었다. 잘못 본 건진 몰라도 하범이 버거를 흡입하면서 흡족한 표정을 지었다. 지안은 확실히 그랬다.

그 후엔 화장실을 각자 들렀다 출입구로 향했다. 놀이공원의 크기가 어마어마했기 때문에, 걸어서 10분은 갔을 때 성 모양 출구가 보이기 시작했다. 그렇게 셋이서 어기적어기적 걸어가고 있을 때, 가로등의 스피커에서 안내 방송이 흘러나왔다.

"1분 뒤에 저희 니스트 파퍼의 폐장 불꽃놀이가 3분 동안 펼쳐질 예정이오니, 관람객 여러분께서는 마지막으로 형형색색의 불꽃놀이를 즐기시고 좋은 추억 가져가시길 바랍니다. 지금까지 니스트 파퍼였습니다, 감사합니다."

방송을 듣고, 우리의 발걸음은 아주 약간 느려졌다. 의미는 명확했다. 아마 나와 지안은 같은 생각을 할 것이고, 하범은… 허락을 할지 말지 고민하고 있는 것 같았다. 그 사이에 지안과 나는 눈을 맞추고 고개를 끄덕였다. 먼저 말을 꺼내려고 입을 열었을 때,

"불꽃놀이… 끝까지 보고 가지 않겠나?"

하범이 먼저 우리 둘에게 물었다. 뜻밖이었다. 아니, 더 인간적이게 됐다고나 할까. 다른 곳을 보면서 멋쩍게 묻는 모습이 어색해 웃음이 나왔다. 지안은 기회다 싶어 그를 놀렸다.

"불꽃놀이… 끝깨지 보고 가직 않겠내~ 완전 멋있었어요. 아저씨 짱!"

"입을 꿰매 주겠다."

하범이 극대노하며 머리 두 개 차이가 나는 꼬맹이를 쫓았다.

“으아! 잘못했어요!”

“아하하!”

결국 추격에 성공한 그가 지안을 번쩍 들어 올려 옆구리를 간지럽히려고 할 때, 강렬한 빨간 빛이 놀이공원 전체를 덮었다.

펑! 퍼버벙! 펑!

그는 지안을 내려놓고 다른 사람들과 같이 불꽃놀이를 바라보기 시작했다. 지안도 어느샌가 내 허리춤 옆에서 나를 꼭 안고 하늘을 감상하고 있었다.

“우와아…!”

놀이공원 안에는 불꽃놀이를 태어나서 처음 본 사람이 둘 있었다. 입을 떡 벌리고 다물 생각이 없어 보이는 한 명, 반대로 입을 꾹 다물고 다른 한 명을 안아 주고 있는 한 명. 그리고 그 옆에는 사연 있어 보이는 한 명.

“이런 거 본 적 있어요?”

내가 하범에게 물었다. 그는 왠지 모르게 슬퍼 보였다.

“… 있지, 아내와 함께.”

다행히도 지안은 불꽃놀이에 정신이 팔려 있었다.

“… 행복했나요?”

물어봐야 할 것 같았다. 대답을 들어야, 갑자기 먹먹해진 가슴을 풀 수 있을 것 같았다. 그는 멍하니 하늘을 바라보다, 숨을 크게 들이쉬고는 말했다.

“행복했지. 가끔씩 그립지만… 지금도 행복한 것에 감사하고 있다.”

그러고는 지안과 나를 돌아보았다. 뿌듯해하는 얼굴을 하고서.

“…”

“크흠, 아무튼….”

하범은 멋쩍게 웃어 보이고는, 지안을 목말을 태웠다.

“어어? 아저씨… 우와악!”

"가만히 있어."

그 모습은 정말 장난꾸러기 아들과 표현 못 하는 아빠 같았다. 서로를 끔찍이도 생각하는.

"높다아아!"

"떨어진다, 흔들지 마라!"

그냥, 이들이 더 힘껏 웃을 수 있게 돕고 싶었다.

"아저씨."

"왜 그러지?"

"… 알고 계셨어요."

"알고 있냐니, 뭐를."

"알고 계셨다고요."

"그러니까 무슨….."

"저한테도 하셨어요, 아저씨 이야기."

"… 그런가."

"그런데 있죠, 난 아직도 이해가 안 가요. 왜 아저씨가 아파야 하는지."

하범은 내 말을 듣고는, 다시 고개를 돌리며 대답했다.

"당연한 거 아니겠나. 내가 쌓아 올린 업보지."

"아니라는 거 알잖아요."

"글쎄….."

펄럭.

그의 옆구리를 스치듯 때렸다.

"…."

“잘못한 거 하나 없는데 업보는 무슨, 말도 안 되는 소리 하지 마요.”

그는 미묘한 속도로 눈을 깜박였다.

그런 표정은 또 다른 처음이었다. 금방이라도 울 것만 같은.

“고맙다구요, 진짜 진짜 많이.”

정면에서 그를 감싸듯이 안았다.

할아버지의 것처럼 바랜 코트의, 그 어깨를 전부 털어 낼 수는 없었지만.

뭐 어때. 이걸로 다시 시작할 수 있다고, 믿을 수 없을 때까지 믿는 수밖에.

“…….”

“…….”

얼굴이 화끈거린다.

“아, 뭐라고 말 좀 해 봐요!”

“어… 그… 고맙다.”

하범이 소매로 눈을 슥 닦았다. 폭죽 소리 때문에 듣지 못하던 지안이 물었다.

“어! 아저씨, 울어요? 왜요?”

“… 아니다, 꼬맹이.”

그렇게 말하는 그는, 누구보다도 후련한 얼굴을 하고 있었다. 왠지 눈에 생기가 도는 듯했다. 그는 한쪽 하늘을 가리키며 말했다.

“저기를 봐라.”

“어디… 우와! 누나, 저기 봐요!”

그 부름에, 고개를 젖힌 둘과 함께 위를 올려다보았다.

꽃들이 한순간에 피고 졌다. 감히 형언할 수 없는 광경이었다.

눈을 가득 채우는 그 빛들이, 숨을 쉬는 것도 잊게 만들었다.

마치 밤하늘에 은하를 수놓은 것만 같다.

다른 차원에 존재할 것만 같은, 빨간색, 초록색, 파란색, 노란색, 보라색, 주황색 별들이 온 우주를 덮었다.

지금까지의 모든 일들이, 누군가의 고독보다도 진한 색상들에 씻겨 나갔다.

그 무엇보다 행복한 기억을, 그 물감들이 칠하고 있었다.

"…."

우리는 멍하니 세계를 감상했다.

세계는, 끝없는 별자리로 이어지고 있었다.

그 별자리의 주인공은 하범, 지안, 그리고… 나.

하늘이 영사기가 되어, 우리를 비춰 주고 있었다.

지금 가장 빛나는,

빛날 수 있는.

.

.

그리고 끝나지 않을 것만 같던 불꽃놀이가 막바지에 다다랐을 때, 흰 줄기가 달을 향해 뻗어 나갔다.

이내, 백색 꽃잎들이 세상을 덮었다.

새하얀 빛의 장막이 모든 것을 희게 만들었다.

눈이 부셔 아무것도 보이지 않았다. 새로운 시작인 걸까.

마침내, 그 장막을 걷어 내는 손이 보인다.

그 손의 주인은….

■ ■.

■. 백일몽(Daydream)

지안이 카이쿠의 문을 열어 혜린을 끌어냈다.

"시간 다 됐어, 빨리 튀어 가. 다음."

그녀는 증오에 찬 그 두 눈에 겁을 집어먹고 재빨리 탄약 공장의 자기 자리로 돌아갔다. 지안은 들고 있던 기록부에서 그녀의 이름 옆에 줄을 지익 그었다. 손목시계를 보니, 시침이 4시를 가리키고 있었다. 그는 목소리로 화난 티를 팍팍 내며 빼곡하게 늘어서 있는 줄에 마이크를 입에 대고 소리쳤다.

"다음! 빨리빨리 안 와?"

손에 씻을 수 없는 검은 물질이 군데군데 묻은 중년의 여성이 그의 앞에 섰다.

"이름은."

"처비… 입니다."

"들어가."

"예…."

노동자는 삐걱거리는 카이쿠의 문을 열고 흰 철판으로 덮인 내부로 들어갔다. 지안은 작게 욕지거리를 땅에 뱉었다.

"#$@%#….”

"뭐가 그리 불만이야, 지안. 일이 힘든가?"

그때 그의 상사가 다가오고 있었다. 하범이었다.

"충성! 수고 많으십니다. 부장님이 여기엔 어쩐 일로…."

지안이 손으로 담배 한 대를 권하고, 그가 받아 입에 물었다. 그러고는 어느샌가 라이터를 꺼낸 그의 직원이 불을 붙였다. 하범은 한 모금 깊게 마셨다, 짙은 연기를 하늘을 향해 내쉬었다. 지안도 한 개비를 꺼내 들었다.

"나야 그냥 둘러보려고 나온 거고, 아까 웬 놈 때문에 입이 튀어나와선 욕을 그렇게 한 거야?"

오지랖 넓은 그의 질문에, 지안은 한숨을 쉬듯 연기를 뱉고 답했다.

"그… 있지 않습니까? 저거, 동기 부여 장치 기록 보면 이상한 꿈 나오는 새끼들. 그거 때문에 그럽니다. 사소합니다."

하범은 구미가 당긴 듯 캐물었다.

"뭐길래 그래? 한번 말해줘 봐."

그는 한숨을 쉬는 건지, 담배를 피우는 건지 모를 숨을 다시 한번 내쉬고 말했다.

"저기, 총알 라인에 한 명이 있는데, 저기 들어가면 계속 똑같은 꿈을 꿉니다. 7영에서 탈출해서 행복하게 룰루랄라 사는. 뭐… 거기까지는 괜찮은데, 탈출해서 같이 산다는 등장인물이 부장님이랑 접니다. 심지어 저는 어릴 때 모습으로 나옵니다. 그리고 그… 이틀 전인가? 제가 옷 가방 들고 다니다 떨어드려시 바닥에 옷들 싹 다 널브러졌는데, 저게 입 가리고 웃었습니다. 망할 녀석이… 좀 기분 나쁘지 않습니까?"

하범이 이야기를 듣고 폭소하며 말했다.

"하하하! 꼴에 여자라고, 얼굴 좀 되는 직원들만 고르는구만. 하하하하!"

지안이 금세 멋쩍게 웃으며 맞장구를 쳤다. 한쪽 입꼬리만 올린 채로.

"아하이, 그런 거였네. 하하, 듣고 보니 그렇습니다."

두 직원은 그렇게 실컷 웃다, 이내 짧은 휴식을 끝냈다. 하범은 사무실로 돌아가는 길에 보도블록 사이에서 핀 꽃을 발견했다. 보기 드문 하얀 톱니 모양 꽃잎에, 돌 틈새에서 자랐다기에는 믿기 힘든 곧게 선 줄기가 있었다. 그는 유심히 꽃을 관찰했다.

"…."

이내, 구두로 줄기를 으깨고 꽃을 지르밟았다. 신속이 생명인 생산 라인에서 있으면 안 될 변수였다. 하범은 콧노래를 흥얼거리며, 바로 앞에 있는 정지의 본사 건물 안으로 들어갔다. 1층 로비에는 정지의 설립자 테빈 회장의 사진이 덕지덕지 붙어 있었다.

·

·

정지를 둘러싼 상업 단지에는 네온사인 불빛이 노동자들의 눈을 즐겁고 아프게 했다. 형형색색의 유흥들이 그들을 현혹하고 조종하며 끊임없는 탐욕의 순환 구조를 이루고 있었다. 상업 단지의 끝자락에는 초대형 하수구가 도시의 더러운 모든 것들을 배출하며 제 할 일을 하고 있었다. 그리고 그 하수구 근방의 유배지로, 혜린이 녹슨 자전거를 타고 퇴근했다. 원룸처럼 작은 목재 가게가 다 쓰러질 듯 바람에 위태롭게 흔들렸고, 그녀가 그 안으로 들어가 바닥에 누웠다.

"조금만 더 모으면 떠날 수 있을 거야. 조금만 더…."

속삭이는 혼잣말이 바람에 휘날려 사라졌다. 동시에 기절하듯 잠에 빠지고 있었다.

·

·

·

"저, 이렇게까지 해야…."

"닥쳐, 니가 엉덩이 붙이고 있는 이 트럭 30초 빌리면 니 새끼 하루 시급이 나가. 정 못 하겠으면 그렇게 좋아하는 술이라도 마시고 하든지."

지안이 날카롭게 쏘아붙였다. 운전수는 아무 대답도 하지 못한 채 '정화' 위에 올라타 있었다. 철거 지역 잔해 처리 용도로 제작된 그것으로, 지안은 앞의 작은 집을 밀어 버리라는 지시를 내렸다.

'이건 아닌 것 같은데….'

운전수는 망설였다. 아무리 불법적인 새벽 일용직이라고 해도, 이런 일은 내키지 않았다. 기껏해야 폐기물 운반 따위의 것을 예상했던 그였다.

"이런 일인 줄 알았으면 저도…."

"하아…."

지안이 모자를 벗어 왼손에 들었다. 진절머리가 난다는 듯 머리를 벅벅 긁은 그는, 곧 보란 듯이 오른쪽 뒷주머니에 천천히 손을 넣었다. 이곳에서 사람 하나 죽어 봤자 아무도 모른다는, 그런 뜻이었다.

"… 알겠습니다."

끝내 목숨이 아까웠던 그가 술병을 꺼내 단숨에 전부 비웠다. 아무도 살지 않는 집일 것이라 생각하며, 운전대를 꽉 잡고 액셀을 짓누르듯 밟았다.

으드득, 콰직.

정화가 나무판자들을 밀어붙였다. 집은 쉽게 구겨지고 찢겼다. 순식간에, 집이라고 할 수 없을 정도로 그 형태가 무너졌다. 그는 기어를 바꿔 후진하고, 남은 잔해들을 제거하기 위해 다시 전진 기어를 넣었다. 핸들을 돌려 한 번 더 액셀을 밟으려던 순간, 안쪽에서 요란한 소리기 났다.

"…!"

잔해의 틈 사이로 여자 한 명이 튀어나와 그와 눈을 마주쳤다. 공포에 질려 파래진 얼굴에 박힌, 아무런 빛도 없는 눈이 그를 뚫어져라 쳐다봤다. 그는 액셀에 발을 댄 채로 굳었다.

"야, 빨리 안 밀어?"

지안이 그를 재촉했다. 운전수는 가만히, 방금까지 집이 있었던 흔적을 응시했다. 계속 뭐라 소리치는 지안의 말이 들리지 않는 듯 그 상태로 멍하니 있기를 택했다. 분명 그 얼굴은 오래전 자신을 하루 고용했던 사용인의 얼굴이었다. 비쩍 말라 보였던 그때와는 비교할 수도 없이 죽어 있는.

"하… 야, 일당은 없던 걸로 하고, 지금이라도 밟으면 내가 살려 줄게. 됐지?"

지안의 살기 어린 말에, 운전수는 창문 너머로 그를 돌아보았다. 생전 처음으로 지어 보는, 결의에 찬 단호한 표정이었다.

"못 하겠습니다."

탕!

그가 핸들에 머리를 처박고 쓰러졌다. 지안은 정화의 문을 열고 운전수를 도로로 끌어냈다. 시체가 빛이 바랜 아스팔트에서 구르다 둔탁한 턱 소리와 함께 멈췄다. 중앙 분리대 바로 아래에 피 웅덩이가 고이기 시작했다.

"망할 새끼, 쯧."

지안은 망설임 없이 액셀을 밟았다. 정화를 조작해 부서진 무더기를 모두 모았고, 이내 유배지 가장자리의 절벽 아래로 그것들을 버렸다. 그는 문을 열고 나와 담배에 불을 붙였다.

"…."

조각들은 다시 물에 뜨거나, 바위에 부딪혀 부서졌다. 지안은 그 모습을 멍하니 바라보며 연기를 내뱉었다. 천천히, 바람에 밀려온 파도가 절벽을 쳐 대는 것이 무엇을 연상케 하는지 떠올렸다. 돌에 부딪힌 허연 파도의 입자들이 우수수 흩어지는, 이름 좀 날리는 어떤 화가의 그림을 어디선가 본 것 같았다. 그 철썩이는 소리에, 어떤 것에 대한 강렬한 의구심이 그를 스치고 지나갔다. 무엇인가 잘못된 게 분명하다는 위화감. 저 멀리서 느껴지는 죄책감. 그것들은 과연 무엇인지. 무엇일지.

하지만, 언제나 그랬듯 무시하기로 했다. 그것의 마침표를 찍으려 하는 순간, 어떤 일이 일어날지 잘 알고 있었다. 그는 입에 문 담배를 난간 아래로 뱉었다. 불씨는 바람에 휩쓸려 온데간데없이 사라졌다.

다음 날에도, 그다음 날에도, 공장에는 지안의 목소리가 지겹도록 응응거렸다. 바뀐 것은 없었다. 노동자 두 명이 없어져도, 바뀐 것은 없었다. 넉살이 좋은 건지 오지랖이 넓은 건지 모를 상사라는 작자의 비위를 맞춰 주고, 자신도 모르게 그녀처럼 7영을 떠날 준비를 하며, 이미 죽어 버린 똑같은 눈으로 그는, 그들을 감독하고 있었다. 아무런 의미 없는 희망으로 살아가는 그들을.

4. 행복할 개연성

황지민

이 소설은 제목 그대로 행복에 대한 고민을 하다가 쓰게 되었다. 사실 그 고민에 대한 답은 존재하지 않는다고 생각한다. 그래서 나름의 답을 찾아가는 자세가 중요한 것 같다. 주인공인 김민수는 그런 생각을 가지고 만든 캐릭터였다. 나름의 답을 고민하고, 실행하고, 후회하지만 그 과정 속에서 결국 새로운 답을 도출해 내는... 우리의 모습을 담아내고 싶었다. 이 책을 읽는 사람들이 그의 선택들과 감정들을 지켜보면서 안에 있는 작은 자신을 발견할 수 있으면 너무나 좋을 것 같다.

"검사 측, 심문을 시작해 주세요."

얼굴에 흰 가면을 쓴 재판장이 말했다. 그가 말을 할 때마다 화려하게 각진 가면이 비현실적으로 움찔거렸다. 대리석으로 지어진 재판소에는 적막이 감돌았다. 재판장과는 조금 다른 가면을 쓴 방청객들이 검사 쪽을 바라봤다. 검사는 총 3명이었는데, 이들도 가면을 쓰고 있었다. 물론 이들의 가면은 방청객이나 재판장과는 달랐다. 그들은 재판장의 말에 분주히 무언가를 준비하고 있었다. 재판소 중앙에는 남자 한 명이 구속되어 있었다. 그는 어디 납치된 사람처럼 온몸을 비틀며 저항하고 있었다. 재갈을 문 입에서는 우물거리는 소리만 흘러나왔다. 그 모습이 안쓰러워 보였는지 변호인이 구속되어 있는 남자에게 다가왔다. 그는 쓰고 있던 가면을 살짝 올려 입을 드러내고 피고인에게 속삭였다.

"모든 일이 다 잘 풀릴 겁니다. 안심하세요."

하지만 피고인을 달래기에는 역부족이었다. 그는 물에서 건져 올린 활어처럼 필사적이었다.

검사들이 준비를 모두 마쳤다. 그들은 가면을 고쳐 쓰면서 말했다.

"존경하는 재판장님, 피고인 김민수를 제대로 심문하기 위해 '심리 투영기'의 사용을 허가해 주십시오."

"허가하겠습니다."

재판장의 말과 함께 거대한 기계가 재판소로 들어왔다. 흔치 않은 구경거리에 방청객들이 박수를 쳤다. 인부 대여섯 명이 기계를 운반하고 있었는데 이들 역시 흰 가면을 쓴 상태였다. 다만 이들의 가면은 오히려 흰 포대 자루에 가까웠다.

인부들은 기계에 붙어 있는 거대한 전선을 떼어 냈다. 전선의 끝에는 꽤 굵은 바늘이 달려 있었다. 바늘을 본 피고인의 저항은 더 심해졌다. 격렬한 움직임 때문에 피고인이 묶여 있던 의자가 쓰러졌다. 인부 2명이 팔딱거리는 피고인에게 달라붙어 그를 고정시켰다. 그사이 나머지 인부들이 피고인의 후두부에 바늘을 삽입했다. 아니, 이 정도 굵기면 후두부를 뚫었다는 표현이 더 정확할 것 같다. 피고인의 저항이 멈추었다. 대신 그의 팔다리가 떨리기 시작했다. 마치 감전된 것 같았다. 재갈을 문 입에서 침이 흘러나왔다. 기계의 작동음이 들렸다. 그리고 기계에 연결된 모니터가 켜졌다.

인부 중 한 명이 검사에게 물었다.

"특별히 필요하신 기억이 있습니까?"

"2년 전, 3월 16일부터 틀어 주세요. 그때 모든 일이 시작되었으니까요."

버튼 조작음이 재판소를 메웠다. 방청객들은 모두 숨까지 죽여 가며 심리 투영기를 바라보고 있었다. 모니터에서 피고인의 모습이 보였다. 그는 손톱을 잘근잘근 씹으며 컴퓨터를 바라보고 있었다. 검사가 옷매무새를 가다듬으며 말했다.

"이것은 당시 19세였던 피고인의 모습입니다. 그는 생활비를 벌기 위해서, 또 치매에 걸린 아버지를 간호하기 위해서 고등학교를 자퇴했습니다. 생활비를 벌기 위해 샛별배송에서 일을 했죠. 그가 성실한 사람임에는 이견이 없습니다. 하지만 그날, 피고인에게 쓰디쓴 진실을 알려 준 그날 이후, 피고인은 조금씩 이상 증세를 보이기 시작했습니다. 여기 그의 기억을 증거로 제출합니다. 모두 빠짐없이 시청하시고 현명한 판단을 내려 주시길 바랍니다."

모든 사람들이 숨을 죽였다. 그러자 바깥의 성난 사람들의 소리가 더 잘 들렸다.

"사형! 사형! 사형만이 정의다!"

재판장 밖에서 경찰과 대치 중인 대부분의 사람들을 피고인이 엄벌에 처해지기를 바랐다. 그들은 마치 폭동이라도 일으킬 기세였다. 그 소동에 힘을 얻은 검사는 미소를 지었다. 때마침 기계가 작동하기 시작했다.

시곗바늘이 움직이기 시작했다. 초침과 분침, 그리고 시침이 모두 어지럽게 맞물렸다. 이제 시간은 과거로 흐른다. 모든 일이 시작된 그날을 향해.

***

방금, 6천만 원을 벌었다. 하늘을 뚫듯이 솟아오르는 저 그래프가 그것을 증명한다. 내가 코인에 쏟아부은 500만 원이 삽시간에 10배 넘게 불어난 것이다. 아무런 노동도 없이, 그저 마우스를 딸깍거린 것만으로. 나는 컴퓨터 화면을 껐다. 방 안을 비추던 유일한 빛이 사라지자 시야가 어두워졌다. 손이 덜덜 떨리는 것이 느껴졌다. 컴퓨터 옆에는 노트가 한 권 놓여 있었다. 수수한 디자인의 갈색 노트. 문구점에 가면 내용량 떨이 상품으로 팔 것 같은, 특별할 것 없는 노트였다. 하지만 지금 나에게 그것은 굉장히 공포스러운 물건이었다. 노트를 펼쳤다. 몇 장 정도 휘리릭 넘겨 보니, 내가 찾던 장이 나왔다. 줄글이 빽빽하게 적혀 있었다. 나는 글을 읽어 내려갔다.

"이게 말이 된다고 생각해? 제기랄! 개 같은 놈들이!"

이민혁이 소리쳤다. 그의 눈앞에는 바닥을 기고 있는 경코인 그래프가 있었다. 2배, 4배, 10배… 무려 10배를 잃었다. 그의 눈이 흔들렸다.

"제… 젠장! 아니, 저 옆에 안코인은 10배가 올랐는데! 제기랄, 이게 말이 되냐고!"

분명히 적혀 있었다. 안코인은 10배가 올랐다고. 나는 긴장한 마음에 노트를 덮고 컴퓨터 화면을 다시 켰다. 그곳에도 분명히 나와 있었다. 안코인은 10배가 올랐으며, 경코인은 10배만큼 하락했다. 이제 현실을 더 부정할 수가 없었다. 폐가 쪼그라드는 느낌이 났다. 분명 숨을 들이쉬고 있는데 공기가 절반 정도만 들어온다. 컴퓨터 화면에서 나오는 빛 덕분에, 창문에 비친 내 얼굴이 보였다. 꼴사나웠다. 하얗게 질린 채로 금방이라도 울 것 같은 표정을 하고 있다. 차라리 이것을 몰랐더라면 어땠을까? 그냥 빨간 약을 먹지 않고 살아갔다면, 어땠을까? 모르는 게 약인지 아는 게 힘인지 잘 모르겠다. 하지만 하나만큼은 확실했다. 저 노트는 내 일상을 바꿔 놓을 것이다. 좋은 쪽이든, 나쁜 쪽이든.

바닥에 떨어진 노트는 펼쳐져 있었다. 거기에는 진실이 적혀 있었다.

'엑스트라 297: 김민수(밝은 성격)'

이제는 더 부정하지 못한다. 저 노트에 쓰여 있던 소설은 모두 빠짐없이 실현됐다. 지금 내 손아귀에 들어온 돈이 그 증거다. 사실 그전부터 이 노트로 다양한 실험을 했었다. 노트에 적혀 있는 대로 주식을 사고, 코인을 샀다. 그 결과는 모두 성공이었다. 그 내용 그대로 모두 10배가 넘는 수익을 냈다. 내 재산은 이제 전과 비교할 수 없을 정도로 불어났다. 그래서 너무나 혼란스러웠다. 가슴이 답답했다.

노트.

노트가 보인다.

공포스러운 노트가.

하지만 진실만을 말하는 노트가.

그 노트가 선언하고 있었다.

내가 살고 있던 세상은 소설이며, 나는 보잘것없는 엑스트라였다.

그러니까, 나에게 생겼던 일들을 정리해 보겠다. 우선 내 이름은 김민수. 현재 치매에 걸린 아버지를 보살피기 위해 학교를 그만둔 상태다. 샛별 그룹의 자회사, 샛별배송에서 일하고 있다. 물론 미성년자인 나는 사무실에서 일하진 않았다. 대신 온갖 잡일들을 도맡아서 했다. 원래는 법에 걸리는 짓이다. 하지만 내가 일하는 지부가 워낙 지방에 있기도 하고 또 일손이 항상 부족해서 그런지 아무도 신경 쓰지 않는다. 확실히 일은 너무 힘들다. 업무량이 많은 날에는 허리가 끊어질 것만 같았다. 그곳에서 일하는 분들은 대부분 나에게 관심이 없다. 몇몇 개념 없는 사람들은 대놓고 하대한다. 특히 한 아저씨가 거지 같은데, 뭐 굳이 그런 일들을 나열하고 싶지는 않다.

내 입으로 말하고 보니 참 가련한 인생이다. 치매 아버지를 보살피기 위해, 매일매일 힘겨운 일을 하며 생활비를 벌어 오는 아들. 딱 굿○이버스 광고 아닌가. 하지만 당사자로서 말을 해 보자면, 그렇지만은 않았다. 나는 내 삶에 꽤나 만족하고 있었다. 일을 마치고 걷는 퇴근길이 즐거웠다. 내가 자신을 위해, 또 아버지를 위해 가치 있는 일을 했다는 감정이 너무나 황홀했다.

물론 난 일반적이지 않은 삶을 살고는 있다. 학교에서 공부해야 할 나이에 일을 하고 있으니. 많은 사람들은 그 점을 보고 진심 어린 조언을 한다. 대학도 못 가면 나중에 커리어를 쌓지 못하고, 커리어가 없으면 실패한 인생이 된단다. 나도 그런 것들은 잘 알고 있다. 나같이 남들이 보기에 불쌍한 삶을 사는 사람들은 대부분 그런 현실에서 벗어나지 못한다는 것도. 걱정되지 않는다면 거짓말이다. 내가 이런 고민에 빠진 사이에도 내 또래들은 나를 앞질러 나가고 있겠지.

생각이 여기까지 미치는 날은 대부분 우중충했다. 하지만 살다 보면 그와 정반대인 날도 존재한다. 그냥 아무렇게나 세상에 소리치고 싶은 날도 많다. 나 정도면 잘 살고 있는 거 아니냐고. 지금부터 이야기할 그날도 그랬다. 평소와 같은 퇴근길이었다. 아니, 조금 다르긴 했다. 회식 때문에 술을 진탕 먹었으니까. 그래도 퇴근길을 걸으며 느껴지는 감정은 그대로였다. 밤하늘이 아름다웠다. 기분이 좋아졌던 나는 바람을 느끼며 힘껏 달렸다. 그 무엇도 나를 막을 수 없을 것만 같았다. 하지만 인생은 늘 그렇듯, 일이 잘 풀린다 싶으면 장애물을 던져 놓는다. 그날의 경우에는 그 할아버지가 장애물이었다.

그는 다리 밑에 누워서 가쁜 숨을 몰아쉬고 있었다.

"괜찮으십니까?"

나는 할아버지에게 물었다.

할아버지는 대답이 없었다. 그는 간헐적인 신음만 내뱉으며 그 자리에서 누워 있었다. 체크무늬 셔츠 아래로 탄력 있는 살집이 보였다. 어림잡아 130kg은 거뜬히 넘길 것 같은 몸이었다. 그는 가슴을 부여잡으며 기괴하게 경련했다. 떨림이 있을 때마다, 그의 얼굴이 일그러졌다. 심장 마비라도 온 것 같았다. 손을 써 보기도 전에, 할아버지의 떨림이 멈췄다. 힘이 잔뜩 들어갔던 손이 풀려서 바닥을 나뒹굴었다. 처음으로 내 눈앞에서 사람이 죽었다. 나는 그에게로 달려갔다. 머릿속에 오만 가지 생각이 들었다. 그 순간, 이상한 일이 일어났다. 그 할아버지의 몸이 푸른빛으로 뒤덮였다. 그리고 눈 깜박일 사이, 정말 말 그대로 눈이 깜빡이는 사이에 빛이 반짝이더니, 사라졌다. 그가 사라진 자리에는 풀이 짓눌려 있었다. 그가 떨어뜨린 듯한 노트도 한 권 남아 있었다. 무엇보다 노인이 입던 체크무늬 셔츠와 멜빵바지, 그리고 갈색 구두가 그대로 존재했다. 사람만 어딘가로 증발해 버린 것만 같았다. 아니다, 사람이 증발한 것이 맞다. 당황했던 나는, 궁금증을 이기지 못하고 노트를 집어 들었다. 첫 장을 넘기자 굵은 글씨체로 다음과 같은 글귀가 적혀 있었다.

‘재벌 집 망나니 막내 손자’

김태문 글.

적혀 있던 것은 망나니 재벌 3세가 주인공인 소설이었다. 할아버지는 작가였던 모양이다. 전문이 적혀 있지는 않았고, 인물 설정과 배경 설정. 그리고 소설의 초반부만 있었다. 노트의 마지막 장에는 다음과 같은 문장이 적혀 있었다.

“주인공이 되고 싶은 자, 그를 제거하고 자리를 직접 쟁취하라.”

주인공의 이름은 이민혁이고, 그는 재벌 아버지 이범준의 자식이다. 여기서 머리가 띵했었다. 실제 재벌가인 ‘샛별그룹’의 가계도와 꼭 닮아 있었기 때문이었다. 하지만 뒤이어 더 놀라운 것을 발견했다. 노트 뒤쪽에 있는 이름 명단이었다. 그곳에는 주연, 조연, 그리고 무수한 엑스트라가 적혀 있었다. 글자만 빼곡했다. 이때라도 노트를 덮었어야 했다. 그 빼곡한 이름들, 아무 의미 없어 보이는 이름을 읽지 말았어야 했다. 하지만 과거에는 만약이란 것이 없다. 나는 이름들을 읽었고, 그곳에서 이 문구를 발견했다.

‘엑스트라 297: 김민수(밝은 성격)’

노트에 적혀 있는 내용은 다음과 같은 말을 하고 있었다. 내가 살고 있던 세상이 사실은 ‘재벌 집 망나니 막내 손자’라는 소설 속이다. 인생 자체가 스캔들인 재벌 3세 이민혁이 소설의 주인공이며, 나 김민수는 그저 스쳐 지나가는 엑스트라였다. 낭언히 부정하고 싶었다. 내가 태생부터 엑스트라였다면 내가 19년 동안 해 왔던 모든 것들은 뭐가 된단 말인가? 그래서 노트가 틀렸다는 것을 증명하기 위해 노트대로 행동했지만 위에서 봤듯이 모두 성공해 버렸다. 이제 숨이 잘 쉬어진다. 하지만 감정이 가라앉았다고 해서 현실이 바뀌지는 않았다. 노트가, 세상이 내게 소리치고 있었다. 나는 내가 좋다는데, 내 삶이 행복하다는데, 계속 아니라고 한다. 그 날 밤은 그렇게 아무렇게나 지나갔다.

돈을 왕창 쓸어 담은 날에서 일주일 정도가 지났다. 나는 슬슬 현실을 받아들이는 중이다. 처음에는 힘들었다. 두 번째에는 마음이 아팠고, 세 번째에는 가슴이 답답했다. 하지만 네 번, 다섯 번 하니까 조금씩 괜찮아졌다. 이 세계가 소설이란 것을 알기 전에도 난 충분히 잘 살아왔다. 그러니, 아마 난 지금도 잘 살아갈 수 있을 것이다. 방금은 아버지의 병실에 다녀왔다. 나는 항상 매주 수요일과 금요일에 아버지를 찾아간다. 병원은 조금 멀었지만 힘들지는 않았다. 의사의 말로는, 증상이 조금씩 나빠지고 있다고 한다. 항상 듣는 말이지만 담담해지기는커녕 더욱 암담하게 느껴졌다. 그래도 정말 다행인 점은, 아직 아버지가 나를 알아보실 수 있다는 것이다. 아버지와 함께 수다를 3시간 정도 떨었다. 별것 없는 내용들이었지만 그냥 계속 웃음이 나왔다.

아무튼, 지난 일주일간 노트를 가지고 많은 짓을 해 봤다. 노트를 접고, 구기고, 찢고, 글씨를 지워 봤다. 그런 다양한 일들을 벌인 끝에 얻은 정보는 다음과 같다. 먼저, 노트에는 물리적 손상을 입힐 수 없다. 태우고 찢어 봐도 다시 원상 복구된다.

또 노트에 적힌 글씨는 지우거나 수정할 수 없다. 나와 관련된 정보만 제외하고. 물론 그중에서도 '엑스트라'라 적힌 부분은 바꿀 수 없었다. 가능했다면 주연으로 바꾸고 싶었는데 아쉽게 됐다. 그래도 나의 설정과 관련한 부분은 수정할 수 있었다. '밝은 성격'이라 적힌 부분은 내 마음대로 할 수 있다. 여러 번의 실험을 해 봤는데, 성격이 정말 확확 바뀌었다. '분노가 많은 성격'이라 적으면 그렇게 되고 '이타적인 성격'이라 적으면 그렇게 되었다. 나름의 초능력이라 생각하니 가슴이 두근거렸다. 하긴 자신의 설정을 원하는 대로 바꾸는 능력은 설사 이민혁이라 해도 가지지 못했을 것이다. 이 능력을 어떻게 활용할지 정말 많이 고민했다. 그러다가 소설을 더 읽어 봤다. 그곳에서 여러 정보를 얻었다. 심지어 내가 단숨에 주인공이 되는 법까지. 하지만 그 방법은 절대 실행하지 않을 것이다. 아니, 실행할 수 없는 방법이었다.

살인. 주인공인 이민혁을 죽여야 한다. 말도 안 되는 소리다. 당연히 그런 일은 없을 것이다. 하지만 하늘이 무너져도 솟아날 구멍은 있다고, 주인공은 아니어도 조연이 되는 법은 알 수 있었다. 앞으로의 계획을 전부 짜 놓았다. 삶의 목적이 생긴 느낌이었다.

나는 엑스트라다. 심지어 노트에 적혀 있는 소설은 초반부이기 때문에 나는 등장하지도 않는다. 하지만 그 사실을 알고 있는 사람은 오직 나뿐이다. 이민혁도, 이범준도 아닌 나. 그렇다면 다르게 생각해서, 타고난 비중에서 벗어날 수 있는 사람도 나뿐이다. 어쩌면 나는 특별한 건지도 모르겠다. 그렇다면 그 특별함을 이용해서 위로 올라갈 것이다. 왜일까? 나라면 할 수 있을 것이란 생각이 든다.

아무튼, 나는 저런 다짐을 한 이후로 꽤나 열심히 살았다. 나는 수시로 설정을 바꾸며 일상을 보냈다. 출근할 때는 낙천적인 모습이 되어서 피로가 느껴지지 않았고, 일을 할 때는 업무 능력이 뛰어나져서 두 번 손이 가는 일이 없노록 처리했다. 쉬는 시간에는 사교성을 가지고 사람들과 친분까지 쌓았다. 모든 사람들의 말에 장단을 맞추고, 그들의 어깨를 올려 주는 건 꽤나 힘들었다. 그래도 덕분에 회사에 있는 사람들이 나를 좋게 평가하게 되었다. 특히 회사 사장님이 나를 '요즘 애들과는 다른 열정적인 놈'이라 평가했다. 이는 단순한 직장 상사의 칭찬이 아니다. 내가 엑스트라에서 벗어나는 데에는 사장님의 힘이 절실하기 때문이다. 그분의 힘을 이용해 다른 조연을 엑스트라로 만든다. 그렇게 하면 아무도 해치지 않고 내가 조연이 될 수 있다. 그것이 바로 내가 세운 나름 '완벽한' 계획이었다.

몇 달 후, 회사 내에서 큰 싸움이 생겼다. 두 회사원 사이에서 말다툼이 있었기 때문인데, 이 일로 사장님은 큰 고민에 빠졌다. 가장 바쁠 시기에 두 명의 직원이 전부 병원 신세를 졌기 때문이다. 모두 노트대로다. 나는 계획을 곧장 실행했다. 내가 나서서 두 사람의 업무를 완벽하게 수행했다. 사장님은 나의 업무 능력을 알아보고(노트로 만들어 내기는 했지만) 종종 일을 부탁했다. 나는 빼지 않고 전부 해냈다. 피나는 노력 덕분에, 나는 정식 직원은 아니었지만 회사에서 없어서는 안 되는 존재가 되었다. 모두 노트를 줍고 나서 4달 만에 일어난 일이다. 노트 만만세다. 그 이후로도 나는 계속해서 사장님의 눈에 들기 위한 회사 생활을 계속했다. 시간은 빨리도 갔다.

시간은 흐르고 어느새 난 20살, 그러니까 성인이 되었다. 그리고 동시에 내 목표에 한 발짝 더 다가갔다. 샛별배송의 직원이 되었기 때문이다. 신입을 뽑는 자리에 나도 지원서를 넣었고 결과는 채용. 딱히 이의를 제기하는 사람은 없었다. 내가 이미 그들의 일을 많이 도와주고 있었기 때문이다. 하지만 그것보다 더 큰 일이 생겼다. 이민혁이 이 회사에 오게 되었다. 그는 이곳으로 좌천됐다. 그가 무명 여배우를 임신시키는 대형 사고를 저질렀기 때문이다. 나는 노트를 봤기에 어느 정도는 알고 있었다. 그 내용은 다음과 같았다.

2023년 연초에 이민혁이 샛별배송으로 좌천된다. 그리고 약 2년 반 동안 머물다가 다시 회장의 곁으로 돌아간다. 이 과정에서 그는 약간 정신을 차리게 된다. 망나니짓을 하던 도중에 좋아하는 여성을 만나게 되는… 뭐 그런 클리셰적인 이유 때문이었다. 그의 선물 공세에도 그녀는 딱히 신경 쓰지 않았고, 결국 이민혁은 그녀의 이상형이 되기 위해서 개과천선의 첫발을 내딛게 된다.

솔직히 별로인 스토리다. 하여튼 내가 아는 것은 여기까지이다. 세부적인 내용이 어떤지는 잘 모른다. 이 부분은 시놉시스로만 적혀 있었기 때문이다. 때문에 이민혁이 어떤 상황에서 사랑에 빠지게 되는지는 잘 모른다. 지금 내 눈앞에 이민혁이 있다. 사장은 그를 소개하면서 난처한 표정을 지었다. 회장인 이범준은 그에게 일을 막 시키라고 했지만, 세상에서 어떤 사장이 그럴 수가 있겠는가. 이민혁은 관리직으로만 존재했다. 게다가 발령 첫날부터 사장에게 무리한 요구를 하기 시작했다. 자신에게 할당된 일을 하기가 싫으니, 직원 중 우수한 한 명을 자신의 대타로 세우라는 요구였다. 사장님은 고민 끝에 나를 대타로 지목했다. 원래 이 자리는 조연 12, 최공혁 씨가 맡았어야 했다. 하지만 나라는 변수로 인해서 그는 우선순위에서 밀려났다. 내가 사장님에게 계속 어필한 것이 먹혀들었던 것이다. 이후, 나의 비중이 엑스트라에서 조연으로 상승했다.

계획대로 되었다. 이렇게 쉽게?

기쁘다. 목표를 이뤘다.

정말로 기뻤다.

조연으로 드디어 승격되다니.

하지만 크게 기뻐하기에는 무리였다. 요즘 들어 너무 힘든 탓에 그랬다. 매일매일 설정을 바꾸면서 건강이 크게 나빠졌다. 퇴근을 하고는 그대로 엎어져서 수면을 취해야 겨우 일상생활이 가능했다. 조금이라도 과로한 날에는 몇 번씩 실신했다. 왜 그런지는 모르겠다. 이런 부분을 염두에 둔 서술은 없었으니까. 그렇지만 내게 느껴지는 이 느낌만큼은 존재했다. 평소 하던 일과 비슷한데도 불구하고 노트를 쓰면 쓸수록 생명력이 깎여 나가는 느낌이다. 뭔가 이상했다.

단순히 일을 많이 해서 느껴지는 피로감이 아니었다. 이건… 내 뇌 주름이 뽀득뽀득 씻겨서 '나'라는 사람이 깎여 나가는 그런 느낌이었다. 하지만 여기까지 와서 이 짓거리를 그만둘 수는 없다. 조연까지 어떻게 올라왔는데. 아직도 조연 12밖에 되지 않는다니. 말도 안 되는 소리다.

괜찮다. 조연이 되는 게 어렵지, 비중 올리는 건 쉬울 거니까. 이민혁의 인생에서 큰 비중을 차지하면 된다. 나 같은 서민은 그의 밑에서 1등 부하가 되어 주면 되려나? 일반적인 재벌 3세면 나 같은 건 거들떠보지도 않을 것이다. 가만히 있어도 뛰어난 스펙을 가진 사람들이 보좌하겠다고 나설 테니까. 하지만 이민혁은 다르다. 그는 사실상 내다 버린 자식이다. 시놉시스를 보아하니 이범준은 그에게 돈만 지원해 줄 뿐, 사람은 보내지 않는다. 그 빈틈을 내가 노린다. 그의 사랑을 받는 부하가 되어서 비중을 올릴 것이다.

오늘은 금요일이니 늘 하던 대로 아버지를 찾아갔다. 엄청 기쁘지는 않았어도 축하는 하고 싶어 케이크를 사서 갔다. 아버지는 나를 보시더니 얼굴이 삭았다며 타박하셨다. 아버지에게는 노트와 관련한 이야기는 하지 않고 단순히 회사에서 승진했다고만 말했다. 승진 심사 때문에 잠을 못 잤다고. 아버지는 방긋방긋 미소 지으셨다. 젊은 시절의 기억이 거의 없어도 승진이 좋은 것이란 건 기억하고 계신 모양이었다. 아버지는 당신이 과장으로 승진하셨던 날의 이야기를 하셨다. 이야기는 중간에 자주 끊겼다. 기억에 공백이 많기 때문일까. 그래도 지루하지 않았다. 나는 앉아서 가만히, 그리고 끝까지 이야기를 들었다. 그러다 보니 한 가지 궁금한 것이 생겼다. 나는 앞으로 이민혁 대신 어떤 일을 맡게 될까? 노트에는 딱히 적혀 있지 않았다. 너무 힘들지만 않으면 좋겠는데.

쿵.

머리가 처박혔다. 침대에. 너무 피곤하다. 조금만, 조금만 쉬어야겠다….

벌써 1년 반이라는 세월이 흘렀다. 이민혁은 온갖 더러운 일들을 나에게 맡겼다. 주로 자신의 사생활과 관련된 일들이었다. 놈과 같이 약을 하는 친구들을 몰래 태워 주고, 클럽을 방문하면 흔적을 지우는 일을 했다. 그 이외에도 많고 많은 일들을 하게 되었다. 이민혁, 그 똘추는 나를 말 잘 듣는 개새끼로 생각하는 모양이다. 그래도 그 덕분에 나를 계속 사용한다. 아직 20대인 데다가 자신이 부릴 수 있는 사람으로서는 유일하기에 그런 모양이다. 덕분에 최근 소설에서의 나의 비중이 수직 상승 중이다. 이제 나는 이민혁과 원래 소설 속 핵심 인물들과 견줄 정도의 비중을 가지게 되었다.

하지만 솔직히 말하자면 딱히 기쁘지 않았다. 이민혁의 봉급이 훨씬 더 많았기 때문이다. 최근 반지하에서 벗어났다. 하지만 나는 기쁘지 않았다. 이민혁의 숙소가 훨씬 더 안락했기 때문이었다. 아버지의 병세가 조금씩 호전되었다. 하지만 나는 기쁘지 않았다. 이범준은 아버지와는 비교도 되지 않을 정도로 질 높은 의료 서비스를 받고 있기 때문이다.

우월감을 느끼려는 것은 아니지만, 이민혁은 누가 뭐래도 나보다 못한 인간이었다. 그는 좌천되었음에도 불구하고 나보다 훨씬 안락한 삶을 살고 있었다. 그것에 대해서 감사할 줄도 몰랐다. 이민혁이 나보다 나은 점은 하나밖에 없었다. 그는 주인공이고, 나는 엑스트라에 불과하다는 사실이다. 아니, 도대체 이민혁이 사랑에 빠지게 되는 여자는 언제 등장하는 거지? 그 여자의 이름은 서민정이다. 노트에는 이민혁이 서민정을 카페에서 만났다고만 적혀 있었다.

자신의 꼬라지에 현타가 왔던 이민혁은 평범한 사랑이 하고 싶어졌다. 그때, 길에서 어떤 커플이 카페에 들어가는 것을 보게 된다. 아무 생각 없이 그곳으로 간 이민혁은 혼자서 글을 쓰고 있는 서민정을 만나게 된다. 매일 술과 약만 하는 이민혁이 카페에 가다니. 빨리 그런 날이 오면 좋겠다. 어느 정도 정신을 차리면 내 일도 쉬워질 테니. 요즘 그날이 오기만을 기다리며 하루하루를 버틴다.

핸드폰. 그래, 핸드폰. 충전하고 자려고 했는데. 나는 손을 간신히 든 채로 충전기를 핸드폰에 꽂았다. 방전되었는지 충전 중이라는 표시도 올라오지 않았다. 그리고는 다시 누웠다. 이상하다. 몸은 피곤해 죽겠는데, 잠이 들지를 않는다. 이민혁은 지금도 놀고 있으려나? 놈은 세상 모든 것을 노력도 하지 않고 가져간다. 마치 그게 당연한 천부의 권리라는 듯이. 뭐, 어떻게 보면 주인공이니까 당연한 일인 것일까? 주인공… 머릿속에 노트의 글귀가 일렁였다. 내가 노트를 처음 펼쳤을 때, 맨 앞에 존재하던 글귀였다.

"주인공이 되고 싶은 자, 그를 제거하고 자리를 직접 쟁취하라."

요즘 하루도 빠짐없이 글귀를 떠올린다. 저 글귀에 대해 생각할 때마다 그를 죽여 버리고 싶다. 그리고 자책한다. 아무리 상황이 힘들어도 할 게 있고 안 할 것이 있다. 살인이라니. 말도 안 되는 소리를 하고 있어. 절대 그런 일은 없을 것이다. 절대로. 내가 주인공이 아니라 조연으로 살아가는 한이 있더라도.

벽이 일렁거렸다. 내 집의 모든 벽의 구석에는 이민혁의 사진이 붙어 있었다. 그 사진 속의 이민혁들이 전부 나를 보면서 조소하고 있었다. 나는 눈을 질끈 감고 귀를 틀어막았다. 그리고 긴 밤을 뜬눈으로 지새웠다.

다음 날이 되었다. 오늘도 나는 이민혁의 잡다한 수발을 들고 있었다. 그는 담배를 뻑뻑 피우며 핸드폰을 보고 있었다. 재벌이 연초라니. 생각보다 어울리지 않는 풍경이었다.

"야, 민수. 이 근처에 내가 안 가 본 클럽 있어? 약 나오는 곳으로. 저번에 갔던 곳은 술만 나오더만."

"한두 군데 말고는 거의 없습니다."

"응, 그러면 오늘은 거기로 갈 거야. 나중에 연락하면 데리러 와라."

"그… 이민혁 주임님, 혹시 카페 같은 곳에 관심 있으십니까?"

"내가 카페 갈 사람으로 보여? 나 몰라?"

"아닙니다. 준비하시면 태워다 드리겠습니다."

운전을 마치고, 회사로 복귀했다. 이민혁은 도대체 언제쯤 사랑을 하려나. 벌써 1년밖에 남지 않았는데. 서민정이 하루빨리 이민혁의 삶에 등장했으면. 서민정은 이제 이민혁뿐만 아니라 나한테도 구원을 주는 존재가 되었다. 그녀를 발견하는 날이 오면 나도 비로소 나답고 행복한 삶을 살 수 있을 것이다.

2024년 11월 15일 목요일

퇴근을 했다. 오늘도 이민혁은 카페에 가지 않았다. 설정을 바꾸는 것이 너무 고통스럽다. 나를 잃어 가는 느낌이다. 이민혁이 카페에 간다면 이런 생활을 계속하지 않아도 될 텐데.

나는 노트를 바라봤다. 노트는 평소와 다를 바가 없었다. 하지만 조금 다른 부분이 존재했다.

~~좌천된 이민혁은 자신의 인생에 현타가 오게 된다. 그때 이후부터 이민혁은 막연하게 사랑을 꿈꿨다. 평범한 사랑을. 그러다가 한 카페를~~

좌천된 이민혁은 인생 최고의 기쁨을 느끼고 있었다. 자신을 경멸하는 아버지의 부재. 일을 너무나 잘하는 부하 직원. 늘 새로운 세상을 선사하는 약들. 덕분에 그는 놀기만 하면 됐었다. 이것보다 더 행복할 수 없었다.

왜 갑자기 노트가 수정된 걸까. 왜. 어째서 이민혁이 카페에 들어가 사랑을 시작한다는 미래가 바뀌게 된 거지?

그 답은 바로 찾을 수 있었다. 기존의 전개와 다른 부분은 딱 하나밖에 없었으니까. 나, 김민수가 그 원인이었다. 이민혁은 자신의 인생에 만족하면 안 됐었던 것이다. 아버지를 향한 증오, 형들에게서 느끼는 존경심과 열등감. 그리고 그것에서 오는 자포자기가 바로 이민혁의 캐릭터였다. 그렇기에 쾌락을 좇는 삶에서 허무함을 느낄 수 있는 것이었다. 나는 그것을 대충은 이해하고 그의 명령을 수행했다. 그런데 이게 뭔가. 내가, 아니 정확히는 노트로 만든 내가 명령을 너무 잘 이행했기 때문이었을까? 아니면 원래 이 자리에 있어야 했던 최공혁 씨가 이런 일들은 잘 처리하지 못했던 걸까? 이민혁이 만족을 해 버렸다. 그 때문에 미래가 바뀌어 버렸다. 이제 이민혁이라는 사람은, 적어도 내 주변에 있는 동안은 '재벌 집 망나니 막내 손자'로 계속 남을 것이다. 그렇게 남은 일 년을… 나와 함께 보낼 것이다. 아니지. 어쩌면 일 년이 아닐 수도 있다. 그 이상이 될지도….

끔찍했다. 이런 생활을 일 년이나 더 해야 한다니. 내 잘못이다. 내가 조금만 더 넓게 생각했더라면. 조금만 더 잘 처신했더라면. 숨이 또 막혀 온다. 내 몸속에 있는 모든 장기가 분노하는 것이 느껴졌다. 피는 끓어오르고, 심장은 날뛰고, 내장들은 줄넘기를 시작했다. 술에 취한 것처럼 몸이 비틀거렸다. 자신의 목을 조르고 싶어졌다. 쓰고 떫은 맛이 올라올 때까지. 실행하려는 순간, 전화 한 통이 왔다.

따르르르릉!

이민혁이다. 분명 그놈이다. 이 시간에 전화를 하는 이유는 뻔하다. 약기운이 돌아서 태워다 달라는 거겠지. 나는 전화를 받지 않았다. 그놈의 얼굴을 지금 본다면 정말 나 자신을 통제하지 못할 것 같다.

하루가 끝났다. 나는 바로 침대에 누웠다. 눈을 감으니 세상이 도는 것만 같았다. 술은 마시지 않았지만 토할 것만 같다.

그때, 잊고 있던 사실을 떠올렸다. 오늘은 금요일·아버지의 병원에 병문안을 가는 날이다. 그동안 나는 하루도 빠짐없이 수요일과 금요일에 아버지를 뵀었다. 몸을 일으키려고 했다. 하지만 일어날 힘이 없었다. 마치 필름이 끊기기 직전인 상태 같았다. 누군가가 내 영혼을 꾸깃꾸깃 접어서 저 멀리 던져 버린다. 나는 결국 아버지의 병문안을 내일로 미루기로 했다. 토요일 오전에 푹 자고, 내일 맛있는 거 사 드려야겠다. 나는 덜덜 떨리는 손을 붙잡고 잠을 청했다.

만약 이 모든 것이 꿈이었다면 어땠을까? 노트를 발견한 그날부터 이 모든 일이 그냥 한 편의 꿈이었던 것이다. 사실 나는 19살이고, 이민혁은 내 회사에 오지 않았으며 아직 아버지가 살아 계신다. 그렇다면 얼마나 행복할까.

그래, 맞다. 아버지가 어젯밤 돌아가셨다. 수요일과 금요일에 하루도 거르지 않고 찾아갔던 내가 가시 않았기 때문이있다. 그는 병원 사림들 몰래 밖으로 나갔다. 매일 오던 내가 오지 않았으니, 무슨 일이 났을지도 모르겠다면서. 나를 찾아서 길을 헤맸다고 한다. 여기까지는 '일반적'이다. 누구에게나 있을 법한 경험. 어젯밤이 특별했던 이유는, 당신이 도로를 활보할 때 누군가는 운전하며 잠에 빠져 있었다는 사소한 차이 때문이었다. 내가 어릴 때 본 만화에 나왔던 죽음들과는 사뭇 달랐다. 당신의 죽음에는 아무런 전조도, 복선도, 암시도 없었다. 그런 면에서 죽음이란 너무나도 개연성이 없는 것이었다. 아무것도 할 수 없었다. 연락을 받은 직후, 나는 잠시 동안 벙어리가 되었다.

이 감정을 뭐라고 불러야 할까? 노트를 뒤적였다. 하지만 '김민수'의 감정에 관한 서술은 없었다. 그렇기에 정의를 내릴 수가 없었다. 나는 옷을 입기 시작했다. 일단은 어디론가 가 볼 생각이다. 아버지의 영안실이든, 당신을 마지막으로 뵈었던 병실이든.

따르르르릉!

이민혁이다. 주인공이다. 또 약을 한 모양이다. 그래, 너는 지금 생활이 가장 행복하다고 했지. 가만히 생각해 보면 놈은 어떻게든 행복해질 운명인 것만 같다. 지금은 노트가 대놓고 행복하다고 정의 내린 삶을 살고 있고. 원래 전개대로 흘러갔어도 놈은 서민정을 만나 세기의 로맨스를 시작하겠지. 그게 저 녀석한테는 개연성이 되어 주는 것이다. 나와 같은 사람은 백날 살아 봤자 가지지 못하는 '행복할 개연성'.

아… 부럽다.

부럽다. 부럽다. 부럽다. 부럽다. 부럽다. 부럽다. 부럽다. 부럽다. 부럽다. 부럽다. 부럽다. 부럽다. 부럽다. 부럽다. 부럽다….

"주인공이 되고 싶은 자, 그를 제거하고 자리를 직접 쟁취하라."

…!

그래! 그거다! 그거면 이민혁이 가진 개연성을 내 것으로 만들 수 있다! 그렇구나. 그런 의미였던 거구나, 주인공이 된다는 거는. 세상의 개연성을 다 가지는 거야. 그런 게 주인공이야. 나는 언제든지 그런 존재가 될 수도 있었네? 왜 지금까지 망설인 거지?

나는 컴퓨터로 향했다. 그리고 자판을 두드리기 시작했다.

- 필로폰 과다 복용

- 필로폰 과다 복용 사망 증상

- 심장 마비

- 심장 마비 사인

- 심장 마비 유발 독

- 삭시톡신

- 삭시톡신 합성

여기까지 다다랐을 때, 기이한 일이 일어났다. 놀고 있던 내 왼손이 갑자기 컴퓨터 전원을 꺼 버린 것이다. 분명 나는 전원 끄기를 바라지 않았다. 분명히. 그런데도….

어지러웠다. 눈앞에 형형색색의 형체가 보이기 시작했다. 그것은 처음에는 붉다가 점점 푸른색도 섞여서 기이한 모습을 띠었다. 마치 눈을 세게 감은 상태에서 보이는 무늬 같았다. 내 머릿속에서 시끄러운 소리가 들렸다. 이후, 나는 정신을 잃었다.

***

"피고인 김민수는 언제 깹니까?"

민수가 의식을 회복하고 처음으로 들은 소리였다. 그는 고개를 들고 주변을 살폈다. 낯선 공간이었다. 분명 그가 있던 곳은 컴퓨터 앞이었는데, 지금은 대리석으로 만들어진 재판장에 앉아 있었다. 하지만 그것보다 더 신기한 일이 있었다.

머리가… 왜 편안하지?

민수는 정말 오래간만에 또렷한 정신을 느낄 수 있었다. 머리를 가득 메웠던 매연을 걷어 낸 느낌이었다. 그의 뇌와 심장이 쌩쌩 돌아가고 있는 것이 전해질 정도였다. 의식이 뚜렷했다. 지금 상태로 수능을 보면 서울대학교라도 갈 수 있을 것만 같았다.

"피고인 김민수는 본 재판장의 말이 들립니까?"

민수는 그제야 재판장을 가득 채운 사람들을 보았다. 모두들 하얀 양복과 하얀 민무늬 가면을 쓰고 있었다. 그중 재판장은 특히나 더 각진 가면이었다.

"들리는 것 같으니 이야기를 시작하겠습니다."

그때, 양복을 입은 남자 두 명이 민수에게 달려들었다. 그들은 얼빠져 있던 민수를 의자에 포박했다. 그러거나 말거나 재판장은 말을 계속했다.

"이곳은 당신 그 자체를 결정하는 재판소입니다. 쉽게 말해서 김민수라는 사람의 무의식 속이지요. 당신은 이곳에 존재하는 수많은 김민수들에게 해악을 끼쳤으므로 기소되었습니다. 당신은 변호사를 선임할 권리가 있으며 묵비권을 행사할 수 있습니다. 또한 당신이 법정에서 발언하는 내용은 당신에게 불리하게 적용될 수 있다는 점을 명심하십시오."

재판장은 법봉을 살짝 긁적였다. 그러더니 말을 이어 갔다.

"그렇다면, 피고인 김민수의 혐의를 말씀드리겠습니다. 개체 민주주의 훼손죄, 개체보안법 위반 및 반개체행위로 피고인은 기소되었습니다. 해당 혐의는 모두 무거운 중죄이며 혐의가 인정될 경우, 피고인의 인격은 최대 삭제형에 처해질 수 있음을 미리 알려 드립니다. 그렇다면 지금부터 피고인 김민수에 대한 재판을 시작하겠습니다. 검사 측, 심문을 시작해 주세요."

삭제? 삭제라니? 민수는 무언가가 잘못되었다는 것을 직감했다. 그는 구속을 풀기 위해서 몸을 움직였다. 하지만 구속구는 풀리지 않았고, 오히려 더 탄탄해질 뿐이었다. 그 모습이 안쓰러워 보였는지 변호인이 구속되어 있는 민수에게 다가왔다. 그는 쓰고 있던 가면을 살짝 올려 입을 드러내고 속삭였다.

"모든 일이 다 잘 풀릴 겁니다. 안심하세요."

하지만 민수를 달래기에는 역부족이었다. 그는 물에서 건져 올린 활어처럼 필사적이었다.

검사들이 준비를 모두 마쳤다. 그들은 가면을 고쳐 쓰면서 말했다.

"존경하는 재판장님, 피고인 김민수를 제대로 심문하기 위해 '심리 투영기'의 사용을 허가해 주십시오."

민수는 자신의 인생을 모두 돌아봤다. 기억을 보는 것은 고문 그 자체였다. 그는 주인공에 대한 집착을 가지고 모두의 요구에 맞춰서 살아가던 자신을 마주했다. 그리고 자신의 변화에 큰 충격을 느꼈다.

검사와 변호사는 치열하게 싸웠다. 그들의 긴긴 논쟁이 시작되었던 것은 이보다 훨씬 오래전이었다. 하지만 모든 일을 이해하기 위해서는 조금 더 설명이 필요할 것이다.

민수가 노트의 글자를 지우는 순간 모든 것이 시작되었다. 그가 설정을 바꿀 때마다, 이곳 무의식의 공간에서는 새로운 인격이 탄생했다. '분노가 많은 성격'이라 적으면 다혈질 인격이 탄생하고 '이타적인 성격'이라 적으면 그런 인격이 탄생했다.

하루에도 몇 명씩 탄생하는 인격 덕분에, 이곳 무의식에서는 일종의 사회가 탄생했다. 김민수의, 김민수에 의한, 김민수를 위한 국가와도 같은 곳. 모든 자들이 김민수의 일부인 동시에 김민수 그 자체였다. 인격이 늘어 갈수록 원인격의 자아는 옅어졌다. 하지만 이 공동체의 목표에는 더욱 가까워졌다. 그 목표가 뭐냐고? 당연히 소설의 비중을 차지하는 것이다. 애초에 인격 사회가 형성된 이유도 그런 의지가 반영된 결과였다. 비중을 늘려서 엑스트라에서 벗어나고 싶다. 엑스트라에서 벗어나서 조연이 되고 싶다. 조연 중에서도 핵심적인 조연이 되고 싶다. 그리고 마지막으로, 주연의 자리를 꿰차고 싶다.

인격 사회의 여론은 단숨에 주연을 향했다. 그 찬란한 자리에 앉으면 모든 고난과 역경은 사르르 녹아 버릴 것만 같았다. 하지만 그들에게는 치명적인 장애물이 있었다. 바로 원인격의 반대였다. 원인격, 그러니까 오리지널 김민수의 무의식은 주연에 대한 욕망이 있으면서도 그것을 억눌렀다. 인격들의 투표 결과가 어찌 되든 간에 원인격이 반대하니 일은 진행될 수 없었다.

결과적으로 인격 사회는 양분했다. 원인격의 의견에 따라야 한다는 친민수파, 원인격의 의견이라도 목표를 위해서는 배제해야 한다는 반민수파. 그들의 갈등은 끊이지 않았다. 시간은 흘렀고 원인격의 영향력은 점점 감소했다. 새로운 인격들이 계속해서 불어났기 때문이었다. 마침내, 원인격이 무의식에 끌려 나올 정도로 약화되자 인격들은 정당한 민수 헌법 아래서 재판을 열었다. 그 재판이 지금 진행 중인 것이다.

"피고인의 존재가 우리들의 공익에 방해됩니다! 여러분! 그걸 눈치채지 못하겠습니까? 솔직히 말해서 원인격이니 뭐니 해도 그게 이제 무슨 소용입니까? 이미 우리는 하나의 사회를 이룰 정도로 많아졌습니다. 그중에서 하나 사라진다고 해서 큰일이 일어나지 않습니다. 오히려 쓸모없는 존재를 지워 버렸으니 효율만 올라가지요. 지금 상황이 딱 그렇습니다. 우리는 모두 이민혁을 죽여야 합니다! 마침 놈은 약쟁이니 독극물로 죽인 다음에 약 과다 복용인 척을 하면 그만입니다. 최고의 기회가 찾아왔다고요!"

검사는 목에 핏대까지 세우며 피고인의 죽음을 바랐다. 변호사도 자신의 언성을 높였다.

"그렇게 해서 주인공의 자리를 차지한다 한들 그것이 우리의 목표와 같다고 말할 수 있습니까? 아까 원인격이 무슨 의미가 있느냐고 하셨죠? 우리 모두는 원인격에서 비롯된 존재입니다. 그런 인격을 삭제해 버린다는 것은 더 이상 김민수로서 살기를 거부하는 것이나 마찬가지예요! '김민수'의 비중이 올라가는 것이 중요한 겁니다. 그것이 우리 모두의 사명이고요!"

재판장이 법 봉을 내리쳤다. 양쪽 모두 입을 다물라는 뜻이었다. 그는 눈을 반쯤 뜬 채로 말했다.

"지금부터 변호사와 검사 모두가 피고인에게 세 가지 질문씩 하겠습니다. 이 최후의 절차 이후, 재판의 모든 과정을 마치겠습니다."

두 집단 모두 바쁘게 움직이기 시작했다. 그리고 마침내, 최후의 절차가 시작되었다. 먼저 검사의 차례였다.

"피고인 김민수. 단도직입적으로 묻겠습니다. 당신은 이민혁을 죽일 겁니까?"

"저… 저는…."

"끝까지 망설이시는군요. 하긴 그러니까 놈을 죽일 방법을 모색할 때도 갑자기 컴퓨터를 꺼 버리셨겠죠. 그렇다면 두 번째 질문을 하겠습니다. 당신은 우리 모두가 이민혁을 죽이지 않고도 행복할 수 있을 것이라고 생각합니까?"

"재판장님, 이의 있습니다! 피고인의 인격은 이런 진실의 존재를 안 지 얼마 되지 않았습니다. 그런데 다른 인격끼리도 풀지 못한 질문을 던지는 것은 적절하지 못합니다."

"검사는 질문을 계속하십시오."

"감사합니다. 재판장님, 피고인, 대답하세요! 이민혁을 죽이지 않고도 행복할 개연성을 우리가 얻을 수 있다고 생각하십니까?"

"그… 그러니까… 제가 제 기억을 본 바로는, 오히려 엑스트라로서의 삶이 더욱 행복해 보였습니다. 조연이 되고, 핵심 조연이 되려고 발버둥 칠 당시 우리 모두는 뭔가 잘못된 길로 나아가고 있는 것처럼 보였어요."

방청객들의 야유가 들렸다. 재판장은 법 봉을 두드렸다. 검사의 마지막 질문이 이어졌다.

"마지막으로 묻겠습니다. 당신은 아버지의 죽음을 보고 무엇을 느꼈습니까? 우리 같은 사람한테는 행복할 개연성이 없다는 결론에 다다르지 못한 겁니까?"

김민수는 대답할 수가 없었다. 그도 기억이 났기 때문이다. 아버지가 돌아가시고, 이민혁을 죽일 방법을 찾으면서 저 생각을 했었다. 물론 그런 사고의 흐름에는 다른 인격들의 영향도 있었겠지만, 당시 그가 그런 생각을 했음에는 틀림이 없었다. 그들 또한 민수였기 때문이다.

"그럼 검사의 질문은 끝난 것으로 간주하겠습니다."

재판장이 말했다. 그는 변호사에게 신호를 보냈다.

"피고인. 아니, 김민수의 원인격. 당신의 가장 중요한 목표는 뭐라고 생각합니까?"

목표? 목표라… 17살 이후로는 아버지의 부양이 가장 중요했다. 그때쯤부터 치매가 심각해지셨으니까. 그분이 웃는 모습을 보는 게 삶의 낙이 되었었다. 19살 이후로는 비중을 늘리는 것이 가장 중요했다. 왜일까? 기억을 다시 봐 보니 알겠다. 나는 뭔가 의미를 찾고 싶었던 것이다. 이 세상이 소설 속이면 가장 의미 있는 일은 단연코 그 소설에서 큰 비중을 차지하는 것일 테니까. 그렇다면 왜 나는 의미를 찾고 싶었던 걸까? 그건 아마….

"행복, 행복이라고 생각합니다. 저는 옛날부터 의미 있는 일을 하는 데에서 행복을 느꼈었습니다."

"네! 맞습니다. 행복이 우리의 가장 큰 목표였어요. 모든 욕구의 가장 근간이 되는 목표입니다. 그렇다면 두 번째 질문을 하겠습니다. 당신은 행복을 위한 삶을 살 수 있는 사람입니까?"

"… 네."

방금 살짝 망설였던 것은 그가 확답을 하지 못해서였다. 그가 생각하기에 그는 행복을 위해 살아왔다. 하지만 돌아보니 그것은 생각보다 행복과는 거리가 있어 보였다. 이런 상황에서 어떻게 자신 있게 그렇다고 할 수 있는가. 그럼에도 불구하고 긍정의 대답을 한 것은 그가 죽고 싶지 않기 때문이었다. 만약 이 재판에서 패소한다면 분명히 죽을 테니까. 다행히 재판장은 변호사와 그의 이야기를 흥미롭게 듣고 있었다.

"네, 알겠습니다. 마지막 질문을 하겠습니다. 당신은 처음 말했던 목표를 이루기 위해서 앞으로도 노력할 것입니까?"

"방금 질문과 어떤 점이 다른 거죠?"

"방금의 질문은 당신이 그런 인격인지를 물은 것입니다. 그리고 지금 하는 이 질문은 당신의 의지에 대한 질문입니다."

"네, 그렇습니다."

재판장의 눈썹이 움직였다. 가면을 쓰고도 티가 날 정도였다.

"변호사의 질문도 모두 끝났습니다. 모두들 잠깐 기다려 주십시오."

변호사는 한숨을 푹 쉬며 자리에 앉았다. 그는 변호사용 가면을 벗었다. 검사들도 비슷한 행동을 하고 있었다. 이 하얀 가면들은 서로의 역할을 분간하기 위해서 쓴 것들이다. 하지만 이제 재판장의 선고만 남았으니 그런 구분이 필요가 없어졌다. 변호사는 피고인에게 말했다.

"갑작스러운 일이었죠? 수고 많으셨습니다."

"아, 네. 감사합니다. 이제 어떻게 되는 거죠?"

"재판장의 선고에 따라 달라지겠죠. 유죄면 저쪽에 있는 삭제형 집행장으로, 무죄면 다시 의식의 세계로요. 걱정하지 마세요. 당신은 충분히 잘해 주셨습니다."

김민수는 변호사의 명함을 그제야 봤다. 그곳에는 '친절 273'이라고 적혀 있었다.

재판장이 입을 열었다.

"피고인은 개체 민주주의 훼손죄, 개체보안법 위반 및 반개체행위로 기소되었습니다. 먼저 개체 민주주의 훼손죄에 대해서는, 검사의 의견과 이견이 없음을 밝힙니다. 원인격의 권한이 강했기 때문에 많은 인격들의 투표가 묵살되었던 역사는 분명히 존재합니다. 하지만 개체보안법 위반과 반개체행위에 관련해서는 다릅니다. 먼저, 개체보안법이란 김민수라는 개체에 해를 끼치는 행위를 금지하는 법입니다. 하지만 원인격이 했던 행위는 대부분 개체를 위한 행동이었음이 자명하다고 판단했습니다. 반개체행위에 대해서도 같습니다. 따라서 피고인에게 선고합니다. 피고인, 원인격 김민수는 비록 의도가 없었다고는 하나 다른 인격들의 주권을 박탈하는 행위를 했습니다. 이에 따라서 무의식 징역 2년을 선고합니다. 이것으로 모든 재판을 마치겠습니다."

죽지 않았다. 살았다.

변호사는 기뻐했다. 완전한 무죄가 되지 못한 것은 아쉽지만 가장 큰 위기는 벗어났으니 되었다는 반응이었다. 민수도 기뻤다. 그에게 새로운 기회가 주어진 느낌이었다. 민수가 물었다.

"만약 모든 일이 끝난다면, 어떻게 의식 세계로 돌아갈 수 있죠?"

"인격을 의식 세계로 보내는 방법은 다양합니다. 이곳은 무의식이니까요. 그 어떤 일도 실현 가능합니다. 심리적 요인이든, 물리적 요인이든 작용하기만 하면…."

그 순간, 뭔가 우지끈하는 소리가 났다.

"저기 있다! 저놈들이야!"

수많은 사람들의 목소리가 들렸다. 모두 김민수의 목소리. 저곳에서 수십, 수백의 김민수들이 뛰어왔다. 그들은 손에 둔기들을 하나씩 들고 있었다. 그들은 재판장 의자들을 때려 부수며 변호사, 재판장, 그리고 민수를 끌어 내렸다.

"이 매국노 새끼들! 김민수가 주인공이 되지 못한 것도, 아버지가 그렇게 돌아가신 것도 모두 너희들 때문이다!"

재판이 시작될 때부터 바깥에 있었던 자들이었다. 민수를 반드시 죽여야 한다고 소리치던 사람들. 그들이 결국 폭동을 일으켰다. 그들은 먼저 민수를 폭행했다. 무의식 속이었지만 민수는 만신창이가 되었다. 그리고는 그를 재판장 의자에 강제로 앉혔다. 그곳에서는 강경 반민수파 인격들과 재판장, 그리고 변호사가 잘 보였다. 인격들 중 대장 격으로 보이는 자가 소리쳤다.

"동지들이여! 이민혁이 될 수 있는 기회를 날려 버리려고 하는 자들이다! 어떻게 하면 좋겠는가?"

"다시는 못 일어나게 두들겨 패라!"

"죽여라!"

"대가리를 쳐라!"

"사형! 사형!"

모두들 미쳐 있었다. 그들은 하나같이 미쳐 있었다. 새끼를 잃은 어미 곰처럼, 눈앞에 보이는 모든 것을 때려 부쉈다.

"동지들의 의견이 옳다! 모두들 죽어 마땅한 놈들이다! 저놈들을 죽이고 주인공이 되는 거다!"

인격들은 환호성을 질렀다. 그들은 원인격의 편을 들었던 재판장과 변호사에게 먼저 달려들었다. 각목, 야구 방망이, 빠루 등 온갖 둔기들이 쉬지 않고 움직였다. 여기저기서 유혈이 낭자했다. 손쓸 틈도 없었다. 민수가 정신을 차렸을 때는 재판장의 턱이 부서지고, 변호사의 앞니가 모조리 으깨진 후였다. 그리고 시간이 얼마나 지났을까? 그들의 움직임이 완전히 멎었다. 옅은 신음도, 손가락을 까딱거리는 행동도 그쳤다. 인격들은 반질반질한 둔기들을 들고 민수에게 다가왔다.

"재판이니 뭐니 하는 절차는 이제 전부 쓸모없다! 사법부가 썩었으니까! 우리의, 김민수의 목적을 방해하는 놈들은 그저 반개체주의자들일 뿐이다. 동지들! 혁명이다! 본체를 위해 이곳을 싹 갈아엎는다. 목적을 방해하는 요소들을 죄다 삭제시키는 거다. 그다음에는 친민수파에 가담한 인격들을 죄다 모아서 심판한다."

강경 반민수파의 리더, 불안 1이 소리쳤다. 그와 함께 있던 자들은 전부 환호성을 질렀다. 소식을 듣고 그 무리에 가담하는 인격들도 늘어 갔다.

어느덧 재판소에 모인 김민수들은 천 명이 넘어갔다. 불안 1은 충격받은 민수의 얼굴을 발견했다. 그는 말했다.

"겁먹을 필요 없어. 다음은 네놈을 죽일 거니까. 친절 273이나 그 재판장 같은 놈들보다 네가 우리를 제일 많이 방해했거든. 이제 그 죗값을 치르게 할 거야. 아… 너만 죽으면 모든 일이 잘될 거야. 너만 죽는다면 우리는 마침내 주인공이 될 수 있다고. 마침내 행복해질 거야. 그럴 개연성 또한 우리의 편이 될 거니까. 동지들! 처형대로 가자! 이놈의 모가지를 자르고 그곳에 걸어 둔다!"

민수는 순식간에 붙잡혀서 끌려갔다. 다른 인격들은 모두 그에게 침을 뱉으며 조롱했다. 중간중간 둔기로 그를 때리는 인격도 있었다. 살갗이 벗겨지고 피가 튀었다. 자신이 자신을 죽이려고 하는 상황. 깨지 못하는 악몽에 갇힌 느낌이다.

재판장 건물을 나오니 거리가 보였다. 인격들은 난데없는 소동에 모두 거리에 나와 있었다. 강경 반민수파는 혁명의 축배를 들며 거리를 행진했다. 별다른 설명은 없었다. 하지만 대부분의 인격들은 일련의 사건에 순응하는 분위기였다. 민수, 그러니까 원인격에 대한 여론이 좋지 못했다는 것이 실감이 되었다.

인격의 무리들은 전부 어떤 건물로 향했다. 무의식의 도시에 존재하는 그 어떤 건물보다 거대한 빌딩이었다. 독특한 기하학적 구조가 다방면으로 빛을 반사하고 있었다. 끌려가던 민수는 단숨에 알 수 있었다. 저곳이 바로 김민수의 뇌를 지배하는 곳. 즉, 의식에까지 영향을 미칠 수 있는 장소이다. 이런 정보는 다른 인격들이 알려 준 것이 아니다. 그저 민수의 머리에 입력된 정보였을 뿐이다. 어떤 과정을 거친 것인지는 모르겠지만.

건물 내부로 들어간 강경 반민수파 무리들은 무질서하지만 일사불란하게 움직였다. 사전에 모두 말을 맞춰 놓은 듯했다. 그들은 서류함을 부숴서 그곳에 있는 서류 더미들을 한곳에 모았다. 용도를 알 수 없는 기계들을 때려 부수기도 했다. 불안 1은 신나서 민수에게 재잘거렸다.

"저 서류들은 본체의 행복했던 기억 문서들이야. 저런 문서들만 해도 이 건물의 3분의 1은 채울 정도로 많지. 어, 그래. 그건 거기로 옮겨."

"전 아무 잘못 없어요! 제발…."

구석에서 인격 하나가 폭행을 당하고 있었다. 양복을 입고 있는 것을 보니 이곳에서 근무하는 회사원인 모양이다.

"잘못이 없기는 뭐가 없어! 너 행복부 직원 맞지? 너 같은 놈들 때문에 김민수가 발전이 없는 거야!"

반민수파 중 하나가 그를 폭행하고 있었다. 불안 1은 그 광경을 지켜보면서 행복해했다. 그때, 몇몇 인격들이 와서 말했다.

"2층은 전부 정리했습니다."

"그럼, 저것들 태워 버리고 다음 층으로 출발한다."

인격들은 그의 지시에 따라서 모아 놓은 서류 더미와 기계 장치들에 불을 붙였다. 그 양이 워낙 많아서 한 언덕이 통째로 불타고 있는 것만 같았다. 불안 1이 민수에게 말했다.

"다 같이 분신하려는 건 아니니까 걱정하지 마. 저 불은 저것들만 태우거든. 이 건물은 안전해."

민수는 얻어맞은 고통을 느끼면서도 말했다.

"행복한 기억…. 아까 네가 저게 행복한 기억 서류들이라고 하지 않았어? 김민수의 행복을 바란다면서? 이건 말이랑 다르잖아."

"걱정하지 마. 저건 일부분일 뿐이야. 물론 대부분 소각할 예정이긴 하지만. 그리고 우리는 김민수의 행복을 바라는 게 맞아. 저 기억들은 그가 앞으로 나아가는 데 방해만 될 뿐이야. 김민수는 저런 기억들 때문에 만족하면서 살 사람이 되면 안 돼. 최고가 되어야 한다고. 이민혁보다 더. 이범준보다도 더. 그 원동력은 행복했던 기억 따위가 아닌 다른 감정들이야. 뭐, 이 작업은 전부터 자주 해 왔던 일이니까, 김민수에게 해가 되진 않을 거야.”

“전부터 자주…? 그럼, 전부터 행복을 태워 버리고 있었던 거야?”

불안 1은 귀찮다는 듯이 말했다.

“그렇다니까. 우리들은 언제나 김민수 전체를 위해서 행동하거든. 거기! 나머지 서류들도 가져와!”

그때, 민수는 행복할 개연성에 대해서 생각하고 있었다. 이 세상은 소설이 분명하다. 그러니 주인공만이 모든 행복을 독차지하는 것 같았다. 그것만이 이 소설의 개연성이 되어 준다고 생각했다. 민수와 같은 조연들이 행복한 삶을 사는 것은 ‘개연성에 어긋난다.’ 허락되지 않는 줄 알았다. 물론 어느 정도는 사실이다. 하지만 그렇다고 해서 행복을 위해 행복했던 기억들을 소각한다는 것은 말이 안 됐다. 그것 또한 개연성에 어긋나는 일들이다.

민수는 깨달았다. 그의 최근 삶이 불행했던 이유를. 이민혁의 개 같은 성격도, 과도한 업무량도, 타고난 환경도, 아버지의 죽음도 모두 그 이유다. 하지만 그 많은 이유 중 하나는 바로 민수 자신이었던 것 같다. 불안 1의 말에 따르면 저런 소각 작업은 전부터 실행되고 있었다. 아마 많은 인격들이 그 작업을 도왔을 것이다. 다시 말해 김민수라는 인간의 일부가 스스로 행복을 포기하고 있었다. 불을 붙이고, 붙이고, 또 붙이고…. 그렇게 불행 말고는 아무것도 남아 있지 않을 때까지. 그것을 앞으로 향하기 위한, 비중을 높이기 위한 발판이라고 속이고 있었던 것이다. 사실 그 발판을 밟아 봤자 더 큰 심연으로 빠져들 뿐이었는데.

그때, 서류들이 타는 것을 지켜보던 인격들이 걸어와 민수를 걷어찼다. 조롱과 혐오가 담겨 있었다. 불안 1은 이 광경을 보면서 너무나 즐거워했다. 그는 몸을 가누지 못하는 민수의 머리채를 잡고 말했다.

“가만 생각해 보니, 이놈을 너무 곱게 죽여 주면 안 될 거 같아. 동지들, 주목! 앞으로 남은 층들도 지금처럼만 처리해라. 나는 95층에 먼저 가 있을 테니까, 다 정리하고 올라와."

"형님은 그동안 뭐 하고 있으시려고요?"

"난 이놈이랑 조금 더 하고 싶은 이야기가 있거든. 할 수 있지?"

"네, 알겠습니다."

인격들은 전부 계단으로 이동했다. 그 층에는 불안 1, 민수, 그리고 불타고 있는 서류 더미들뿐이었다. 불안 1은 민수의 머리를 놓지 않은 채로 엘리베이터에 탔다. 그는 '운행 속도 감속' 버튼을 누르고 민수를 몇 대 더 때렸다. 아마 이곳에서 개인적인 원한을 풀 생각인 것 같았다.

"우리의 일을 막아설 때 이렇게 될 줄은 몰랐어? 아무리 의식을 가지고 한 일이 아니었다고는 하지만. 어? 네 꼴을 봐. 원인격이니 뭐니 해 봤자 주먹 앞에서는 평등하거든. 너를 죽이기 전에 그걸 조금 더 알려 주고 싶었어. 개인적으로 말이야."

민수는 망설임 없이 대답했다.

"나를 죽인다고 치자. 그다음에는 어쩔 건데?"

"너를 죽이고 주인공이 되는 거지. 재판할 때부터 못 들었어? 주인공이 되지 않으면 행복해질 수가 없어. 이민혁을 죽이지 않으면 주인공이 될 수 없어. 이 간단한 이치를 왜 이해하지 못하는 거야?"

"그게 과연…."

"'그게 과연 진짜 행복일까?' 같은 소리 히려거든 그 입술을 찢어 버릴 거야. 그딴 말을 지껄이는 놈들 중 누구도 진짜 행복이 뭔지는 말을 못 했어. 왜? 그놈들도 모르거든. 여우의 신 포도인 셈이지. 가지지 못했으니까 '저 포도는 신 게 분명해.'라며 스스로 위안을 하는 거야. 하지만 우리는 달라. 우리는 특별해. 원인격, 우리는 이 세상에서 유일하게 자신을 바꿀 수 있는 존재라고. 포도밭에 누워서 신 포도 타령을 하는 놈들과는 차원이 달라. 직접 사다리를 타고 올라가 그 포도를 입에 넣을 수 있다니까? 포도가 신지, 단지, 떫은지, 밍밍한지 느끼는 거는 그다음이야. 그러니까 그 순간을 위해서 이 모든 일을 하는 거야.”

“그렇게 해서 달달한 포도를 맛본다고 치자. 얻은 포도가 진짜로 실 경우에는 모든 게 무슨 의미가 있지? 그래, 어쩌면 너의 말이 맞을지도 몰라. 하지만 그 포도를 먹겠다고 가지고 있는 다른 과일마저 바닥에 짓이겨? 너 같은 놈들은 포도밭에 누워만 있는 놈들과 다를 바가 없어.”

“왜 갑자기 용기 있는 척을 하지? 뭐, 어차피 죽을 목숨, 입이라도 놀리겠다 이거야? 이민혁을 죽이는 간단한 일조차 하지 못한 채로 망설이던 네가? 재판을 받을 때도 벌벌 떨던 네가? 뭐, 대단한 깨달음이라도 얻은 모양이지? 넌 개 같은 놈이야, 원인격. 주인공이 될 용기도, 비중을 포기할 이유도 없으니 우리 모두를 고통스럽게 만들었지. 그러니 넌 가장 고통스럽게 죽을 거야. 그걸 위해서 너를 이곳에 데려왔어. 너 때문에 하지 못했던 일들은 내가 전부 해 줄 테니 죽으라고.”

“이야, 대단한 통찰력이다. 네 말이 모두 맞아. 근데 한 가지 사실을 까먹었네. 너도 결국 김민수의 일부분일 뿐이야. 불완전하고 우유부단하고 자기 할 일 제대로 못 하는 김민수. 인격들을 부리면서 깡패 놀이나 할 뿐이지. 행복을 찾겠답시고 모두를 선동해 대지만 결국 남는 건 행복이 타들어 가는 냄새뿐이네.”

“이 새끼가!”

불안 1은 민수를 패대기쳤다. 그리고는 가지고 있던 각목을 들었다. 민수는 그의 품으로 달려들었다. 그리고는 그의 오른손 손목을 깨물었다. 뭔가가 서걱거리는 감각과 함께 진한 쇠 맛이 느껴졌다. 각목을 쥐고 있던 손의 악력이 풀리며 비명이 들렸다. 민수는 재빨리 각목을 주워서 불안 1의 다리를 때렸다. 쫓아오지 못하도록 계속 때렸다. 손에 이물감이 느껴질 때까지. 불안 1의 다리는 반대 방향으로 완전히 꺾였다. 그의 입에서 뜻을 알 수 없는 괴성이 들렸다.

민수는 비상 정지 버튼을 눌렀다. 엘리베이터는 12층 언저리에서 멈췄다. 온 힘을 다해서 달렸다. 불안 1은 승리감에 취한 탓에 그의 반격을 예상하지 못한 것 같다. 덕분에 기회가 생겼다. 민수는 달리고 또 달렸다. 비상계단을 보니 강경 반민수파 인격들은 벌써 13층이나 간 모양이다. 멀리서 불안 1이 소리쳤다. 민수는 그러거나 말거나 계단 밑으로 도망갔다.

11층… 10층… 9층….

민수는 달리면서 현실로 돌아올 방법에 대해서 고민했다.

8층… 7층… 6층….

점점 숨이 차올랐다.

5층… 4층… 3층….

입에서 쓴맛이 올라왔다.

2층.

마침내 2층에 다다랐을 때, 민수는 자신이 궁지에 몰렸음을 알았다. 1층에도 인격들이 대기 중이었던 것이다. 분명 아까 전에는 전부 계단으로 올라갔는데. 위에서 다른 인격들이 내려오고 있었다. 아마 불안 1이 소리치는 것을 듣고 전부 오는 모양이었다. 민수는 급하게 숨을 곳을 찾았다. 하지만 대부분의 기자재가 부서져 버린 탓에 숨을 곳이 많지 않았다. 화장실은 존재하지 않았고, 휴게실 같은 곳은 금방 발각될 것 같았다. 그때, 민수의 눈에 아까 타고 남은 잿더미가 보였다. 행복한 기억들을 한데 모아 태웠던 바로 그것이다. 그것은 휴게실 하나를 가득 메울 정도로 거대했다. 그곳에 숨으면 들키지 않을 것만 같았다. 민수는 잿더미에 손을 갖다 댔다. 마침 온도도 그리 뜨겁지 않았다. 그는 재빨리 휴게실에 있던 빨대들을 챙겼다. 아무도 없을 때는 빨대로 숨을 쉬다가 누가 오면 숨길 계획이었다. 그리고, 그 잿더미 안쪽으로 숨었다. 멀리서 인격들이 쿵쾅거리는 소리가 들렸다. 그들은 민수를 찾고 있었다. 민수는 숨소리를 최대한 죽이고 숨어 있었다. 숨은 상태에서 현실로 돌아갈 방법을 고민했다. 분명히 방법이 있을 것이다.

어느덧 6시간 정도가 지났다. 다행히 인격들은 아직 민수를 찾지 못했다. 잿더미 안쪽은 따뜻했다. 그 탓에 민수의 눈이 점점 감겼다. 마침내 민수는 물고 있던 빨대를 놓치고 잿더미에 쓰러졌다. 코로 재가 들어왔다. 민수가 숨을 들이마시면 재가 흡입되고, 내쉬면 재가 빠져나갔다. 그리고 다시 들이쉬면 새로운 재들이 흡입됐다. 재에 기록되었던 기억들이 민수의 폐를 타고 심장을 지나 뇌까지 다다랐다. 민수는 아버지와 관련된 기억을 봤다. 정정하시던 시절부터 병실 침대에 앉아 한참을 버벅거리면서 대화하던 시절까지. 민수가 조연이 되던 날, 기뻐하셨던 기억도 보였다. 그것뿐만이 아니었다. 그가 과거 친구들과 달리기를 하던 기억, 동물원에 가서 양에게 먹이를 줬던 기억, 허겁지겁 일어나서 핸드폰을 보니 토요일이었던 기억, 열심히 일하고 퇴근하던 기억….

그가 호흡할 때마다 새로운 기억이 떠올랐다. 그것들은 마치 안개처럼 민수를 포근하게 감쌌다. 잿더미에서 느껴지는 따스한 열기가 그를 간지럽혔다.

민수의 눈을 뜨게 만든 것은, 저 위에서 들리는 인격들의 비명 소리였다. 그들은 물에 빠진 사람처럼 허우적대며 헤엄치고 있었다. 하지만 그것은 물이 아니었다. 말하자면 재, 재로 이루어진 바다였다. 민수가 숨어 있던 잿더미가 커지고 커지더니 무의식의 도시를 집어삼킨 것이었다. 거대한 해일이 지나간 자리 같았다. 민수는 헤엄쳐서 2층의 창문을 통해 바깥으로 빠져나갔다. 위를 보니 다른 인격들과 불안 1의 당황한 모습이 보였다. 재는 더 이상 검지 않았다. 그것들은 다양한 빛깔로 빛나면서 재의 바다를 이루고 있었다. 강경 반민수파 인격들은 이 바다 속에서 숨을 쉬지 못했다. 그들은 이 재를, 행복을 견디지 못했다. 그래서 빨리 수면 위로 헤엄쳤다. 하지만 민수는 달랐다. 그는 오히려 빨대로 숨을 쉴 때보다 지금이 더 편안했다. 기억은 하나도 안 나지만 어머니의 양수 속에 있는 것 같은 느낌이었다. 인위적이지도, 어색하지도 않은 가장 자연스러운 편안함이었다. 민수는 재의 바다 아래로 헤엄쳤다. 더 아래로, 더 아래로….

마침내 바다 아래의 땅에 도달했다. 그곳은 처음 재판이 일어났던 장소였다. 민수는 무언가에 홀린 듯 계속해서 헤엄쳤다. 자신이 피고인이 되어서 심판받던 그 자리로 갔다. 그리고 그 의자를 옮겼다. 신기하게도 그 아래에는 문이 하나 있었다.

갈색의 수수한 디자인을 가진 문이었다. 민수는 그 문을 열었다. 문을 열자, 그곳으로 빨려 들어갔다. 기분 좋은 물거품과 함께.

***

나는 컴퓨터 책상에 엎드려서 눈을 떴다. 모든 것이 그대로였다. 컴퓨터도, 두통도, 노트도. 모든 일이 꿈이었나? 노트가 보였다. 나는 노트를 집었다. 그리고 다시 읽기 시작했다. 뭔가 다른 것이 있었다.

전개: 이민혁은 현재 생활에…(수정 중)

나는 놀란 나머지 숨을 크게 들이쉬었다. 그러자 재채기가 크게 나왔다. 콜록거릴 때마다 재가 목과 코에서 나왔다. 말도 안 된다. 꿈이 아니었다.

그때, 나도 모르게 눈에서 눈물이 나왔다. 기억 속에서 본 아버지의 모습이 눈에 선했다. 나는 그렇게 침대 위에서 한참을 울었다. 하고 싶은 말이 무척 많았다. 하지만 단 한 마디도 꺼내지 못했다. 시간은 계속 의미 없게 흘러갔다.

따르르르릉!

이민혁.

나는 전화를 받았다.

"왜 이렇게 전화를 안 받아? 너 미쳤어?"

“….”

“야, 김민수! 이 새끼 대답을 안 해!”

“이민혁 주임님, 당분간 휴가를 좀 쓰겠습니다.”

“휴가? 휴가 같은 소리 하고 있네. 너 이 새끼야, 넌 내가 자르라고 하면 금방 모가지야, 인마. 알아? 됐고, 빨리 나 좀 데리러 와. 진탕 마셨더니 머리가 깨질 것 같다고.”

“아버지가 돌아가셨습니다. 그동안 휴가 안 쓴 것들 남아 있으니까 부장님한테 전달해 주세요. 아니면 제가 직접 하겠습니다.”

“뭐? 하… 내가 진짜 미쳐 버리겠다, 진짜.”

“주임님.”

“어디 이야기해 봐.”

“집안에서도 내다 버린 자식이시면서 그렇게 막말하지 마십시오. 본인이 부친상을 신경 쓸 사람이 아니라고 해서 다 그런 것이 아니란 말입니다.”

“너… 너… 그런 이야기는 어디서 들었어? 어?”

“야! 김민수!”

뚝.

전화를 끊었다. 이민혁한테 한 번쯤은 저렇게 말하고 싶었다. 자르고 싶었다면 자르라지, 뭐.

나는 전회를 끊고 옷을 챙겨 입었다. 집을 나서려는 찰나, 노트가 눈에 밟혔다. 신기하게도 아무런 미련조차 느껴지지 않았다. 나는 그 노트를 들어서 베란다로 가져갔다. 가져온 라이터를 노트에 갖다 댔다. 사실 방금은 의미 없는 행동이었다. 저번에 시도할 때는 타지 않았으니까. 이건 의식에 가까운 일이다. 어젯밤 있었던 일을 통해…

화르륵!

노트에 불이 붙었다. 나는 놀란 나머지 그것을 베란다 바닥에 내동댕

이쳤다. 가죽과 화학 처리가 된 종이가 타는 냄새. 노트는 강렬한 빛을 토해 내며 모습을 감췄다. 다 타고 남은 재조차 바람에 실려 날아갔다. 다행히 노트가 없어져도 이 세상은 멀쩡했다. 어안이 벙벙했다. 저번에는 아무리 시도해도 타지 않았는데. 노트의 재가 날아간 하늘에서 해가 떴다. 따스한 햇살이 모든 곳을 감쌌다.

나는 다시 일어섰다. 현관문을 열고 밖으로 나갔다. 막 동이 튼 거리는 한산했다. 나는 그 거리를 조금 걸었다. 10분 정도 후, 택시를 불렀다. 택시는 곧장 병원으로 출발했다.

나는 창밖을 보면서 잠시 머리를 비웠다.

택시는 신호등 앞에서 멈췄다. 바로 옆에는 한 카페가 있었다. 그리고 그곳에는, 어떤 여자가 앉아 있었다. 긴 생머리에 크고 귀여운 눈을 가진 여자였다. 그녀는 노트북을 가지고 글을 쓰면서 커피를 마셨다.

카페… 여성… 글.

서민정?

택시는 다시 출발했다. 나는 멀어지는 카페를 한참 동안 응시했다.

5. 사람들은 무엇으로 사는가

황지민

이 소설은 삶에 대한 내용을 포괄적이지만 자세하게 다룬 이야기다. 누구나 한 번쯤 하는 생각인 '왜 살지?'라는 질문에 대한 나 나름의 답을 쓰고 싶었다. 원작이 있는 작품이다 보니 원작과 제 창작 요소 간의 중간 지점을 찾는 것이 힘들었다. 그래도 이 글을 보면서 스스로 던졌던 질문에 대한 답을 찾을 수 있기를 바란다.

하늘에는 어떤 천사가 수많은 아기 천사들을 거느리고 살고 있었다. 그는 집도 땅도 필요 없었으며 오직 신의 곁에서 그를 보좌하며 살아갈 뿐이었다. 자연스럽게 무언가를 고민할 필요가 없어지고 감정을 표출할 일이 적어졌다. 그렇게 그가 창조된 지 수백 년이 흘렀고 그의 작고 여린 가슴은 점점 얼어붙어서 마침내 아무런 감정을 느끼지 못하는 상태에 이르렀다.

그러던 어느 날 신께서 그에게 한 여자의 영을 빼앗아 오도록 명령하였다. 늘 해 왔던 대로 천사는 하늘을 가로질러 그 여자에게 날아갔다. 하지만 이상하게도 그날따라 굉장히 강하게 불어오는 바람이 그의 몸을 앞으로 밀었고, 예정보다 2분은 일찍 도착하게 되었다.

본디 천사가 인간의 영을 빼앗을 때는 이미 죽어 있는 자의 것을 회수해 하늘로 올라오는 게 원칙이다. 그래서 그 천사는 한 번도 인간이 죽을 때의 모습을 본 적이 없었다. 그가 언제나 마주했던 것은 이미 차갑게 식어 버린 시체와 갈 곳을 잃어서 허공에 둥둥 떠다니는 인간의 영뿐이었다. 그랬던 그가 처음으로 살아 있는, 하지만 몇 분 이내로 죽을 운명인 인간을 마주하게 되었다.

그 여자는 다가올 자신의 운명도 모르고 방긋 웃으며 자동차를 운전하고 있었다. 곧이어 천사는 그녀의 미소의 의미를 알아차렸다. 자동차의 뒷좌석에는 아주 귀여운 아기들이 세상모르고 잠들어 있던 것이다. 그 찰나의 순간, 그는 이백 년 만에 처음으로 '측은함'이라는 것을 느끼게 되었다. 그리고 자신이 인지하지 못할 정도로 빠르게 그녀와 아기들이 타고 있는 자동차를 차선 옆으로 밀어 냈다. 기다렸다는 듯 한 덤프트럭이 자동차가 있었던 자리를 지나갔다. 그 운전기사는 지금 무슨 일이 일어날 뻔했는지 모른 채 잠들어 있었다. 천사는 안도의 한숨을 내쉬었다. 그 순간, 그는 방금 자신이 신의 명을 거역했다는 사실을 인지했다. 천사는 다시 하늘로 올라가면서 생각했다.

신의 명령을 거역할 정도로 그 여자가 소중한 존재였나? 하지만 곧 죽을 인간을 외면하는 것은 천사로서 할 짓이 아니다. 그렇지만… 아니다. 이미 지나간 일을 되돌릴 수 있는 것은 신밖에 없지. 지금 내가 할 수 있는 것은 신께 용서를 구하는 일뿐이야. 자비로우신 신께서는 나를 용서해 주실 거야.

방금 몹쓸 바람이 불어왔던 허공을 지나, 천사는 다시 하늘로 올라갔다. 쩌렁쩌렁한 목소리가 울려 퍼졌다.

"미하일, 어찌하여 나의 명령을 거역하고 그 여자의 영을 빼 오지 않았느냐?"

"자비로우신 신이여, 저는 그러할 수 없었습니다. 그 여자는 두 아기의 어머니였고 너무나 화목해 보이는 가정의 일원이었습니다. 그들에게 깃들어 있는 행복을 저는 무시할 수 없었습니다."

"행복? 지난 몇백 년간 감정을 느끼지 않았던 네가 단순한 겉모습을 보고 그들의 감정을 판단하다니. 너는 나의 종으로서 내 명령에 순종하면 된다. 운명에 함부로 간섭하는 것은 종이 할 행동이 아니다. 다시 내려가 그 여자의 영을 거두어라. 그리하면 세 가지 뜻을 깨닫게 되리라. 즉, 사람의 내부에는 무엇이 있는가, 사람에게 허락되지 않은 것은 무엇인가, 사람에게 없는 것은 무엇인가. 그것을 알게 되면 천국으로 돌아올 수 있으리라."

미하일은 다시 지상으로 내려가 그 여자의 자동차가 있던 곳으로 돌아갔다. 그곳에는 한 승용차에 치인 자동차와 그 안에서 울고 있는 아기들, 그리고 죽은 여자의 영이 아기 주변을 떠다니고 있었다. 아기들 중 한 명은 다리를 다치는 바람에 유독 더 크게 울었다.

미하일은 영을 가지고 날아올라 천국으로 출발했다. 여정 중에 또다시 거센 바람이 불어와서 그의 두 날개를 부러뜨렸다. 그리하여, 여자의 영만 하늘로 올라가고 미하일은 땅으로 추락했다. 지상과 가까워질수록, 그의 새하얀 옷은 더럽혀졌고, 그의 몸을 뒤덮고 있던 빛이 흐릿해져 갔다.

미하일이 정신을 차렸을 때는 이미 해가 지고 난 뒤였다. 이곳은 1990년 대한민국. 신에게 버림받은 그가 가장 처음으로 마주한 것은 아이러니하게도 신을 예배하는 성당이었다. 장엄한 십자가가 달려 있는 첨탑과 세인트 글라스.

미하일은 그날 처음으로 그 거대한 십자가가 원망스러웠다. 그는 모든 것을 부정하고 싶었다. 자신이 천국에서 쫓겨났을 리가 없다며 합리화를 하거나 눈물을 흘리며 신께 용서를 구하는 등, 고통 속에서 몸부림쳤다.

미하일이 자신의 상태를 부정하는 동안 많은 시간이 흘렀다. 밤은 깊어져만 갔고, 하늘에서는 하얗고 차가운 느낌이 드는 것들이 떨어지기 시작했다. 그리고 그의 몸이 점점 둔해져 갔다. 이상하게 점점 눈이 감기고, 바닥에 드러눕고 싶었다.

그때, 미하일은 이상한 느낌을 느꼈다. 처음 보는 기억이 그의 머릿속에서 샘솟기 시작했다.

그것은 한 어린아이의 기억이었다. 아이의 부모는 우정건설에서 근무하고 있었다. 당시 부동산 경기는 좋지 못했고 우정건설은 대규모 인력 감축을 실시했다. 때문에 그들은 일자리를 모두 잃고 술에 빠져 살았다. 술을 마시는 날이면 항상 주먹이 날아들었다. 그들은 그 아이를 저주스럽게 여겼다. 먹고살기도 힘든데 짐짝처럼 밥만 먹어 댄다는 것이 그 이유였다.

오늘도 그런 평범한 날 중 하나였다. 단지 다른 점이 있다면 그 아이가 폭력을 이기지 못하고 실신한 채 움직이지 않았다는 것이다. 아이가 죽었다고 생각한 부모는 아이를 차에 싣고 먼 거리를 이동했다. 그리고 이 성당 옆에 있는 고아원에 그를 버려두고 떠났다. 하지만 아이는 아직 죽지 않았다. 아이는 몇 시간이나 뜬눈으로, 이 차가운 밤을 견뎌 냈다. 그리고 마침내 눈을 감는 그 순간, 미하일의 영이 이 아이의 몸으로 들어오게 되었다.

즉, 미하일이 들어온 육신은 이미 죽을 운명이던 아이의 것이었다. 인간의 육신을 가지게 되었기 때문인지 미하일은 전보다 감정을 훨씬 잘 느끼게 되었다. 미하일은 그 아이의 죽음에 슬퍼했다. 그 작고 여린 생명의 말미를 아무도 신경 쓰지 않았다는 사실에 황망해했다. 차가운 밤거리를 지나가는 사람이 몇 명 있긴 했지만, 그들조차 그 아이를 외면했다. 다들 자신의 인생을 살기 바빴던 것이다. 생각해 보면 이 아이의 부모조차 그랬다. 먹고살기 바쁜 자신의 인생에 바빠서, 자식마저 짐짝으로 여겼다. 그리고 쓸모없어진 자신을 혐오했지만 그 분노를 아이에게 풀었다. 미하일은 신이 던져 준 질문의 답을 알아냈다.

'사람의 내부에는 무엇이 있는가.'

'사람의 내부에는 살아남고자 하는 욕망과 그에게서 비롯된 이기심이 있다…'라고 미하일은 결론지었다. 역설적이게도 아이의 죽음 덕분에 미하일은 천국으로 돌아갈 희망을 얻었다. 하지만 그런 기쁨도 잠시, 미하일의 몸이 점점 따뜻해지기 시작했다. 그리고 점점 졸려졌다. 그것이 동상 증상 중 하나임을 미하일은 알지 못했다.

잠깐만… 잠깐만, 눈 좀 붙여 보자.

시간은 계속해서 흘러갔고, 그의 눈이 흐려지기 시작했다. 그런데, 멀리서 한 아이가 보였다. 그 사람의 생김새는 뭐랄까…. 꾀죄죄해 보였다. 그 꾀죄죄한 아이가 점점 가까워지기 시작하자, 미하일은 그를 좀 더 자세히 볼 수 있었다. 낡은 옷을 입고 있던 아이는 미하일보다 아주 살짝 나이가 많아 보였다. 미하일은 그 이상을 볼 수 없었다. 눈꺼풀에 무거운 십자가라도 달린 듯 눈이 점점 감겨 갔다. 몸에서 기운이 빠져 갔다. 순간, 미하일은 생각했다.

'이게… 죽음인 건가?'

늘 영이 빠져나간 사람만 마주했던 미하일로서는 이 기분을 뭐라 표현하기 어려웠다.

.

.

.

.

시간이 얼마나 지났을까? 미하일은 밝은 조명 속에서 눈을 떴다. 미하일이 있는 곳에는 천장이 있었고, 따뜻하지는 않지만 바깥보다는 뜨거운 공기로 가득 차 있었다. 하지만 그의 연약한 몸은 이 장소가 어디인지도 파악하지 못한 채, 다시 잠들고 말았다.

몇 시간 정도가 흐르고 미하일이 잠에서 깨어났다. 그가 눈을 뜬 곳은 고아원의 내부였다. 그의 눈앞에는 수녀님이 서 계셨다. 그분은 동그란 안경을 쓰고 수녀복을 입고 계셨다.

"일어났구나, 아이야. 나는 이곳에서 아이들을 돌보고 있는 사람이야. 그냥 편하게 수녀님이라고 불러 줘. 아까 세몬이가 너를 발견해서 데리고 왔단다. 이 추운 바깥에서 얼마나 힘들었니. 그래도 이제는 괜찮아."

"세몬…?"

"응, 이 성당에서 지내고 있는 아이야. 세몬이 14살이니까… 가만있어 보자. 너는 몇 살이니?"

몸의 주인이었던 아이의 기억으로 짐작해 보건대….

"11살이요."

"음, 그럼 세몬이가 형이네! 나중에 가서 인사도 해 보고 친해져 봐. 좋은 아이거든. 아, 아직은 움직이지 말고. 추운 곳에 오래 있어서 몸이 많이 지쳤을 거야. 여기 누워 있으면 뭐라도 먹을 것을 갖다줄게. 그것보다 너는 이름이 뭐니?"

"미하일이요."

"아, 성이 '미' 자고 이름이 하일이. 독특한 이름이지만 멋있네. 하일아, 조금만 기다려."

미하일은 그날부터 '행복고아원'이라는 곳에서 지냈다. 이곳에 사는 아이들은 대부분 상처를 가지고 있었다. 부모의 이름도 모르는 아이가 정말 많았다. 좋은 아이도, 나쁜 아이도 있었다. 어른들도 마찬가지였다. 수녀님처럼 좋은 사람도 있는 반면, 고아원 예산을 빼돌리는 나쁜 원장님도 있었다. 미하일은 그 대부분의 사람들과 어울리지 않았다. 아니, 못 했다. 천국에서 몇백 년을 살던 그가 갑자기 인간들과 하하 호호 웃을 수는 없는 노릇 아닌가. 고아원에서의 시간은 빠르게 흘러갔다. 하루하루가 지나 일주일이 지나고 3년이라는 세월이 흘렀다. 미하일은 그 3년 동안 인간 세상에 대해 많은 것을 알게 되었다. 이 세상에서는 모든 사람들이 종잇조각을 가지기 위해서 평생을 투쟁한다는 것과 대다수의 사람들이 힘겹고 고된 생활을 한다는 것이다. 하늘나라에서 지냈던 나날이 아주 달콤한 꿈만 같이 느껴졌다.

차라리 지금 이 상황이 꿈이었다면 좋겠다. 그렇다면 이것은 아마 지독한 악몽일 것이다.

미하일은 14살이 되어서 중학교에 입학했다. 그가 원치 않았기에 초등학교는 가지 않았다. 이상하게 지상에 떨어질 때 초등학교 지식들은 머릿속에 채워졌다. 마치 누군가가 하늘에서 미하일만을 위해 그렇게 해 준 것처럼. 덕분에 그는 아무 문제 없이 중학교에 들어갈 수 있었다.

중학교라는 곳은 신기했다. 미하일은 그곳에서 단 한 명의 친구도 만들지 못했다. 인간들과 말을 섞는 것이 부담스럽기도 했고, 중학교에 다니는 아이들 중 삼 할은 타인에게 피해를 줬기 때문이었다. 여러사람들 중 어느 사람이 담배를 피우는지, 타인을 때리고 다니는지, 인터넷이라는 것을 이용해 괴롭히는지 등등 겉만 보고는 파악하기 어려운 것들이 너무나도 많았다.

미하일이 가깝게 지냈던 사람은 오직 세몬뿐이었다. 세몬은 자신을 구해 준 데다가 미하일이 인간 세상에서 본 사람들 중 가장 성실한 자였다. 고등학교에 가서도 돈을 벌기 위해 열심히 알바를 하고, 봉급이 높은 일이 있으면 마다하지 않았다.

인간 세상은 재미있는 일도 가끔 있었지만 천국에 비길 바는 못 되었다. 게다가 완전무결하게 착한 사람은 거의 없었다. 때문에 미하일은 하루빨리 자신의 죄를 용서받고 싶어 했다. 미하일에게 인간으로서의 삶보다 더 중요했던 것은 신의 질문 두 가지를 파악하는 것이었다. 그렇게 3년이 흘러갔고, 졸업을 하게 되었다. 그동안 미하일은 단 하나의 문제도 해결하지 못하였다. 수업 시간, 쉬는 시간, 고아원에서 일을 하는 시간까지도 모두 그 문제에 몰두해 있었건만 이 애석한 머리는 따라 주지 않았다. 고민만 하다가 3년이나 흘러 버렸고, 미하일은 지쳤다.

미하일은 중학교에 들어와서 공부를 하기는커녕 교과서에 손도 댄 적이 없었다. 신의 문제에만 열중하면서 살았는데, 그것이 화근이 되어 버렸다. 그의 성적은 바닥을 기었고 하는 수 없이 가장 질 낮은 인간들만 모여 있는, 세몬 형의 말을 빌리자면 '똥통' 고등학교로 진학을 하게 되었다. 그곳은 천국에 있었을 때 지옥을 한 번도 본 적 없는 그에게 그 풍경을 떠올리게 할 만한 장소였다.

고등학교에서 미하일은 늘 해 왔던 대로 아무 말 없이 책상에만 앉아서 신의 문제에 열중했다. 그 모습을 본 몇 명의 악마 무리가 그를 학교 뒤편으로 불렀다. 그리고 미하일은 그 일이 있고 나서 몇 시간 뒤, 두 번째 문제를 풀었다.

'사람에게 허락되지 않은 것은, 지속되는 행복이다.'라고.

미하일의 학교생활은 지옥 그 자체였다. 그를 불렀던 놈들은 그를 장난감으로 생각했는지 학교에서도, 학교 밖에서도 집요하게 고문했다. 흔히들 말하는 '빵 셔틀'은 기본이요, 돈을 빼앗고, 심심할 때마다 때리는가 하면, 자신들의 집으로 초대해서 개밥과 오물을 먹게 하고, 담배로 지지거나 머리를 뽑는 등등 상상도 하지 못할 짓을 3년 동안 반복했다. 미하일은 어느 순간 '사람에게 없는 것은 무엇인가?'라는 마지막 질문 따위는 신경 쓰지 않게 되었다. 당장 내일 학교에 가자마자 날아올 주먹을 피해야 하는데 그깟 질문이 무슨 소용인가.

처음에는 빨리 마지막 질문을 해결해서 이 지옥에서 탈출하려고 했었다. 하지만 이런 생활이 지속될수록 오히려 생각이 둔해져서 도저히 문제를 풀 수 없게 되었다. 머리에 녹이 잔뜩 스는 바람에 아무 생각도 하지 못하게 되었다.

세월이 흘러 그는 3학년이 되었다. 다행히 그를 가장 지독하게 괴롭혔던 무리들은 다른 학교로 전학을 가게 되었다. 하지만 그렇다고 해서 괴롭힘이 완전히 사라진 것은 아니었다. 원래 지옥이란 곳은 행위의 주체가 바뀐다고 해서 그 고통과 시달림이 사라지지는 않는 법이다.

시간은 야속하게도 천천히만 흘러갔다. 그러나 어떤 것이든 끝날 때가 있다고, 고등학교를 마침내 졸업하게 되었다. 간신히 지옥에서 탈출할 수 있었던 미하일은 만신창이가 되어 있었다. 하지만 험난한 세상은 그의 사정을 봐주지 않고, 고아원에서 내쫓았다. 1999년대의 경기 불황은 그를 계속해서 괴롭혔다.

미하일은 조금이나마 모아 뒀던 돈을 가지고 다 쓰러져 가는 동네에서 방을 하나 얻었다. 햇빛이라고는 눈곱만큼도 들어오지 않는 반지하였다. 그래도 길바닥에서 잘 필요가 없다는 사실은 감동이었다.

대학교는 가지 않았다. 아니, 가지 못했다. 다음 달 월세도 부담이 되는 상황에 대학은 그저 사치였다. 또 인간과 엮이기 싫었기 때문이기도 하다. 그가 믿고 의지할 수 있는 사람은 세몬 말고는 없었다. 사실 세몬은 이미 우상과도 같은 존재였다. 현실이라는 벽을 온전히 자신의 노력으로 뛰어넘고, 대학을 졸업하는 모습이 미하일에게는 골리앗을 이긴 다윗보다 늠름하고 용맹해 보였다. 세몬은 대학을 졸업한 이후에 모아 놓은 돈을 가지고 작은 식품 생산 공장을 차렸다. 그에 반해 미하일은 아직도 사람만 보면 놀라고, 힘을 제대로 쓰지도 못했으며 마지막 문제 하나를 해결하지 못해 고통을 받고 있었다. 문제에 대해서 생각하고 고민을 가질 여유가 없었다. 당장 인간의 육신을 가지고 굶어 죽어 버리면 천사로 돌아갈 길은 영영 사라진다. 그러니 돈을 벌어야겠다고 미하일은 결론지었다. 마지막 질문에 대한 답은 어느 정도 생활에 여유가 생긴 이후에 고민해 봐야겠다.

미하일은 어느새 공사장 일에 적응했다. 아침에는 벽돌을 나르고, 점심에는 카페에서 알바를 하고, 저녁에는 편의점에서 일하면서 돈을 모으기 시작했다.

공사장 일을 하기 위해서 큰길로 들어서자 높은 건물들이 마구 보였다. 차들은 빠르게 지나가고 도시는 새벽임에도 불구하고 매우 활기차면서, 칙칙한 느낌이었다. 사람들도 바쁘게 지나갔다. 모두가 다 바빠 보였다. 눈동자를 보니 꼭 죽은 사람 같았다. 그들 중에는 좋은 직업을 가진 사람도 있었고 세몬같이 힘든 인생을 사는 사람들도 있었다.

이상한 일이었다. 미하일은 하루 종일 살아남기 위해 일했다. 그리고 그들은 미하일보다 형편이 비교할 수 없을 정도로 좋았다. 고아원이 아닌 집이 있었고, 돈 문제는 자신에 비하면 없는 것이나 다름없었다. 하지만 그들 모두 나름의 고통을 지니고 있는 것이 분명했다.

천사였던 시절에는 이런 것들을 알지 못했다. 갑자기 미하일은 이 모든 자들이 가엾어졌다. 매일 아침마다 저런 얼굴을 하고 자신을 불태우는 모습이 말이다. 그리고 자신이 부끄러웠다. 사람들의 삶에 대해서는 관심도 없이, 그저 신의 명령에 따라 영들을 거두는 데에만 집중했던 자신이.

그렇게 반년 정도가 지나고, 미하일은 거의 쓰러지기 직전인 상태가 되었다. 하지만 그는 꽤 많은 돈을 모을 수 있었다. 통장에 차곡차곡 쌓여가는 돈을 볼 때마다 안심이 되면서 자신이 더 이상 부끄럽지 않았다. 하지만 한편으로는, 마지막 문제를 해결도 하지 못하고 인간 세상의 돈을 탐하는 자신이 한심했다. 그럼에도 미하일은 돈이라는 녀석을 좋아하고 사랑했다. 벌써 이곳에서 살기 시작한 지 9년이 넘었다. 미하일은 어쩔 수 없이 조금은 인간과 비슷해지기 시작했던 것이다.

그날도 미하일은 뼈저리게 힘든 하루를 마치고 집에 도착했다. 그는 샤워라도 하려고 주섬주섬 옷을 준비했다. 그때, 갑자기 세상이 하얗게 보였다. 그리고 다리에 힘이 풀렸다. 미하일은 그대로 쓰러졌다. 자신이 쓰러졌다는 사실조차 인지하지 못한 채로.

시간이 얼마나 지났을까. 눈꺼풀 너머로 하얀빛이 보였다. 미하일은 순간 천국으로 돌아간 줄 알았다. 그래서 온 힘을 다해 눈을 떴다. 어서 저곳에 있는 천사들과 신을 보고 싶었다. 그러나 현실은 그렇지 않았다. 그가 목격했던 빛은 바로 응급실의 전등이었다. 그는 과로로 쓰러져서 응급실로 실려 왔던 것이다.

미하일의 침대 옆에는 누군가가 앉아 있었다. 그는 무슨 서류 같은 것들을 들여다보고 있었다. 미하일이 자신을 보고 있다는 것을 알자, 그는 서류를 다른 곳에 놔두고 미하일에게 고개를 돌렸다.

"세몬 형?"

"그래, 너 요즘 뭐 하길래 이렇게까지 되냐? 어? 얼마나 걱정한 줄 알아?"

"무슨 일 있었어? 기억이 안 나는데."

"오랜만에 네 집에 갔는데 그대로 쓰러져 있더라. 의사가 과로란다. 좀 쉬어야 한다면서."

"하… 그렇구나. 잠깐, 병원비는?"

"내가 내 줄게. 이 지경까지 돼서 돈 걱정하는 거 아니야."

"아니야. 괜찮아, 괜찮아. 내가 모아 놓은 돈 있어. 보험도 아마 될 거야."

그 밖에도 이런저런 이야기를 나누었다. 미하일은 의사의 잔소리 같은 경고를 듣고 퇴원할 수 있었다. 두 남자는 병원 근처의 국밥집으로 갔다. 세몬이 사 준다고 졸랐다. 시킨 지 얼마 되지도 않아서 국밥 두 그릇이 정갈하게 나왔다.

"하일아, 기도하자."

"응."

세몬은 성당 옆 고아원에서 자라서 그런지 식전 기도가 습관이 된 모양이다. 미하일은 뭐, 원래 천사였으니 당연히 기도를 했다.

"저의 죄를 용서해 주시옵소서. 당신의 과업을 완수하겠나이다. 아멘. 하일아, 얼른 먹자."

방금은 세몬의 기도였다. 미하일도 기도를 마치고 국밥을 먹었다. 오랜만에 먹는 뜨끈한 국물은 미하일의 몸을 녹이는 듯했다. 먹으면서도 이런저런 이야기를 했다. 요즘 일상부터 해서 IMF 같은 주제까지 나왔다. 그러다가 세몬이 진행하는 사업으로 화제가 돌려졌다.

"그럼, 형 요즘 사업은 잘돼?"

"아휴… 말도 마라. 경기가 어려우니까 물건들이 안 팔려. 품질은 정말 최고인데."

"품질이 최고라고?"

"응, 너도 알겠지만 내가 하는 회사는 식품 생산 공장에 가깝잖아. 딴 회사에서 저급 식자재 쓸 때, 우리는 조금이라도 더 좋은 거 넣어서 납품한다고. 녹투성이 기계로 하는 공장도 얼마나 많은데."

"음… 내 생각에는 사람들이 그것들을 접할 기회가 많지 않아서 그런 거 같은데. 왜 요즘 IMF니 뭐니 하는 거 때문에 사람들이 간편하게 먹는 걸 많이 찾잖아. 형네 식품들은 품질은 좋아도 먹기가 불편한 편이거든.”

“간편식? 우리는 그런 싸구려 취급 안 해.”

“간편식이 싸구려 취급을 받던 시절은 이제 갔어. 다들 정말 힘들게 일해야만 살 수 있으니까. 간편하게 한 끼 때울 수 있는 게 최고인걸. 일 마치고 힘들어 죽겠는데 어느 세월에 국 끓이고 반찬 해서 먹어? 그냥 밥에 고추참치 비벼서 먹고 말지.”

“듣고 보니 그러네.”

짧게 스쳐 지나가는 대화였다. 그러나 세몬은 미하일의 생각에 대해서 진지하게 고민했다. 몇 달 후, 세몬이 다시 미하일을 찾았다. 그때 미하일은 하던 일 중 몇 개를 그만둔 상태였다. 몸이 상하면 돈도 더 많이 든다는 것을 깨달았기 때문이었다.

“하일아, 네 말이 맞아!”

“응? 뭔 얘기야?”

“간편식이 인기가 더 많을 거라는 거. 네 말대로 우리 공장에서 만드는 음식을 통조림에 담아서 파니까 매출이 두 배 가까이 뛰었어. 다른 통조림보다 맛도 있으니까 평가도 좋아.”

“진짜? 잘됐다. 축하해, 형. 내 덕분이면 나중에 삼겹살이라도 사 줘.”

“당연하지. 근데 말이야, 오늘은 그것만 자랑하러 온 게 아니야.”

“그럼?”

“너, 우리 공장에서 일해 볼래?”

미하일은 갑작스러운 제안에 놀랐다. 하지만 세몬의 눈은 진심인 것처럼 보였다.

“내가 사장이나 다름없어서 너 하나쯤은 채용할 수 있어. 이번에 보니까, 너 사업에 대한 소질이 있어.”

“그때는 그냥 한마디 툭 던진 건데….”

"거기서 알아봤지. 내가 볼 때 넌 사람들을 잘 관찰해. 사업하는 데 있어서 가장 중요한 것이 바로 고객을 관찰하는 거거든."

틀린 말은 아니었다. 미하일은 신의 마지막 질문인 '사람에게 없는 것은 무엇인가?'에 대한 답을 찾기 위해 끊임없이 사람들을 지켜보았다. 카페에서도, 편의점에서도, 공사장에서도. 그런 경험들로 쌓인 인간에 대한 통찰을 세몬은 발견한 것이다. 물론 말처럼 거창한 것은 아니었다만.

미하일은 한참을 고민했다. 제안은 그에게 나쁠 것이 없었다. 아니, 오히려 더할 나위 없이 최고였다. 고졸에 고아원 출신인 그에게 이제 정식 일자리가 생기는 것인데 어디가 좋지 않은가. 미하일이 고민했던 이유는 그가 세몬의 사업에 악영향을 미칠까 봐 그랬다. 그 공장은 세몬이 정말 열심히 노력해서 빚과 함께 시작한 곳이다. 그런 곳에서 실수를 했다가 사업 전체가 기울어 버리면… 상상도 하기 싫었다. 세몬은 그런 미하일의 모습을 보더니 말했다.

"너는 충분히 능력 있어. 오히려 네가 오지 않으면 우리 회사가 힘들어질걸. 그러니까 한 번만 내 말 듣고 같이 일해 보자. 야, 혹시 내가 월급 안 챙겨 줄까 봐 그래? 에이, 이 형이 언제 약속 어기는 거 봤어? 월급은 언제나 제때. 이게 내 신조야."

"그래, 같이 해 보자. 제안해 줘서 고마워, 형."

그렇게 두 사람은 같이 사업을 시작하게 됐다. 공장의 규모가 작았기에 두 사람이면 충분했다. 처음에는 그랬다. 하지만 매출은 날로 뛰었다. 덕분에 직원이 점점 늘게 되었다. 직원들은 대부분 미하일과 세몬 또래 사람들이었다. 그래서 다들 금세 친분을 쌓았다. 어느새 공장은 꽤 커졌다. 대학을 나온 세몬은 회사 장부를 읽으며 자금을 관리했다. 미하일은 제품을 개발하고 소비자의 반응을 살폈다. 사업은 난항을 겪다가도 순조로워지기를 반복하며 성장을 거듭해 나갔다. 어느덧 1년이 지나 2000년이 되었다. 시점은 3월 초, 회사가 최고 매출을 찍었다.

"위하여!"

"위하여!"

미하일은 들고 있던 소주잔을 비웠다. 세몬과 그의 직원들은 삼겹살집에서 회식을 했다. 최고 매출 달성을 기념하기 위해서였다. 모두들 행복해 보였다. 미하일은 이 행복이 지속되기를 바랐다. 그의 통장에도 어느덧 많은 돈이 모였다. 객관적으로 보았을 때 많았던 것은 아니지만 그에게는 부자의 수표 못지않게 풍족해 보였다. 몇 시간 정도 흐르니 모두 제 몸을 가누지 못했다. 그러는 직원들 사이로 세몬만 고깃집에 있는 텔레비전을 유심히 지켜보았다. 그리고 그가 갑자기 함박웃음을 지었다.

"자, 자, 주목!"

세몬이 기쁘게 소리쳤다. 모두들 그에게 주목했다.

"오늘 회식은 다 내가 쏜다! 돈 걷지 말고 그냥 마음껏 먹어!"

환호성이 터져 나왔다. 미하일은 잠시 후 그에게 가서 물었다.

"아니, 형. 오늘 엄청 많이 나올걸? 괜찮아?"

"괜찮아, 괜찮아. 이 형님은 방금 엄청 큰돈을 벌었거든."

"큰돈?"

"응, 방금 뉴스 보니까 사롬 기술 주가가 또 올랐다네. 내가 번 돈 거의 다 거기 있거든."

"이야, 대단한데."

"하일아, 너도 좀 사 놔라. 응? 월급만 받으면서 부자 되는 게 얼마나 어려운 줄 아냐?"

"아니, 난 그런 거 잘 몰라. 필요 없어. 지금 생활도 딱 좋은걸."

"에잉, 욕심 없는 새끼."

이렇듯 미하일과 세몬은 더 가까워졌다. 미하일은 이제 하루하루가 행복했다. 조금만 돈을 더 모으면 아파트도 살 수 있을 것만 같았다. 미하일과 세몬의 회사는 이제 지역에서 장사하는 정도를 넘어서 규모가 꽤 커졌다. 물론 대기업 수준은 절대 아니었다. 애초에 시작부터 개인 사업 수준이었으니까. 그래도 안정적인 생활을 하는 데에는 충분했다. 세몬의 말에 따르면 회사는 추가적인 확장을 준비 중이라고 한다. 그러기 위해서 많은 돈을 투자했다고 한다. 연말쯤 되자 세몬의 낯빛이 급격하게 어두워졌다. 아마 사업 확장 부분 관련해서 신경 쓸 게 많은 모양이다. 미하일은 다시금 신의 질문에 대해서 신경 쓰지 않게 되었다.

2001년 2월 15일. 미하일은 아파트로 이사했다. 월세긴 했지만 반지하에서 여기까지 온 것은 기적이었다. 회사의 직원들은 미하일의 집들이에 참석했다. 하지만 이상하게도 세몬은 오지 않았다. 뭐, 급한 일이 있겠거니 하고 넘겼다.

"저, 미하일 부장님. 혹시 사장님 보신 적 있습니까?"

"그러게 말이다. 한 3일 정도는 못 본 거 같네. 지난주 금요일에도 출근 안 했으니까. 그나저나 세몬은 왜?"

"그게…."

그 직원은 말을 망설였다. 집들이에 온 다른 직원들도 어느새 조용해졌다. 그들 모두 뭔가 말을 맞춘 모양이다. 망설이던 직원은 말을 이었다.

"혹시 사장님께 월급은 언제 나오냐고 물어봐 주실 수 있겠습니까?"

"월급? 그동안 월급 주지 않았어?"

"실은 여기 앉아 있는 사람들 다 3달 정도 월급을 못 받았습니다."

"그게 무슨 소리야?"

사건의 전말은 이러했다. 세몬이 다른 사원들에게 월급을 주지 않았다. 회사가 많이 어렵다, 회사 확장을 준비 중이니 돈이 많이 급하다… 따위의 이유를 대면서. 그것이 쌓이고 쌓여서 3달이나 되었다. 미하일은 회사 장부를 볼 필요가 없었으므로 전혀 알지 못했다. 게다가 미하일은 월급을 분명히 받았었다.

"내가 이거 끝나고 찾아가 볼게."

"정말 감사합니다. 사장님이랑 가장 친분이 두터우신 분이셔서 저희가 이렇게 부탁드렸어요. 정말 감사합니다."

이야기를 마치고 미하일은 세몬의 집으로 향했다. 그런데 뭔가가 이상했다. 멀리서 본 세몬의 집은 평소와 똑같았다. 그러나 점점 가까워질수록 알 수 없는 위화감이 미하일을 사로잡았다. 위화감의 정체는 금방 밝혀졌다.

'압류 표목'

집안 온 곳에 압류 딱지가 붙어 있었다. 그리고 그 붉은 현장에서 세몬의 흔적은 보이지 않았다.

미하일은 집을 뒤졌다. 그곳에서 꾸깃꾸깃 접힌 신문 기사 몇 장을 발견했다.

– 사롬 기술 이틀째 '곤두박질'

– 자회사 '흔들' 사롬 기술 추락

– 사롬 기술 美 법인 파산 위기

세몬이 회식 날 말했던 회사였다. 미하일은 이제 공장으로 갔다. 그곳에서 세몬을 애타게 찾았다.

"세몬 형! 세몬 형! 박세몬!"

하지만 대답은 들려오지 않았다. 그가 평소 회사 장부를 관리했던 방도 텅 비어 있었다. 그곳에서 장부를 챙겨서 집에 가져왔다. 찬찬히 읽어 내려가니, 충격적인 진실이 밝혀졌다.

세몬은 2000년대 초부터 회사의 돈을 조금씩 횡령했다. 그것을 숨기기 위해 무리해서 사업을 확장하거나 장비 투자액을 늘렸던 것이었다. 횡령한 돈으로는 주식을 샀다. 개인 투자로 엄청난 수익을 얻었으니 자신감이 하늘을 찔렀을 것이다. 그 근거 있는 자신감은 결국 파국을 불러왔다. 사롬 기술의 주가는 정말 최고가를 찍었다가 최저가로 단숨에 빠졌다. 밑바닥 밑에 더 밑바닥. 더 이상 떨어질 곳이 없다 싶으면 나락으로 빠져들었다. 새천년의 희망을 한껏 고양시켰던 사름 기술은 결국 그 모든 희망을 토해 내다 못해 남아 있던 것들까지 없애 버렸다.

세몬은 그 어마어마한 빚을 감당하지 못한 듯했다. 재산은 모두 압류 조치가 되었고, 매일같이 빚쟁이들이 찾아와 그를 독촉했다. 그 결말은 뻔했다. 그는 빚에서 구원받기 위해 회사의 모든 자금을 가지고 도망쳤다. 직원들의 세 달 치 월급도, 당장 기계 업체에 줘야 하는 할부 비용도, 그리고 미하일의 재산도. 세몬은 어떻게 알아낸 건지 미하일의 돈까지 가지고 도망쳤다. 이름 모를 나라로.

회사는 와해되었다. 미하일에게 남은 것은 큰 충격과 세몬이 남긴 회사 빚뿐이었다. 믿을 수가 없었다. 세몬이 어떻게 그럴 수가 있는가? 그것도 나에게? 미하일은 술로 몇 날 며칠을 보냈다. 하지만 술을 목구멍으로 넣을수록 오히려 갈증은 더 심해졌다. 가슴에 응어리가 진 느낌. 미하일은 이때 천사 시절의 기억을 떠올렸다. 그가 영을 거뒀던 사람들 중에는 다양한 사람들이 있었다. 그중에는 목을 매거나 투신한 사람들도 꽤 있었다. 미하일은 처음으로 그들의 심정을 느낄 수가 있었다. 그 순간, 미하일은 자신도 모르게 읊조렸다.

"사람에게 없는 것은… 서로를 향한 사랑이 아닐까."

그의 눈앞에 찬란한 빛이 펼쳐졌다. 그 빛을 중심으로 하늘이 열리기 시작했다. 밝은 광채 속에서 수배의 천사들이 와 팡파르를 불었다. 그들은 원형으로 모여 미하일을 위한 축배를 들었다. 원의 중심에는 빛이 있었다. 그 성스러운 빛 아래 미하일은 들고 있던 술병을 내려놓고 경배했다. 공원에 있는 사람들은 아무 반응도 없는 것을 보니 미하일에게만 보이는 모양이었다.

신의 목소리가 울려 퍼졌다.

"미하일, 너는 내게 주어진 세 가지 질문에 대한 답을 모두 찾아냈다. 그것은 사람은 모두 살아남고자 하는 욕망과 그것에서 비롯된 이기심을 가

지고 있다. 사람에게 주어지지 않은 것은 영원한 행복이다. 그리고 사람에게 없는 것은 서로를 향한 사랑이라는 답이었다. 모두 내가 원했던, 너에게 듣기 바랐던 답이었다. 자, 이제 이 내용을 너의 입으로 선포하라. 그리고 나의 품으로 다시 돌아오라. 너는 이제 인간들의 삶이 고통의 연속이며 죽음만이 유일한 도피처라는 사실에 공감할 수 있게 되었다. 이곳으로 돌아와 인간의 영을 거두는 직업을 너의 업으로 삼아라.”

“자비로우신 신이여, 저는 당신에게 세 가지 질문을 받았습니다. 그것은 사람의 내부에는 무엇이 있는가, 사람에게 허락되지 않은 것은 무엇인가, 사람에게 없는 것은 무엇인가였습니다. 이제 거룩하신 당신 앞에서 선언합니다. 인간의 내부에는….

천사들의 깃털이 하늘에서 떨어졌다. 미하일은 평생 느꼈던 행복 중 가장 큰 행복을 느끼며 서 있었다. 그때, 순간 익숙한 냄새를 미하일은 느꼈다. 천사들의 깃털에선 절대로 날 수 없는 냄새였다. 그것은….

“행복고아원?”

행복고아원의 냄새였다. 그곳 출신 특유의 매캐하고 축축한 가난의 냄새. 그 냄새는 성공을 거머쥐어도 빠지지 않는 주홍 글씨와도 같은 것이었다. 그리고 미하일은 이 냄새의 주인공을 누구보다 잘 알고 있다고 자신했다. 물론 며칠 전까지만.

“세몬?”

미하일은 하늘을 올려다보았다. 수백의 천사와 신은 아직도 그 자리에 있었다. 하지만 미하일은 그 속에서 익숙한 얼굴을 찾고야 말았다. 몇 년 동안 친했었고, 몇 년 동안 존경했으며, 일 년 동안 고마웠고, 며칠 동안 증오했던 존재.

세몬이 그곳에서 박수를 치며 날고 있었다. 그의 머리에는 헤일로가, 그의 등에는 한 쌍의 날개가 돋아 있었다. 미하일은 순간 말을 할 수가 없었다. 신은 그런 미하일의 모습을 발견하고는 말했다.

"세몬 또한 너와 같은 천사였다. 그는 친구였던 악마를 숨겨 준 죄로 인간계에 보내졌다. 그리고 그는 현재 과업을 모두 마친 덕분에 나의 품에 돌아왔다. 이제 너도 어서 돌아오라."

"그 과업이라 함은 무엇이었습니까?"

"다른 천사와의 일을 너에게 말할 필요는 없지 않느냐."

"세몬은 저를 배신하고 도망갔습니다. 그 일로부터 일주일도 채 지나지 않았습니다. 그런데 그가 하늘로 귀환했다는 것은 충분히 의심스러운 일이 아닙니까?"

"지금 나를 의심하는 것이냐?"

"그 과업이라 함은 무엇입니까? 그것을 듣기 전까지는 돌아가지 않겠습니다."

"내가 너의 무리한 청을 들어주면서까지 너를 받아 줄 것 같으냐? 너를 용서해 주는 것만 해도 네게 큰 자비를 베푸는 것이거늘, 어찌 선을 넘으려 하느냐? 무릇 악인들은 모두 일생에 몇 번 회개할 기회를 가지게 된다. 그러나 그 기회를 모두 거부한 뒤에는 회개할 길이 없다. 그들은 그저 지옥에서 영겁의 시간 동안 후회만을 반복할 뿐이다."

"지난 10년간 저는 이미 지옥에 있었습니다. 밝은 빛을 드디어 보나 했는데, 더 깊은 지옥에 빠지게 되었습니다. 세몬이 저에게 행했던 일은 그런 것이었습니다. 제가 그 일의 내막을 알지 못하면, 앞으로 남은 삶을 천국에서 보낸다 해도 마음은 지옥에 가 있을 것입니다."

"네 뜻이 정 그렇다면 알려 주겠다. 나는 세몬을 보내 너의 인생에서 본받을 만한 인물로 만들었다. 그리고 그가 너를 떠나게 함으로써 네게 인간계에서 흔히 있는 '배신'에 대한 것을 가르쳤다. 그의 과업이란 그러한 것이었다. 네게 인간의 삶의 고통 중 하나를 가르치기 위함이었다."

믿을 수가 없었다. 아니, 믿고 싶지 않았다. 미하일은 떨리는 마음으로 물었다.

"신께서는 아시겠지만 저는 인간계에서 많은 고통을 겪었습니다. 그 모든 고통을 제게 준 자도 모두 형벌을 받는 천사였습니까?"

"그렇지 않다. 인간계란 원래부터 고통과 고난이 연속인 곳이다. 나 같은 초월자가 딱히 무엇을 하지 않아도 인생은 꼬이고 꼬이게 된다. 내가 네게 세몬을 보낸 것은 망자들의 고통 중 하나를 체험하게 하기 위함이었다. 세몬 외에 너에게 있었던 고난은 모두 꾸밈없는 것이었다."

대답이 없자 신은 말을 이었다.

"이 세상에 얼마나 많은 배신이 있는지 네가 아느냐? 이 세상에 얼마나 많은 부조리가 있는지 네가 아느냐? 세몬이 아니었어도 네가 인간으로 남는다면 똑같은 일을 겪었을 것이다. 오히려 더 심한 일을 겪을 가능성도 다분하지."

미하일은 자신의 삶을 돌아봤다. 먼저 자신의 육체의 원래 주인이었던 아이의 인생을. 고아원에서의 나날들. 학교에서 맛봤던 지옥. 사람들 사이에서 있었던 고통과 고난을. 그리고 마지막으로 세몬을 떠올렸다. 알 수 없는 감정이었다. 그의 정신은 이제 감정을 잘 느낄 수 있게 되었음에도 불구하고 처음 느껴 보는 감정. 그리고 이 감정을 느낀 이후에, 그는 자신도 모르는 사이 도망쳤다. 열려 버린 하늘에서 도망치는 것이 얼마나 멍청한 일인지 생각할 틈도 없었다. 그는 이 모든 것을 견딜 수가 없었다.

신은 그런 미하일을 잠시 동안 바라봤다. 그리고 천사들을 시켜서 하늘을 닫았다. 천사들 중 하나가 그에게 질문했다.

"왜 미하일을 가만히 내버려두십니까? 지금 그는 형을 받는 중임에도 불구하고 당신의 명령을 다시 어겼습니다."

"주인은 종에게 명령하고 종은 마음을 다해 순종한다. 이것이 천사들과 나 사이의 순리니라. 하지만 그는 지금은 인간이다. 그리고 모든 인간에게는 자유 의지가 주어진다. 그것 또한 바꿀 수 없는 순리이지."

"어째서 세몬을 그에게 보이셨습니까? 이 자리에 그를 데리고 오지 않았다면 됐을 일 아닙니까?”

미카엘라의 입이 멈췄다. 지금 입을 열면 안 된다는 사실을 피부로 느낄 수 있었기 때문이다.

“미하일이 하늘로 돌아온다 한들 세몬을 영원히 숨길 수 있겠느냐? 너는 나에게 모순적인 질문만 던지는구나.”

미하일은 달리고 또 달렸다. 숨이 턱에 차오르고 입에선 쓴맛이 느껴졌다. 모든 것이 혼란스러웠다. 그는 계속 생각하고 또 생각했다. 전지하지 않은 그가 할 수 있는 것은 그것밖에 없었다. 몇 분 후, 그는 달리기를 멈췄다. 몸이 너무 고단했다. 미하일은 잠시 어떤 가게 벽에 기대고 서서 숨을 골랐다. 그때, 가게 안쪽에서 아이들이 다투는 소리가 들렸다.

“이게 내 거야!”

“아니야, 이게 내 거였어. 봐 봐! 내 건 더 반짝이는데 이건 안 그렇잖아!”

미하일은 그제야 가게의 간판을 보았다.

‘신발 가게’

정말로 정직한 이름이었다. 가게 안쪽에는 자매로 보이는 두 어린아이가 신발을 놓고 다투고 있었다. 두 아이 모두 서로와 똑 닮아 있었다. 쌍둥이인 모양이다. 나이는 아마 11살 정도로 보였다. 그때 그 아이들에게 아빠처럼 보이는 사람이 다가왔다.

“얘들아, 싸우지 말고. 이럴 때 아빠가 뭐부터 하라고 했었지?”

“몰라!”

“화를 조금 삭이고 이야기해 보라고 했지? 화가 난 상태로 이야기하면 서로 상처 주는 말만 더 하게 된다? 자, 서연이부터 자기 하고 싶은 말 한 번 해 볼까?”

그렇게 두 자매는 서로의 주장을 이야기했다. 그리고 그 과정에서, 정말로 신발의 주인이 밝혀졌다. 이후 둘은 화해를 성공적으로 마치고 가게에서 나왔다. 아빠처럼 보이는 사람의 손을 양쪽에서 꼭 잡은 채로. 그런데 이상한 점이 있었다. 셋이 걸어가는 모습을 보니, 한 아이가 다리를 절뚝거리고 있었다. 미하일은 그 모습을 한참 동안이나 쳐다봤다. 그리고 가게 안으로 들어가 주인에게 질문했다.

"방금 다녀간 손님들이 누구인지 아시나요?"

머리가 벗겨진 구두장이가 대답했다.

"아, 저분들 말씀이세요? 우리 가게 단골손님이랍니다. 아주 사이좋은 부녀이지요."

"아, 부녀였군요."

"사실 정확히 말하자면 친아버지는 아니지요."

"친아버지가 아니라는 건 무슨 뜻이죠?"

"저 두 아이의 어머니는 미혼모였습니다. 아이를 남겨 놓고 교통사고 때문에 세상을 떠나게 되었죠. 어떤 몹쓸 운전자가 졸음운전을 했다더군요. 친척들은 모두 난감해했어요. 그러던 중, 저 아이의 어머니의 사촌 오빠, 그러니까 5촌 당숙 부부가 저 아이들을 입양했습니다. 이후 부부 중 아내가 사망했지만 남편 쪽이 저 아이들을 계속 데리고 있지요. 저 가족을 보면 정말 행복해집니다. 친아버지도 아니지만 친아버지 못지않은 사랑을 주면서 살거든요. 저렇게 사랑을 서로 주고받는 사람들이 있기에 세상은 더 따뜻해지는 것 같습니다."

미하일은 기억을 떠올렸다. 그가 천사였던 시절에, 처음 보게 된 죽을 운명이었던 사람. 자신의 두 딸과 함께 차를 운전하면서 방긋 미소 지었던 그 사람, 바로 저 아이들의 친어머니였다. 미하일은 그녀를 차마 죽게 내버려두지 못했지만 잠깐 천국에 다녀오는 사이 일은 이미 벌어졌다. 그때 한 아이가 다리를 다쳤었다. 방금 미하일이 보았던 아이들이 분명했다. 꼼짝없이 죽을 줄로만 알았던 아이들이 살아 있었다. 그것도 저렇게 사랑을 받으며. 투정도 부리고, 서로 싸우기도 하며 그렇게 지내고 있었다. 그때, 미하일은 다른 기억도 떠올렸다. 그가 처음 고아원에 왔을 때 그를 신경 써 주던 수녀님, 중학교 시절 친구가 없는 그를 걱정하며 그에게 말을 걸던 남학생, 사업을 하던 시절에 젊은 친구가 고생한다면서 맛있는 짜장면을 사 주던 거래처 사장님⋯ 길을 걷다가 발견한 폐지를 줍던 사람들과 결식아동을 위한 모금함을 만들어 활동하던 이름 모를 사람들.

미하일은 그 가게에서 평범한 운동화 하나를 구매했다. 구두장이는 그에게 연신 감사 인사를 건네며 결재해 줬다. 그는 가게 밖으로 걸어 나왔다.

"신이시여, 듣고 계십니까?"

그의 이마 위로 밝은 빛이 내리쬐었다.

"말하거라."

"저는 천국으로 다시 돌아가지 않을 생각입니다."

"왜 그런 선택을 했는지, 이유를 말해 보거라."

"저는 인간계에 인간으로서 남아서, 이곳에서 사랑을 실천하고 싶습니다."

"인간으로서의 고통과 고난과 부조리함을 모두 겪은 네가 어찌 그런 말을 하느냐? 또 인간의 노동을 하고, 재화를 탐하기도 했던 네가 어찌 그런 말을 하느냐?"

"제가 이런 선택을 하는 이유는 저만의 질문에 대한 대답을 찾았기 때문입니다."

"그것이 무엇이냐?"

"당신과의 대화 이후, 저는 한 가지 의문을 가지게 되었습니다. 사람으로서의 삶은 고난의 연속이 확실합니다. 견딜 만한 것이냐, 그렇지 않은 것이냐의 차이뿐이지요. 그러나 사람들은 오늘도 살아갑니다. 왜 대부분 삶을 선택하는 것일까요? 다르게 말하자면, '사람은 무엇으로 사는가?' 그것이 온전히 제가 만들어 낸 의문이었습니다. 단순히 죽음에 대한 공포 때문이라기에는 이해되지 않았습니다. 그리고, 방금의 대화에서 그 답을 찾았습니다."

"그것이 무엇이냐?"

"바로 사람은 사랑으로 살아간다는 진리였습니다. 교통사고로 어머니를 잃은 아이들은 그 아이들을 사랑하는 자에게 사랑을 받으며 삶을 이어 갑니다. 아마 그들이 출생의 비밀을 알게 되는 날이 온다고 할지라도 그들 또한 양아버지를 열심히 사랑할 것입니다. 그리고 그들은 살아가면서 양아버지가 베풀었던 사랑을 다시 다른 이에게 베풀겠지요. 고아원의 수녀님이 그러했듯, 또 거짓이긴 했지만 세몬이 제게 그러했듯이요. 저도 그런 삶을 살고 싶습니다. 늘 죽은 자들을 마주하며 사는 것보단 사람들에게 삶의 이유를 만들어 주며 살고 싶습니다."

"그 모든 고난을 겪고도 그런 길을 선택한다는 뜻이로구나."

"세상에 사랑이 존재한다고 해서 고난이 없어지지 않음을 압니다. 하지만 반대로 고난이 존재한다고 해서 사랑이 없어지지 않음도 알게 되었습니다."

"네 뜻이 그렇다면 네가 하고 싶은 대로 하거라. 너는 이제부터 완전한 인간이다. 그래도 언젠가 네가 인간으로서 죽은 후에 천국에서 볼 수 있으면 좋겠구나."

"신이시여, 저도 당신을 그곳에서 만나기를 바라겠습니다."

미하일은 새로 산 운동화를 들고 길을 걸었다. 조금 전, 세상에서 가장 행복한 부녀가 지나갔던 그 방향으로.

6. 집 요정 메시아

황지민

이 소설은 내가 생각하는 신념에 대한 이야기이다. 모두가 가지고 있지만 그 누구도 무엇이 정답이라고 말할 수 없는 그 미묘한 특성이 바로 이 소설의 핵심이다. 주인공인 렐리아는 신념에 의해 움직이는 캐릭터다. 그런 그녀의 특성을 살리기 위해 비교적 자유로운 SF적인 세계관을 만들었다. 기술적으로, 문화적으로 고점을 달성한 인류 사회와 그 속에서 살아가는 렐리아. 이를 통해 신념이라는 개념에 대해 한 가지 의문을 제기하는 글이 바로 「집 요정 메시아」이다. 끝까지 읽고 스스로에게 질문을 던질 수 있는 글로 독자들에게 다가가기를 희망한다.

시기는 2044년. 유전 공학의 극단적인 발달로 인류는 기어코 새로운 종을 창조해 냈다. '순종하는 인간'이라는 뜻을 지닌 호모 노빌리시마룸(Homo Nobilissimarum)은 어머니의 자궁이 아닌 인큐베이터에서 태어난다. 인큐베이터 속에서 그들은 BR(Brain Reality) 칩, 그러니까 가상 현실 기계로 인류를 위한 봉사 정신을 학습한다. 자유란 얼마나 고통스러운 것인지, 인류를 위한 봉사는 얼마나 숭고한지… 따위의 것들을 말이다. 과학자들이 엄선한 자료를 보며 그들은 유아기, 유년기를 보낸다.

그들은 인류의 모습을 하고 있지만 상이한 신체 구조와 호르몬 체계를 가지고 있었다. 인류는 오랜 세월을 번영하며 얻은 모든 과학적 지식을 활용해 그들의 신체 비율, 근육의 구성 요소, 생체 리듬 등을 가장 완벽한 형태로 디자인했다.

덕분에 적은 칼로리로도 인류의 20배에 달하는 힘을 낼 수가 있으며 수면은 1~2시간이면 충분했다. 남극, 북극은 물론이요, 달과 화성 등의 타 행성에서도 살아남는다. 인류는 이들을 적극 생산해서 노동으로부터의 완전한 자유를 누렸다. 호모 노빌리시마룸은 벌떼처럼 생산되어서 인류의 명령에 복종했다. 자진해서 인류를 위해 노동을 했다.

인류의 손에 빚어진 그들에게 있어 행복이란 그런 것이었다. 자유를 빼앗기고 명령에 복종하는 것. 왜냐하면 그렇게 창조되었기 때문이다. 이제 기술이 발전하고 삶의 질이 높아질수록 평균적인 정신 건강은 퇴보하던 야만의 시대는 끝났다. 모두가 행복했다. 호모 사피엔스도, 호모 노빌리시마룸도(지금부터 호모 노빌리라고 부르겠다). 물론 그렇다고 해서 지상 낙원이 펼쳐진 것은 아니었다. 2044년 이후로 20년이 넘는 세월 동안 빈부 격차도, 갈등도, 범죄도 여전히 존재했다. 그러나 노동이 있던 시대보다는 훨씬 이상적이었음은 틀림없다. 그렇기에 대부분은 입을 모아 말했다.

"그래도 옛날보단 낫다. 그때는 노동을 어떻게 했지?"

대부분은 이렇게 말했지만, 모두가 고개를 끄덕인 건 아니었다. 이 사회상에 동의하지 않는 자들도 존재했다. 누군가는 외쳤다. 시대가 변하고 기술이 발전해도 변하지 않는 가치가 있으니, 그것이 바로 '인간의 자유'라고.

곳곳에서 의문이 제기됐다. 누군가는 거리에서 피켓을 들었고, 누군가는 방송에서 목소리를 높였다.

"저들은 단순한 기계가 아니다. 인큐베이디에시 대이났을 뿐, 걸국 인간의 피와 살을 지닌 존재다."

"노동에서 해방된 우리가 행복하다고 해서, 그들의 자유를 짓밟아도 되는 건가?"

하지만 인류는 귀 기울이지 않았다. 겨우 얻은 이상향을 포기할 수 없었으니까. 결국 국제 연합은 극단적인 선택을 했다. 호모 노빌리를 수용소에 가두고, 민간인들의 눈에서 완전히 분리시킨 것이다. 효과는 컸다. 사람들이 그들의 모습을 보지 않게 되자, 관심은 금세 다른 곳으로 옮겨 갔다. 노동에서 해방된 인류는 그 어느 때보다 번영을 누렸다.

물론, 여전히 반대파는 실재했다. 그리고 나, 렐리아도 그중 하나였다. 오늘도 나는 그 생각을 품은 채, 리포트를 쓰고 있었다.

'제4차 기업 전쟁이 현대 사회에 미친 영향'

드디어 리포트 작성을 마쳤다. 나는 내 망막에 설치된 디스플레이의 전원을 껐다. '삐' 하는 효과음과 함께 BR 칩이 내 목에서 빠져나왔다. 나는 그 칩을 바지 주머니에 쑤셔 넣었다. 침대에 털썩 주저앉자, 베개 근처에서 나의 건강 상태에 대한 다양한 수치들이 빛났다.

렐리아(17세)

키: 164cm

혈당 수치: 정상

혈압 수치: 정상

신체 상태: 비수면

외상 및 스트레스 반응: 없음

문틈으로 빛나던 불이 꺼졌다. 부모님이 잠자리에 드신 것이다. 나는 민트색 머리를 쓸어 넘기며 침대를 더듬었다. 매끈한 표면 사이에 굴곡진 부분이 있었다. 내 건강 및 신체 패턴을 기록하는 칩이 삽입된 곳이었다. 손가락으로 두 번 누르니, 칩이 빠져나왔다. 여기서부터가 중요하다. 나는 작은 광섬유들을 들고 와서 칩의 회로들을 조정하기 시작했다. 굉장히 섬세한 작업이었다. 다시 칩을 넣자, 침대에 뜨는 정보가 변했다.

신체 상태: 수면 돌입

이제 부모님은 내가 자는 줄 알 것이다.

그때, 손에 차고 있던 팔찌에서 전화가 울렸다(전화음은 내 머릿속 칩에만 전달되는데, 바깥에는 들리지 않는 회선이다). 일을 같이 하기로 했던 친구들이다.

우리, 일명 '페르소나'는 몇 달 전부터 어떤 작전을 계획하고 있었다. 바로 호모 노빌리들을 세상 밖으로 풀어 주는 것이었다. 그들이 인류의 노동을 대신 하지 않아도 되도록. 또 그들에게 바깥 세계를 알려 주기 위해서.

우리는 모두 한 가지 가치를 믿기에 모든 일을 꾸몄다. 그것은 바로 자유. 자유란 틀릴 일이 없는 진리 그 자체이며 이는 반박의 여지조차 없는 사실이다. 일주일 후에 모든 작전이 실행될 예정이다.

"이제 수학여행이 바로 다음 날이야. 다들 작전은 기억하지?"

피브스가 말했다. 그는 각종 기계를 다루는 데 큰 재능을 가지고 있었다.

"응. 내일, 그곳의 참상을 사람들에게 밝히는 거야."

글로리아가 대답했다. 그녀는 적갈색의 머리를 가진 소녀였는데, 해킹과 전자전에 능했다.

"그럼, 작전을 다시 한번 읊어 보자."

크리스였다. 그는 초록색 머리를 가진 소년이다.
미디어와 웹을 잘 다뤘다.

"좋아."

마지막으로 내가 대답했다. 나는 피곤한 눈을 어루만지며 홀로그램 창을 모두에게 공유했다.
우리들은 몇 번이고 봤던 계획을 다시 검토했다. 마치 단 하나의 오차도 없어야 한다는 듯이.
30분 정도가 흘렀고, 검토가 끝났다.

"드론 시계 각 73도. 이 경로는 감지 위험이 현저히 낮아.
그날 바람이 불면 센서가 흔들릴지도 모르니까 변수로 넣을게."

크리스가 홀로그램을 들여다보며 말했다. 렐리아가 숨을 깊게 들이쉬며 말했다.

"좋아. 작은 틈이라도 있으면 돼.
우린 단 한 명이라도… 바깥을 보게 해 줘야 하니까."

피브스가 중얼거렸다.

"단 한 명이라도…."

잠시 정적이 흘렀다. 모두가 본인이 맡은 부분을 들여다보고 있었기 때문이었다. 그러던 도중, 글로리아가 힘겹게 입을 뗐다.

"그게… 얘들아, 난 아직도 모르겠어. 이런 식으로 일을 벌여도 될지."

"그게 무슨 소리야, 글로리아?"

내가 대답했다. 아마 내 눈동자가 살짝 흔들렸으리라. 그만큼 글로리아의 질문은 예상하지 못한 사건이었다.

"아니, 내 말은, 이대로 호모 노빌리들을 탈출시킨다고 해서 이 일이 해결될 거 같지가 않아서 그래."

글로리아는 망설였다. 하지만 이내 생각했던 말들을 내뱉기 시작했다.

"우리의 계획이 성공하더라도 호모 노빌리들이 완전한 자유를 찾기에는 엄청 오랜 시간이 걸려. 그런데 그걸 알면서도 그들에게 바깥세상을 알려 주는 것이 옳은 일일까? 어쩌면 저들은 저 안에서 나름대로의 행복을 찾고 있을지도 몰라. 그런데 우리의 작전이 성공하고, 저들이 바깥세상의 존재를 알아 버리는 바람에 그 행복을 잃어버리면 어떡하지? 그러니까 내 말은… 우리는 호모 노빌리들이 어떻게 지내는지 몰라. 그들이 어떤 생각을 하며, 어떤 외양을 하고 있고, 무슨 목소리를 가졌는지. 만약 저들이 자유 없이도 잘 살아가고 있었는데 우리가 방해하는 거라면 어쩌지?"

"그러니까 네 말은… 호모 노빌리를 위한 우리의 행동이 실은 잘못되었다는 거야?"

나도 모르게 큰소리가 계속해서 튀어나왔다.

"글로리아, 너 지금 궤변을 늘어놓고 있는 건 아는 거지? 호모 노빌리들은 행복해서가 아니라 아무것도 모르니까 수용소에서 나오지 않는 거야. 왜? 우리 인류가 가르쳐 주지 않았으니까! 대신 인류는 저들에게 세뇌를 진행했지. 바깥세상은 없고 이곳에서 노동하는 것이 행복이라고. 저 아이들을 한시라도 빨리 구해 내야 해. 태어났을 때부터 자유를 바라지 않는 존재는 없어. 호모 노빌리들이 아직 저기서 갇혀 있는 이유는 인간들이 저들을 세뇌했기 때문이라고!"

아차, 나도 모르게 흥분해 버렸다. 나는 주변을 둘러보았다. 친구들이 다들 조금 난처해 보였다. 크리스가 화제를 다른 곳으로 돌렸다.

"자, 자, 다들 그만 싸우고. 그것보다 피브스, 네 집에 있는 부식기로 충분하겠어? 수용소의 벽은 일반적인 가정집보단 훨씬 두꺼울 거 같은데."

피브스는 나랑 글로리아의 눈치를 보면서 크리스에게 자신이 직접 만든 부식기의 성능을 설명했다. 나는 그 길고 재미없는 설명을 들으면서 글로리아를 노려봤다. 물론 이 장면만 보면 내가 흥분해서 급발진한 게 맞다. 그러나 따지고 생각해 보면 글로리아가 문제였다. 방금 그녀의 발언은 인간의 근본적인 권리를 부정하는 말이었다. 말도 안 된다. 인권, 그 중에서도 자유가 언제부터 부정될 수 있는 것이었는가? 물론 정부나 뉴스에선 "호모 노빌리들은 노동을 즐기도록 설계되었어요. 그늘의 자유를 속박하는 것이 그들을 위한 것입니다!"라며 떠들어 댄다. 전부 개소리다. 설사 저 궤변이 사실이라 할지라도 그것은 그들이 자유를 한 번도 경험해 보지 못하고 죽을 때까지 일만 하며 살기 때문이다. 나는 내 허벅지를 꽉 움켜쥐었다.

파직!

아, 방금 주머니에 있던 리포트 칩을 부순 것 같다. 저걸 다시 해야 한다는 생각이 들자, 눈앞이 아득해졌다.

***

다음 날 아침이 밝아 왔다. 그리고 쏟아지는 일출의 태양 빛을 맞으며, 우리가 다니는 고등학교의 항공기가 하늘을 가로질렀다. 비행기 좌석에 앉아 있는 아이들의 표정은 제각각이었다. 크리스는 피곤한 눈을 한 채 전자 기기를 만지고 있었고, 글로리아는 글을 읽고 있었다. 피브스는 이 와중에 코까지 골면서 자는 바람에 선생님에게 주의를 받았다. 그러거나 말거나 나는 창밖을 바라보며 무언가를 골똘히 생각하고 있었다. 어제 글로리아와 했던 대화였다. 하지만 나는 금방 떨쳐 냈다.

'잡생각에 흔들리지 마. 너는 진리를 향해 나아가야 해. 이 세상에 있는 모든 인간들은 자유로워야 한다고.'

그렇다. 자유. 이것이야말로 살아 있는 진리라 부를 수 있었다. 세상에 자유를 거부할 자가 어디 있는가? 만약 있다고 해도 그것은 그가 진정한 자유를 누려 보지 못해서일 것이다. 나는 주먹을 꼭 쥐었다.

스피커에서 기계음이 들려왔다.
"실버핸드 고등학교 학생 여러분, 2분 47초 후에 파리 공항에 도착합니다. 모두 좌석에…"

학생들은 누가 먼저랄 것도 없이 창문으로 달려갔다. 그리고 그곳에는 파리의 상징과도 같은 에펠탑이 우두커니 서 있었다. 모두의 눈이 반짝였다. 정말 시뮬레이션으로만 보던 파리에 도착했다. 항공기에서 내린 학생들은 선생님의 지시대로 즐거운 시간을 보냈다. 에펠탑에서 사진도 찍고, 노트르담 대성당도 방문했다. 그 밖에도 정말 다양한 곳에 방문했다. 하지만 우리들은 마음 놓고 쉴 틈이 없었다. 특히 글로리아가 제일 바빴다. 그녀는 아까부터 드론을 해킹하기 위해서 여러 가지 복잡한 코드들과 씨름을 벌이는 중이었다. 그러던 사이 학생들은 루브르 박물관까지 왔다. 이곳의 상징과도 같은 삼각형 유리 구조물 아래에, 모두가 외면하던 호모 노빌리들의 수용소가 있었다. 파리에서 가장 예술적인 미학이 가득한 곳 지하에 그런 끔찍한 시설이 있다니. 참으로 아이러니했다. 글로리아가 검지와 중지를 꼬았다. 해킹이 완료되었다는 신호였다. 우리는 이제 감시당할 걱정 없이 작전에 대한 대화를 주고받을 수 있게 되었다. 글로리아가 먼저 입을 열었다.

"렐리아, 수용소에 들어갔다가 나오는 시간은 딱 30분이야. 그 이상은 버티기 힘들어. 드론의 보안 코드도 실시간으로 바뀌는 데다가 수용소 자체의 보안 시스템도 무시할 순 없거든."

"엥, 호모 노빌리 수용소는 탈출 위험도가 낮아서 보안이 거의 없다시피 한 거 아니었어?"

"크리스 네 말이 맞긴 해. 그래도 정부에서 만든 거여서 민간 시설보단 우수할 거야."

글로리아의 말을 듣고 크리스가 입을 열었다.

"그럼 나는 여기서 사람들을 모을게. 글로리아, 드론 중 하나는 내 웹이랑 연결시켜 줘. 그러면 인터넷 송출하기 훨씬 쉬워지거든."

"아, 귀찮은데."

"왜, 왜, 해 주라."

글로리아와 크리스가 또 유치한 말들을 주고받았다. 나는 그러는 사이 화장실로 달려가서 옷을 갈아입었다. 추적기의 센서를 피할 수 있는 코팅이 되어 있는 옷이었다. 좀 꽉 끼긴 했지만 움직이는 데 큰 불편함은 없었다.

피브스와 나는 루브르 박물관의 출입 금지 구역에 들어갔다. 여기서부터 밖에 있는 친구들과는 통신기로 대화했다. 우리는 글로리아의 드론을 찾아 막다른 길에 도달했다. 글로리아의 통신이 들려왔다.

"좋아, 여기가 가장 벽이 얇은 곳이야. 피브스, 시작해."

피브스는 아까부터 헉헉거리며 들고 온 무거운 가방을 땅에 내려놓았다. 가방 속에는 어제 말했던 수제 부식기가 담겨 있었다. 부식기란 쉽게 말해 벽을 녹여서 구멍을 뚫는 기계이다. 피브스는 기계를 조정해 원 형태로 만들고는 벽에 부착했다. 곧이어 끔찍한 냄새가 공간을 가득 메웠다. 벽이 조금씩 녹고 있었다. 피브스는 이마에 묻은 땀을 닦으며 내게 말했다.

"앞으로 3분 정도 기다리면 전부 녹을 거야. 여기까지 오는 데 7분, 지금 여기서 3분이니까 앞으로 20분 정도 남았어."

"그 정도면 충분히 가능해."

마침내 벽이 완전히 떨어져 나갔다. 그리고 사람이 간신히 지나갈 수 있을 정도의 개구멍이 생겼다.

"자유를 위해서."

나는 그 말을 끝으로 개구멍으로 기어갔다. 그리고, 수용소에 들어가는 데 성공했다. 온 사방이 낡아 빠져서 마치 폐건물에 들어온 것 같았다. 온갖 파이프들이 덕지덕지 붙어 있는 벽은 미적 감각이란 찾아볼 수도 없었으며, 모든 것이 음울한 회색빛이었다. 이 우주 어딘가에 색이 없는 행성이 있다면 딱 이렇게 생겼을 것이다.

"좋아. 렐리아, 너의 망막 디스플레이로 이곳의 지도를 보내 줄게."

눈알이 찌르르 떨렸다. 지도가 보였다. 호모 노빌리들이 노동하는 공간은 여기서 그리 멀지 않았다.

"좋아, 가 보자."

나는 당장에 뛰어갔다. 주변을 살펴보니 모든 안드로이드와 드론들이 거의 없다시피 했다. 이곳에는 많은 방이 있었다. 대부분 번호로 호실을 구분했는데 아마 호모 노빌리들의 숙소인 모양이었다. 방 안에는 작은 침대, 화장실, 의자와 식탁, 그리고 텔레비전이 있었다. 아마 매일 아침, 저 텔레비전으로 호모 노빌리들에게 자유란 좋지 않은 거라고 세뇌를 하겠지. 한시라도 빨리 그들이 모인 노동의 방으로 가야 한다. 그곳으로 향하면서 피브스가 건네준 촬영기를 들었다. 나는 호모 노빌리들이 거주하는 열악한 환경을 전부 찍었다. 영상은 다른 아이들에게 보냈다. 6분이 지났다. 이제 조금만 더 가면 된다. 수많은 파이프와 전선을 뒤로한 채 계속해서 달렸다. 그리고 마침내, 작은 문으로 도착했다. 문에는 작고 낡은 팻말이 하나 걸려 있었다.

'노동실'

이곳이 바로 호모 노빌리를 착취하는 곳이었다. 나는 문을 열기 위해 피브스가 줬던 미니 부식기를 작동시키려고 했다. 그런데, 이상하게도 문은 이미 열려 있었다. 그냥 내가 열고 들어가면 됐다. 아마 안에서는 열리지 않는 문일 것이다.

끼이익.

문을 열었다. 풍선에서 바람이 빠지는 듯한, 힘 빠지는 소리가 났다. 나는 문을 열자마자 풍겨 오는 퀴퀴한 냄새 때문에 코를 움켜잡았다. 이건 암모니아도 아니고, 곰팡이도 아닌 뭔가 불쾌한 냄새였다. 이 칙칙한 공간에는 수많은 기계들이 즐비해 있었다. 그리고 그 기계들 앞에서 호모 노빌리들이 앉아서 노동을 하고 있었다. 이런 곳에서 평생토록 노동을 해 왔다니. 빨리 저들에게 자유를 주고 싶다. 이때쯤 되자, 호모 노빌리 몇 명도 나를 발견했다. 그들은 나를 가리키며 신기하다는 듯이 자기들끼리 말을 주고받았다. 대부분 인간보다 세 배 정도 키가 작았다. 저들의 눈은 호모 사피엔스보다 좀 더 컸고, 귀는 매우 뾰족해서 마치 엘프를 떠올리게 만들었다. 대화 소리를 들으며 나는 확성기의 전원을 켰다. 듣기 좋지 않은 쇳소리가 울려 퍼졌고 호모 노빌리들은 귀를 틀어막았다. 미안.

"여러분, 저는 여러분들을 구하기 위해 왔습니다!"

이제 저 끝에서 옷감을 짜던 자들까지 내 쪽을 바라보았다. 모두의 시선이 나를 향해 있었다. 나는 말을 계속했다.

"시간이 얼마 없습니다. 그러니 가장 중요한 말만 빠르게 하겠습니다. 여러분, 여러분은 바깥세상에 대해서 생각해 보신 적 있으십니까?"

조용했다.

"여러분, 이 공간 밖에는 훨씬 더 넓은 세상이 있습니다. 여러분들은 지금 세뇌당한 거예요! 높은 고층 건물, 얼어붙은 대지, 모래로 된 들판! 이 모든 것들이 지구에 있으며 여러분들은 세상을 누릴 자유가 있습니다. 왜냐하면 이 세상에 태어나셨기 때문이죠. 세상에 태어난 모든 인간은, 이유 불문하고 자유를 누려야 하며 이는 가장 기본적인 권리입니다! 하지만 세상 밖에는 자유만 있는 것이 아닙니다. 저 밖에는 여러분을 이곳에 가둬 놓고, 죽을 때까지 착취하는 자들도 존재합니다. 그래요, 그런 악독한 사탄의 무리들이 존재한단 말입니다. 여러분에게 자유란 좋지 않은 것이라고 세뇌하고, 바깥세상을 철저히 숨기면서 자신들의 이득을 위해 이용만 해 왔죠. 저는 그런 악행을 거부하는 사람입니다. 저와 같은 사람도 아주 많이 저 세상 바깥에 있습니다. 여러분, 아까도 말했지만 제가 여기 온 이유는 여러분들을 구하기 위해서입니다. 저는 저 드넓은 세상과 자유를 여러분들에게 선사하기 위해서 왔습니다. 자! 시간이 얼마 없습니다. 조금만 있으면 여러분들을 착취하는 그 악마의 무리들이 다시 돌아올 것입니다. 그 전에 저와 함께 자유를 찾으러 갑시다!"

호모 노빌리들은 갑작스러운 나의 말에 당황한 듯 보였다. 물론 그게 당연하다. 내가 생각해도 너무 많은 정보량을 담은 연설이었다. 하지만 정말로 시간이 없다. 이제 10분 남짓 정도…. 그때 한 호모 노빌리가 손을 들었다.

"명령입니까?"

가슴이 철렁하고 내려앉았다. 세상에, 도대체 얼마나 많은 세뇌가 있었으면 저런 말이 바로 나온단 말인가. 나는 아까 질문을 한 호모 노빌리의 손을 잡았다. 작지만 굳은살이 가득 박인 손이었다.

"여러분은 명령을 듣기 위해 태어난 존재가 아니에요. 더 큰 이상을 바라보면서 살 수 있는 존재입니다. 저를 따라서 수용소 밖으로 탈출합시다. 바깥세상에서 자유롭게 살아갑시다."

호모 노빌리들이 망설였다. 나는 있는 힘껏 목청을 높였다.

"우리는 모두 자유를 향해 살아가야 합니다! 자유가 없는 삶은 그저 아무런 의미도 없는 삶이기 때문이에요. 자! 여러분, 자유를 누리고 싶으신 분들은 지금 여기서 저와 함께 가셔야 합니다. 부디, 모두들 자유로운 삶을 살아 주세요."

호모 노빌리들의 반응은 다양했다. 내 말을 이해 못 한 자들, 아직 아리송한 자들, 내가 무슨 말을 하는지 알아챈 자들까지. 나는 시계를 보았다. 4분. 모두를 납득시키기에는 턱없이 모자란 시간이다. 나는 달리기 시작했다. 호모 노빌리들도 나의 뜻을 알았는지 달리기 시작했다. 단순히 동료가 달려 나가서 같이 뛰는 자들도 많았다. 나는 내가 지나왔던 길을 다시 지나기 시작했다. 하지만 큰일이 생겼다. 안드로이드와 드론에 슬슬 전원이 공급되고 있었다. 내가 외쳤다.

"모두들, 조금 더 빨리 뛰세요! 저 기계들보다 빠르게 탈출해야 합니다!"

호모 노빌리들도 나의 말에 따라 속도를 더 높였다.

"비상, 비상. 호모 노빌리 대거 탈출!"

젠장, 아직 2분은 남았는데. 앞을 보니 아까 들어왔던 곳 앞에 안드로이드가 가득 있었다. 나는 피브스에게 통신을 걸었다.

"피브스. 지금 포위됐어! 작전 B 실행해."

"알겠어."

안드로이드들이 나와 호모 노빌리들을 둘러쌌다.

"각자의 자리로 돌아가십시오. 각자의 자리로 돌아가십시오. 이것은 명령입니다."

호모 노빌리들이 크게 놀라며 노동실로 돌아가려고 했다. 나는 그들이 다시 인간에게 예속되는 것을 막으면서, 피브스를 기다렸다. 일분일초가 마치 한 시간처럼 느껴졌다. 안드로이드가 나를 발견하고 말했다.

"이곳은 민간인 출입 금지 구역입니다. 신속히 나가시지 않으면…."

하지만 그 녀석은 말을 끝마치지 못했다. 개구멍을 냈던 벽에서 연기가 나기 시작했기 때문이었다. 안드로이드 몇 기가 그 벽 쪽으로 이동했다. 이윽고,

쿵!

벽 전체가 붕괴했다. 그리고 벽은 부서지면서 수많은 파편들을 날렸다. 굉장히 두꺼운 벽이어서 그 위력이 상당했다. 쓰러진 벽의 잔해가 날아왔지만 다행히 나와 호모 노빌리들은 안전했다. 우리를 둘러싼 안드로이드들이 있었기 때문이었다. 하지만 저들의 피해는 막심했고, 포위망에 틈이 생겼다.

"지금이에요, 뜁시다!"

나는 그 틈을 향해서 달렸다. 호모 노빌리들도 달렸다. 안드로이들은 우리를 잡으려 했다. 하지만 경호용도 아닌 일반 기종이, 그것도 큰 충격을 받은 직후에 우리를 잡을 방법은 없었다. 없어진 벽을 지나자, 피브스가 대형 부식기와 파쇄 기기를 들고 있었다.

"뛰어! 밖에는 크리스가 전부 판 깔아 놨으니까 걱정하지 말고."

모든 것이 계획대로다. 나는 호모 노빌리들에게 말했다.

"이곳이 바로 바깥세상이에요. 여러분, 우리가 성공했어요!"

그 말을 끝으로, 나는 군중 사이로 빠졌다. 우리가 도착한 곳에는 평소

보다 사람이 훨씬 많았다. 모두 크리스 덕분이었다. 그는 자신의 주특기인 웹 조작을 이용해서, 사람들에게 '100만 원 상당의 이벤트'가 이곳에 열린다는 거짓 정보를 뿌렸다. 젊은 커플들부터, 나이가 지긋하신 어르신들까지 다양한 계층의 사람들이 이곳에 모였다. 그리고 대부분 개인 휴대폰을 가지고 있었다.

여기서 잠깐, 호모 노빌리 문제에 아무도 관심 갖지 않는 이유는 무엇일까? 많은 이유가 있겠지만 우리는 기본적으로 '정보의 부족' 때문이라고 생각했다. 모든 호모 노빌리는 인간의 눈이 닿지 않는 지하 수용소에서 살아간다. 때문에 일반 시민들은 그들의 존재만 알 뿐, 현실에서 발생하는 문제에 대해 관심이 없다. 본 적도, 볼 기회도 없으니까. 그렇기에 이번 작전을 꾸몄다. 호모 노빌리의 존재를, 그들이 당하는 착취를 모두에게 폭로하면 이제 저들도 알게 된다. 이들이 들고 있는 전자 기기는 오늘의 모습을 인터넷에 올릴 것이다. 그러면 전 세계인들이 이 끔찍한 일들에 대해서 알게 된다. 그리고 그들 중, 몇몇은 호모 노빌리를 위한 우리의 움직임에 큰 힘이 되어 줄 것이다. 동시에 호모 노빌리들에게 바깥세상의 존재를 가르쳐 줘서 저항 운동을 진행할 생각이었다. 그렇게 수용소 안팎에서 자유를 위해 싸우는 움직임이 만들어지고, 그리고… 자유를 마침내 찾아 줄 것이다.

광장이 흔들렸다. 사람들이 호모 노빌리를 발견한 것이다. 그들은 큰 흥미를 느꼈고, 다들 이곳으로 몰려왔다. 핸드폰으로 영상을 찍었다. 그때, 글로리아가 전광판을 해킹했다. 그녀는 내가 찍은 영상들을 활용해서 호모 노빌리들이 사는 수용소의 모습을 모두에게 보여 줬다. 원본 영상의 탁한 색감을 더욱 강하게 보정해 놔서 누가 봐도 산지옥 같은 모습이었다. 이제 사람들은 호모 노빌리에 대해 관심이 생길 것이다. 이곳 위에는 우리가 제일 먼저 해킹한 드론이 떠 있었다. 그 드론은 카메라를 가지고 이 장소를 찍고 있었다. 아마 지금 크리스가 저 모습을 전 세계에 생중계하고 있을 것이다. 호모 노빌리들은 흥미로운 눈으로 세상을 바라보고 있었다.

그들에겐 모든 것이 처음이었다. 진짜 하늘, 진짜 공기, 진짜 자유.
나는 속으로 중얼거렸다.

'봐, 이곳이 너희의 세상이야. 이게 자유야.'

그런데 그 순간,

"뒤로 물러서십시오."

관리 안드로이드의 차가운 목소리가 공기를 갈랐다. 금속 팔이 펼쳐지고, 사람들의 길을 막았다. 그러나 사람들은 멈추지 않았다. 누군가는 외쳤다.

"잠깐만, 방금 영상에서 본 것이 사실이야?"

"지금 안드로이드가 온 것도 저 영상이랑 관련된 거 같은데? 너희 관리자 데리고 와!"

사람들의 분위기가 무서워졌다.

"뒤로 물러서십시오. 저 생명체들은 이곳에 출몰하면 안 되는 위험종입니다."

"그 말을 우리가 믿을 거 같아? 너희가 무슨 권리로 우리들을 막는 거야?"

"맞아! 우리는 자유라고!"

그 순간 파도가 밀려들 듯, 군중이 울타리를 넘었다. 그때였다. 호모 노빌리들의 표정이 일그러졌다. 그들의 입에서 찢어지는 듯한 비명이 터져 나왔다. 처음엔 하나가, 그 다음엔 둘이, 이윽고 모두가.

믿을 수 없었다.

어떤 이는 뒷걸음질 치고, 또 어떤 이는 자신의 팔을 너무 세게 쥐어서 새빨간 피가 흘러나왔다. 다리 힘이 풀렸는지 바닥에 주저앉아 바지를 적신 이도 있었다. 그들은 계속해서 비명을 질러 댔다. 마치 지옥의 풍경을 처음 본 사람처럼. 이윽고 하나둘씩 이 공간에서 도망치기 시작했다. 호모 노빌리들이 단체로 도망쳤다. 넘어진 이 위로 또 다른 이가 넘어졌다. 그리고 그 위를 도망치던 이들이 짓밟았다. 피와 눈물이 보도블록에 흘렀다.

나는 얼어붙었다.
왜…?
왜 자유를 거부하는 거야?

"안 돼…!"

내 목소리가 터져 나왔지만, 아무도 듣지 않았다.
호모 노빌리들은 수용소를 향해 미친 듯이 달렸다.

문으로, 어둠으로, 감옥으로.

저들은 자유를 사랑해야 하는데. 왜 영원불멸한 진리를 깨닫지 못하지? 심지어 직접 눈으로 봐 놓고?
이해할 수가 없었다. 왜? 왜? 어째서?

그때, 나는 바닥에 주저앉아 몸을 떨던 한 호모 노빌리를 발견했다. 그 아이는 사람들을 보며 울고 있었다. 내가 달려갔다.

"오, 오지 마! 이 악마!"

말도 안 되는 소리였다. 나는 저들에게 메시아여야 했는데… 왜 나를 그렇게 부르는 거지?

"네가 우리를 지옥으로 인도했구나! 이곳은 지옥이야! 모두가 자유롭게 사고하고, 자유롭게 선택한다니 끔찍해!"

"그… 그게 무슨 소리야? 자유는 좋은 거라고. 자유는 선해. 자유는….."

말을 마치기도 전에, 그 아이는 거품을 물며 쓰러졌다. 나는 어찌해야 할지 몰랐다. 안드로이드 하나가 다가와 그 아이를 둘러업었다. 나는 그 아이에게 손을 뻗었다. 하지만 차마 손을 대지는 못했다. 안드로이드는 아무 감정 없이 수용소 쪽으로 움직였고, 나는 아무것도 할 수 없었다.
그렇게 내가 열어 놓은 지옥의 문이 다시 닫혔다. 하지만 혼란스러웠다. 저 문이 지옥으로 이어진 출구였는지, 입구였는지.

7. 죽지 말아요

김재형

「죽지 말아요」라는 소설은 학교 폭력으로 힘들어하는 소년이 한 남자를 만나 절망을 극복해 나가는 소설이다. 이 소설을 쓸 때 우연히 본 한 신문 기사에서 영감을 받았다. 그 신문 기사는 힘들어하는 청소년에게 인스타로 연락을 해 극단적 선택을 막은 한 공무원의 이야기였다. 그 신문 기사를 읽고 그 사람이 정말 대단해 보이기도 하고 미래에 공무원이 된다면 그 사람 같은 공무원이 되고 싶다고 생각했다. 그래서 그 사람의 이야기를 담은 신문 기사를 바탕으로 이 소설을 작성하게 되었다.

“17번 이민수.”

“네.”

중간고사 성적표를 받고 민수의 표정은 급격하게 어두워졌다. 성적이 1학기 기말고사 때보다 훨씬 더 떨어졌기 때문이다. 민수는 집으로 돌아가기 싫었다. 문득 중학교 시절 30점을 맞은 기억이 떠올랐다. 그때 현관문을 열고 들어갔을 때, 엄마는 날카로운 목소리로 민수를 압박했다.

“야, 이민수! 너 이게 뭐야? 공부 똑바로 안 해? 너 중학교 들어가면 공부 열심히 한다고 그랬어, 안 그랬어?! 시험이 장난이야? 도대체 누굴 닮아서 이러니? 너 이럴 거면 그냥 집 나가! 어? 나는 이런 아들 키운 적 없다!”

그때 엄마의 눈빛은 아들을 보는 눈이 아니었다. 벌레를 보는 듯한 경멸. 민수는 터덜터덜 걷는 다리에 힘이 풀렸다.

하… 분명 집 가면 엄마가 집 나가라 그러겠지?

민수는 터덜터덜 집으로 돌아가고 있었다. 그때, 휴대폰 진동이 울렸다.

> 야, 이민수. 사진 봐봐. ㅋㅋㅋ

> 표정 썩은 거 보소. 못생긴 얼굴 더 빻았네.

악의적인 조롱들. 민수는 속에서 뜨거운 것이 울컥 치밀어 올라 길가에 멈춰 섰다. 구역질이 났다.

도대체 언제부터였을까. 고등학교 입학 후, 3월의 어느 날이었다. 반에서 가장 조용하고 눈에 띄지 않던 민수에게 녀석들은 샤프심을 빌려달라고 했다. 그 사소한 복종이 시작이었다. 녀석들에게 민수는 사람이 아니었다. 툭 치면 억울한 표정을 짓지만, 결코 선생님에게 이르지 못하는 안전하고 재미있는 장난감이었다.

문득, 며칠 전 교실에서의 기억이 생생하게 떠올랐다. 시험공부를 하느라 문제집에 코를 박고 있던 민수의 정수리 위로, 차갑고 비릿한 액체가 쏟아졌다.

"아…!"

흰 우유였다. 뚝뚝 떨어지는 우유가 문제집과 교복을 엉망으로 적셨다. 교실 안에는 킥킥거리는 웃음소리만이 가득 찼다.

"아, 미안. 손이 미끄러졌네'? 민수야, 그거 아까우니까 나 먹어야 해? 바닥에 튄 거 한 방울도 남김없이."

"뭐 하는 거야…? 더럽게 진짜."

"어? 민수야, 표정이 왜 그래? 친구끼리 장난 좀 친 거 가지고. 빨리 걸레 안 가져오고 뭐 하냐?"

녀석들은 민수의 젖은 머리를 툭툭 치며 비웃었다. 주변을 둘러봤지만, 반 친구들은 모두 못 본 척 고개를 돌리거나 휴대폰만 보고 있었다. 철저한 고립. 그 순간, 민수의 안에서 무언가가 뚝 끊어졌다.

"왜… 왜 나한테만 그러는데!!"

펙!

민수는 기습적으로 주먹을 날렸다. 하지만 민수는 오히려 한 대 맞았다. 민수는 코피를 흘리며 쓰러졌다.

"우리 민수 많이 컸네? 나한테 주먹질도 하고."

"니 주제를 알라고."

"넌 그냥 밑에서 기면서 밖에 나가서 빵이나 사 와, 민수야."

녀석들이 낄낄거리며 교실을 나간 뒤에도, 민수는 한참을 일어나지 못했다. 차가운 교실 바닥의 냉기가 뺨에 닿았다. 그제야 깨달았다. 반항하면 할수록 더 깊은 지옥이 기다리고 있다는 것을. 아무리 발버둥 쳐도 이 먹이사슬의 최하위에서 벗어날 수 없다는 무력감이 온몸을 짓눌렀다.

"왜 나만 따돌림을 당해야 해? 왜 나만 맞아야 하냐고!!"

바닥을 치며 울분을 토했지만, 돌아오는 건 텅 빈 교실의 적막뿐이었다. 그때 문득, 머릿속에서 위험한 스위치가 켜졌다.

내일 학교에 오면, 놈들은 오늘 일을 핑계로 날 더 죽여 놓겠지. 집에 가면? 성적표를 본 엄마가 날 잡아먹으려 들겠지.

학교는 지옥이었고, 집은 가시방석이었다. 24시간 중 민수가 숨 쉴 수 있는 시간은 단 1초도 없었다.

… 그냥 죽으면, 다 끝나는 거잖아.

그 생각은 마치 악마의 속삭임처럼 달콤하게 다가왔다.

내가 죽으면 엄마도 학원비 아끼고 좋겠네. 나 같은 패배자 자식, 차라리 없는 게 낫다고 했으니까…. 내가 사라지면 저 새끼들도 장난감이 없어져서 심심하려나? 아니면 살인자가 돼서 인생 망하려나?

죽음이 무서운 게 아니라, 내일 눈을 떠서 마주해야 할 고통이 더 무서웠다. 민수에게 죽음은 끝이 아니라 유일한 휴식처럼 느껴졌다. 살아 있는 게 고통이라면, 죽는 건 진통제였다.

그래… 나만 없어지면 돼. 나만 사라지면 모두가 편해져.

민수는 홀린 듯 몸을 일으켰다. 터진 입술을 닦을 생각도 하지 않고, 발길을 돌려 다리로 향했다. 다리 난간 앞에 섰을 때, 강바람이 교복 셔츠 속으로 파고들었다. 아래를 내려다보았다. 검은 강물은 모든 것을 삼킬 듯 입을 벌리고 있었다.

여기서 한 발짝만 내디디면 내일 학교 안 가도 돼. 엄마 잔소리 안 들어도 돼. 맞는 거, 무시당하는 거, 전부 끝이야.

민수는 발을 돌려 다리로 향해 다리 위에 섰다. 하지만 다리 위는 아득히 높아 보였고, 민수는 두려웠다. 죽고 싶은 마음과 살고 싶은 본능이 충돌하며 민수는 난간을 잡고 주저앉고 싶어졌다.

아… 젠장, 무서워. 못 뛰겠어….

다리 난간 아래는 까마득했다. 검은 강물이 입을 벌리고 있는 것 같아 다리가 후들거렸다. 죽는 것조차 마음대로 되지 않았다.

이렇게 비참하게 가기 전에, 세상 어딘가에 내 편 한 명쯤은 있지 않을까?

민수는 지푸라기라도 잡는 심정으로 떨리는 손을 움직여 SNS에 글을 올렸다.

그냥 자살해야겠다. 안녕.

업로드 버튼을 누르자마자 휴대폰 진동이 울렸다. 1분도 채 되지 않은 시간. 민수는 실낱같은 희망을 품고 화면을 켰다. 하지만 화면을 채운 건 위로가 아닌, 날카로운 비수들이었다.

친구라고 믿었던, 아니 친구라고 착각했던 놈들의 조롱. 민수의 눈에서 툭, 하고 뜨거운 것이 떨어졌다.

정말… 내 편은 한 명도 없는 거야? 다들 내가 죽기를 원하는 거냐고….

민수는 휴대폰을 꽉 쥐었다가 주머니에 넣었다. 더 이상 미련은 없다. 그는 질끈 눈을 감았다. 난간을 잡은 손에 힘을 풀고 허공으로 몸을 기울이려는 찰나였다.

"야!! 학생!! 너 지금 뭐 하는 거야! 당장 내려와!"

다급한 고함과 함께 거친 손길이 민수의 뒷덜미를 낚아챘다. 순찰 중이던 경찰이었다. 민수는 발버둥 쳤지만 건장한 경찰관의 힘을 이길 수는 없었다. 그렇게 허무하게 구조되어, 지옥 같은 집으로 다시 끌려왔다.

도어록이 열리는 소리가 나자마자 현관으로 엄마가 뛰쳐나왔다. 걱정스러운 얼굴이 아니었다. 잔뜩 화가 난, 도깨비 같은 얼굴이었다.

"야, 이민수! 너 미쳤어? 도대체 밖에서 뭐 하고 다니는 거야!"

"… 아니, 엄마. 그게 아니라… 너무 힘들어서…"

"힘들긴 뭐가 힘들어! 하루 종일 밖에서 뼈 빠지게 돈 버는 느이 아빠랑 내가 더 힘들지! 학교 다니고 밥 먹여 주니까 배가 불렀니? 어?"

엄마의 고함이 고막을 찢을 듯 파고들었다.

"왜 경찰서에서 전화 오게 만들어, 쪽팔리게! 앞으로 한 번만 더 그런 짓 해 봐. 알았어?!"

민수는 입술을 꽉 깨물었다. 차라리 뺨을 맞는 게 나을 뻔했다. '괜찮니? 무슨 일 있었니?' 그 한마디. 그 뻔한 한마디를 듣지 못했다.

"… 네, 죄송해요."

방으로 돌아온 민수는 휴대폰을 침대 구석으로 집어 던졌다. 그리고 시체처럼 그 위에 쓰러졌다. 눈을 감으니 칠흑 같은 어둠 속에서 내일 학교 갈 일이 파노라마처럼 펼쳐졌다.

내일 학교 가면 또 맞겠지…. 내 지갑에 돈이 얼마나 있더라. 매점 빵값이랑 담배 심부름값은 되나….

죽지 못해 살아남은 대가는 가혹했다. 괴로움에 몸을 뒤척이며 이불을 머리끝까지 뒤집어썼을 때였다.

징-

휴대폰이 짧게 울렸다. 민수는 신경질적으로 이불을 걷어찼다.

아이씨, 이 시간에 또 누구야….

또 그놈들일 것이다. 죽으라고, 왜 안 숙었냐고 비웃는 문자겠지. 민수는 찡그린 눈으로 화면을 켰다. 저장되지 않은 낯선 번호였다.

민수의 미간이 좁혀졌다. 발신자 정보엔 이름 대신 이상한 닉네임이 떠 있었다.

'이규형?'

뭔데? 이 사람 뭔데 다짜고짜 반말이야?

민수는 무시하려다 홧김에 답장을 타닥타닥 입력했다. 세상 모든 게 짜증 나고 억울했다.

전송 버튼을 누르자마자, 기다렸다는 듯 바로 답장이 도착했다.

민수는 헛웃음을 흘렸다.

뭐야? 이 아저씨 사기꾼이야? 도를 아십니까, 뭐 그런 건가?

하지만 민수는 휴대폰을 내려놓지 못했다. 오늘 하루, 유일하게 자신의 안부를 물어봐 준 낯선 타인. 그 기묘한 문자가 자꾸만 눈에 밟혔다.

민수는 그 이후로 규형에게 답장을 하지 않았다. 학교에서는 복도를 지나다니는 것조차도 두려웠다.

제발 아무도 안 마주쳤으면….

하지만 민수의 바람은 이루어지지 않았다.

“민수! 어디 가? 가는 김에 나 핫도그 하나만 사다 주라.”

“너 자살 글 올렸더라? 하여간 죽지도 못할 거면서 꼴값은.”

“아! 너 왜 나 치고 그냥 가냐? 사과 안 하냐?”

“미안해…”

“그래, 민수야. 앞 좀 잘 보고 다녀.”

친구들은 민수를 볼 때마다 비난과 조롱을 늘어놓았고, 선생님과의 상담 시간에서는 끝없는 잔소리를 들어야 했다.

“야, 이민수! 너 공부 안 하지? 어떻게 성적이 더 떨어지냐? 어! 나중에 대학은 어떻게 가려고 그래? 지금이라도 늦지 않았어. 이 정도 성적이면 나중에 알바하는 게 더 나을 수도 있어. 진지하게 고민해 봐.”

어느 곳에서도 민수는 환영받지 못했다. 하지만 규형은 달랐다. 매일 민수를 조롱하거나 압박하는 메시지가 아닌, 위로의 말을 담은 메시지를 보냈다.

민수는 처음에 ‘아니, 이 사람 도대체 누군데?’라며 의문을 가졌다. 하지만 규형은 민수에게 화를 내지 않았다. 그런 규형의 모습을 본 민수는 점점 마음을 열었다.

아… 연락해 볼까?

다음 날 아침, 학교는 여느 때와 다름없이 시끄러웠지만 민수의 세상만 회색빛이었다. 1교시 시작 전, 일진 무리 중 한 명이 민수의 책상을 툭 찼다.

“야, 이민수. 우리 다음 교시 체육인데 체육복 좀 내놔라.”

“어…? 우리 같은 반이잖아. 나도 입어야 하는데….”

“아니, 나 체육복 안 가져왔다고! 친구끼리 좀 빌려주라, 쫌! 말귀를 못 알아먹어?”

“하지만 선생님한테 혼나는데….”

“아, 진짜… 말 많네. 그냥 벗으라고.”

결국 민수는 입고 있던 체육복 상의를 벗어 줄 수밖에 없었다. 녀석은 민수의 옷을 뺏어 입으며 낄낄거렸다.

“진작 줄 것이지. 넌 어차피 운동도 못하잖아?”

수업 시작 종이 울리자 아이들은 우르르 운동장으로 쏟아져 나갔다. 민수는 교복 와이셔츠 차림으로 그들 틈에 섞여 터덜터덜 걸음을 옮겼다. 햇살은 따가웠고, 등 뒤에서는 녀석이 제 옷을 입고 떠드는 소리가 들려왔다. 운동장에 도착해 줄을 서자마자 체육 선생님의 날카로운 눈빛이 민수에게 꽂혔다.

“야, 체육복 안 입은 애 나와.”

“쌤, 이민수요!”

“민수, 너 왜 체육복 안 입었니?”

“아, 오늘 체육 있는지 몰랐어요.”

“민수, 넌 운동장 열 바퀴 뛰고 와.”

“네….”

민수는 입술을 깨물며 땡볕 아래 운동장을 달렸다. 억울함에 목이 메었지만 토해낼 곳은 없었다. 숨이 턱끝까지 차오르고 다리가 후들거릴 때까지 뛰고 나서야 겨우 수업이 끝났다.

녹초가 된 몸을 이끌고 교실로 돌아온 민수는 땀에 젖은 교복 셔츠를 펄럭이며 자신의 자리로 향했다. 다음 수업 책을 꺼내기 위해 사물함 손잡이를 잡았을 때였다.

끼익-

문을 여는 순간, 코를 찌르는 역한 악취와 사물함의 상태 때문에 민수는 경악을 금치 못했다. 거기엔 상한 우유가 있었고 구더기가 꿈틀거리고 있었다.

"으악!"

터진 팩 우유가 문제집들을 적시고 있었고, 며칠 동안 썩었는지 누런 액체 위로 하얀 구더기들이 꿈틀거리고 있었다. 누군가 고의로 넣어둔 게 분명했다.

아니, 내가 왜 이것까지 봐야 해? 안 그래도 체육복도 뺏겨서 서러워 죽겠는데, 진짜.

"야, 민수야! 그거 뭐냐? 아!! 너 우유를 뭐 거기다 넣어 놔?"

반 아이들의 시선이 일제히 민수에게 꽂혔다. 경멸, 혐오, 조소. 범인은 저들 중에 있다. 뻔히 알면서도 민수를 '더러운 놈'으로 몰아가고 있었다.

"아니, 내가 넣은 거 아닌데…."

"그럼 네 사물함에 그건 왜 있는데!"

"야, 뭔데, 뭔데? 악!!"

"아, 진짜 이민수 개더럽네, 진짜."

"빨리 치우라고! 뭐 하냐, 진짜!"

민수는 억울해 죽을 것 같았다. 하지만 반항할 엄두가 나지 않았다. 민수는 가만히 듣고만 있을 수밖에 없었다.

아니… 내가 넣은 거 아니라고!! 내가 넣은 것도 아닌데, 왜 내가 치워야 하는 거야? 내가 피해자인데. 내 옷을 뺏기고, 내 사물함이 테러당했는데. 왜 사과는커녕 쓰레기 취급을 받아야 하는 걸까. 진짜 쪽팔려…. 이걸로 또 나 놀리겠지? 난 언제쯤 정상적으로 학교생활을 할 수 있을까?

민수는 겨우 구더기를 처리했다. 하지만 민수에게 돌아오는 건, 싸늘한 비난의 말뿐이었다. 아이들은 민수가 바닥을 닦는 모습을 구경거리처럼 지켜보며 수군거렸다.

"야, 재 별명 이제부터 구더기다."

"어휴, 냄새나는 새끼. 내가 저런 애랑 왜 같은 반이어야 하는데?"

"가까이 가지 마. 옮을라."

비수 같은 말들이 민수의 심장에 못처럼 박혔다. 겨우 청소를 끝냈을 때, 민수의 손과 옷에는 지워지지 않는 썩은 냄새가 배어 버린 것 같았다. 그날 하루 종일, 민수는 투명 인간이자 오물 취급을 당했다.

집으로 돌아오는 길, 민수의 눈가는 짓물러 있었다. 억울함은 분노가 아닌 깊은 체념으로 바뀌어 가고 있었다.

하… 진짜 내가 한 것도 아닌데 왜 나만 욕먹고 고생은 고생대로 하고 이게 뭐야! 진짜 어떻게 사람들이 하나같이 다 못됐어? 어떻게 하나같이 나만 욕해? 내 편을 들어 주는 사람이 어떻게 한 명도 없어! 진짜!

아, 오늘 체육복도 못 받았네. 내일도 체육 있는데 돌려 달라고 문자 해 봐야겠다.

문자를 보내려고 휴대폰을 켠 순간, 민수이 휴대폰에는 많은 양의 문자가 쌓여 있었다.

누가 문자를 이렇게 많이 보낸 거지?

방구석에 처박혀 있던 민수의 휴대폰이 발작하듯 진동했다. 단체 채팅방 알림이 폭주하고 있었다.

합성된 사진이었다. 구더기 사진에 민수의 얼굴을 오려 붙인 기괴하고 역겨운 이미지.

민수는 입술을 피가 나도록 깨물며 스크롤을 내렸다. 더 이상 읽으면 정말로 미쳐 버릴 것 같았다. 그때였다. 수많은 욕설과 조롱의 홍수 아래, 덩그러니 놓인 낯선 채팅방 하나가 눈에 들어왔다.

'이규형.'

순간, 민수의 세상이 멈췄다. 부모님조차, 선생님조차 묻지 않았던 말.

'힘든 거 없지?'

그 짧은 문장을 읽는 순간, 민수의 눈앞이 뿌옇게 흐려졌다. 목구멍 끝까지 차올라 있던 딱딱한 울분이 와르르 무너져 내렸다.

흐으… 으윽….

민수는 떨리는 손가락으로 자판을 두드리기 시작했다. 오타가 나고, 눈물 때문에 화면이 잘 보이지 않았지만 멈출 수가 없었다. 누군가에게 털어놓지 않으면 당장이라도 심장이 터져 죽을 것만 같았다.

한번 터진 감정은 걷잡을 수 없었다. 민수는 짐승처럼 울부짖으며 그동안 삼켜 왔던 지옥 같은 시간들을 토해 냈다.

전송 버튼을 누를 때마다 눈물이 휴대폰 액정 위로 툭툭 떨어져 얼룩
졌다.

민수는 침대에 얼굴을 파묻고 꺼이꺼이 소리 내어 울었다. 화면 속의
'규형'이 누군지는 중요하지 않았다. 지금 이 순간, 자신의 비명을 들어주
는 유일한 대나무 숲. 그 존재에게 민수는 영혼 바닥에 눌러붙은 고통까
지 전부 긁어내어 보내고 있었다.

몇 분 후 규형에게 답장이 왔다.

민수는 규형의 한 문장에 위안을 얻었다. 하지만 그 위안은 순식간에
의심으로 바뀌었다.

뭐지, 이 아저씨? 이상한 사기꾼인 줄 알았는데 왜 내 이야길 들어 주
고 내 편을 들어 주는 거지? 이 아저씨도 무슨 속셈이 있는 건가?

민수는 그 한마디에 모든 절망과 슬픔이 녹아내리는 기분이었다. 민수는 그때부터 규형과 매일 밤마다 문자를 주고받았다.

민수가 힘든 일을 이야기하면 규형은 그저 묵묵하게 듣고만 있었다. 민수는 그저 들어 주는 것만으로 마음이 편안해지는 것을 느꼈다.

민수는 규형의 말처럼 하루하루 힘들지만 꾸역꾸역 하루하루 버티고 있었다. 하지만 쏟아지는 수행 평가와 기말고사는 민수에게 숨 쉴 틈도 주지 않았다. 하지만 민수는 포기하지 않았다. 힘들어도 밤늦게까지 문제집을 붙잡고 공부를 했다.

제발, 진짜 성적 잘 나와야 해. 엄마한테 혼나기 싫어. 쌤한테 잔소리도 더 이상은 못 듣겠어, 제발….

하지만 공부를 너무 열심히 한 나머지 민수는 시험 시간에 졸아 버렸다. 결국 성적은 중간고사 때보다 더 바닥을 쳤다.

왜? 도대체, 왜? 진짜 하루에 3시간 자면서 공부했는데, 왜! 내가 재들보다 성적을 못 받아야 하는 건데? 내가 잘하는 게 뭘까? 나는 진짜 왜 살아야 하는 거지? 어차피 살아 있어도 엄마한테 민폐나 끼치고 내가 살아 있어서 좋은 점이 있을까?

"이민수, 너 잠깐 교무실로 와라."

담임 선생님의 호출이 들렸지만, 민수의 귀에는 들어오지 않았다. 그는 좀비처럼 자리에서 일어나 가방을 챙겼다. 선생님의 고함이 뒤통수에 꽂혔지만 무시하고 교문을 나섰다.

발걸음은 자연스럽게 강을 향하고 있었다. 주머니 속 휴대폰이 발작하듯 진동했다. 화면을 보지 않아도 알 수 있었다. 세상이 나를 물어뜯기 시작했다는 것을.

징- 징- 징-

민수는 홀린 듯 휴대폰을 켰다. 엄마의 장문 문자였다.

> 야, 이민수! 너 성적 더 떨어졌다며? 방금 담임 선생님 전화 받았다. 중간고사 때는 네가 힘들어 보여서 참았는데, 이건 진짜 너무하잖아! 너한테 투자한 학원비가 얼만데, 어? 옆집 민영이는 이번에 올백이라더라. 넌 누굴 닮아서 그 모양이야? 나가 죽어, 그냥!

가슴이 난도질당하는 기분이었다. 이어지는 친구들의 문자는 확인 사살이었다.

> 민수야, 그렇게 밤새워서 공부하더니 성적 내 밑이네? ㅋㅋㅋ

> 아, 쟤 3시간 잤다며? 이럴 거면 공부 왜 하냐? 벼락치기 한 나한테도 지는데.

> 머리가 나쁘면 몸이 고생한다더니 딱 그 꼴이네.

> 이번에는 자살하겠단 글 안 올리냐? 이젠 쪽팔려서 죽기도 두렵나 봐?

> 버러지 새끼....

휴대폰 진동이 심장 박동처럼 느껴져 숨을 쉴 수가 없었다. 민수는 휴대폰 전원을 꺼 버렸다.

어느새 민수는 다리 난간 앞까지 왔다. 발밑으로 검은 강물이 입을 벌린 채 넘실거리고 있었다. 처음 이곳에 섰을 때 느꼈던 공포는 없었다. 차가운 강바람이 뺨을 때렸지만, 마음속에 들이닥친 시베리아 같은 한기보다는 덜했다.

그래. 노력해도 안 되는 놈은 안 되는 거야.

이제 정말 끝이다. 더 이상 노력할 힘도, 상처받을 자리도 남아있지 않았다.

민수는 다리 난간 위에 섰다. 발밑으로 검은 강물이 입을 벌린 채 넘실거리고 있었다. 차가운 강바람이 뺨을 때렸지만, 마음속의 한기보다는 덜했다. 이제 정말 끝이다.

휴대폰을 쥔 손이 미세하게 떨렸다. 마지막으로 떠오르는 얼굴은 부모님도, 친구도 아닌, 얼굴 한 번 본 적 없는 낯선 타인이었다. 유일하게 내 편이 되어 주었던 사람.

민수는 떨리는 손가락으로 마지막 메시지를 입력했다.

전송 버튼을 누르자마자 휴대폰 화면이 어두워졌다.

***

같은 시각, 규형의 방은 숨 막힐 듯 고요했다. 그는 휴대폰 화면을 뚫어져라 쳐다보고 있었다. 민수가 쏟아낸 그 끔찍한 이야기들—사물함 속 구더기, 아이들의 조롱, 엄마의 폭언—이 규형의 머릿속을 헤집어 놓고 있었다.

고작 열여덟 살인데… 이 작은 아이가 감당하기엔 너무 가혹해.

그때, 화면에 짧은 답장이 떴다.

순간, 규형의 심장이 발밑으로 쿵 하고 떨어지는 것 같았다. 머릿속의 혈관이 차갑게 식어 버렸다.

안 돼….

규형은 떨리는 손가락으로 다급하게 통화 버튼을 눌렀다. 제발, 제발 받아라. 목소리만 들려주면 어떻게든 붙잡을 수 있다. 하지만 돌아오는 건 희망을 짓밟는 건조한 기계음뿐이었다.

"전원이 꺼져 있어 소리샘으로 연결되오니…."

뚝. 통화가 끊기는 그 짧은 정적 속에서, 규형은 견딜 수 없는 공포를 느꼈다.

내가 너무 늦었나? 그 아이가 내민 마지막 손을 내가 놓쳐 버린 건가?

민수의 마지막 문자. 그것은 작별 인사가 아니라 살려 달라는 비명이 었다. 어른들이, 세상이 외면할 때 유일하게 자신에게 말을 걸어 준 낯선 아저씨에게 남긴 마지막 유언. 만약 여기서 민수가 잘못된다면, 규형 역 시 그 아이를 죽음으로 내몬 방관자 중 하나가 되는 것이다.

제발, 민수야… 안 돼, 이러지 마!

규형은 발작하듯 112를 눌렀다. 신호 연결음이 가는 1초가 1년처럼 길게 느껴졌다. 식은땀이 등줄기를 타고 흘러내렸다.

"네, 112입니다."

"여보세요? 경찰이죠! 지금 사람이 죽으려고 해요! 빨리요!"

규형의 목소리는 비명에 가까웠다.

"방금 학생한테서 자살 암시 문자가 왔어요! 핸드폰도 꺼졌고요! 제발 위치 추적 좀 해 주세요!"

"신고자분, 진정하시고 학생 인적 사항 아십니까?"

"이민수요! S고등학교 2학년 이민수! 연락처는…."

전화를 붙들고 있는 규형의 손이 하얗게 질려 있었다. 머릿속에는 오직 하나, 민수의 얼굴도 모르는 그 아이의 생명뿐이었다.

죽지 마. 제발 죽지 마. 넌 아무 잘못도 없어. 네가 왜 죽어야 해? 썩어빠진 건 세상인데 왜 네가 떠나야 하냐고!

규형은 입술을 깨물며 속으로 빌고 또 빌었다.

조금만 버텨줘. 아저씨가, 아니 우리가 갈 테니까. 제발 그 끈을 놓지 마….

경찰의 대응은 신속했다. 규형의 절박함이 통했는지 코드 제로가 발령되었다. 사이렌 소리가 날카롭게 밤공기를 찢어발기며 다리를 향해 질주했다. 붉고 푸른 경광등 불빛이 어둠을 밀어내며, 다리 난간 위에 위태롭게 서 있는 작은 그림자를 비췄다.

***

민수는 휴대폰을 쥔 손에 힘을 풀었다. 마지막으로 눈을 감자 차가운 강바람이 온몸을 휘감았다.

이제… 정말 끝이야.

민수는 망설임 없이 몸을 앞으로 기울였다. 무게 중심이 난간 밖, 허공으로 쏠리며 발끝이 바닥에서 떨어지는 찰나였다.

"학생!! 안 돼!!"

다급한 비명과 함께, 누군가의 거친 손길이 민수의 가방끈과 뒷덜미를 낚아챘다. 산책을 하던 시민이었다.

"놔! 놓으라고요!!"

"안 돼! 절대 안 놔! 정신 차려, 학생!"

민수는 반동으로 난간에 매달린 채 발버둥 쳤고, 시민은 핏대를 세우며 민수의 팔을 죽기 살기로 붙들었다. 힘이 빠져 손이 미끄러지려던 절체절명의 순간, 요란한 사이렌 소리와 함께 경찰차가 급정거했다.

"비키세요! 비켜!"

경찰관들과 구조대원들이 들이닥쳐 민수의 허리춤과 팔다리를 낚아챘다. 여러 명의 손길이 한꺼번에 달려들었고, 허공으로 몸을 던지려던 민수의 몸이 둔탁하게 아스팔트 바닥으로 끌려 올라와 내동댕이쳐졌다.

"놔! 이거 놔요! 그냥 죽게 냅두라고요!"

민수는 짐승처럼 울부짖으며 발버둥 쳤지만, 건장한 어른들의 힘을 당해낼 수는 없었다. 바닥에 짓눌린 뺨 위로 뜨거운 눈물이 아스팔트를 적셨다.

한바탕 소동이 지나가고, 탈진한 민수가 거친 숨을 몰아쉬며 주저앉아 있을 때였다. 경찰 통제선 너머에서 누군가 비틀거리며 달려왔다.

"하아… 하아… 민수야…!"

헐떡이는 숨을 고르며 민수 앞으로 다가온 남자. 넥타이는 풀어 헤쳐졌고, 땀으로 흠뻑 젖은 셔츠는 등에 달라붙어 있었다. 얼마나 미친 듯이 뛰었는지 구두 한 짝은 뒤축이 구겨져 있었다.

민수는 흐릿한 눈으로 남자를 올려다보았다. 낯설지만, 어쩐지 그 문자 메시지처럼 따뜻하고 친숙한 느낌이 드는 사람. 직감적으로 누군지 알았다.

"… 아저씨가 이규 형이에요?"

민수의 물음에 남자는 거친 숨을 삼키며 고개를 끄덕였다. 눈가는 이미 붉게 충혈되어 있었다.

"응. 우리 만난 건 처음이지?"

"아저씨, 절 왜… 왜 구해 주셨어요?"

민수는 원망 섞인 눈으로 그를 쏘아봤다. 왜 내 죽음마저 방해하느냐는 듯한 눈빛. 그 서슬 퍼런 외침에 규형은 잠시 말을 잇지 못했다.

"왜! 제 인생에 자꾸 끼어들어서 오지랖인데요, 왜!"

"… 미안해. 사실 널 볼 때마다 죽은 우리 아들이 생각나서 그랬어."

민수의 눈동자가 흔들렸다. 예상치 못한 대답이었다.

"네?"

"10년 전이었어. 우리 아들이 스스로 세상을 등진 게."

규형의 시선이 허공을 향했다. 10년이 지나도 잊히지 않는 고통스러운 기억이 그의 목소리에 묻어났다.

"분명 잘 웃고 친구도 많아 보였어. 그래서 난 아무 걱정 없이 잘 지내는 줄만 알았지. 하지만 아니더라. 그 애는… 지옥 같은 학교 폭력을 견디고 있었어."

규형은 주먹을 꽉 쥐었다. 손톱이 손바닥을 파고들었다.

"난 아들이 죽고 싶어 할 정도로 힘든 줄도 모르고, 그저 뻔한 잔소리만 해댔지. 조금만 참으라고. 공부만 하라고. 고등학교만 졸업하면 실컷 놀 수 있다고…."

규형의 뺨 위로 뜨거운 것이 흘러내렸다. 그것은 10년 묵은 후회이자 참회였다.

"아들을 떠나보내고 다짐했어. 다시는, 다시는 아이들의 비명 소리를 외면하지 않겠다고. 무조건 너희들 편에서 이야기를 들어주겠다고."

규형은 비닥에 주지앉은 민수에게 천천히 손을 내밀었다. 투박히지만 따뜻한 손이었다.

"민수야. 네가 죽으면 부모님은… 정말 하늘이 무너질 듯이 아플 거야. 내가 겪어 봐서 알아. 그건 지옥이야."

"…"

"그러니 오늘… 딱 오늘 하루만 더 버텨 주면 안 되겠니? 아저씨가 도

울게. 네가 이길 때까지 옆에 있을게."

그 순간 민수의 머릿속에는 오만 가지 생각이 다 들었다.

민수야, 네가 버틴다고 뭐가 달라질 거 같아? 어차피 넌 내일도 학교에서 괴롭힘당할 거잖아. 너에게 희망이 있을 거 같아?
아니야, 민수야. 네가 죽으면 분명 너의 부모님은 슬퍼하실 거야. 안돼! 민수야!
네까짓 거 죽어도 누가 슬퍼해 줄 거 같냐? 그냥 죽어, 구더기!
민수야, 살아야 해!
그냥 죽어! 민수야, 어차피 슬퍼해 줄 사람 없어. 네 장례식에 누가 와 주긴 할 거 같아?
으아아아! 난 도대체 어떻게 해야 해?

그 순간, 민수는 어릴 적 놀이동산에 간 기억이 떠올랐다.
"아빠, 우리 저것도 타요."
"그래, 민수야. 우리 저거 탈까?"
"와아아아아!"
"민수야, 재밌었어?"
"응, 아빠. 우리 저것도 타러 가자."
민수는 울면서 규형의 품에 안겼다.
"아저씨! 전 살고 싶어요! 죽는 게 너무 두려워요. 사실 저번에도 자살하려고 다리 위에 서 있었는데 도저히 못 뛰겠어요. 근데 사는 건 더 두려워요. 매일 어떤 괴롭힘을 당할지 얼마나 맞을지 너무 두려워요!"
"괜찮다, 민수야. 괜찮아. 힘들면 울어도 돼…."

그날 이후, 민수는 살기 위해 발버둥 쳤다. 쉬는 시간 종이 울리기가 무섭게 엎드려 자는 척을 하거나 화장실로 숨어들었다. 하지만 학교라는 좁은 우리 안에서 포식자를 피할 곳은 없었다.

"야, 쥐새끼. 어딜 그렇게 뽈뽈거리며 도망 다니냐?"

복도 모퉁이를 돌자마자 놈과 딱 마주쳤다. 민수가 뒷걸음질 칠 새도 없이 놈의 억센 손이 민수의 교복 넥타이를 낚아챘다. 목이 졸려 컥, 하는 소리가 튀어나왔다.

"너 요즘 인사도 안 하고 다닌다? 좀 맞으니까 이제 내가 안 무섭냐?"

"아니… 그게 아니라…."

"아니긴 뭐가 아니야. 따라와. 화장실 가서 교육 좀 다시 받아야겠다."

놈은 민수의 목덜미를 휘어잡고 화장실로 질질 끌고 가기 시작했다. 그곳은 CCTV도 없는 완벽한 사형대였다. 거기까지 끌려가면 죽는다. 공포감에 다리가 후들거렸다.

그때였다. 놈의 어깨 너머로, 복도 저편에서 걸어가는 익숙한 등판이 보였다. 체육 선생님이었다. 평소 호랑이처럼 무섭던 그 등판이 지금은 유일한 동아줄처럼 보였다.

지금이 아니면 난 맞아 죽을 거야…

민수는 놈의 손을 뿌리치기 위해 안간힘을 쓰며, 터져 나오지 않으려는 목소리를 쥐어짜 냈다.

복도 저편, 체육 선생님의 뒷모습이 보였다. 민수는 있는 힘껏 목청을 높였다.

"선생님! 도와주세요! 얘가 저 괴롭혀요!"

하지만 구원의 손길보다 빠른 것은 폭력이었다.

"야, 이민수. 너 지금 꼰지르려고 했냐?"

놈은 민수의 멱살을 잡고 복도에서 다시 교실로 돌아와 가장 구석진 곳으로 끌고 갔다. 민수가 반항할 새도 없이 놈은 민수를 벽으로 거칠게 밀어붙였다. 쾅, 하는 소리와 함께 등뼈가 울렸다. 애들의 시선에 대해 아랑곳하지 않고 놈은 낄낄거리며 민수의 뺨을 툭툭 쳤다. 그것은 폭력이라기보다는 명백한 조롱이었다.

"넌 그냥 샌드백이야. 소리 지르면 누가 와서 구해줄 줄 알았냐? 아무도 네 편 없어. 알아들어?"

놈의 비웃음 섞인 얼굴이 민수의 코앞까지 다가왔다. 그 순간, 민수의 머릿속에서 무언가가 뚝 끊어지는 소리가 났다. 아무도 나를 도와주지 않는다. 여기서 내가 가만히 있으면, 나는 평생 이 지옥에서 벗어나지 못한다. 아니, 맞아 죽을지도 모른다.

공포가 극에 달하자, 역설적으로 눈앞이 하얗게 변하며 핏빛 분노가 솟구쳤다. 어차피 죽을 거라면… 너라도 죽이고 죽겠다.

민수는 덜덜 떨리는 주먹을 꽉 쥐었다. 놈이 방심하고 비릿한 웃음을 흘리던 바로 그 순간이었다.

퍽!

둔탁한 파열음과 함께 놈의 고개가 획 돌아갔다. 민수가 생전 처음으로 낸 용기이자 회심의 일격이었다. 하지만 놈은 비틀거리지도 않았다. 입안이 터졌는지 바닥에 피 섞인 침을 퉤, 하고 뱉어낼 뿐이었다. 놈의 눈에는 당황스러움보다 기가 차다는 듯한 분노가 서리기 시작했다.

"야, 이민수. 미쳤냐? 돌았어?"

놈은 선생님이 바로 옆에 있다는 사실 따위는 안중에도 없었다.

"이 새끼가 진짜 죽고 싶어서 환장했나."

놈이 주먹을 높이 쳐들었다. 그때, 사태를 파악한 담임 선생님이 황급히 달려들어 놈의 팔을 붙잡았다.

"야! 너 뭐 하는 거야! 그만 안 둬?"

하지만 놈의 반응은 상상을 초월했다.

"아, 씨발! 이거 안 놔요?"

놈은 선생님의 팔을 거칠게 뿌리쳤다. 그 반동으로 선생님이 비틀거리며 교탁 모서리에 허리를 찧었다. 교실 안에 정적이 흘렀다. 친구를 때린 것을 넘어, 교사에게 욕설을 뱉고 물리력까지 행사한 상황. 선을 넘어도 한참 넘었다.

"너… 너 방금 선생님한테 욕했니? 밀쳤어?"

"아, 쌤이 먼저 잡았잖아요! 짜증 나게 진짜."

놈은 분이 안 풀리는지 책상을 걷어차며 소리를 질렀다. 선생님은 더 이상 참지 못하고 씩씩거리며 놈의 뒷덜미를 낚아챘다.

"따라와. 너 오늘 집에 못 갈 줄 알아."

민수와 놈은 짐짝처럼 교무실로 끌려갔다. 복도를 지나가는 내내 놈은 민수를 향해 입 모양으로 '죽여 버린다'라고 뻐끔거리며 살기를 내뿜었다.

교무실 구석 자리로 내동댕이쳐진 뒤에도 놈의 태도는 변함이 없었다. 반성문을 쓰라는 말에 볼펜을 바닥으로 집어 던지며 짝다리를 짚었다.

"못 써요. 제가 왜 써요? 저 새끼가 먼저 쳤다니까요?"

"야! 이민수는 한 대 쳤고, 넌 민수를 묵사발로 만들었잖아! 그리고 어디서 선생님 앞에서 볼펜을 집어 던져? 너 이거 선도위원회 열리면 징계 수위가 얼마나 센 줄 알아? 너 이번엔 진짜 퇴학이야!"

선생님의 호통에도 놈은 콧방귀를 뀌었다.

"퇴학이요? 하, 웃기시네. 교권 침해 뭐 그런 걸로 엮으시게요?"

"너 태도가 그게 뭐야! 부모님 오시라고 해, 당장!"

"부르세요. 우리 엄마 오면 쌤이 더 피곤하실 텐데?"

놈은 마치 이 상황을 즐기는 듯했다. 이미 학교라는 시스템이 자신을 어쩌지 못한다는 걸 아는 눈치였다.

"그리고 쌤, 저번에도 말씀드렸잖아요."

놈이 귀찮다는 듯 하품을 하며 툭 내뱉었다.

"저 어차피 자퇴할 거라고요. 유학 갈 거니까 신경 끄시라고 했잖아요."

"… 뭐?"

"어차피 그만둘 학교인데, 선도위고 나발이고 맘대로 하세요. 아, 근데 퇴학 처리되기 전에 제가 먼저 자퇴서 낼 거니까 헛수고하지 마시고요."

선생님은 기가 찬 듯 입을 다물지 못했다. 퇴학 기록을 남기지 않으려고 선수 치는 영악함, 그리고 학교를 '언제든 버릴 수 있는 곳'으로 여기는 오만함 앞에 선생님도 할 말을 잃은 듯했다.

"오냐, 그래. 네가 원하는 대로 해 보자. 대신 경찰 조사는 각오해야 할 거다."

"아, 예, 예. 그러시던가요."

놈은 끝까지 뻔뻔했다. 교무실 구석, 고개를 푹 숙이고 앉아 있던 민수는 주먹을 꽉 쥐었다. 허무했다. 나의 고통, 나의 피눈물, 그리고 오늘 내가 낸 용기마저도 놈에게는 그저 '귀찮은 자퇴 절차' 중 하나일 뿐이었다.

내가 맞은 수많은 매질과 비명이 고작 '유학'이나 '자퇴'라는 두 글자로 덮이는 순간이었다.

며칠 후, 교실 뒤편 게시판에는 징계 결과가 적힌 종이 한 장이 펄럭이고 있었다.

아래 학생은 선도위원회의 결정에 따라 학교생활규정 제19조에 의거 2005년 11월 3일부터 징계 처리합니다.

성명 강휘준

학반 1학년 7반

징계 내용 퇴학

가해자가 사라진 교실의 공기는 놀라울 만큼 빠르게 변했다. 아이들은 벌써 딴청을 피우며 수군거리고 있었다.

"잘됐다. 솔직히 그 새끼 때문에 학교생활 불편했는데."

"야, 근데 걔 따까리들은 다 어디 갔냐?"

"몰라, 대장 없으니까 쫄아서 어디 짱박혀 있겠지."

비겁한 속삭임들이었지만, 민수에게는 승전보나 다름없었다. 민수는 가슴 깊은 곳에서부터 묵직하게 올라오는 숨을 길게 토해냈다.

하….

폐부 깊숙이 맑은 공기가 들어왔다. 어깨를 짓누르던 거대한 돌덩이가 마침내 사라진 기분이었다.

드디어 끝났다. 이제 나도… 평범한 학교생활 할 수 있는 거야!

죽어 있던 민수의 얼굴에 처음으로 생기가 돌았다. 창문 틈으로 들어온 햇살이 더 이상 차갑지 않았다. 민수는 주머니에서 휴대폰을 꺼냈다. 저장된 이름, '이규형'. 민수는 떨리는 손끝으로 진심을 꾹꾹 눌러 담았다.

전송 버튼을 누르자마자 1초도 안 되어 답장이 도착했다. 여전히 투박하지만 따뜻한 말투였다.

오냐, 민수야. 오늘은 뭐 재밌는 일 없니?

민수는 피식, 웃음을 터뜨리며 답장을 썼다.

드디어 저 괴롭히던 애 전학 갔어요!

그것 참 잘된 일이네. 아저씨는 바빠서 먼저 간다.

네, 아저씨. 오늘도 좋은 하루 보내요.

그래, 너도 오늘 하루 열심히 버텨라.

'버텨라.'

그 투박한 응원이 민수의 등을 단단하게 받쳐 주었다. 민수는 휴대폰을 주머니에 넣으며 자리에서 일어났다.

오늘을 버티면 내일이 온다. 그 당연한 사실을 이제는 안다. 민수는 규형의 말을 되뇌며 가벼운 발걸음으로 교실 문을 활짝 열고 나갔다.

8. 우리, 사랑했어요

김재형

「우리, 사랑했어요」라는 소설은 누구나 가볍게 읽을 수 있는 연애 소설이다. 이 소설은 실제 경험담을 바탕으로 작성한 소설이며 이 소설을 작성할 때 그때 당시에 느꼈던 설레는 감정, 청소년 때만 느낄 수 있는 풋풋함을 최대한 담아내려고 노력했다.

햇살이 쨍쨍한 4월의 어느 날, 갑작스럽게 폰이 울렸다. 승훈이와 놀기로 약속한 그날이었다.

"어… 여보세요?"

"야!! 김재현! 너 지금 어디야?"

수화기 너머로 승훈이의 사자후가 터져 나왔다.

"너 안 나왔지? 지금 애들 다 도착해 가는데 미쳤냐? 빨리 안 튀어와?"

"아, 맞다…!"

잠이 확 달아났다. 며칠 전, 승훈이가 세상 무너진 표정으로 나를 붙잡고 사정했던 기억이 그제야 떠올랐다.

"야, 나 여자애들이랑 친구들이랑 놀기로 했는데 애들이 다 나가 버려서 나랑 여자애 두 명밖에 없어. 같이 놀자. 너 여자애들이랑 말 잘하잖아."

"아, 귀찮아. 그리고 나 소심해서 말 잘 못해."

"아, 제발! 정상인 애 너 말고 없어. 제발 한 번만 도와줘라, 어?"

"알겠어…."

그 간절한 눈빛에 넘어가 덜컥 알겠다고 한 게 화근이었다. 나는 허둥지둥 눈에 보이는 후드 티를 아무렇게나 꿰어 입고 집을 뛰쳐나갔다. 약속 장소에 도착했을 때, 나는 이미 땀범벅이었다.

"아, 김재현! 진짜 뭐 하냐, 너?"

"아, 진짜 미안! 오늘인 줄 몰랐다."

"에휴, 애들 안 와서 망정이지."

1분쯤 지났을까, 멀리서 여자아이들의 웃음소리가 들려왔다. 승훈이 녀석의 구겨졌던 표정이 순식간에 화색으로 바뀌었다.

"어! 왔냐, 다혜야?"

"오랜만이야, 승훈아. 많이 기다렸어?"

승훈이와 다혜가 10년 지기처럼 반갑게 인사를 나누는 사이, 나는 그 옆에 서 있는 또 다른 아이에게 시선이 갔다. 다혜 뒤에 조용히 서 있는 아이.

"아, 네가 재현이야? 안녕? 난 다혜야. 그리고 이쪽은 민주."

다혜의 소개에 민주라고 불린 아이가 고개를 살짝 들었다. 나와 눈이 마주치자 민주가 수줍게 웃으며 입을 뗐다.

"… 안녕?"

"으, 응…. 안녕."

나는 기어들어 가는 목소리로 겨우 대답했다. 첫 만남은 4월의 햇살처럼 눈부셨지만, 내 속은 어색함으로 타들어 가고 있었다.

승훈이의 주도로 우리는 근처 만화 카페로 향했다. 카페 안은 사람들로 북적였다. 승훈이와 다혜가 소란스럽게 대화하는 동안 나랑 민주는 어색하게 서 있기만 했다. 승훈이는 익숙하게 방을 잡으며 말했다.

"나랑 다혜가 자리 잡아 놓을 테니까 니랑 민주가 보드게임 좀 골라 와."

얼떨결에 단둘이 남겨진 상황. 진열장 앞에 나란히 섰지만, 우리 사이에는 숨 막히는 정적만이 흘렀다. 어떤 게임을 골라야 할지 몰라 시선만 굴리고 있을 때였다.

"우리 무슨 게임 할까?"

"으음… 잘 모르겠는데. 너 좋아하는 거 있어?"

민주와 나 사이에는 묘한 기류가 흘렀다. 분명 어색하고 불편해야 할 침묵인데, 이상하게 싫지가 않았다. 오히려 심장이 간질거리는 느낌이었다.

"어? 저기 젠가 있다! 우리 젠가 할까?"

"오, 좋아! 내가 꺼낼게."

우리는 좁은 다락방 같은 공간에 옹기종기 모여 앉아 젠가를 시작했다. 나무 블록 하나를 뺄 때마다 묘한 긴장감이 감돌았다.

"제발, 제발… 넘어지지 마라!"

"넘어져라! 넘어져라!"

"오케이! 김재현, 걸렸고! 등짝 딱 대."

"아, 제발! 살살 좀 때려라, 진짜!"

처음의 어색함은 나무 블록이 무너지는 소리와 함께 사라졌다. 몇 시간 동안 웃고 떠들다 밖으로 나오니 어느새 해가 뉘엿뉘엿 지고 있었다.

그렇게 몇 시간 동안 보드게임을 하고 밖으로 나온 후 다혜가 말했다.

"야, 이대로 헤어지긴 좀 아쉬운데 노래방이라도 갈래?"

다혜의 제안에 모두가 고개를 끄덕였다. 우리는 홀린 듯 근처 코인 노래방으로 들어갔다. 4명이 들어가기엔 턱없이 좁은 방이었다.

"야, 좁으니까 좀 껴서 앉자. 김재현! 너 안쪽으로 좀 더 가 봐!"

"어, 어…."

승훈이에게 떠밀려 나는 구석 자리로 밀려났고, 내 바로 옆에는 민주가 앉게 되었다. 엉덩이를 붙이고 앉자, 우리 둘 사이의 간격은 거의 사라졌다. 민주가 자세를 고쳐 앉을 때마다 그녀의 어깨와 팔뚝이 내 팔에 스치듯 닿았다.

그 찰나의 접촉이 마치 정전기처럼 찌릿하게 느껴졌다.

좁은 공간, 들이마시는 숨마다 민주의 달콤한 샴푸 향기가 훅 끼쳐 들어왔다.

‘어… 이거 너무 가까운 거 아닌가?’

심장이 갈비뼈를 때리는 소리가 민주에게까지 들릴까 봐 나는 숨조차 크게 쉴 수 없었다.

"야! 첫 곡 누가 부를 거야! 김재현, 너 노래 좀 하잖아. 네가 분위기 좀 띄워 봐."

"어? 나 목 안 풀렸는데…."

"빼지 말고 얼른!"

승훈이가 억지로 마이크를 쥐어 주었다. 나는 떨리는 손으로 평소 즐겨 부르던 발라드곡을 예약했다. 반주가 흐르자 다혜와 승훈이는 탬버린을 흔들며 난리법석을 떨었지만, 내 신경은 온통 오른쪽 옆구리, 민주가 있는 쪽에 쏠려 있었다.

노래를 부르는 내내 시선을 어디다 둬야 할지 몰라 화면만 뚫어져라 쳐다보았다. 그러다 간주 부분에서 슬쩍 옆을 돌아보았을 때였다.

민주와 눈이 딱 마주쳤다.

시끄러운 탬버린 소리와 승훈이의 고함 속에서도 민주는 조용히, 그리고 빤히 나를 바라보고 있었다. 나와 눈이 마주치자 그녀는 눈을 피하지 않고 입꼬리를 살짝 올리며 소리 없이 박수를 쳐 주었다.

‘…!’

마치 시끄러운 세상 소음이 전부 차단되고, 이 좁은 방 안에 우리 둘만 남겨진 것 같은 기묘한 느낌. 그 다정한 눈빛에 머릿속이 새하얘졌다.

‘아, 삑사리 나면 안 되는데. 노래 별로라고 생각하면 어떡하지?’

가사가 무슨 내용인지도 모른 채, 나는 오직 한 사람을 의식하며 노래를 불렀다. 노래가 클라이맥스로 치닫는 순간에도 민주는 다른 곳을 보지 않고 내 노래에 귀 기울여 주고 있었다. 그녀의 눈동자에 오롯이 나만 비치고 있다는 사실이 좁은 노래방 안의 공기를 뜨겁게 달궜다.

한바탕 노래를 부르고 나오니 밖은 이미 어둑한 밤이었다. 밤바람이 불어와 뜨거워진 볼을 식혀 주었지만, 가슴 속의 울렁임은 멈추지 않았다.

"잘 가라, 승훈아."

"잘 가, 다혜야. 민주, 너도 조심해서 가."

"응. 너희도 잘 가."

민주가 돌아서려다 멈칫하더니, 나를 보며 한 번 더 입을 열었다.

"재현아, 너 아까 노래 진짜 잘 부르더라. 목소리 좋았어. 잘 가."

그 한마디가 내 심장에 쐐기를 박았다.

민주가 손을 흔들며 멀어졌다. 가로등 불빛 아래로 사라지는 그 뒷모습을 나는 망부석처럼 서서 한참이나 바라보았다. 귓가에는 아직도 그녀가 불러준 내 이름과 칭찬이 환청처럼 맴돌았다.

평소라면 버스를 타고 집에 가는 길이 지루하고 피곤했을 텐데, 오늘은 차창 밖으로 스쳐 지나가는 평범한 간판들조차 유난히 반짝여 보였다. 집에 도착해서 침대에 누웠지만, 노래방 어둠 속에서 마주쳤던 민주의 반짝이는 눈빛이 천장 위로 아른거려 잠을 이룰 수가 없었다.

오른쪽 팔뚝에 닿았던 그녀의 체온이 아직도 남아 있는 것 같았다. 심장이 다시 쿵, 하고 내려앉았다.

'왜 이러지…? 나 설마, 쟤 좋아하나?'

4월의 그날 밤, 민주의 '목소리 좋다'는 한마디는 내 봄날을 완전히 바꿔 놓았다. 1학기 중간고사가 코앞으로 다가왔지만, 내 머릿속은 온통 핑크빛이었다. 노래방 사건 이후 우리 넷의 단톡방은 쉴 새 없이 울려 댔고, 나는 자연스럽게 민주와 개인 톡을 주고받는 사이가 되었다.

그 과정에서 알게 된 놀라운 사실 하나. 다혜가 승훈이를 좋아하고 있다는 것. 다혜는 나를 자신의 사랑의 조력자로 임명했고, 덕분에 우리의 다음 모임 장소는 자연스럽게 시립 도서관으로 정해졌다. 명분은 시험공부였지만, 내겐 데이트나 다름없었다.

　도서관 열람실, 커다란 6인용 테이블에 우리 넷은 옹기종기 모여 앉았다. 사각거리는 연필 소리와 책 넘기는 소리만 가득한 백색 소음 속. 내 바로 앞자리에 앉은 민주가 고개를 갸웃거리고 있었다.

　"… 재현아."

　민주가 입 모양으로 내 이름을 부르며 작게 속삭였다. 귓가에 닿는 숨결에 심장이 덜컥거렸다.

　"이 문제, 어떻게 푸는 거야?"

　민주가 수학 문제집을 내 쪽으로 스윽 밀었다. 나는 짐짓 태연한 척 샤프를 들었다.

　"아, 이거? 이건 공식을 대입해서…."

　나는 연습장 귀퉁이에 꼼꼼하게 풀이 과정을 적어 공책을 돌려주었다. 민주는 고개를 끄덕이며 열심히 필기를 하더니, 잠시 후 다시 내게 공책을 내밀었다. 거기엔 노란 포스트잇이 한 장 붙어 있었다.

　동글동글한 글씨체와 귀여운 표정 그림. 별거 아닌 그 쪽지 하나에 마음이 파도처럼 출렁였다. 입꼬리가 자꾸 귀에 걸리려는 걸 억지로 참으며, 나는 재빠르게 답장을 적어 민주의 문제집에 붙였다.

　야간이 허세와 진신을 담은 쪽지. 민주는 쪽지를 확인하더니 소리 없이 배시시 웃었다. 그 웃음을 보며 심장이 터질 것 같아, 나는 열기를 식힐 겸 잠시 화장실을 다녀왔다.

　자리로 돌아오니 내 문제집 위에 새로운 포스트잇이 한 장 더 붙어 있었다.

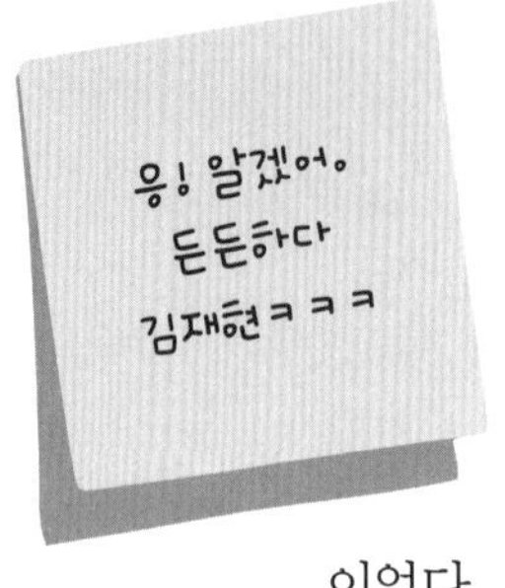

'든든하다'는 말. 그 세 글자가 내 하루를 완성했다. 그 뒤로 몇 시간 동안 공부가 머리에 들어올 리 없었다. 그저 내 얼굴엔 바보 같은 미소가 끊이지 않았다.

오후 햇살이 길어질 무렵, 정적을 깬 건 승훈이었다.

"아, 머리 터지겠다. 야, 우리 편의점 가자. 나 배고파."

"그래, 나도 당 떨어졌어. 뭐 좀 마시고 싶다."

다혜가 기다렸다는 듯 맞장구를 쳤다. 승훈이는 기지개를 켜며 나를 돌아봤다.

"야, 김재현! 너도 갈 거지?"

"어? 어, 그래! 민주야, 너도 갈래?"

"응, 좋아!"

우리 넷은 도서관 밖으로 나와 편의점을 향해 걸었다. 작전이라도 짠 듯, 다혜가 승훈이 옆에 붙어 재잘거리며 앞서 걸어갔고, 나와 민주는 두 사람 뒤에서 조금 떨어져 나란히 걸었다.

"공부하느라 힘들지?"

"아니야, 재현이가 알려줘서 할 만했어."

대화는 소소했지만, 나란히 걷는 발걸음의 속도가 같다는 것만으로도 충분히 설렜다.

편의점에 도착하자 승훈은 라면 코너로 직행했고, 다혜는 우유 코너 앞에서 서성거렸다. 나는 음료 냉장고 앞에 서 있는 민주에게 다가갔다.

"뭐 마실 거야?"

"음… 아, 저거 마실까? 초코 우유…."

민주가 가리킨 건 맨 위 칸에 있는 초코 우유였다. 민주는 까치발을 들고 팔을 뻗으며 낑낑대고 있었다. 손끝이 닿을 듯 말 듯 했다.

"아, 닿을 것 같은데….”

그 모습이 너무 귀여워 나도 모르게 웃음이 났다. 나는 민주의 뒤로 한 걸음 다가갔다.

"비켜 봐. 내가 꺼내 줄게.”

나는 민주의 머리 위로 팔을 쑥 뻗었다. 순간 민주의 몸이 흠칫 굳는 게 느껴졌다. 내 가슴과 민주의 등이 아주 가까워진 찰나의 순간. 나는 가볍게 초코 우유를 꺼내 민주에게 건넸다.

"자, 여기.”

"… 아, 고마워, 재현아.”

민주가 우유를 받아 들며 나를 올려다보았다. 살짝 붉어진 얼굴. 나와 민주의 키 차이가 이렇게 설레는 것이었나.

"이 정도 가지고 뭘….”

나는 쑥스러움에 뒷머리를 긁적였다. 공기는 달콤했고, 초코 우유보다 더 달달한 기류가 우리 사이를 감쌌다.

간식 타임을 마치고 다시 도서관으로 돌아와 공부를 이어 갔다. 창밖이 어둑어둑해지고 공부가 거의 끝나 갈 때쯤이었다.

책상 위에 올려둔 내 휴대폰이 진동했다. 승훈이를 제외한, 나, 민주, 다혜 셋만 있는 단톡방 알림이었다.

> **야, 오늘 고백해야겠다. 이따 근처 놀이터 가자.**

그렇게 공부가 끝나고 도서관에서 나와 우리 넷은 근처 놀이터에 가서 수다를 떨기로 했다. 내가 먼저 입을 열었다.

"야, 승훈아! 너 좋아하는 사람 없냐?”

"음… 있어.”

"야, 너 원래 연애 관심 없었잖아."

민주도 옆에서 한마디 거들었다.

"야, 너 설마 다혜 좋아하냐?"

나는 돌직구를 던졌다. 다혜는 당황했는지 손으로 얼굴을 가렸다. 순간 승훈이의 눈빛이 흔들렸다.

"아니… 아니야."

나는 민주에게 손짓을 했고 우리 둘은 화장실 가는 척하며 자연스럽게 빠졌다. 그러고는 멀리서 둘이 이야기하는 것을 지켜보고 있었다.

"야, 둘이 말하는 거 들려?"

"아니, 안 들리는데…?"

"아, 진짜 뭔 말 하는지 너무 궁금해 미칠 거 같아."

마침내 둘은 얘기를 끝냈는지 놀이터 밖으로 걸어 나오고 있었다. 우리도 동시에 그 둘을 향해 걸었다. 승훈이가 먼저 입을 열었다.

"야, 우리 사귀기로 했다."

그러고는 다혜의 손을 잡았다.

"뭐 하는 거야…!"

"아, 이거 아니야…?"

"아니… 너무 부끄럽다고…. 갑자기 그렇게 손을 잡으면."

다혜의 손을 잡은 채로 승훈이가 말했다.

"이제 집 가자. 시간도 많이 늦었네."

"그래. 잘 가라, 커플. 행복해라."

"응, 그래. 솔로들 잘 가라."

"민주, 너도 잘 가. 시험 잘 보고."

"어, 재현아. 너도 시험 잘 봐! 잘 가."

민주는 그렇게 말하고 해맑게 웃으며 집으로 돌아갔다. 민주의 그 모습을 보자 내 가슴은 두근거렸다. 버스를 타고 가는 길, 머릿속엔 생각이

이 울리기도 전에 눈이 번쩍 뜨였다. 피곤? 그게 뭔가요. 거울 속 내 얼굴은 평소보다 훨씬 더 생기가 넘쳤다.

약속 장소인 놀이공원 입구가 보이자 심장 박동이 빨라졌다. 교복을 입은 민주가 손을 흔들며 서 있었다. 오늘따라 더 예뻐 보였다.

"야, 빨리빨리! 롤러코스터 대기 시간 길어진다!"

우리는 인사를 나누는 둥 마는 둥, 승훈이의 리드에 따라 롤러코스터를 향해 질주했다. 하지만 세상 사람들 생각은 다 똑같은지, 이미 줄은 끝이 보이지 않았다.

"와… 줄 실화냐? 이거 최소 2시간인데."

승훈이가 투덜거렸지만, 나는 내심 이 상황이 나쁘지 않았다. 좁은 대기 줄, 사람들 틈에 끼이다 보니 자연스럽게 민주와 밀착하게 되었다. 2시간 동안 우리는 츄러스를 나눠 먹고, 서로 부채질을 해주며 끊임없이 장난을 쳤다. 기다림조차 데이트의 일부였다.

"자, 탑승하겠습니다! 안전바 확인하세요!"

드디어 우리 차례. 심장이 입 밖으로 튀어나올 것 같았다. 롤러코스터가 덜컹, 덜컹 하는 소름 끼치는 소리를 내며 정상을 향해 올라갔다. 발밑으로 놀이공원의 전경이 장난감처럼 작아졌다.

"야, 야! 어떡해! 너무 높아! 재현아, 나 무서워!"

옆자리에 앉은 민주가 겁에 질려 내 팔을 꽉 붙잡았다. 그 순간만큼은 공포보다 설렘이 더 컸다.

"괜찮아, 눈 딱 감아!"

쿠쿠쿵– 쐐아아아악!

롤러코스터가 수직으로 낙하했다.

"으아아아아아아악!!"

민주의 비명과 나의 고함이 공중에서 섞였다. 정신없이 휘몰아치는 바람, 맞잡은 손의 온기, 터질 듯한 아드레날린. 모든 것이 완벽했다.

"와, 진짜 대박이다! 머리 다 헝클어졌어."

롤러코스터에서 내린 우리는 다리가 후들거렸지만, 얼굴엔 웃음기가 가득했다. 민주가 헝클어진 머리를 정리하며 상기된 얼굴로 웃었다. 그 모습이 슬로모션처럼 보였다.

"아, 근데 너무 짧다! 우리 이제 뭐 타러 갈래?"

승훈이가 아쉬운 듯 주변을 두리번거렸다. 그때, 다혜가 손가락으로 거대한 배를 가리켰다. 하늘을 뚫을 듯이 솟구치고 있는 그것.

"야, 우리 저거! 바이킹 타자! 맨 뒷자리 콜?"

그 말을 듣는 순간, 내 심장이 바닥으로 '쿵' 하고 내려앉았다. 롤러코스터의 여운이 순식간에 공포로 바뀌었다.

'… 바이킹?'

그 단어를 듣는 순간, 내 뇌리에 봉인되어 있던 끔찍한 기억이 파노라마처럼 스쳐 지나갔다. 초등학생 시절, 사촌 누나의 손에 이끌려 뭣 모르고 탔던 첫 바이킹.

"으아아!! 제발 세워 줘!! 나 죽어!!"

"야, 김재현! 손 들어! 재밌잖아!"

"우웨엑!"

그날 나는 바이킹 바닥에 전을 부쳤고, 그 이후로 내 인생 사전에 바이킹이란 단어는 지워 버렸었다. 나는 회전하거나 반복해서 움직이는 기구만 타면 여지없이 속을 게워내는 멀미왕이었으니까.

민주 앞에서 토하는 꼴을 보인다? 상상만 해도 끔찍한 사회적 죽음이었다. 그렇다고 이제 와서 "나 무서워서 못 타."라고 빼는 건 더 쪽팔린 일이었다. 내 얼굴이 사색이 된 줄도 모르고 승훈이가 내 등을 퍽 쳤다.

"야, 김재현. 너 표정이 왜 그래? 설마 쫄았냐?"

"어? 어…? 아, 아니거든! 내가 뭘 쫄아!"

나는 억지로 입꼬리를 올렸지만, 등 뒤로는 식은땀이 나이아가라 폭포처럼 흐르고 있었다.

신이시여, 제발 저를 구원하소서….

나는 일생일대의 고민에 빠졌다. 타야 해? 말아야 해? 그냥 배 아프다고 할까?

"야, 김재현! 빨리 와! 자리 뺏긴다고."

승훈과 다혜는 이미 줄을 서서 나를 재촉했다. 내가 머뭇거리고 있자, 민주가 나를 빤히 올려다보며 소매를 살짝 잡아당겼다.

"재현아… 나 무서운데, 네가 옆에 타주면 안 돼? 응?"

초롱초롱한 눈망울과 간절한 목소리. 그 순간 내 이성은 마비되었다.

"… 가자. 타야지."

결국 나는 민주의 부탁을 이기지 못하고 제 발로 처형대, 아니 바이킹에 올랐다. 안전바가 내려오는 순간, 후회가 밀려왔지만 이미 늦었다.

"으아아악! 어지러워! 내려 줘!!"

바이킹이 최고 높이로 치솟을 때마다 내 영혼은 육체를 이탈했다. 옆에서 민주가 즐거워하는지 무서워하는지 신경 쓸 겨를도 없었다. 나는 2분 내내 생사를 오갔다.

"으으…."

"재현아, 괜찮아…?"

기구에서 내리자마자 다리가 풀려 주저앉을 뻔했다. 민주가 걱정스럽게 물었지만, 대답할 힘도 없었다.

"어… 어, 나 괜찮아. 잠깐 화장실 좀."

나는 좀비처럼 비틀비틀 화장실로 걸어갔다. 세상이 빙빙 돌았고, 위장이 롤러코스터 춤을 추고 있었다.

"우웨엑!"

한바탕 속을 게워내고 세수를 하고 나오니, 밖에서 기다리던 승훈이가 낄낄거렸다.

"야, 김재현! 너 평소에는 돈 줘도 안 탄다면서 오늘은 웬일로 탔냐? 사랑의 힘이냐?"

"시끄러워, 인마…. 민주가 타자는데 어떻게 거절하냐?"

나는 핼쑥해진 얼굴로 투덜거렸다. 그래도 민주가 "재현아, 고마워. 너 덕분에 탔어."라고 말하며 웃어 주니, 뒤집힌 속이 거짓말처럼 편안해지는 기분이었다.

우리는 벤치에 앉아 바람을 쐬며 잠시 휴식을 취했다. 달달한 게 들어가면 좀 나을까 싶어 추로스를 한입 베어 물자, 따뜻한 설탕 향과 시나몬 향이 어지러움을 달래 주었다. 멍하니 지나가는 사람들을 구경하는데, 다혜가 눈을 동그랗게 떴다.

"야, 저 사람들 뭐냐? 왜 우비를 입고 있어?"

승훈이가 말했다.

"어? 저 사람들 후룸라이드 타나 보다."

"야, 후룸라이드 탈래?"

다혜가 제안했다.

"아, 저거 우비 사기 귀찮은데."

"가위바위보 진 두 명 우비 안 입고 타기?"

"콜! 안 내면 진다! 가위, 바위, 보!"

"야, 김재현이랑 신민주 졌어!"

"아, 망했다."

그렇게 나랑 민주는 우비 없이 후룸라이드에 탑승했다. 후룸라이드는 물로 다 젖어 있었다. 주변을 둘러보니 나와 민주 말고는 모두가 우비를 착용하고 있었다.

"아악! 벌써부터 물 튀는데 어떡하냐?"

덜커덩.

"내려간다!!"

철썩!

나도 모르게 민주를 팔로 감싸 버렸다. 나는 너무 당황해 황급히 옆으로 움직였다. 나는 팔을 거둬야 하나 말아야 하나 모르겠어서 그대로 얼어붙었다.

"아, 어… 미안해! 그게….."

나는 우물쭈물하며 말했다.

"아… 아니야, 괜찮아."

그렇게 후룸라이드를 타고 민주와 조금은 어색한 채로 걸었다.

앞에 가던 승훈이 귀신의 집을 가리키며 말했다.

"야, 우리 저기 귀신의 집 가자!"

"어, 좋아! 빨리 가자!"

얼떨결에 다혜와 승훈의 손에 이끌려 귀신의 집에 들어갔다. 다혜와 승훈이는 손을 잡고 먼저 걸어가고 있었고, 나와 민주는 그 뒤를 따라가고 있었다.

쿵쿵쿵.

“으악! 귀신이다!”

“꺄야악!!”

나와 민주의 비명이 귀신의 집 복도를 쩌렁쩌렁 울렸다. 튀어나온 귀신 인형에 놀란 민주가 내 팔을 와락 껴안았다.

“재현아, 나 너무 무서워…! 출구 어디야? 탈출구 어디 있는 거야?”

“나, 나도 몰라! 일단 저쪽으로 뛰어!”

민주는 눈도 못 뜬 채 나에게 매미처럼 꼭 붙어 있었고, 나 역시 정신이 하나도 없었다. 우리는 귀신의 반대편으로 허둥지둥 도망쳤다.

“야, 저기 빛 보인다! 출구다!”

우당탕탕. 우리는 거의 굴러 나오다시피 밖으로 뛰쳐나왔다.

“어! 민주랑 재현이 나왔다!”

먼저 나와서 기다리던 승훈이와 다혜가 우리 몰골을 보고 낄낄거렸다. 귀신의 집 안에서 얼마나 소리를 질렀는지 목이 다 쉬어 있었다. 밖은 어느새 어둑어둑해져 있었고, 놀이공원 곳곳에 화려한 조명이 켜져 있었다.

그때, 웅장한 음악 소리가 들려왔다.

“어? 저기 퍼레이드 하는 거 같은데? 야, 우리 퍼레이드 보러 가자!”

승훈이의 제안에 우리는 소리가 나는 광장 쪽으로 이동했다. 하지만 그게 실수였다. 형형색색의 캐릭터들과 마차가 행진하고 있는 그곳은, 이미 수백 명의 인파로 발 디딜 틈이 없었다.

“야, 손 놓치지 마! 잘못하면 잃어버린다!”

승훈이가 소리쳤지만, 밀려드는 인파는 파도 같았다. 순식간에 사람들 물결이 우리 사이를 갈라놓았다.

“어? 승훈아! 다혜야!”

앞서가던 두 사람의 뒷모습이 인파 속에 파묻혀 사라져 버렸다.

“어? 다들 어디 갔어?”

민주가 당황해서 두리번거렸다. 사람들이 사방에서 밀치고 들어오는 통에 민주마저 잃어버릴 것 같았다. 덜컥 겁이 났다.

덥석.

나는 본능적으로 옆에 있던 민주의 손을 꽉 낚아챘다. 거친 인파 속에서 민주라는 작은 존재가 휩쓸려 사라질 것만 같아서였다.

"민주야, 내 손 꽉 잡아. 너까지 잃어버리면 안 돼."

민주가 놀란 토끼 눈으로 나를 올려다봤다. 하지만 이내 내 손을 확인하더니, 안도한 표정으로 내 손가락 사이로 자신의 손가락을 밀어 넣었다. 깍지였다.

"응… 절대 놓지 마, 재현아."

우리는 인파에 떠밀려 퍼레이드 행렬이 잘 보이지 않는 구석진 화단 쪽으로 밀려났다. 등 뒤로는 화려한 불꽃이 터지고, 귓가에는 웅장한 팡파르 소리와 사람들의 함성이 터져 나왔다.

하지만 기이하게도, 내 세상은 진공 상태가 된 것처럼 고요했다.

오직 맞잡은 손바닥에서 전해지는 민주의 체온만이 뜨겁게 느껴졌다. 작고 부드러운 손. 긴장했는지 나처럼 살짝 땀이 배어 있는 그 손이 내 심장박동을 떡 주무르듯 가지고 놀고 있었다.

… 손, 이제 안전한데 놓아야 하나?

이성이 속삭였지만, 본능은 거부했다. 아니, 싫다. 죽어도 놓기 싫다. 이온기를 놓치면 평생 후회할 것 같았다.

나는 슬쩍 고개를 돌려 민주를 바라보았다. 퍼레이드 조명이 민주의 얼굴 위로 쏟아지고 있었다. 붉은색, 푸른색, 노란색 빛이 번갈아 비칠 때마다 민주의 속눈썹이 파르르 떨리는 게 보였다. 넋을 잃을 만큼 예뻤다.

그때, 퍼레이드를 보고 있던 민주가 시선을 느껴 고개를 돌렸다. 나와 눈이 딱 마주쳤다.

어두운 조명 아래, 민주의 눈동자 속에 오직 나만 담겨 있었다. 민주는 손을 빼지도, 시선을 피하지도 않았다. 그저 말없이, 조금은 상기된 얼굴로 나를 응시할 뿐이었다.

그 순간, 내 안의 무언가가 확신으로 바뀌었다. 이건 착각이 아니다. 민주도 지금, 나와 같은 마음일지도 모른다.

지금이 아니면… 다시는 이런 기회가 없을 거야.

하지만 여전히 두려움이 발목을 잡았다. 만약 고백했다가 거절당하면? 지금 이 잡은 손을 뿌리치고 어색해지면 어떡해? 친구로도 남지 못하면?

심장이 터질 듯이 요동쳤다. 입안이 바싹바싹 말랐다. 그때, 민주가 잡은 손에 아주 미세하게 힘을 주는 게 느껴졌다. 마치 나에게 용기를 주는 것처럼.

에라, 모르겠다.

더 이상 참는 건 불가능했다. 이 소란스러움, 이 어둠, 그리고 맞잡은 손. 세상이 나를 위해 깔아준 완벽한 판이었다. 까이더라도, 평생 후회하는 것보단 낫다.

나는 주변 소음에 묻히지 않도록, 그리고 이 떨림을 들키지 않도록 민주 쪽으로 상체를 깊이 숙였다. 민주의 머리칼에서 나는 달콤한 샴푸 향기가 훅 끼쳐왔다.

"… 민주야."

나는 민주의 귀에 입술이 닿을 듯 가까이 대고, 떨리는 숨을 내뱉으며 속삭였다.

"사실 나… 너 좋아해. 나랑 사귈래?"

심장이 멈춘 것 같은 3초. 퍼레이드의 폭죽 소리가 하늘을 뒤덮었지만, 내 귀에는 아무것도 들리지 않았다. 오직 민주의 대답만을 기다리는 내 초조한 숨소리뿐.

민주가 천천히 고개를 들어 내 눈을 빤히 바라보았다. 그녀의 눈가에 조명보다 더 반짝이는 무언가가 어렸다. 그러고는 잡은 손을 더 꽉 쥐며, 배시시 웃었다.

"좋아."

그 한마디가 밤하늘의 폭죽보다 더 크고 화려하게 내 가슴 속에서 터졌다.

"… 지, 진짜? 그럼, 우리 오늘부터 1일이다?"

"응! 오늘부터 1일."

민주가 '응'이라고 대답한 순간, 몸이 풍선처럼 붕 뜨는 기분이었다. 세상이 환하게 보이고 시간이 느리게 흘러가는 것 같았다. 입꼬리가 주체할 수 없이 올라갔다. 그런 나를 보며 민주가 웃으며 물었다.

"뭐야, 왜 이렇게 멍해 있어…?"

"어… 어? 아니야, 너무 좋아서. 이게 꿈인가 싶어서."

그렇게 난 퍼레이드는 눈에 들어오지도 않는, 내 인생 최고의 퍼레이드를 관람했다.

"어? 야! 쟤네 저기 있다!"

저 멀리서 승훈이와 다혜가 손을 흔들며 다가오는 게 보였다. 나와 민주는 서로를 보며 눈짓을 주고받았다.

승훈이와 다혜가 앞에 도착하자마자, 나와 민주는 약속이나 한 듯 동시에 말했다.

"우리 사귄다."

"우리 사귄다."

"… 어???"

"진짜야?"

친구들의 경악하는 표정을 보며, 우리는 맞잡은 손을 더 꽉 쥐었다.

친구들의 짓궂은 놀림을 받으며 우리는 출구를 향해 걸었다. 맞잡은 손은 따뜻했고, 이대로 시간이 멈췄으면 싶었다. 그때, 밤하늘에 거대한 원을 그리며 돌아가는 관람차가 눈에 들어왔다.

이대로 헤어지긴 싫은데….

오늘부터 1일인데, 고작 집에 가는 버스를 같이 타는 걸로 끝내고 싶지 않았다. 민주와 단둘이, 조금 더 있고 싶었다. 그 생각을 하자 심장이 다시금 쿵쿵 뛰기 시작했다.

결국 참지 못하고 나는 잡은 손을 끌어당기며 말했다.

"야, 우리 진짜 마지막으로 관람차 타고 갈래?"

내 제안에 눈치 빠른 승훈이가 다혜의 팔을 툭 쳤다.

"오, 방금 1일 된 커플끼리 오붓한 시간 좀 보내시겠다? 야, 강다혜. 우린 빠져 주자."

"오케이. 야, 김재현. 잘해 봐라. 우린 먼저 간다!"

친구들은 낄낄거리며 먼저 사라져 주었다.

그렇게 나와 민주는 관람차 대기 줄에 섰다. 다행히 마감 직전이라 사람이 거의 없었다. 곧 우리 차례가 왔고, 직원분의 안내에 따라 작은 캡슐 안으로 들어갔다.

문이 닫히고 관람차가 천천히 하늘로 떠올랐다. 퍼레이드의 소음도, 친구들의 수다 소리도 사라진 좁은 공간. 사방이 투명한 유리로 된 캡슐 안에 나와 민주, 단둘만 남게 되었다.

방금 전까지 손잡고 고백할 때는 용감했는데, 막상 이렇게 밀폐된 공간에 마주 보고 앉으니 갑자기 얼굴이 확 달아올랐다. 어디다 시선을 둬야 할지 몰라 나는 먼 산만 바라보았다.

무슨 말을 해야 하지? 이제 사귀는 사이인데….

어색한 침묵 속에서 내 뚝딱거리는 모습을 보던 민주가 풋, 하고 웃음을 터뜨렸다.

"재현아, 무서워?"

민주의 장난스러운 물음에 그제야 나는 긴장을 풀고 민주를 마주 보았다.

"아, 아니…."

관람차는 어느새 꼭대기까지 올라가고 민주는 내 손을 덥석 잡았다.

"재현아, 이제 별로 안 무섭지?"

민주는 미소를 지으며 나를 바라보고 있었다. 온몸이 불덩이같이 뜨거워졌다. 민주의 얼굴도 같이 빨개졌다.

"재현아, 괜찮아?"

"으응, 근데 너도 되게 빨간데? 토마토 같아."

"뭐, 뭐래. 바보야."

그렇게 놀이공원을 나와 버스를 타고 집으로 돌아가는 길, 나는 아직도 민주와 사귀는 게 잘 실감이 나지 않았다. 나는 괜히 휴대폰을 만지작거렸다. 얼굴은 여전히 뜨거웠고, 기분은 날아갈 듯이 가벼웠다. 그렇게 집에 돌아와 잠을 자려고 누워 있는데 폰이 울렸다.

사랑해, 재현아. 잘 자.

나는 메시지를 보자마자 바로 답장했다.

민주랑 사귀고 난 뒤 시간이 너무나 빠르게 흘러갔다. 하루하루 행복했고 이 시간이 영원하기를 바랐다. 하지만 1학기 마지막 기말고사가 또 눈앞으로 닥쳐왔다.

"야, 재현아! 너 공부했냐?"

"아니, 어제도 민주랑 연락했는데."

"아… 나도 다혜랑 연락하느라 공부 못 했어. 시험 망한 거 같은데 어떡하냐?"

기말고사 결과는 예상보다 더 처참했다. 중간고사 때보다 평균이 10점이나 떨어졌기 때문이었다.

"아, 진짜!"

"야, 재현아! 그냥 우리 피시방이나 가자. 시험 점수 잊고."

"그래."

그렇게 몇 시간 동안 게임을 하고 버스를 타고 집으로 가려는 순간 엄마한테 문자가 왔다. 나는 덜덜 떨리는 손으로 문자를 확인했다.

그렇게 울적한 마음으로 버스를 탔다.

"이번 정류장은 성모안과 앞입니다."

아, 버스도 잘못 탔네. 하… 되는 일이 한 개도 없냐. 그렇게 환승할 정류장으로 버스를 타고 가고 있었는데 다음 정류장에서 민주가 탔다.

"재현이다!!"

"뭐야? 민주다!!"

"뭐 하다 왔어?"

"나 승훈이랑 게임하고 왔어."

그렇게 같이 버스를 타고 가고 있었는데 민주가 피곤했는지 나의 어깨에 기대어서 졸았다. 나는 어떻게 해야 할지 모르겠어서 그냥 경직된 상태로 있었다.

어? 민주 집 근처인데?

"야, 너 여기서 내려야 하는 거 아니야?"

"아, 나 졸았어? 어떡해! 어깨 아팠겠다."

"아니, 괜찮아."

"나 갈게, 재현아. 조심해서 들어가."

"응, 민주야."

비록 환승할 정류장을 놓쳤지만 행복했다. 집으로 가는 발걸음이 가벼웠다.

시간이 흘러 푹푹 찌는 여름이 되고 우리는 방학을 맞았다. 무더운 여름 방학의 어느 날, 나는 민주와 데이트를 하기로 했다. 나는 너무 설레 꼴딱 밤을 새워 버리고 약속 시간 2시간 전부터 기다렸다.

너무 떨리네….

그렇게 2시간이 지나고 민주가 도착했다.

"미안해, 늦었지…?"

나는 민주의 모습에 넋이 나가 민주를 바라만 보고 있었다.

"아니, 안 늦었어. 놀러 가자."

우리는 영화를 보러 영화관으로 갔다.

"우리 뭐 볼까?"

"음… 우리 저거 볼까?"

"응, 그래."

우리는 팝콘을 사고 영화를 보러 상영관으로 들어갔다. 영화가 시작하기 전 갑자기 민주의 입술이 내 볼에 닿았다. 당황스러웠다. 귀가 빨개지는 것이 느껴질 정도로 뜨거워졌다. 옆을 돌아보자 민주는 나를 보며 계속 웃고 있었다.

"푸흡!"

내가 멍하니 민주를 바라보자 민주는 계속해서 나를 보고 웃고 있었다. 그렇게 영화를 보는 내내 아까 전 일이 떠올라 집중을 할 수가 없었다.

"재현아, 영화 재밌었어?"

"어, 어. 재밌었지."

"우리 밥 먹으러 갈까?"

우리는 분위기 좋은 라멘집에 앉아 라면을 주문하고 먹었다.

"이거 한 입 먹을래?"

"응, 먹을래."

민주와 단둘이 영화를 보고 밥을 먹는 이 순간이 꿈만 같았다. 우리는 밥을 먹고 노래방에 갔다.

"재현아, 우리 이 노래 같이 부르자."

"이거 너무 달달한 노래 아니야?"

"뭐 어때! 우리 사귀는데."

우리는 시간 가는 줄도 모르고 목이 쉬도록 노래를 불렀다. 마지막 곡의 반주가 끝나고 밖으로 나오니, 어느새 해는 저물고 거리에는 어스름이 깔려 있었다.

노래방의 뜨거운 열기 대신 시원한 밤공기가 기분 좋게 뺨을 스쳤다. 이대로 헤어지기는 왠지 아쉬웠다.

"우리 마지막으로 사진 찍으러 갈래? 오늘 기념하게."

"좋아!"

그렇게 우리는, 이 순간을 남기기 위해 작은 사진기 앞에 나란히 섰다.

"야, 우리 어떻게 찍어?"

"하트."

찰칵.

찰칵.

찰칵.

찰칵.

"이게 뭐야! 우리 너무 급하게 찍은 거 아니야?"

"아니야, 너 되게 이쁘게 나왔어."

"뭐래…. 아니야."

사진을 다 찍고 나는 민주를 집 앞까지 데려다주었다. 나는 민주의 집 앞에서 서성거렸다.

"재현아, 뭐 할 말 있어?"

"아니."

나는 망설이다가 민주를 꽉 안았다.

"민주야, 조심히 들어가. 사랑해."

"나도 사랑해, 재현아. 조심해서 들어가."

아침에 눈을 뜨면 가장 먼저 휴대폰을 확인했다. 밤새 와 있는 '잘 잤어?'라는 짧은 문자 하나가, 나의 하루를 시작하는 알람이었다. 등굣길 버스 차창 밖으로 혹시나 네가 보일까, 나는 목이 빠져라 밖을 내다보곤 했다.

수업 시간, 지루한 선생님의 목소리는 귀에 들어오지 않았다. 교복 바지 주머니 속에서 진동이 울릴 때마다 심장이 쿵, 내려앉았다. 선생님 몰래 책상 아래로 휴대폰을 확인하는 그 짧은 순간이 나에게는 가장 큰 스릴이자 행복이었다.

우리의 연애는 학교가 끝난 뒤, 오후 4시부터 진짜 시작이었다. 종례가 끝나자마자 나는 가방을 둘러메고 교문을 뛰쳐나갔다.

멀리서 교복 입은 네 모습이 보이면, 하루 종일 쌓였던 피로가 눈 녹듯 사라졌다.

"야, 김재현! 많이 기다렸어?"

"아니, 나도 방금 왔어."

사실은 20분 전부터 기다렸지만, 나는 짐짓 태연한 척 너의 가방을 받아 들었다. 우리는 떡볶이를 먹으러 가거나, 코인 노래방에 가서 목이 쉬도록 노래를 불렀다.

같은 학교가 아니라서 공유할 수 있는 이야기가 적을까 걱정했던 건 기우였다. 오히려 서로의 학교에서 있었던 일을 미주알고주알 털어놓느라 시간 가는 줄 몰랐다.

"우리 학교 체육 쌤 진짜 웃겨. 오늘 말이야….”

"진짜? 우리 담임은 오늘 또 잔소리 대박이었어.”

서로 다른 교복을 입은 채 나란히 걷는 그 길이 나는 참 좋았다. 해가 뉘엿뉘엿 지고, 너를 집까지 데려다주는 버스 안. 우리는 이어폰을 한쪽 씩 나눠 끼고 같은 노래를 들었다.

너의 어깨에 기대어 꾸벅꾸벅 조는 순간, 버스 창가로 들어오는 저녁 노을, 그리고 맞잡은 손에서 전해지는 따뜻한 온기를 느낄 수 있었다.

"내일도 볼 수 있지?”

"당연하지. 학원 끝나고 잠깐이라도 봐.”

집에 돌아와서도 우리의 하루는 끝나지 않았다. 자기 전까지 배터리가 닳도록 통화를 했다. 할 말이 없어도 끊지 않았다. 그저 수화기 너머로 들리는 너의 숨소리마저 좋았다.

"얼른 자. 내일 학교에서 졸지 말고.”

"싫어, 목소리 좀만 더 듣고 잘래.”

우리는 킥킥거리며 밤을 지새웠다. 세상의 중심이 온통 우리 둘인 것만 같았다. 어른들이 말하는 '대학 가면 다 잊혀질 사랑'이라는 말 따위는 믿지 않았다. 우리는 특별하니까. 우리는 다를 테니까. 정말이지, 나는 지금 이 행복이 영원할 것만 같았다.

영원할 것 같았던 설렘에도 유효 기간이 있는 걸까. 어느새 교정의 나무들이 붉게 물드는 가을이 왔고, 지옥 같은 2학기 중간고사 기간이 닥쳤다.

우리는 이번에도 넷이서 시립 도서관에 모였다. 달라진 점이 있다면, 이제 나와 민주가 옆자리에 앉는다는 것. 그리고 공부하다 몰래 책상 아래로 손을 잡는다는 것. 친구들 몰래 나누는 온기는 짜릿했고, 계절은 따뜻했다. 그때까지만 해도 우리는 마냥 행복했다.

시험이 끝난 날, 승훈이가 어깨동무를 하며 물었다.

"야, 김재현! 이번엔 시험 좀 쳤냐?"

"당연하지. 이번엔 엄마한테 컴퓨터 안 뺏기려고 목숨 걸었다."

"오, 사랑의 힘이냐? 독한 놈."

중간고사가 끝나자 중3 교실에는 묘한 기류가 흘렀다. 바로 고등학교 입학 시즌이 다가온 것이다. 인문계냐, 특성화고냐. 아이들의 대화 주제는 온통 진로였다.

한가로운 주말 오후, 뒹굴거리고 있는데 민주에게서 문자가 왔다.

나는 순간 눈을 의심했다.

솔직히 나는 특성화고에 관심이 하나도 없었다. 당연히 인문계 고등학교를 가서 대학에 가는 게 정해진 루트라고 생각했으니까. 하지만 민주가 가고 싶다는데 거절할 수 없어, 데이트하는 셈 치고 따라나섰다.

다음 날, 우리는 S고등학교 강당으로 향했다. 생각보다 학교는 크고 시설도 좋았다. 강당 안은 학생들과 학부모들로 꽉 차 있었다.

"와, 여기 실습실 되게 좋대. 취업률도 높고."

민주는 팸플릿을 꼼꼼히 읽으며 눈을 반짝였다. 하지만 나는 설명회 내내 하품을 참느라 힘들었다. '취업', '기술', '자격증'… 나랑은 상관없는 딴 세상 이야기 같았다.

설명회가 끝나고 밖으로 나왔을 때, 민주가 상기된 얼굴로 말했다.

"재현아, 방금 들었어? 여기 간호학과랑 보건 쪽 커리큘럼 진짜 괜찮은 것 같아. 바로 대학 병원 실습도 나갈 수 있대."

"어… 그러네."

"나 사실 간호사 되고 싶었잖아. 굳이 인문계 가서 입시 지옥 겪는 것보다, 여기 가서 빨리 자격증 따는 게 낫지 않을까? 나 그냥 여기 원서 넣을까?"

민주는 꽤 진지해 보였다. 나는 나도 모르게 미간을 찌푸리며 툭 내뱉고 말았다.

"야, 뭔 소리야. 정신 차려."

"… 어?"

"솔직히 말해서 거긴 공부 못하는 애들이나 노는 애들이 가는 데잖아. 분위기 안 좋은 거 몰라?"

내 말에 민주의 표정이 순식간에 차갑게 굳어졌다.

"… 재현아, 너 말을 왜 그렇게 해?"

"아니, 내 말은 현실적으로 생각하자는 거지. 네 성적이면 인문계 충분히 가는데 왜 굳이 그런 데를 가냐고. 가서 후회하면 어떡하려고?"

"너 지금 특성화고 가는 애들 다 무시하는 거야? 그리고 내가 고민해서 말하는 건데, 넌 왜 듣지도 않고 다짜고짜 아니라고만 해?"

민주의 목소리가 날카로워졌다. 나는 당황스러웠지만, 걱정돼서 하는 말인데 왜 화를 내는지 이해가 안 됐다.

"아니, 무시하는 게 아니라! 일단 인문계 가서 대학을 가야 선택의 폭이

넓어지니까 그렇지. 나중에 네가 마음 바뀔 수도 있잖아.”

“대학, 대학. 그놈의 대학이 뭐가 그렇게 중요한데? 내가 하고 싶은 공부 하겠다는데 넌 왜 응원은 못 해줄망정 비아냥거려?”

“야, 내가 언제 비아냥거렸어? 걱정돼서 하는 말이잖아!”

“됐어. 말이 안 통한다, 진짜.”

민주가 입술을 꽉 깨물더니 휙 등을 돌렸다.

“그냥 인문계 갈게. 네가 원하는 대로 하면 되잖아. 됐지? 나 먼저 갈게. 따라오지 마.”

민주는 내 대답도 듣지 않고 빠른 걸음으로 걸어갔다. 멀어지는 민주의 뒷모습을 보며 나는 멍하니 서 있을 수밖에 없었다. 찬바람이 훅 불어와 가슴을 때렸다.

억울함과 동시에 거대한 불안감이 엄습했다.

아니… 이게 그렇게까지 화낼 일인가? 난 그냥 대학 가는 게 낫다고, 평범하게 가자고 한 건데….

하지만 마음 한구석이 찜찜했다. 민주의 눈빛이 단순한 화남이 아니라 실망에 가까웠기 때문이다.

설마… 이걸로 헤어지자고 하는 건 아니겠지? 아니야, 고작 학교 문제인데….

불안한 예감은 늦가을 낙엽처럼 바스락거리며 마음속에 쌓여 갔다. 처음 겪는 냉랭한 공기였다.

입시 설명회 날의 다툼 이후, 우리 사이에는 시베리아 벌판 같은 냉기가 흘렀다. 하루, 이틀, 사흘. 휴대폰은 조용했다. 예전 같았으면 “밥 먹었어?” “학원 갔어?” 하고 쉴 새 없이 울렸을 텐데.

지가 먼저 연락할 때까지 절대 안 해.

나는 쓸데없는 오기를 부렸다. 내가 말을 좀 심하게 하긴 했지만, 따지고 보면 틀린 말은 아니지 않나? 민주를 위해서 현실적인 조언을 해준 건데, 그걸 가지고 화내고 가 버린 건 민주다.

하지만 시간이 지날수록 똥줄이 타는 건 나였다. 휴대폰 화면을 껐다 켰다 하느라 배터리만 닳았다. 결국 3일이 지나 일주일이 넘어가던 날, 불편함과 그리움을 이기지 못한 내가 백기를 들었다.

> 민주야. 그땐 내가 말이 좀 심했던 거 같아.
> 널 무시하려던 건 아닌데, 오해가 있었나 봐. 미안해.

전송 버튼을 누르고 나니 자존심이 상했지만, 한편으론 속이 시원했다. 이 정도 사과했으면 받아 주겠지.

하지만 내 기대는 처참히 빗나갔다. 숫자 '1'은 사라지지 않았다. 차라리 읽고 씹는 게 낫지, 아예 안 읽는 건 뭐란 말인가.

바쁜가…? 아니, 아무리 바빠도 폰은 볼 거 아니야.

나는 도서관으로 향했다. 한 달 뒤면 기말고사였다. 공부를 하려고 책을 폈지만, 글자는 눈에 들어오지 않고 신경은 온통 휴대폰에 쏠려 있었다. 5분에 한 번씩 화면을 켰다. 여전히 무반응.

하… 진짜 너무하네. 내가 뭘 그렇게 죽을죄를 지었다고.

불안함은 점점 짜증으로 변했다. 결국 그날 밤, 새벽 2시기 되어서야 답장이 왔다.

> 나 고등학교 선행이랑 기말 준비 때문에 폰을 이제 봤어.
> 답장 늦어서 미안해. 그리고 그날은… 나도 좀 예민했어.

달랑 두 줄. 이모티콘 하나 없는 건조한 문장. 하지만 나는 그 메시지를 보자마자 바보같이 안도해 버렸다.

휴… 다행이다. 진짜 공부하느라 못 본 거구나. 화 풀린 거겠지?

나는 억지로 상황을 긍정적으로 해석했다.

하지만 그날 이후, 우리 관계의 균형은 완전히 무너졌다. 민주는 더 이상 먼저 연락하지 않았다.

내가 아침에 [굿 모닝, 학교 잘 가!]라고 보내면 점심때가 되어서야 [응 너도]라고 답이 왔다. 내가 [오늘 학원 끝나고 통화할래?]라고 물으면 밤늦게 [미안, 오늘 너무 피곤해서 먼저 잘게]라는 답장이 왔다.

어느새 민주와의 채팅방은 나 혼자 떠드는 파란색 말풍선으로만 도배되어 있었다. 민주의 회색 말풍선은 가뭄에 콩 나듯 찍혀 있었다.

고3도 아니고, 중3 기말고사가 뭐 그렇게 바쁘다고….

서운했지만 티를 낼 수 없었다. 또 쪼잔하게 군다고 싸우게 될까 봐.

민주가 특성화고 대신 인문계 준비하느라 열심히 하는 거겠지

나는 이런 생각을 스스로를 세뇌하며 하루하루를 버텼다.

어느새 기말고사가 코앞으로 다가왔다. 주말이었지만 민주에겐 연락이 없었다. 나는 익숙하게 승훈이에게 문자를 보냈다.

> 우리 도서관 갈래?

> 그래, 좋지. 우리 둘만 가는 거냐?

> 응, 민주 시간 안 된대.

승훈이의 물음에 나는 잠시 멈칫했다. 민주에게 물어보지도 않았다. 어차피 '공부해야 해서 안 돼'라는 거절이 돌아올 게 뻔했으니까. 거절당하는 게 두려워 나는 거짓말을 택했다.

그렇게 승훈이와 도서관에서 공부를 하고 나오는 길, 나는 승훈이에게 고민을 털어놓았다.

"야… 민주가 내 연락을 잘 안 받아."

"왜? 싸웠어?"

"아니, 싸운 건 풀었는데…. 그냥 공부하느라 바쁘대."

나는 발로 바닥에 있는 돌멩이를 걷어찼다.

"근데 솔직히 말이 되냐? 화장실 갈 시간은 있을 거 아냐. 하루에 문자 한 통, 전화 1분 해주는 게 그렇게 어렵냐? 그거 얼마나 걸린다고, 진짜!"

"음…."

승훈이가 난감한 표정으로 머리를 긁적였다.

"너네 얼굴 본 지는 얼마나 됐는데?"

"저번에 입시 설명회 갔을 때. 그게 마지막이니까… 거의 3주 다 돼 가네."

"와, 야. 그건 좀 심각한데? 같은 동네 살면서 3주를 안 봐?"

승훈이의 반응에 가슴이 철렁했다. 나만 예민한 게 아니었다.

"아니면 한번 만나자고 해 봐. 문자로만 하지 말고 얼굴 보고 얘기를 해야 풀리지."

"근데 또 바쁘다고 안 만날걸? 뻔해."

"야, 넌 멍청한 거냐 순진한 거냐."

승훈이가 한심하다는 듯 혀를 찼다.

"그냥 핑계 대지 못하게 크리스마스에 만나자고 해. 아무리 바빠도 크리스마스엔 만나 주겠지. 그날도 안 만난다고 하면… 그건 진짜 마음 뜬

거다.”

“… 크리스마스?”

그래, 크리스마스. 연인들에게 가장 특별한 날. 그날이라면 민주도 거절하지 않겠지. 예전처럼 웃으면서 데이트할 수 있겠지.

“그래… 한번 말해 봐야겠다.”

나는 지푸라기라도 잡는 심정으로 고개를 끄덕였다. 하지만 주머니 속 휴대폰은 오늘도 여전히 잠잠했다.

기말고사가 끝나고 교실은 고등학교 원서 접수로 소란스러웠다. 나는 다행히 성적이 올라 원하는 인문계 고등학교에 안정적으로 원서를 넣을 수 있었다. 내 입시는 성공적이었다. 하지만 내 연애 성적표는 낙제점을 향해 가고 있었다.

남은 건 민주와의 관계 회복뿐이었다.

시험도 끝났으니까 이제 진짜 핑계 댈 것도 없겠지.

나는 떨리는 손으로 민주에게 카톡을 보냈다.

하지만 답장은 3시간 뒤에야 왔다.

또 거절이다. 오기가 생겼다. 아니, 불안했다. 이대로 흐지부지 끝날까 봐 겁이 났다. 나는 마지막 카드를 꺼냈다.

한참 동안 '입력 중'이라는 말풍선이 떴다 지워지기를 반복했다. 그 짧은 시간이 억겁처럼 느껴졌다. 마침내 답장이 도착했다.

이모티콘 하나 없는 건조한 단답. 예전의 다정했던 민주는 온데간데없었다. 하지만 나는 '그래'라는 긍정의 대답에만 매달려 스스로를 속였다.

그래, 만나면 다 풀릴 거야. 얼굴 보고 얘기하면 괜찮을 거야.

드디어 크리스마스 당일. 거리는 캐럴과 커플들로 넘쳐났다. 나는 민주가 좋아했던 옷을 입고 약속 장소로 나갔다. 저 멀리 민주가 보였다.

"어! 민주야, 왔어?"

"... 응."

내가 반갑게 손을 흔들며 다가갔지만, 민주는 억지 미소조차 짓지 않았다. 그저 무표정하게 나를 바라볼 뿐이었다.

"춥지? 얼른 가자. 내가 영화 예매해 뒀어."

나는 자연스럽게 민주의 손을 잡으려고 손을 뻗었다. 하지만 민주는 슬쩍 주머니에 손을 넣으며 내 손을 피했다. 허공에 머문 내 손이 민망하게 얼어붙었다.

… 장갑이 없어서 그런가?

애써 모른 척하며 영화관으로 향했다. 로맨틱 코미디 영화였지만, 우리 둘 사이에는 시베리아 삭풍이 불었다. 팝콘 통에 손이 스칠 때마다 민주는 움찔하며 손을 뺐다. 스크린 속 주인공들은 사랑을 속삭이는데, 내 옆자리의 민주는 한숨만 푹푹 쉬고 있었다.

영화가 끝나고 밥을 먹으러 식당에 갔을 때도 마찬가지였다.

"너 뭐 먹을 거야? 여기 파스타 맛있대."

"그냥 카레라이스 먹을래."

"…그래, 난 우동."

음식이 나왔지만, 모래알을 씹는 기분이었다.

"민주야, 요즘 많이 바빴어? 고등학교 준비는 잘 돼가?"

내가 분위기를 풀어보려 말을 걸었지만, 민주는 숟가락만 깨작거리며 대답했다.

"어. 그냥 그래."

"그때 입시 설명회 일은… 내가 진짜 미안해. 내가 너무 내 생각만 했어."

"…재현아, 밥 먹자. 나중에 얘기해."

민주는 내 사과를 칼같이 잘랐다. 더 이상 할 말이 없었다.

식사를 마치고 밖으로 나왔다. 거리는 온통 반짝이는 트리와 행복해 보이는 사람들뿐이었다. 우리는 말 한마디 없이 지하철역을 향해 걷고 있었다. 나와 민주 사이의 거리는 1미터쯤 떨어져 있었다.

그때, 앞서 걷던 민주가 가로등 아래서 발걸음을 멈췄다.

"… 재현아."

민주가 뒤를 돌아봤다. 역광 때문에 민주의 표정이 잘 보이지 않았다. 하지만 목소리는 떨리고 있었다.

"어, 왜? 추워? 목도리 줄까?"

"아니."

민주는 깊은 숨을 들이쉬더니, 나를 똑바로 쳐다보며 말했다.

"우리 그만하자. 헤어지자."

세상의 소음이 순식간에 차단되는 느낌이었다.

"… 어? 뭐?"

"헤어지자고."

심장이 발밑으로 쿵 떨어져 박살 났다. 머릿속이 하얘졌다.

"왜… 왜? 내가 뭐 잘못한 거 있어? 만나서 얘기하면 되잖아. 내가 고칠게."

"아니, 네 잘못 아니야."

민주는 내 시선을 피하며 한숨을 내쉬었다.

"나 사실 요즘 공부에 너무 치여서 연애까지 할 여유가 없어. 고등학교 가면 더 바빠질 텐데, 너한테 연락도 못 해 주고 같이 놀지도 못할 거야. 자꾸 너한테 미안해지는 것도 이젠 지쳐. 우리 그만하자."

공부. 그놈의 공부 핑계. 하지만 나는 그 핑계라도 붙잡아야 했다.

"아니야! 안 미안해도 돼! 연락 안 해도 돼, 내가 기다릴게. 그러니까 제발… 헤어지자는 말만 하지 마. 한 번만 더 생각해 주면 안 될까?"

나는 자존심이고 뭐고 다 내팽개치고 민주의 손을 잡으려 했다. 하지만 민주는 내 손을 차갑게 뿌리쳤다.

"재현아, 제발 이러지 마."

"싫어, 못 헤어져. 내가 방해 안 할게. 너 공부 다 끝날 때까지 기다릴게!"

내가 막무가내로 매달리자, 꾹 참고 있던 민주의 표정이 일그러졌다. 민주의 눈가에 그렁그렁하던 눈물이 결국 뺨을 타고 흘러내렸다.

"하… 넌 끝까지 네 생각만 하는구나."

"… 어?"

"공부 때문만은 아니야. 사실… 나 아직도 그때 일이 잊히지가 않아."

민주가 울먹이며 소리쳤다.

"저번에 입학 설명회 갔을 때, 네가 내 꿈 무시했잖아. 공부 못하는 애들이나 가는 데라고, 내 고민을 한심하게 취급했잖아. 그때 나 진짜 비참했어."

"아, 아니야! 난 그냥 네가 걱정돼서…!"

"걱정? 아니, 넌 날 존중하지 않았어. 그리고 그 뒤로 우리 연락 안 할 때… 나 진짜 많이 기다렸어. 네가 먼저 미안하다고 해주길, 내 마음 알아주길."

민주의 목소리가 물기에 젖어 떨려왔다.

"근데 넌 3일이 지나도, 일주일이 지나도 자존심 세우느라 연락 안 했잖아. 나 그때 진짜 외로웠어. 매일매일 폰만 보다가… 어느 순간 깨달았어."

"…."

"너랑 연락을 안 하니까, 차라리 마음이 편하더라. 널 기다리면서 비참해지느니 혼자인 게 낫다는 걸 알았어."

민주의 마지막 말이 비수가 되어 가슴에 꽂혔다. 나랑 없는 게 더 편하다니. 내가 부린 그 알량한 자존심이 민주를 벼랑 끝으로 밀어 버린 것이었다.

"민주야… 내가 잘못했어. 내가 쓰레기였어. 다시는 안 그럴게. 제발…."

"이미 늦었어. 내 마음은 그때 다 식어 버렸어. 더 이상 널 봐도 설레지 않아. 그냥… 아프기만 해."

민주와의 추억이 주마등처럼 스쳐 지나갔다. 도서관에서 쪽지를 주고받던 설렘, 노래방에서 나를 봐주던 다정한 눈빛, 퍼레이드에서 수줍게 잡았던 손. 그 모든 순간이 눈앞에서 와르르 무너져 내리고 있었다.

"미안해…. 재현아, 잘 지내."

민주는 눈물을 훔치며 돌아섰다.

"민주야! 민주야… 제발! 가지 마!"

나는 다리에 힘이 풀려 주저앉으며 울부짖었다.

"민주야, 제발…. 나 너 아니면 안 된다고, 어? 제발, 한 번만…."

바지 무릎이 젖어 들어갔지만, 민주는 멈추지 않았다. 민주의 마지막 뒷모습은 단호했지만, 어깨는 울고 있는 듯 작게 떨리고 있었다.

"미안해, 재현아. 나보다 너 존중해 주는 더 좋은 사람 만나."

그 말을 끝으로 민주는 인파 속으로 사라졌다.

"민주야! 민주야…!"

뛰어가 잡으려고 했지만 다리에 힘이 자꾸 풀려 도저히 쫓아갈 수 없었다. 발이 땅에 얼어붙은 것 같았다.

진짜 헤어진 거야? 진짜…?

민주를 시야에서 놓치자 휴대폰으로 문자를 보내려고 했었다. 하지만 휴대폰을 보자 가슴이 더욱 철렁했다.

프로필 상태: [알 수 없음]

방금 전까지 '민주♡'라고 저장되어 있던 대화방의 이름이 사라져 있었다. 프로필 사진은 기본 이미지로 바뀌어 있었고, 내가 보낸 메시지 옆의 '1'은 영원히 사라지지 않을 것처럼 박혀 있었다. 나를 차단한 것이다.

"아… 아냐, 아닐 거야."

나는 미친 사람처럼 재빨리 통화 버튼을 눌렀다. 제발 받아 줘, 제발 목소리만 듣게 해줘.

연결이 되지 않아 '삐' 소리 후 소리샘으로 연결되오니….

무미건조한 기계음이 내 마지막 희망을 끊어 버렸다. 휴대폰을 쥔 손이 힘없이 툭, 떨어졌다. 하늘에서는 진눈깨비가 쏟아지기 시작했다. 눈도 아니고 비도 아닌, 차갑고 축축한 것들이 내 얼굴을 때렸다. 옷이 젖어 들어갔지만, 가슴속에 뚫린 구멍으로 들어오는 바람이 더 시려 추운 줄도 몰랐다.

4월의 햇살처럼 따스하게 다가왔던 너는, 12월의 눈보라처럼 차갑게 나를 떠나갔다. 나는 그 자리에 석상처럼 서서 하염없이 앞만 바라보았다. 민주가 다시 돌아올 때까지, 혹은 내 뒤늦은 후회가 저 눈에 덮여 사라질 때까지.

유난히 춥고 시리던 크리스마스 날. 나의 서툴고 찬란했던 첫사랑의 계절은, 그렇게 진눈깨비 속에 파묻혀 부서져 버렸다.

Part 2.
시

1. 난제

최지웅

세상은 무뚝뚝하게 혹은 시끄럽게 변한다. 아니면, 빠르게 혹은 느리게 변하고 있다.

이처럼, 우리는 변하는 세상을 살아간다. 그 변혁에는 반드시 장점만 존재하는 것이 아니다.

세상은 아직도 결함이 많고, 오히려, 그 결함은 시간이 지날수록 늘어나는 느낌이기에, 「난제」, 혹은 「난과 제」는 이 결함에 대해 노래하는 시이다.

「난」은 세상사에 대해서 다룬다. 12개의 수로 이루어진 파트로, 똑같은 형식으로 썼으며, 문제를 제시하는 형식으로 시를 작성했다.

「제」는 이런 세상의 문제를 해결하는 과정을 빗대어 표현한 파트로, 특별한 형식이 주를 이루며, 조금은 어렵게 문제 해결 방법을 도모했다.

이러한 두 개의 구간들에 대해서, 나는 세상사를 내 생각에 빗대어 표현했다.

이 시를 느끼고, 현실을 체감하며, 세상에 대해 생각했으면 하는 바람이다.

난

세상사에 대한 한탄, 그 시작에 앞서,

이 세상사가 어떤 문제들로 구성되어 있는지를 알리는 쪽으로,

같은 표현은 페이지로 묶어서 표현하려고 했고

시가 전하려고 하는 전체적인 말은 바로

"이런 문제들이 남겨져 있고, 관심이 가장 중요하다."이다.

그것을 살짝 '분노'라는 감정으로 표현하려고 노력했다.

세상은 도대체 어떤 사람들과 어려움이 있는 것일까
무슨 세상과 우리가 맞서 싸워야 하는 것일까
세상에는 어떤 문제들이 우리를 반겨 주고 있을까
우리는 도대체 무엇을 하는 것일까
-난 1-

세상은 전부 청록색 물감만을 사용하는 줄 알았는데
세상은 전부 비둘기를 사용해 흰색인 줄 알았는데
슬금슬금 전부 어둠이 빼앗고 가져가 버렸네
그것을 우리는 확산이라고 하지
-난 2-

세상은 질서와 평화로 가득 찬 줄만 알았는데
세상은 돌처럼 강인하고, 단단할 줄 알았던 심장인데
펄럭펄럭 흔들리는 것은 질서의 깃발이 아니라
빨간색이었는데, 그것을 우리는 시위라고 하네
-난 3-

세상은 미디어에 비친 것처럼 평화로운 줄만 알았는데
세상은 행복을 향해 떠돌고 항해하는 배의 흐름인 줄 알았는데
쿵쿵쿵쿵 우리는 세상에 대한 트루먼 쇼였고
벽이 느껴지네, 그것을 우리는 가짜 뉴스라고 하네
-난 4-

세상은 자유롭게 풀어진 줄만 알았는데
세상은 목줄을 풀어놓은 강아지처럼 돌아다닐 줄 알았는데
철컹철컹 알고 보니 목줄은 그대로 있었고
그 주인이 있는데, 그것을 우리는 시간이라고 하네
-난 5-

세상, 확실히 내가 사는 곳 맞는가?
이 세상, 확실하게 표현을 하자면
저 세상, 끌어다 놓아 모아 놓은 것 같더니
이제는 세상이 불바다같이 되어 버렸네
-난 6-

해결을 함에 있어 첫 번째 방법이란 무기요,
모두에게 총과 총알을 들어 전장에 나가게 하는 것
어린아이와 노약자를 인질 삼아 잔인한 짓을 하는 것
이렇게 해서 세상이 해결이 될 리가
-난 7-

해결을 함에 있어 두 번째 방법이란 싸움이요,
고슴도치마냥 서로에게 반짝반짝 칼날을 들이미는 것
이성이 남아 있지 않아 사람들을 서로 떨어뜨려 놓는 것
이렇게 해서 세상이 해결이 될 리가
-난 8-

해결을 함에 있어 세 번째 방법이란 무관심이요,
자석의 같은 극인 것마냥 소속감이 아닌 차가운 얼음을 주는 것
무슨 말을 해도 인정이 아닌 황량한 들판에 바람만 불어오는 것
이렇게 해서 세상이 해결이 될 리가
-난 9-

해결을 함에 있어 네 번째 방법이란 정치요,
세상에 대한 문제의 답변을 좌우로 갈라놓는 잔치를 하는 것
서로의 의견에 대한 풍화를 주장할 뿐 돌탑을 어떻게 쌓을 건지는 모르는 것
이렇게 해서 해결이 될 리가
-난 10-

해결을 함에 있어 다섯의 방법이란 시골이요,
속세의 관심을 하나도 받지 못한 불쌍하고도 차가운 것
모두가 한데 응집하는 꼴에 하나도 참여하지 못한 검은코뿔소 같은 것
이렇게 해서 해결이 될 리가
-난 11-

세상은 유에서 무로 넘어가는 과정일지니,
인간이란 생물은 발전이 아닌 감퇴되고 있네
하아, 언젠가는 풀서 뛰어놀기를 바랐던 그대여
이제는 세상의 늪서 빠져나가지를 못하고 있는 그대여
'해결'만을 외치고 행동을 안 하는 그대여
-난 12-

제

앞에서 말한 그 문제들을 풀어 나가고, 해결하는 방안을 제시하는 시로, 그냥 제시하는 직설적인 방법보다는 돌려서 "어떤 것을 ~해야 한다."라는 식으로, 읽는 사람들에게 분노를 이어 가기보다는 실천이라는 가치관을 이끌어 내는 시이다.

우리는 그래, 당최 시선만을 보내는 사회인 것이,

어찌하여 발전을 논하고 어찌 창공을 논하겠는가?

어찌하여 우리가 오직 위에 있다고 생각하는가?

하여간, 우리는 실천이 있는 민족이어야 하는 것이다.

이끌어짐만 당할 줄 아는 그대여

일어나서 자네도 한번 이끌어 보게나

-제 1-

모두가, 애시당초에 사람이 목표로 향하는 것은 욕망의 군림이요

행하는 것은 그 이름에 걸맞게 탐욕뿐이니

이 어찌 해결해야 좋을 센가, 풍파뿐인 세상이요

이 어찌 밝고 명랑한 세상인가, 어둠뿐인 세상이요

이 어찌 비판뿐인 풍류인가, 비난뿐인 세상이요

필요로 없애야 하는 것들이니, 개선하는 세상이로다

-제 2-

모두는, 즉 사람은 사람인질세라 마음이 약해지는 것은 자연의 이치요

행동하는 것은 그 이치에 걸맞게 우울뿐이니

이 어찌 해결해야 좋을 센가, 침식뿐인 세상이요

이 어찌 열기구 같은 세상인가, 비뿐인 세상이요

이 어찌 깃창 같은 세상인가, 총칼뿐인 세상이요

필요로 비상해야 하는 것들이니, 개선하는 세상이더네

-제 3-

모두를, 하물며 자신의 사람도 속이는, 양치기 같은 마음은 당연의 방식
이요
행동거지는 그 설화에 걸맞게 배신감뿐이니
이 어찌 해결해야 좋을 센가, 거짓뿐인 세상이요
이 어찌 투명한 물 세상인가, 탁함뿐인 세상이요
이 어찌 십시일반치레인가, 삼인성호 세상이요
필요로 밝혀내야 하는 것들이니, 개선하는 세상이네
-제 4-

모두가, 애당초에 사람이 수갑에 묶여 있는 것은 시간의 탓이요
나아가는 것은 그 상황에 걸맞게 속박뿐이니
이 어찌 해결해야 좋을 센가, 구속뿐인 세상이요
이 어찌 자유로운 세상인가, 억압뿐인 세상이요
이 어찌 안방 같은 세상인가, 압박뿐인 세상이요
필요로 풀어야 하는 것들이니, 개선하는 세상이네
-제 5-

막혀 있는 세상은 후 하고 불면 될 텐데,
왜 우리 가슴은 뚫려 있지 않고 막막하기만 할까?
하며, 마음속의 노이즈는 이래 갑갑하기만 할까?
이끼도 단단한 돌을 잡고 놔주질 않는데
우리는 왜 우리 마음속의 돌을 배마냥 놔주는 걸까?
물음이 꼬리에 꼬리를 물고, 아주 앞으로 침수되어 간다
-제 6-

대화와 소통, 질문과 물음

맑음과 명랑, 긍정과 증대

극복과 회복, 결의와 의지

용기와 기지, 열정과 정신

은혜와 보답, 방향과 방위

오십보 백보, 백보단 천보

-제 7-

아아, 세상의 굴곡은 생각보다 깊구나

얼마나 갈지를 모르는 동굴은 아래로 들어가고,

공기를 가르던 창은 떨어져 하나의 분침이 되고,

미끄럼틀은 일직선이 아니라 종종 부딪히네

그래도, 결의가 남아 있는 이 시대는 아직 공백이 아닌 풀칠

이 필사가 끝나기 전까지 남은 이 씨앗은 이제 벗풀

-제 8-

자기 자신에 대해 알게 되고, 시인이 자기 자신에 대해 잘 이해할수록 시의 질 또한 올라간다. 일상에서는 그저 스쳐 지나갈 뿐인 생각을 글로 써 보는 순간, 시인은 그 생각이나 감정에 대해 이해하고, 더 나아가 자신을 알게 되는 것이다. 필자 또한 시를 쓰면서 필자에 대해 더 이해하게 되었다. 내가 무엇을 좋아하고 또 싫어하는지, 어떻게 슬퍼하고 어떻게 기뻐하는지 등 자신에 대해 더욱 잘 이해하게 되었다. 때문에 독자분들도 꼭 한번 시를 써 보기를 추천한다. 바쁜 삶에 치여 내가 누군지 모를 때, 시를 써 보면서 자신에 대해 이해하는 시간을 가지는 것도 좋지 않을까?

바람

흔히 '바래다'라고도 적는 '바라다'는 '생각이나 바람대로 어떤 일이나 상태가 이루어지거나 그렇게 되었으면 하고 생각하다.'라는 뜻이다. 이상이나 희망, 꿈 같은 것이 이루어졌으면 하는 마음, 의지, 욕망 등 사람마다 바라는 것은 방향도 다르고 그 형태도 다르다. 심지어는 같은 사람이더라도 그 대상에 따라 바라는 정도와 형태가 크게 다를 때도 있다. 이 시들은 그런 바라는 마음이 담긴 시로, 화자가 무엇을 바라는지와 어떻게 바라는지, 그런 제각각의 바람의 차이를 비교하며 각 시가 무엇을 바라는지를 중점으로 각각의 시를 읽으면 즐겁게 시를 읽을 수 있을 것이다.

서두

참 모진 나날입니다
차가운 마음에 맞기도 하고
미운 사람이 많기도 하지요

나다운 걸 인정받기도 쉽지 않고
내일이면 달라질지, 쉬이 생각이 들지 않습니다

그렇기에 저는 글을 씁니다
인정받지 못하고 가득 차오른
내 안에 쌓인 마음들 내뱉기 위해

별 하나 안 보이는 이 모진 나날에
내 마음의 샛별을 모아 봅니다

아버지와 어머니와 내 오랜 친구들
세상 모든 스승과 나그네와 지난날에게
하나씩 뜻 담아 불러 봅니다

이 미운 날이 밉지 않도록
온 미를 알도록 뜻을 담아서

내게 보이는 이 모진 날을 적어 봅니다
설령 나다움이 인정받지 못하더라도
이곳에 내 마음 두고 가렵니다

젖은 흙냄새 나뭇잎 사이
주저하는 내 앞엔 한해살이 꽃이

비 온 뒤 아침 노란 풀꽃
흐리고 밝은 햇빛처럼

눈 뜨고 감는 여러 해 동안
또 뜨고 지는 여러 해들아

피고 지는 봄꽃이
아무리 덧없다 해도

오고 가는 내일을
걸어 나갈 수 있기를

젖은 흙냄새 나뭇잎 사이
주저하는 내 앞엔 한해살이 꽃이

살구색 사과

푸르게 빛나는 새벽녘
짙은 안개 속 사과 향기
설익은 살구색 사과는
햇빛 받을 날만 기다리네

비록 저 사과 붉지 않더라도
떨어지고 문드러져 흙이 되어도
바람 실린 가을바람이 아름다워
어린 꿈이 어여삐 보이네

혹 못 이룰 꿈이라 하더라도
내일을 꿈꾸는 당신이 참 고와서
오늘도 군청색 새벽안개 섞인
산뜻한 향기를 맡는다네

별빛 흐르는 밤에

따뜻한 해 지나고 이젠 추운 달만이 남았고
밤빛이 드리운 어둔 하늘 아래에서
본 밤을 세고 이룬 날 이야기하며
찬 바람 부는 숲속, 그루터기에 앉아 잠시 이야기 나누고자

햇살 아래 보았던 새싹의 이야기, 달빛 아래 보았던 꽃송이 이야기
추운 밤사이 찾은 온 기쁨 나누고 깔깔 웃으면서
별들 이어 추억 잇고, 달빛 보며 기억 외고
이슬로 잔을 채우며 서로의 온기로 밤을 보내자

북쪽 하늘, 레코드처럼 돌아가는 별 위에서
밤 마저 질 때까지 춤추며 놀고는
광활한 밤바다 샛별을 담아
다가올 내일에 칠하고, 흐르는 반짝임에 이름 붙이자

떨어진 별은 눈물, 은하수는 무구한 웃음
빛나는 별은 성취, 혜성은 오래전 발걸음
붙인 이름 늘어놓고 미련 없이 떠나가자
이름 붙인 별 보러 다시 추운 밤 걸어가자

쌀쌀한 바람 사이 만날 별들 보고
시린 가슴에 그리운 별 담고 떠나자

장맛비 오는 날

담묵색 고요한 바다에
종이배가 흘러간다네

넘칠 듯 흐르는 빗소리에
말 한마디 들리지 않는다네

빛 한 줌 없는 빌딩 사이에
이 어둠을 나아간다네

군데군데 반짝이는
저기 저 별빛 인생들에

망원경을 겨눠 보면
예쁜 웃음이 걸리게 된다네

회색빛 도시에 빛나는
값진 인생아

부디 저 밤하늘 영원히 비추기를
바람 담은 종이배가 흘러간다네

장맛비 오는 날

귀를 기울이며

아직 따스한 이른 저녁
파릇파릇한 숲속에
귀를 기울이며

웅덩이 개구리 우는 소리가
개굴개굴 개굴개굴
힘껏 부푼 관악기에

슬며시 귀뚜라미 우는 소리가
귀뚤귀뚤 귀뚤귀뚤
귀 스치는 현악기에

조그만 종달새 지저귀는 소리가
비비배배 비비배배
아름다운 노랫소리

봄 소리 울려 퍼질 때
귀를 기울이며
숲속 한구석에서 음악을 느끼면 좋으련만

귀를 기울이며

봄이 오면

새 해가 뜨고
세상이 흰 이불을 걷으면
창문을 열어젖히고
세찬 봄을 맞이하리라

코 위를 거니는 봄바람 느끼며
초록빛 동산 들판에 누워
조그만 내 온몸으로
찬란한 새 맥동을 느끼리라

이 추운 바람 지나면 돌아올 이에게
두터운 털옷을 꺼내어 주고
기지개를 켜는 산천 한가운데에서
마땅히 피어날 새순을 받으리라

저 시린 바람이 지나고
꽃잎이 물드는 춘삼월에
이 언 날을 보내고
꽃다운 그대를 맞으리라

여름날

여름날 무더운 하늘에
부푼 물거품이 둥실 떠다니고

일렁이는 햇빛은 가려져
옅은 그림자가 출렁인다네

비치는 파랑 훤히 보일 때
나는 저 하늘, 여름을 보낸다네

찌르는 열기에도 시린 푸름에
모래 위 자갈 쓸리는 소리 울리고

뜨거운 바다가 짙게 빛나면
방파제 마른 소금 휘날린다네

반짝임 사이로 갈매기가 날아들 때
나는 이 바다, 여름에 멈춘다네

젖고 굳어 단단해진 흙 위에
잎사귀 쌓여 잔디 이루고

풀잎 맺힌 이슬에 나누어진 햇빛은
풀벌레 소리 울리는 현악기라네

싱그러운 초록빛 숲속 누울 때
나는 그 땅에, 여름아 부른다네

거친 바람 붉어진 볼에
꽁꽁 껴입고는 겨울을 지내면서

식은 몸을 기대 눕혀
그리운 7월을 기다린다네

고요하고 차가운 하늘 있을 때
나는 내 해에, 여름을 바란다네

물방울의 노래

우리는 물방울
세상 동그란 한 방울이죠

바다 넘실 흔들릴 때면
모두 넘실 흔들리고요

파도 굽이쳐 떨어진다면
안녕 영원히 떨어지겠죠

우리는 물방울
작고 연약한 한 방울이지만

함께 모여 흔들린다면
바다 넘실 흔들리고요

안녕 영원히 떨어져도
굽이치는 파도를 만들 수 있으니

세상은 동그란 방울의 세상
세상 동그란 한 방울이니

우리 함께 흔들린다면
커다란 파도를 만들 테지요

사랑

사랑이란 것이 비단 연인 관계의 사랑만 존재하는 것은 아니지만, 10대 아이들 사이에서 가장 각광받는 것은 역시 연인 간의 사랑이다. 누가 누구를 좋아한다더라 하는 이야기는 시대를 불문하고 언제나 사랑받는 법이다. 하지만, 연인 간의 사랑도 다양한 이야기가 있다. 아래의 시들은 아직 이루어지지 못한 짝사랑이나 서글픈 이별, 혹은 열렬한 구애 같은 다양한 상황을 주제로 한 시들이다. 각각의 시에서 사랑이 어떻게 표현되고 또 어떤 결말을 보이는지를 중점으로 읽는 것을 추천한다.

섬 사랑 그대여

그대는 바다, 바다
파도치듯 와서 스치고 가면
물먹은 모래에 나만이 남아 있으니

그대는 별빛, 별빛
반짝이며 웃고 사라져 버린
밤하늘 어둠에 나만이 남아 있으니

그대는 바람, 바람
자유로이 날아 멀리로 가면
스치는 향기에 인사를 담아 드리리

그대는 떠나, 떠나
눈 맞고는 다시 오지 않기에
쓸쓸한 사랑에 안녕을 담아 드리리

사랑은

사랑은
시선이 가는 것

사람들 사이에서도
그대가 보이는 것

사랑은
용서하는 것

그녀가 날 보지 못해도
슬프지 않은 것

사랑은
함께 미소 짓게 되는 것

뒤돌아선 그녀가 날 보고 웃을 때
나도 웃게 되는 것

열대야 그녀

달빛에 그을리는 여름밤
그대를 기억합니다

하늘 별빛처럼 빛나는 모래와
바다 내음이 나는 구름에

밀려오는 파도에 맞추어 뛰는 그대와
돌아가는 파도에 맞추어 뛰는 내 마음

그대 목소리 내 손을 쓰다듬고
그대 향기가 내 품에서 춤추면

저 검고 푸른 수평선이
다 곱게 피는 꽃이 됩니다

저 달 아래 그대여
빛나는 웃음을 들려주세요

아, 달 아래 그대여
빛나는 그대를 내게 주세요

하얀 미소

발갛게 달아오른 볼에
새하얀 두 손을 모은 너는
내리는 눈꽃 사이에서
순백색 예쁜 미소를 지어
바라보던 나는 어느샌가
그 하얀 미소에 젖어 들고 말았어

도려내는 듯한 바람 속
두 사람 겨울을 걸어가며
맞닿은 손은 찌릿거리고
내 마음 놀라 두근거리는데
넌 아무것도 모르는 채로
하얗고 또 새하얗구나

시린 바람 지나가면
시들고 말 동백이니
난 선홍색 꽃잎을
전전히 지르밟아
추운 눈 속에 놓아주었어
미운 눈 속에 버려두었지

앙상하게 메마른 가지 사이
추운 바람과 진눈깨비 보며
새하얗게 미소 지은 너에게

똑같은 미소를 돌려주었어
하얗고 새하얀 미소를
하얗고 새하얀 미소를

괜스레

괜스레 그런 날이 있습니다
낙엽 부스러기 날리는 꼴에 지나온 길이 쓸쓸해지는 그런 날

괜스레 그런 날이 오면은
내 옆 구석 내린 꽃이라도 있다면 조금 도움이라도 될 듯한 기분이 들곤
합니다

그런 그른 마음에 흙더미 살펴보기도, 진 꽃이 그립기도 합니다
찾아보면 내린 꽃이야 있겠지만 익숙한 풀꽃 따위 꽃인지도 모르는 것이
우리네 인생이겠지요

한 송이 장미 보다가도 길가 피어난 풀꽃 보면
이름도 모르는 풀꽃에 물 한 방울 안 주는 것이
우리네 인생이겠지요

흙 묻은 저 풀꽃 노란 꽃잎은 환하지도 크지도 않지만
저 작달막한 꽃에 이제라도 물을 주고자 합니다
지나치던 길가의 풀꽃에도 꼭 따뜻함이 있는 법이겠지요

마주 보던 꽃잎에 물 한 방울 안 주고는
따수운 꽃송이 바라던 자신이 부끄러워
괜히 어색하게 물뿌리개를 꺼내어 보는 날입니다

불어오는 시린 바람에 풀꽃이 고마운
괜스레 그런 날입니다

꽃샘추위

분홍빛 봄바람 불어오면
서로 꽃잎을 붙잡네
애틋한 웃음이 만개하고

갑자기 찬 바람 불어오면
괜히 옆구리가 시려워
구슬픈 웃음만 지어지니

바람아, 바람아
너도 외로워 슬프더냐
시린 너라도 껴안는다

그대여, 그대여
당최 어디에 있으려나
시린 봄이 서글프다

미숫가루

우리 사랑은 미숫가루
지난 사랑은 고소한 맛이었지

커피처럼 씁쓸하지도 않아도
꿀물처럼 달콤하지도 않아도
담백한 매력이 있는
우리 사랑은 미숫가루

청주처럼 취하지는 않아도
녹차처럼 향 좋지는 않아도
은은한 단맛이 있던
우리 사랑은 미숫가루

시간이 지나 되돌아보면
우리 사랑은 미숫가루

우울

우울에는 두 가지 뜻이 있다. '근심스럽거나 답답하여 활기가 없음'이라는 뜻과 '반성과 공상이 따르는 가벼운 슬픔'이라는 뜻이 있다. 대부분 첫 번째 뜻을 많이 사용하지만, 이 시들에서 나타나는 우울은 두 번째 뜻에 더 가깝다. 살다 보면 가끔 왠지 모르게 울컥하는 날들이 있다. 외로워서 그럴 때도 있고, 답답해서 그럴 때도 있지만 살다 보면 금세 또 잊어버리고 만다. 필자는 그런 울컥함을 붙잡아 보고 싶었다. 그 순간의 기분에 살을 붙이고, 글로 쓰는 것으로 그저 휘발되어 사라지는 우울함이 아니라 서로 공감하고 위로해 줄 수 있는 글로 만들어 보고자 했다. 이 시들은 그런 마음에서 출발한 글들이다. 안타까운 사연까지는 아니더라도 누구나 겪어볼 만한 가벼운 우울에 '나도 그런 적이 있었지.' 하며 읽는 것을 추천한다.

세수

끔뻑거리는 전등 아래
깜빡거리는 눈꺼풀에
보이다 마는 모든 것

콧방울에 담긴 어머니
귓바퀴에 보인 아버지

눈동자에 맺힌 고민과
입꼬리에 붙은 피로들

물기가 묻은 거울에
물기에 젖은 추억에
떠올라 잠기는 모든 것

마당이 있는 본가에
정겨운 강아지 한 마리

어릴 적 놀았던 놀이터
그네에 앉아 있는 그녀

모두 닦아 내 흘려보내면
홀로 타향에 나 하나
묻었다 닦아 낸 모든 것

침몰

첨벙이는 바닷소리 너머
저 수면 아래

저 얼굴 일렁이며
부서지는 나를 부르고

차르르 쏟아지는 모래에 앉아
둥둥 떠다니는 부표를 보다

어느새 내려앉은 괭이갈매기
태평한 눈빛이 부러웠으니

바위에 묶여 내려가네
다시는 하늘을 못 볼 텐데

천천히 내려가 잠겨
저 괭이갈매기 날 보지 못하면

조금은 덜 부러운가
조금은 더 슬플까

혼탁한 마음마저 끌어안고
저 밑바닥까지 떨어지면

그제서야 날 안아 주는
고요한 내 친구 바다야

우리 아버지

우리 아버지, 우리 아버지
거목이신 우리 아버지

옛 청춘 가고 가을 오더니
머리에 단풍이 물드셨네

커다란 가지 아래로 휘고
나뭇잎이 떨어지더라도

그루터기 앉아 올려다보면
언제나 거목이신 우리 아버지

단추

마이 소매에 달린 조그만 단추
자주 쓸려서 떨어지고는 했지

왼쪽은 있다가 있다가 없고
오른쪽엔 있다가 없다가 있고

어머니 제 새끼 소매에
단추를 다시 꿰매 주셨지

이젠 왼쪽에도 있다 있다 있고
이젠 오른쪽에도 있다 있다 있고

어느 날은 단추를 잃어버려
어머니 새 단추 끼워 주곤 했네

왼쪽에는 검은색 검은색 파란색
오른쪽에는 검은색 노란색 파란색

형형색색 단추 본 아이들은
웃으며 놀려 대곤 했네

한쪽에는 검정 검정 파랑
다른 쪽에는 검정 노랑 검정

양쪽 눈가에 맺힌 방울진 눈물
자주 울려서 떨어지고는 했지

학교에서 엉엉 엉엉 엉엉
집에서도 엉엉 엉엉 엉엉

조그만 단추들이 투둑투둑 떨어졌네
뭐가 그리 서운한지 떨어지고는 했네

지금도 단추들이 투둑투둑 떨어지면
뭐가 그리 서글픈지 울어 버리곤 하네

혼자 꿰맨 얼기설기 단추를 보고는
어머니 해 주신 형형색색 단추 그리워 울고는 하네

단추 같은 눈물들 토독토독 떨어지게
홀로 있는 방에서 토독토독 울고는 하네

일출

이른 아침, 떠오르는 태양에 그만 구역질이 납니다

주홍빛 하늘은 매일 보아도 못생긴 모양입니다
어쩌면 매일 보기에 못생긴 모양일지도 모릅니다

새벽녘은 이미 지나
창문 너머를 붉게 물들이는 햇빛이
퍽 어지럽게만 느껴집니다

저 하늘에 머리가 지끈거리는 것은
햇빛 사이 떠다니는 먼지가 있으니
하루하루 먼지만 쌓여 가는 자신이 지루하기에

저 아침 햇빛에 싫증이 난 것도
기울어져 보이는 태양이 지독하게도 밝았던 것도
모두 태양 빛에 그을려서겠지요

떠오르는 아침 햇볕이 뜨겁고 날카로워서
무거운 열기에 짓눌리는 것이 두려워서

이른 아침, 떠오르는 태양에 그만 구역질이 납니다

너무좁아

좁디좁은지하철은
덜컹덜컹움직이고
주상복합아파트엔
사람들이옹기종기
아이고이사람들아
안그래도비좁은데
좀편하게살아보자
좋은대로살면됐지
뭐좋다고달라붙냐
뭐좋다고흘겨보냐

청둥오리

물가에 걸터앉은 청둥오리
너무나 자유로운 그 모습에
나도 멀리 날아가고파
나도 앉아 바라보았네

물가에 걸터앉은 청둥오리
바라본 구름 너머 청색 누리
나도 함께 날아가고파
노을 져도 바라보았네

물가에 걸터앉은 청둥오리
날개를 펴고 훌쩍 날아올라
묶인 나는 여기 두고서
하늘 너머 멀리 또 멀리

하늘로 날아오른 청둥오리
편안히 바람 타고 멀어지고
남은 나는 바라보기만
가지 못해 눈물 흘렸네

날개를 자르듯이

새장 속에 갇힌 새는 날개를 자르듯이
바라 보는 저시 선들 나를도 려내어깃
털잘 린나 는날 아가 지못하 니이제아
름다 운날 개는 날지 못하고 그저춤출
뿐자 유로 이떠 나지 못하고 그저멈춰
있을 뿐새 장갇 힌새 날개를 자르듯이

새장 속에 갇힌 새는 날개를 자르듯이

푸름

물감 칠한 파랑이 익숙한 나는
비치는 푸름이 두려워지고

팽팽한 하늘을 바라봐도
새파랗게 질린 얼굴 감출 수 없고

짙은 바다를 들어 봐도
멍이라도 생긴 듯이 욱신거리고

박제된 나비를 만져 봐도
썩은 듯한 저 날개가 무섭기만 해

차갑고도 끊임없이 일렁이는 도시에
부딪히고 꺾이면서 비치는 저 푸름에

내 물감 칠한 파랑이 찢어지고 무너지면
이 반짝이는 푸름 속에 나 있을 곳은 어디인지

집필 후기

김경환

구상, 집필, 수정, 편집을 거치며 느낀 점이 많았던 한 해였습니다. 언젠가 걸어온 길을 되돌아보면, 종종 자신의 업적보다는 실수가 눈에 밟히곤 합니다. 더욱이 그 과정이 한 가지 목표만을 위한 것이었다면, 으레 더 후회되는 순간들이 많아지곤 합니다. 소설 같은 경우가 그것입니다.

저희 소설은 지나친 열정에 놓친 허점들도 다분하고, 그것들을 모두 수정하지 못한 채로 여러분에게 내보내야 했다는 아쉬움이 많은 결과물이었습니다. 아무리 고치고 고쳐도 끝이 보이지 않고, 의심에 의심을 거듭하며 표현들을 교정했습니다. 이게 나의 방향성이었던가, 슬금슬금 다가오는 질문이 확신을 앗아 가기도 했습니다. 하지만 그러면서도 책 한 권을 완성시켰다는 성취감이 그것들을 잠시 잊게 만들어 주었습니다.

그리고 지금, 소설은 생각으로 시작해 생각으로 끝나는 뱃길이라고 자신 있게 말할 수 있습니다. 상상력이라는 노를 들고 떠났던 4월의 항해는 여러 폭풍우들을 거치며 돌아왔습니다. 비록 싣고 온 것은 초라한 나무 상자 하나였을지라도, 그 안에 담긴 우리의 진심은—눈부신 보물과도 같은 그것은—그럴 가치가 있었다는 것을 깨닫게 합니다.

최지웅

이 작업을 하면서, 같이 머리를 맞대거나 흐름을 타서 집중해서 적을 수 있던 좋은 시간이 있을 테고, 반대로 혼자 머리를 끙끙대며, 뭐를 써야 할지 어떻게 고쳐야 할지 난감한 힘든 시간이 있을 겁니다.

그런 고난과 역경은 특별한 것이 아닙니다. 누구나 겪는 인생의 축소판이죠.

이번 동아리는 저에게 경험을 제공하는 중요한 인생의 이정표가 될 수도 있었겠지만, 저에게 글을 쓰는 것 자체의 즐거움을 알려 주는 첫걸음이자, 자유라는 것에 뛰어드는 것이 얼마나 즐겁고 활동적이었는지 알려 주는 활동이었습니다.

잠깐이나마 학업이라는 속박에서 벗어나는, 즐거운 활동이었습니다.

친구들과 함께 협력하고 웃고 터놓을 수 있는 편한 활동이었습니다.

김재형

스토리움을 1년 동안 진행하면서 정말 많은 것을 배웠습니다. 진로와 관련된 소설을 작성할 때는 명확하지 않았던 저의 꿈과 진로에 대해 조금 더 깊이 생각해 볼 수 있는 계기가 되었고 연애 소설을 작성할 때는 그때의 설렜던 감정과 느낌을 그대로 복기하며 정말 즐겁게 작성했습니다. 끝으로 스토리움을 1년 동안 이끌어 주신 선생님과 늘 함께해 준 스토리움 부원들에게 감사함을 표합니다.

황지민

중학교 때부터 소설에 대해서 배우고 싶었는데 마침내 그것이 이루어졌습니다. 평소 머릿속에서만 생각하곤 했던 요소들을 하나로 엮어 낼 수 있어서 너무 행복했습니다. 표현을 통해 자신을 알아 가는 시간이었습니다. 그것뿐만 아니라 작문 능력, 협동 능력, 비판 능력 등등 많은 것을 배울 수 있었어요. 이 책은 아마 제 인생에 있어서 큰 비중을 차지하는 책이 될 것입니다.

배형준

　누구나 저마다의 응어리를 품고 살아갑니다. 그것은 이루지 못한 꿈일 수도 있고 기약 없이 미뤄 둔 언젠가의 약속일 수도 있습니다. 제게 그 응어리는 소설이었습니다. 언제부터 자리 잡았는지 알 수 없는 작은 주머니 속의 바람이었습니다. 그렇기에 이 글을 쓸 때 많은 흥분과 설렘을 안고 시작하였습니다. 작가로서의 첫 퍼즐을 맞추는 경험은 놀라울 정도로 재미있었고 그만큼 즐거운 시간이었습니다.

　물론 그 과정이 즐겁기만 했다고 말할 수는 없습니다. 문장 하나에 오래 고민하며 머리를 싸맨 날도 많았고 생각한 대로 글이 써지지 않아 답답함을 느낀 적도 있었습니다. 그러나 작품을 완성한 뒤 끝을 돌아보니 그러한 고난과 힘듦마저 글 속에 스며들어 있음을 깨닫게 되었습니다. 한 땀 한 땀 조심스럽게 이어 붙인 가지들은 어느새 자라 파릇한 거목이 되어 있었습니다.

　아직은 많이 미숙하여 잘 다듬어진 조각품처럼 섬세한 완성도를 갖추지는 못하였으나 천천히 쌓아 올린 투박한 매력만큼은 분명히 지니고 있다고 생각합니다. 지난 1년간 함께한 부원들 모두 수고 많았으며 이 글을 하나의 이정표로 삼아 한 발짝 더 나아가는 작가가 되겠다는 다짐과 함께 이 글을 마치고자 합니다.

강승민

　연말 기념으로 집 정리를 하던 중이었습니다. 초등학교 1학년 때 썼던 타임캡슐이 있길래 꺼내 보니, '내 꿈은 소설가'라고 쓰여 있는 종이가 들어 있었습니다. 초등학교 1학년 새 학기에 만들었으니 대략 10년쯤 된 물건인데, 10년째 작가의 꿈을 꾸었다는 것이 내심 웃기면서도, 10년 만에 꿈을 이룬다고 생각하니 기분이 참 묘하더군요. 10년이라는 시간은 강산도 바뀔 만큼 긴 시간이지만, 18살이라는 나이는 평생 동안 달려 나갈 꿈에 도착할 나이라기에는 너무 어리니까요. 물론 이 책이 저의 종착점은 아닙니다. 전 아직 하고 싶은 이야기도 많고, 작가가 되기에는 너무 어리지요. 이 책은 제목처럼 제 첫 발걸음입니다. 작가 강승민의 첫 작품이지요. 다음 글은 1년 뒤나, 5년, 혹은 또 10년 후일 수도 있지만, 언제가 되던 꼭 자랑스러운 작품과 함께 돌아오도록 하겠습니다. 읽어 주셔서 감사합니다.

이토록 서툴고 눈부신, 우리들의 첫걸음

1판 1쇄 발행 2026년 2월 11일

지은이 안동고등학교

교정 주현강 편집 이새희
마케팅·지원 이창민

펴낸곳 (주)하움출판사 펴낸이 문현광

이메일 haum1000@naver.com 홈페이지 haum.kr
블로그 blog.naver.com/haum1000 인스타 @haum1007

ISBN 979-11-7374-311-5 (03810)